KATJA KEWERITSCH

DIE *wundersame* REISE DER BIENEN

KATJA KEWERITSCH

DIE *wundersame* REISE DER BIENEN

ROMAN

DIANA

Sollte diese Publikation Links auf Webseiten Dritter enthalten,
so übernehmen wir für deren Inhalte keine Haftung,
da wir uns diese nicht zu eigen machen, sondern lediglich
auf deren Stand zum Zeitpunkt der Erstveröffentlichung verweisen.

MIX
Papier aus verantwortungsvollen Quellen
FSC® C014496
FSC www.fsc.org

Penguin Random House Verlagsgruppe FSC® N001967

2. Auflage
Originalausgabe 03/2022

in der Penguin Random House Verlagsgruppe GmbH,
Neumarkter Straße 28, 81673 München
Umschlaggestaltung: das verlagsatelier ROMY POHL
Umschlagmotiv: © Mnsty studioX/Shutterstock.com
Redaktion: Antje Steinhäuser
Satz: Leingärtner, Nabburg
Druck und Bindung: GGP Media GmbH, Pößneck

Printed in Germany
ISBN 978-3-453-36084-6

www.diana-verlag.de

Teil 1

Myriaden von Glühwürmchen tanzten über dem verschwenderisch blühenden Lavendel in den hohen Tonkrügen. Lichtpünktchen, die aufleuchteten, verloschen und wieder aufglimmten. Selbst zwischen den Palmen und Zypressen hinter mir blinkte und glitzerte es. Es war ein bisschen wie auf dem Jahrmarkt, nur nicht ganz so bunt.

Ich hatte die hochhackigen Schuhe abgestreift und mich neben den Stuhl auf den Steg gesetzt. Der Duft des Lavendels war betörend. Ich tauchte meine Füße in das kühle Teichwasser unter den Seerosenblättern. Am Ende des Gartens, tief unter uns, erstrahlte das gigantische Lichtermeer Nizzas. Ein Funkeln und Flimmern, an dem ich mich nicht sattsehen konnte. Rundherum, auf allen Hügeln, über alle Ebenen schillerte es wie in einem Kaleidoskop. Nur das Meer lag dunkel und still am Horizont, so als müsse es sich von einem aufreibenden Tag erholen.

Von der Terrasse am Haus drang lebhaftes Stimmengewirr, Gelächter und das Klirren von Gläsern. Ich blickte hinüber und sah Christopher, der unter den quer über den Garten gespannten Lichterketten auf mich zusteuerte. Der Mond bummelte über ihm an einem wolkenlosen Himmel. Eine sanfte Brise schaukelte die zarten Makrameevorhänge, die rund um den Pavillon am anderen Ende der Rasenfläche hingen. Christopher hatte sein Jackett abgelegt und die Ärmel hochgekrempelt. Er trug einen Ausdruck tiefster Zufriedenheit und zwei Gläser Champagner. Die ganze Szenerie wirkte maximal kitschig. Und unüberbietbar romantisch.

»Pass auf, dass die Fische nicht anbeißen.« Christopher reichte mir das gefühlt zwanzigste Glas Schampus an diesem Abend. »Kois stehen auf knallrote Köder.«

»Santé!« Ich wackelte mit den Zehen. »Auf mutige Anglerinnen!«

Wir ließen die Gläser klirren und küssten uns. Christopher hockte sich auf die Holzplanken neben mir, behielt aber seine Schuhe an.

Der Alkohol perlte an meinem Gaumen. »Im dunklen Wasser vor mir spiegelte sich der Schein Dutzender Fackeln. Einzelne Pärchen tranken, aßen oder unterhielten sich leise. Sie entspannten in Liegestühlen aus Bambus, deren Design an den verschnörkelten Jugendstil der Belle Époque erinnerte. Die Frauen trugen Kleider, die Männer Anzüge. Es gab einen Dresscode. In einem Restaurant! Hoch über der Côte d'Azur schienen wir ein wenig aus der Zeit zu fallen.

»Ein Wunder, dass man aus diesem unglaublichen Anwesen ein Restaurant und keine ewig ausgebuchte Hochzeitsfeier-Location gemacht hat.« Ich ließ meinen Blick zu den Olivenbäumen am anderen Ende des Gartens gleiten, zu den Lavendelamphoren, den Spalieren an der Terrasse, die unter der Last prächtiger Blüten nachzugeben drohten, den schimmernden Farben des Oleanders, den Lichterketten, Lampions und Feuern. Und natürlich den Glühwürmchen.

»Weißt du«, sagte Christopher, stützte sich auf den linken

Unterarm und beschrieb mit dem rechten einen weiten Kreis, »hier, heute Abend, in diesem Garten … da kann ich mir so etwas auch vorstellen.«

Ich folgte seiner Armbewegung und verlor den Blick am Pavillon, wo ein livrierter Kellner gerade einem älteren Paar das unter einer silbernen Servierglocke verborgene Menü servierte.

»Es ist verzaubernd.« Ich lächelte. »Wahrscheinlich, weil wir zum ersten Mal hier sind. Ich weiß nicht, ob man so einen Abend wiederholen kann.«

»Das will ich auch gar nicht. Ich will einen eigenen verzaubernden Abend.«

Ich lachte. Christopher war klug, charmant, zielstrebig, zuverlässig. Mein Fels in der Brandung. Das Wort romantisch hatte bislang keinen Platz in meiner Auflistung seiner Charakterstärken gefunden. Aber diese südfranzösische Nacht schien mich eines Besseren belehren zu wollen.

»Christopher, Christopher … du entdeckst doch nicht etwa eine gefühlsduselige Seite in dir?«

»Da besteht keine Gefahr.« Er lächelte. »Aber ich glaube, du missverstehst mich.« Zärtlich nahm er meine Hand. »Sieh mal, Anna, ich weiß, dass wir uns eigentlich dagegen entschieden haben. Und dazu stehe ich auch. Aber irgendwie … ich weiß auch nicht …«

Auf einmal lief ein Schauer von meinen Schultern quer über den Rücken. Ich zitterte, dabei atmete das Holz noch immer die Hitze des Tages. Hier fiel die Temperatur auch nachts nicht unter angenehme 18 Grad. Christopher sprach weiter, und ich hatte keine Zeit, mir über die seltsame Reaktion meines Körpers Gedanken zu machen.

»Außerdem ist mein Vater nicht mehr der Jüngste, und nach seinem Herzinfarkt … Ich denke einfach, dass es das Richtige wäre. Es würde ja auch eigentlich nichts ändern. Aber nach diesem Abend hier, da kann ich mir vorstellen, dass es ein schönes Fest geben würde. In jedem Fall draußen, im Sommer. Du könntest dekorieren, was das Zeug hält. Und du wärst mit Sicherheit wunderschön.«

Ich schüttelte den Kopf. Der Champagner flutete meinen Verstand. War das ein Heiratsantrag?

»Christopher – was willst du mir sagen?«

»Ach Anna, mach's mir doch nicht so schwer. Du weißt, dass ich so was nicht gut kann …«

»So was wie einen Heiratsantrag?«

»Ja.«

»Ja, was?«

»So was wie einen Heiratsantrag.«

Ich schluckte. Jetzt war es raus. Christopher hatte gerade gefragt, ob ich ihn heiraten möchte. Okay, vielleicht nicht mit diesen Worten. Und auch nicht mit Worten wie Liebe, Zukunft, Leidenschaft oder für-immer-und-ewig. Stattdessen fanden Begriffe wie Vater, Herzinfarkt und Deko ihren Weg in diesen Antrag. Aber was wusste ich schon? Dies war der erste Heiratsantrag meines Lebens. Und er kam von dem Mann, mit dem ich seit nunmehr sechs Jahren eine Beziehung führte.

»Anna? Was sagst du?«

»Ich … nun ja, das war nicht unbedingt der romantischste Antrag, den ich mir vorstellen kann …«

»Ach Anna …«

»Ja, schon gut. Ich glaube auch nicht, dass ich einen Mann

auf den Knien brauche. Bei deinen Meniskusproblemen wäre das wohl auch weniger ratsam …«

»Herrgott! Würdest du das bitte ernst nehmen?«

Ich schluckte. Stritten wir uns jetzt während des Heiratsantrags?

»Es tut mir leid, dass ich dich so überrumpelt habe.« Christopher fuhr jetzt ruhiger fort. »Ich hatte das nicht geplant und deshalb auch nichts vorbereitet. Ist ja sonst eher nicht meine Art. Aber dieser Abend, der Champagner, die Location … keine Ahnung. Vielleicht sollten wir morgen noch mal in aller Ruhe darüber reden. Wir müssen nichts überstürzen.«

Überstürzen? Nach sechs Jahren? Wie sehr hatte ich mir anfangs gewünscht, Christopher würde mich um meine Hand bitten. Ganz altmodisch. Um ein Zeichen zu setzen: Wir gegen den Rest der Welt! Wie meine Eltern, die schon mit sechzehn wussten, dass sie füreinander bestimmt waren, und kaum volljährig heirateten. Wie Christophers Eltern, die sich zeitlebens heroisch über vierundzwanzig Jahre Altersunterschied hinwegsetzten und allen Kritikern gleichmütig trotzten. Eine verschworene Gemeinschaft, ein Team. Ein Ehepaar.

Aber derart sentimentale Ansichten verloren sich in unserem karrieregeprägten Alltag. Wann war mir das eigentlich zum ersten Mal aufgefallen? Dass ein Großteil unseres Lebens sich im Job abspielte. Dass wir schon deshalb meist samstagnachmittags im Bett landeten, weil in der Woche gar kein Zeitfenster dafür zur Verfügung stand. Wann hatte ich zum ersten Mal festgestellt, dass wir eine geschickte Routine lebten? Jetzt gerade? Wirklich?

Vielleicht inhalierte ich diesen letzten Urlaubsabend auch deshalb wie reinen Sauerstoff, weil ich eigentlich schon lange so eine Ahnung hatte.

Christopher erhob sich. Er wirkte traurig und abgespannt. »Ich bin müde. Lass uns ins Hotel fahren. Wir müssen morgen ziemlich früh am Flughafen sein.«

Ich stand ebenfalls auf. »Christopher?« Ich nahm seine Hand. »Danke. Danke, dass du mich gefragt hast. Ich weiß, dass dir das nicht leichtgefallen ist. Und ich kann deine Argumente nachvollziehen – auch wenn sie nicht besonders romantisch klingen.«

Er lächelte.

Ich streichelte seine Wange und das Grübchen am Kinn, das ich so liebte. »Weißt du … eigentlich wollte ich dich schon immer heiraten. Auch wenn wir uns darauf geeinigt haben, dass wir keinen Trauschein brauchen, um eine Beziehung zu führen. Tief in mir wollte ich es, glaube ich, schon immer. Ich bin nur ein wenig … überrascht. Verstehst du?«

Er nickte, küsste mich auf die Stirn. »Lass uns morgen weiterreden. Da sehen wir bestimmt klarer.«

Dunkelheit war das Erste, was ich wahrnahm, als ich aufwachte und versuchte, meine schweren Lider zu öffnen. Ich hörte Türen schlagen, das Gleiten von Schubladen auf ihren Schienen, jemanden, der fluchte. Irgendwo unter meinen Haaren musste es eine Schaltstelle, so etwas wie einen ON-Knopf für konstruktives Denken geben, aber ich konnte ihn nicht finden. Es dröhnte in mir. Irgendwie tat alles weh.

»Verdammter Mist! Anna! Jetzt steh endlich auf!«

Christopher riss etwas von meiner Stirn, und ein greller Blitz schlug direkt oberhalb meiner Nasenwurzel ein.

»Au!«

»Das war nur der Waschlappen! Werd' endlich wach!«

Vorsichtig linste ich unter meinem rechten Augenlid in den Tag. Es war hell. Viel zu hell. Die Fensterläden luden weit geöffnet die ersten morgendlichen Sonnenstrahlen in unser Hotelzimmer ein. Christopher lehnte mit den Händen in den Haaren an der geschmiedeten Balkonbrüstung und taxierte den Hang mit der Olivenbaumplantage. An meinen Schläfen trommelte ein Djembe-Ensemble einen eingängigen Pre-Chorus. Ich schielte auf mein Handy.

»Es ist erst vier Minuten nach sechs!« Ich zog die Bettdecke bis über mein Kinn. »Ich will schlafen!«

Christopher fuhr zu mir herum.

»Ja, das will ich auch«, flüsterte er in einem so akzentuiert zischenden Ton, dass ich mich überwand und ihn anschaute. »Ich hätte auch gerne einen Lottogewinn und Weltfrieden. Am allerliebsten aber hätte ich jetzt gerade gerne mein Handy, das ich bereits seit einer geschlagenen Stunde suche! Das Handy, Anna, das ich dir gestern in die Hand gedrückt habe, als ich zum x-ten Mal Champagner holen ging!«

Okay. Ich war wach.

»Oh Gott, ich … es muss noch am Seerosenteich sein. Ich hatte es auf den Steg gelegt.«

»Toll! Genau so habe ich mir das gedacht … Dann los! Ich besorge uns ein Taxi. Wir müssen unbedingt auf dem Weg zum Flughafen dort vorbei.«

Christopher stürmte aus dem Raum und pfefferte die Zimmertür hinter sich zu. Eine Zehntelsekunde später knallte die geöffnete Balkontür gegen den Rahmen. Eine kleine Vase mit Lavendelzweigen taumelte von der Fensterbank und zersplitterte auf den Fliesen. Das Echo hallte in meinem Kopf. Sieben Jahre Pech. Oder galt das nur für Spiegel?

Beunruhigt stemmte ich mich aus dem Bett und wankte ins Bad, möglichst ohne die Trommel-Combo in meinem Kopf aus dem Rhythmus zu bringen. Ich meinte mich zu erinnern, irgendwo einmal gelesen zu haben, dass Champagner keinen Katzenjammer verursachte. Fake News. So viel stand fest. Ich schlurfte zur Dusche und tat mir selbst furchtbar leid.

Das Wasser brauchte eine Weile, bis es heiß aus dem Duschkopf rieselte. Als es die altertümlich wirkende Duschwanne erwärmt hatte, hockte ich mich hinein. Rinnsale strömten über meinen Rücken und tropften von den Haaren auf mein Gesicht. Das entsetzliche Pochen in meinem Schädel verebbte. Ich schloss die Augen und entspannte mich.

Bilder der vergangenen Nacht tauchten vor mir auf. Christophers seltsam verwickelter Heiratsantrag. Die Ehen unserer Eltern. Seine Karriere. Mein Job. Die Routine.

Ich schlug die Augen auf. Etwas hatte mich erschreckt. Zumindest fühlte es sich so an. Mein Herz schlug bis zum

Hals. In den Ohren hörte ich mein Blut rauschen. Wasserdampf hatte die Duschkabine beschlagen und das Bad in eine Saunalandschaft verwandelt. Warmer Nebel umwaberte mich, die Dusche, das Waschbecken, die Toilette. Alles verschwamm. Dennoch hatte ich das Gefühl, die Wände des Raums bewegten sich auf mich zu. Meine Hände zitterten. Ich hatte Angst. Überwältigende Angst. Ich musste raus. Raus! Raus hier!

Ich warf mich gegen die Glastür der Dusche, stolperte aus dem Bad und riss die Balkontür auf. Mein Atem pulsierte hektisch. Ich stützte mich auf das Geländer. Keuchte. Versuchte zur Ruhe zu kommen. Zu atmen. Ich fixierte die Olivenbäume. Ein Stamm. Noch einer. Ich begann zu zählen. Drei, sechs, neun, zwölf … Die Konzentration beruhigte mich. Vielleicht lenkte sie mich auch einfach nur ab. Ich realisierte, dass die Sonne schien, ein einsamer Hund trabte durch den Hain, sanfte Seeluft kühlte meinen nassen Körper.

»Was tust du denn da?« Christopher zog mich an den Schultern vom Balkon. Ich hatte ihn gar nicht zurückkommen gehört.

»Anna, was ist los? Bist du noch immer betrunken? Um deine exhibitionistische Seite zu erkunden, hättest du wahrlich keinen besseren Zeitpunkt finden können. Jetzt beeil dich! Wir müssen los. Unten wartet ein Taxi.«

Christopher verstaute den Kulturbeutel in seinem silbernen Hartschalenkoffer. Ich trottete benommen ins Bad, das jetzt wieder genauso aussah wie der leicht altbackene Raum, über den er sich seit sieben Tagen beschwerte, den wir aber nicht hatten wechseln können, weil in dem kleinen

Boutique-Hotel, in das ich mich zu Hause am Bildschirm schockverliebt hatte, kein anderes Zimmer mehr frei gewesen war. Hochsaison an der Côte d'Azur. Lavendelblüte. Zum Glück hatte der hübsche Pool, in dem wir täglich Stunden verbrachten, ihn besänftigt.

Ich schüttelte den Kopf. Was war nur los mit mir? Ich fühlte mich zugleich erschöpft und aufgeregt. Was um alles in der Welt war gerade im Bad mit mir passiert? Wovor hatte ich auf einmal solche Angst gehabt? Obwohl mein Herz noch immer raste, drückte eine tiefe Mattigkeit mich nieder.

Christopher drängelte, aber ich schaffte es nur mit großer Mühe, mich anzuziehen und meine restlichen verstreuten Sachen in die Reisetasche zu stopfen. Er zog mich hinter sich her aus dem Hotel und in das Taxi. Während der ganzen Fahrt trommelte er nervös mit den Fingern auf dem Armaturenbrett herum. Mir war schlecht. Der Taxifahrer unterhielt sich ausschließlich mit Christopher, der in einem schwer verständlichen Französisch, das meinem nicht annähernd das Wasser reichen konnte, kauderwelschende Sätze über Handys und Hochzeiten stammelte.

Als wir vor dem verschlossenen Tor der Einfahrt hielten, lag die Villa Claire noch in tiefem Schlaf. Christopher sprang aus dem Taxi, stürmte zur rechten Steinsäule und klingelte energisch. Nichts regte sich.

»Hier ist erst am Nachmittag wieder jemand«, rief der Taxifahrer aus dem geöffneten Seitenfenster. »Habe ich Ihnen ja gesagt.«

Christopher fuhr herum. Seine Mimik schwankte zwischen Verzweiflung und Tatendrang. Plötzlich nickte er entschlossen, wirbelte herum und kletterte über das Holztor. Der Taxifahrer stürzte aus dem Wagen.

»Monsieur! Was tun Sie denn da? Kommen Sie sofort herunter! Ich rufe die Polizei! Das ist Einbruch! Damit will ich nichts zu tun haben!«

Ich hievte mich aus dem Auto. Christopher spurtete über die kiesbedeckte Auffahrt. Es war beeindruckend. Mein Freund, Inbegriff von Rechtschaffenheit, Guru von Anstand und Schicklichkeit, setzte sich hastend über das Gesetz hinweg. Ich versuchte, dem Taxifahrer die Außergewöhnlichkeit der Situation zu vermitteln, aber er fühlte sich von uns konspirativ in die Falle gelockt.

»Ich hätte es gleich wissen müssen!«, rief er. »Um diese Uhrzeit hier hochzufahren! Was soll das bringen? Aber ich will nichts damit zu tun haben! Hören Sie? Gar nichts! Ich verschwinde von hier! Ich habe nichts gesehen, nichts getan! Ich habe rein gar nichts damit zu tun!«

Er fiel geradezu über den Kofferraum her, zerrte unser Gepäck heraus und schleuderte es auf die Straße.

»Monsieur, bitte …«

Der Taxifahrer sprang ins Auto und preschte tatsächlich mit quietschenden Reifen von dannen.

Ratlos starrte ich ihm hinterher. Die Villa Claire lag am Ende einer steilen Sackgasse. Über uns erhob sich ein kleines Waldgebiet. Geradezu senkrecht ragten die Bäume in den nizzablauen Himmel. Bergab führte in haarsträubenden Serpentinen eine mehr schlecht als recht geteerte Straße, auf der wir uns gerade mühsam nach oben gequält hatten. Sonst gab es nichts. Die nächsten Nachbarn wohnten eine Kreuzung weiter unten.

Das Gefühl der vergangenen Nacht, irgendwie aus der Zeit gefallen zu sein, überkam mich erneut. Allerdings hatte es nun einen weitaus weniger romantischen Beigeschmack. Unser Flug ging in zwei Stunden. Eigentlich sollten wir jetzt gerade unser Gepäck einchecken. Ich knipste mein Handy an. Groß und weiß leuchteten mir die Zahlen entgegen. 8:42 Uhr. Ich schob alle Erinnerungen beiseite. Wir mussten diesen Flug erwischen.

Christopher hatte am Montag um 10 Uhr den Pitch vor Dr. Knoll, dem Deutschland-Geschäftsführer des norwegischen Telekommunikationskonzerns, für den er arbeitete. Dabei ging es um ein Finanzierungsmodell für den schnelleren Glasfaserkabelausbau in Deutschland. Christopher und sein Team hatten Monate daran gearbeitet, tägliche Überstunden wie Zähneputzen akzeptiert. Er gönnte sich auch jetzt nur eine Woche Urlaub und verbrachte trotzdem täglich wenigstens zwei Stunden am PC. Den Pitch hatte er mir abends auf dem Balkon bei einem Glas Rotwein vorgetragen, wir hatten gemeinsam an Formulierungen gefeilt und die Stringenz seiner Argumentation modelliert. Wir mussten nach Hause. Dringend.

Ich hockte mich auf den Schalenkoffer und googelte nach der Nummer eines Taxiunternehmens. Es würde zwanzig Minuten dauern, bis jemand hier draußen bei uns wäre, teilte man mir mit. Weitere vierzig Minuten zum Aéroport Nice Côte d'Azur. Nervös schielte ich zur Villa Claire, deren verzauberter Garten Christopher verschluckt zu haben schien. Es würde knapp werden.

Trotzig kauerte das alte Steinhaus am Ufer der Banquière. Der Mistral hatte immer wieder an den groben Quadern der Mauern geleckt und ihnen im Lauf der Jahre eine geradezu skulpturale Struktur geschenkt. Zusammen mit den bemoosten Tonziegeln, den blauen Fensterläden und all der Patina schien das Haus wie natürlich aus dem fruchtbaren Boden der Côte d'Azur zu wachsen.

Harm beobachtete einen Esel, der mürrisch blökend über das Grundstück jenseits des Flusses trottete. Neben den träge plätschernden Wellen des Wassers und einem zaghaften Rauschen in den Pinien durchbrach er als Einziger die verschlafene Stille – vielleicht abgesehen vom gelegentlichen Knattern eines Quads oder Treckers, der mit eindeutig überhöhter Geschwindigkeit die steilen Kurven von Tourrette-Levens schnitt.

Die Kirchenglocken läuteten. Metallisch und hohl, als sei beim Guss der Glocke die Bronze ausgegangen. Halbzeit, dachte Harm. Die Mitte des Tages. Und auch der Wendepunkt seiner Reise. Nach dem langen Weg von Kiel durch Deutschland über Österreich, die Schweiz und Italien bis hierher nach Südfrankreich würde ihn seine Bienenmission nun stetig zurück in Richtung schleswig-holsteinischer Heimat führen. Den ersten Teil der Königinnen hatte er ausgeliefert. Nun folgten die französischen Stationen.

Harm fühlte ein hohes Maß an Dankbarkeit in sich. Nie hätte er erwartet, auf so viel Güte und Gastfreundschaft zu stoßen. Imker waren schon ein erstaunliches Volk. Mit welcher Sanftheit sie die Bienen entgegennahmen, wie sehr sie die Gründe dieser persönlichen Übergabe wertschätzten. Selbst Gérard, dieser Berg von einem Mann, der im Gras neben ihm döste, hätte die Bienenkönigin in ihrem kleinen Holzkäfig am liebsten mit seinen tätowierten Pranken gestreichelt – gleich nachdem er Harm bei der Begrüßung um den Hals gefallen und ihm mit tränenerstickter Stimme sein Mitgefühl ausgedrückt hatte.

Harm nippte am Rotwein. Er mochte den pelzigen Geschmack auf der Zunge, die angenehm warmen Strahlen der Junisonne in seinem Gesicht, die kühlen Wasser der Banquière um seine Füße. Natürlich konnte diese Reise ihn nicht glücklich stimmen, das hatte er auch gar nicht erwartet. Aber er war zur Ruhe gekommen. Das Gefühl des Getriebenseins hatte er irgendwo auf der Autobahn überholt und abgehängt. Inzwischen hoffte er sogar, so etwas wie Frieden in sich zu finden, wenn alles erledigt wäre. Er gönnte sich einen kräftigen Schluck und den luxuriösen Versuch, einige Augenblicke lang an rein gar nichts mehr zu denken. Gérard, der mindestens drei Gläser Rotwein in kühnem Tempo geleert hatte, gab sich einer ähnlichen Taktik hin, stieß im Schlaf allerdings ab und an prustende Gurgellaute aus. Eine milde Brise trug den betörenden Duft des Lavendels hinunter ans Ufer, und Harm beobachtete, wie sich die Sonnenstrahlen in einem kleinen Regenbogen über dem Wasser brachen. Er wackelte mit den Zehen und schien dabei flüssiges Gold auf seiner Haut zu verteilen.

Auf der anderen Seite des Flusses zog etwas an den Schilfstängeln, die sich zwischen einigen Astern ans Wasser gedrängt hatten. Harm kniff die Augen zusammen. Er hatte einen Fisch in Verdacht, eine Forelle vielleicht oder einen Hecht. Das Ruckeln und Zupfen hörte nicht auf. Jetzt spritzte Wasser, und Harm glaubte, eine Flosse erkannt zu haben. Er stellte sein Glas zurück auf das Tablett und glitt langsam das steinige Ufer hinab ins kühle Wasser. An dieser Stelle reichte die Banquière bis knapp über seine Knie. Harm spürte, wie das Wasser gemächlich zwischen seinen Beinen hindurchströmte und die Waden streichelte, wie seine Shorts sich vollsogen. Er balancierte über die glitschigen, glatt geschliffenen Steine am Grund. Das Schilf zuckte noch immer. Inzwischen erkannte er, dass sich ein Netz zwischen den Halmen verfangen hatte, feinmaschig und grün, so wie sie es hier in der Gegend bei der Olivenernte einsetzten.

Mit einem weiteren großen Schritt erreichte er das andere Ufer. Das Netz hatte sich in Ästen verfangen, die im Wasser trieben. Zudem hing es an einem Stein fest. Harm zog vorsichtig und hielt plötzlich eine Forelle in der Hand. Zu klein, um geangelt zu werden. Zu jung, um an diesem Müll zu verrecken. Er fischte sein Taschenmesser aus der Hosentasche, zerschnitt das Netz und entließ den Knirps in sein Element. Dann zog er kräftig, zerrte und riss an den Enden des Netzes, klaubte die Äste zusammen und trug das Bündel zurück ans Ufer. Wenn man überlegte, wie viele Hunderte von Kilometern an Netzen jährlich während des Fischfangs auf hoher See verloren gingen und fortan als Geisternetze die Ozeane vermüllten und Fische qualvoll verenden ließen, war dies sicher nicht einmal der berühmte Tropfen auf dem heißen Stein. Aber ein kleiner Glücksgriff für eine junge Forelle.

»Papa!«

Harm sah auf. Ein Junge wetzte vom Walnussbaum auf der anderen Seite des Hauses auf sie zu. Harm schätzte ihn auf etwa acht Jahre. Er fuchtelte mit den Armen und schien sehr aufgeregt zu sein.

»Papa!«

Harm wuchtete das Bündel seiner guten Tat ans Ufer und rüttelte an Gérards Bein.

Der Junge rief jetzt lauter. »Papa!«

Gérard schlug die Augen auf und blinzelte benommen. »Oui, oui … de quoi?« Er wälzte sich umständlich über seinen umfänglichen Bauch auf die Knie. Der kleine Junge stolperte japsend in seine Arme.

»Papa! Bienen, ein ganzer Schwarm, es sind unglaublich viele, ich habe sie gerade gesehen, sie sitzen vorne im Olivenbaum, um den großen Ast und am Stamm, es sind so viele, Papa, sie …«

Der Junge erzählte in einem derart halsbrecherischen Tempo, dass Harm schmerzlich bewusst wurde, wie viel Rost sein bilingual erworbenes Französisch angesetzt hatte.

»Ein Bienenschwarm?« Gérard unterbrach den Redefluss seines Sohnes. »Wirklich? Wo kommt der denn her?« Er rieb sich die Augen und klopfte mit den Fingern gegen seine Wangen. »In Ordnung. Los, Olivier! Hol eine Kiste aus dem Schuppen. Wir treffen uns vorne.«

Gérard sprang mit einer Behändigkeit auf die Füße, die Harm ihm nicht zugetraut hätte.

»Komm.« Er reichte ihm die mächtige Hand mit dem Kronentattoo auf dem Zeigefinger, zog ihn rauf auf das Ufer und rief: »Lass uns Bienen jagen!« Er hieb Harm auf das Schulterblatt, dass er befürchtete, es würde sich vorne auf seinem Brustkorb durchdrücken. Dann trabte er los. Harm stolperte hustend hinter ihm her.

Sie liefen unter den alten Apfelbäumen entlang, umrundeten das Steinhaus, die Hochbeete voller Tomaten und die zwei hölzernen Schuppen, die Gérards Imkerausrüstung beherbergten. In gebührendem Abstand zur ausladenden Krone des Olivenbaums stoppten sie schließlich. Gespannt suchte Harm die graugrünen Blätter ab.

»Sieh an.« Gérard deutete auf einen der knorrigen Äste. »Sie sind schon zur Ruhe gekommen.«

Endlich entdeckte Harm die seltsame Verdickung an der Gabelung einiger Zweige. Ein alter, brauner Stofflappen, den jemand kunstvoll drapiert hatte. Erst bei näherer Betrachtung erkannte er das Wuseln Tausender Bienen, die in einer engen Traube übereinanderher krabbelten.

»Ich verstehe das nicht.« Gérard band seine schulterlangen Haare zu einem Pferdeschschwanz zusammen, damit keine der Bienen sich darin verirrte. »Ich habe die Völker gerade erst kontrolliert und keine Schwarmzelle entdeckt. Natürlich könnten so viele Bienen auf einer Wabe gesessen haben, dass sie die Schwarmzelle verdeckten. Aber, hm … so richtig vorstellen kann ich mir das nicht. Wenn wir sie eingefangen haben, werde ich das überprüfen. Es kann aber natürlich auch ein fremder Schwarm sein, oder sie kommen von nebenan …«

»Du meinst, sie gehören eigentlich Arthur?« Olivier parkte die Schubkarre, in der er einen großen Holzkasten transportierte, neben seinem Vater.

Gérard strubbelte ihm durch die Haare. »Wir werden sehen. Ich führe später mal ein nachbarschaftliches Gespräch mit dem alten Griesgram. So von Imker zu Imker. Jetzt aber fangen wir die kleinen Scheißerchen erst mal ein. Harm, würdest du Olivier helfen, den Kasten unter den Schwarm zu heben?«

»Klar.« Harm lächelte Olivier an. »Kriegen wir hin, oder?«

Olivier nickte begeistert. »Das ist schon der vierte Schwarm, den ich einfange!«

»Ernsthaft?« Harm nickte anerkennend. »Dann musst du gut aufpassen und mich einweisen. Ich bin blutiger Anfänger.«

»Klar.« Olivier lächelte. Er öffnete den Deckel des Holzkastens und hob ihn an der einen Seite an. Harm griff nach den gegenüberliegenden Ecken, und gemeinsam schlichen sie hinter Gérard her, der sich eine Sprühflasche mit Wasser aus der Schubkarre geschnappt hatte.

Je näher sie sich an die Bienen heranpirschten, desto eindringlicher dröhnte das Summen ihrer unzähligen Flügel. Harm konnte jetzt einzelne Tiere erkennen, die in Dutzenden von Schichten übereinanderwimmelten. Gérard zückte die Sprühflasche und bedeckte den Schwarm mit einem zarten Nebel.

»So«, wisperte er, »das sollte reichen, um sie ruhig zu halten. Hebt den Kasten jetzt hoch.«

Harm und Olivier platzierten die Kiste direkt unter den Bienen.

»Gut festhalten«, raunte Olivier.

Harm nickte.

»Alors.« Gérard hob den Arm. Und riss am Ast.

Die Bienentraube purzelte mit einem dumpfen Knall in die Holzkiste. Sofort besprühte Gérard sie mit Wasser.

»Wartet. Ich fege die Übrigen auch noch hinein.«

Mit einem kleinen Handbesen, der Harm bislang gar nicht aufgefallen war, strich Gérard vorsichtig vorne über den Ast. Dann geschah alles sehr schnell.

Gérard hatte übersehen, dass sich ein Teil der Bienentraube auf der Rückseite des dicken Asts gesammelt hatte. Als er Harm und Olivier mit der Kiste an den vermeintlich richtigen Platz dirigierte, um mit dem Besen die restlichen Tiere hineinzufegen, touchierte er die hintere Gemeinschaft. Wie ein Stück Fallobst plumpsten die Bienen auf den Boden – genau an die Stelle, an der sich Harms noch immer nackter, linker Fuß befand. Er schrie auf, stieß den Kasten in Oliviers Arme. In einer fließenden Abwärtsbewegung fiel der Junge mit der Kiste in die Schubkarre. Die Bienen stoben auf. Harm tanzte um den Olivenbaum. Er schlenkerte mit den Füßen und schüttelte seine Beine. Gérard griff nach dem Deckel und drückte ihn auf den Kasten. Viele Bienen waren bereits entwischt. Sie surrten in einer dunklen Wolke zwischen den Blättern des Olivenbaums. Olivier weinte. Er hatte seine Hand zwischen Kiste und Schubkarre eingeklemmt.

»Scheiße!« Harm versuchte verzweifelt, die Bienen von seinen Füßen, Beinen und Händen zu schütteln. »Fuck!«

»Zum Fluss!« Gérard klemmte sich Olivier unter den Arm und setzte zum Spurt über die Streuobstwiese an.

Harm rannte hinter ihnen her. Er flog zwischen den Apfelbäumen hindurch, sprang vom Flussufer auf einen der großen Felsbrocken im Wasser und rutschte von dort in die kühlen Strudel der Banquière.

Ich komme hier nicht mehr raus. Plötzlich war dieser Satz in meinem Kopf. Er plusterte sich auf wie die Wolken vor einem Sturm. Groß und dunkel, theatralisch drohend. *Ich komme hier nicht mehr raus.* Noch bevor ich den Gedanken bis zu seinem Punkt gedacht hatte, nestelte ich bereits an der Schnalle meines Gurtes. Ich riss sie auf, stützte die Hände auf den viel zu eng angeordneten Lehnen ab, kletterte über Christophers Beine und stolperte den Gang entlang zum hinteren Einstieg des Flugzeugs. Die gewölbten Wände schienen sich zusammenzuziehen, ich fürchtete, ersticken zu müssen.

»Kann ich Ihnen helfen?« Eine Flugbegleiterin stellte sich mir im Gang entgegen.

»Mir geht's nicht gut«, stammelte ich. Schweiß sammelte sich auf meiner Stirn. Die Angst wuchs, wuchs in rasender Eile.

Die Flugbegleiterin schob mich in den winzigen Toilettenraum. Ich keuchte. Wände. Vor mir. Neben mir. Ich konnte meine Arme nicht ausstrecken, ohne gegen Halterungen und Aschenbecher zu stoßen. Das Stahlkorsett des Flugzeugs schien mich zu erdrücken. Ich stützte mich auf dem Waschbecken ab, doch meine buttrigen Arme gaben nach. Ungelenk rutschte ich auf den Toilettendeckel.

Viel zu hektisch hechelte ich viel zu flachen Atem in meine Lungen und wieder hinaus. Was um alles in der Welt war los? Was geschah mit mir? *Ich komme hier nicht mehr raus.*

Das Gefühl aus dem Badezimmer heute Morgen fiel mir ein. Die plötzliche Angst beim Duschen. Aber das war nichts im Vergleich zu den Symptomen jetzt! Und sie verstärkten sich.

Meine Hände zitterten. Das T-Shirt klebte in fetten feuchten Flecken an meinem Körper. Ich schwitzte nicht einfach, ich zerfloss. Ein Strudel schien sich von meiner linken Bauchseite aus über meinen ganzen Körper zu drehen. Ich fühlte mich heiß und rot und panisch. Meine Organe pulsierten.

»Müssen Sie sich übergeben?«

Ich schüttelte den Kopf.

Die Flugbegleiterin bugsierte mich um die Ecke auf einen der Notsitze und zwängte eine Papiertüte in meine Hände.

»Atmen Sie da hinein«, befahl sie. »Reisen Sie allein?«

»Sie gehört zu mir.« Ich hörte Christophers Stimme aus dem Off. Kurz darauf kniete er neben mir. »Anna, mein Gott, was ist denn los?«

Er wischte mit den Daumen Tränen von meinen Wangen, die ich nicht spürte. Ich atmete in die Tüte. Ein und aus. Konzentrierte mich auf meinen Atem. Ein und aus. Ich spürte nichts. Gar nichts. Außer Angst. Eine rasende Panik, die sich steigerte, intensivierte, potenzierte, anschwoll, die mich zu verschlingen drohte. Ich konnte nichts mehr denken, nichts mehr fühlen. Außer: *Ich muss hier raus!*

Ich sprang auf und stürzte zur Tür. Sofort rissen stählerne Ketten an meinen Armen, und mehrere Flugbegleiterinnen nötigten mich zurück auf meinen Sitz.

»Ich halte das nicht aus!«

Die Angst war ein Tiger und bleckte ihre scharfen Eckzähne. Ich wusste, sie würde mich zerreißen.

»Sie hat eine Panikattacke«, informierte jemand Christopher. Und an mich gewandt: »Möchten Sie aussteigen?«

Eine halbe Stunde später kauerte ich auf der Umrandung des Gepäckbands Nummer 3 am Aéroport Nice Côte d'Azur. Ich ankerte meinen Blick an einem quadratischen Stück Himmel, das durch das Fenster einer Tür schimmerte. Kreuzte jemand diesen Ausblick, bebte mein Herz. Verharrte jemand vor der Tür, sprang ich auf, zwängte mich an der Person vorbei und eroberte meine Aussicht zurück. Nur der Hauch des Gefühls von Eingesperrtsein ließ die Angst von der Leine. Ich hatte Angst vor der Angst. Es war zum Verrücktwerden!

Angestrengt versuchte ich, mich auf organisatorische Fragen zu konzentrieren: Was sollte ich jetzt tun? Wohin konnte ich gehen? Wie um alles in der Welt kam ich nach Hause? Aber meine Gedanken sprangen und kehrten ständig zu dem unfassbaren Ereignis zurück, dessen Beginn kaum eine Stunde zurücklag, mein Leben aber in seinen Grundfesten erschütterte.

Die Flugbegleiterin hatte mich gedrängt, eine Entscheidung zu treffen. Der Flug musste pünktlich starten. Entweder ich nahm wieder meinen Platz ein, oder ich stieg aus. Christopher streichelte meine Hände und versuchte, mich zu beruhigen, aber ich konnte die Vorstellung nicht ertragen, in dieser Blechröhre ausharren zu müssen.

»Dann steigen Sie also aus.« Die Flugbegleiterin griff nach dem Bordtelefon.

»Wir steigen beide aus«, sagte Christopher.

»Aber der Pitch!« Es konnte doch nicht alles umsonst gewesen sein! Christophers monatelanger Verzicht auf Urlaub, die unzähligen Vorbereitungsnächte im Büro, all die Stunden vor dem PC hier in Frankreich, der Gesetzesbruch auf der Jagd nach dem Handy, unsere halsbrecherische Taxifahrt von der Villa Claire zum Flughafen. »Du musst dich vorbereiten, alles überarbeiten …« Meine Stimme klang, als spräche sie jemand anderes. »Lass mich allein aussteigen. Wenn ich mich beruhigt habe, nehme ich einen anderen Flug.«

»Sie müssen sich jetzt wirklich entscheiden!« Die Flugbegleiterin wedelte mit dem Hörer. »Der Pilot erhält gleich die Freigabe zum Start!«

»Ich will raus!«

Jemand rief einen Krankenwagen und öffnete die Tür für die Sanitäter. Warme Luft streichelte mein Gesicht, und ich holte Luft, klammerte meinen Blick an das Draußen, den blauen Himmel, ans Flughafengebäude, Koffer auf Anhängern. Die Sanitäter maßen den Blutdruck und leuchteten in meine Pupillen. Ich spürte, wie mein Körper sich ein wenig entspannte.

»Mach dir keine Sorgen«, hörte ich mich sagen, als Christopher mich zum Abschied umarmte, »ich komme schon klar. Ich brauche nur ein bisschen Ruhe und Zeit. Dann nehme ich den nächsten Flieger.«

Den nächsten Flieger? Sicher. Das hatte ich gesagt. Geglaubt hatte ich es nicht.

Die Sanitäter entluden mich nach dem Ausfüllen eines dreiseitigen Berichts für meine Krankenkasse in der Gepäckhalle. Doch selbst hier bedrängte mich das Gefühl, die Decke hänge viel zu niedrig und drohe mich zu zerquetschen. Nur der rettende Blick auf mein kleines Stückchen blauen Himmel verknüpfte mich mit der realen Welt und bändigte die Angst in mir.

»Madame?« Ein Mann in gelber Warnweste trat aus der Tür neben dem kleinen Schalter an der Seite des Gepäckbands. »Ist das hier Ihr Gepäck?«

Ich drehte mich um und starrte entgeistert auf Christophers silbernen Hartschalenkoffer. Man hatte unsere Reisetaschen vertauscht! Nicht genug, dass wegen der allgemeinen Terrorgefahr mit jedem Passagier immer auch ein Gepäckstück das Flugzeug verlassen musste – jetzt reiste ich zudem mit Christophers schmutzigen Unterhosen, seinem Nasenhaartrimmer und einem Paar Badelatschen in Größe 46.

»Madame? Ist alles in Ordnung?« Der Mann sah mich mitfühlend an.

»Nein!« Ich blinzelte trotzig ein paar Tränen weg. Ich wollte ihm entgegenschleudern, dass ich gerade im Flugzeug eine Panikattacke gehabt hatte und noch vor dem Start aussteigen musste. Dabei war ich schon um die halbe Welt geflogen und hatte es immer geliebt! Keine Ahnung, warum das gerade passiert war oder wieso ausgerechnet jetzt, und wie ich nach Hause kommen sollte, wusste ich auch nicht, allein die Vorstellung, in ein anderes Flugzeug zu steigen, löste eine erneute Panikattacke in mir aus, mein Herz raste noch immer, als ob ich einen Marathon gelaufen wäre, und die Angst klammerte sich an jede Faser meines Körpers, am liebsten hätte ich mich mitten in die Halle gestellt und geheult! Und da kam er und überreichte mir feierlich den klobigen Schmutzwäschekoffer meines Freundes, und ich war hier ganz allein mit meiner Angst. Nein, ich glaubte mit Bestimmtheit sagen zu können, dass mit mir absolut nichts in Ordnung war!

Der Mann schaute mich an wie ein verletztes Katzenbaby. »Das wird schon wieder.« Er tätschelte meinen Arm und schenkte mir ein zuversichtliches Lächeln, bevor die Flughafenarchitektur ihn verschluckte.

Ich brauchte einen Moment. Einen erneuten Blick auf das quadratische Stückchen Blau. Dann machten der Koffer und ich uns auf den Weg.

Gläserne Schiebetüren spuckten uns in die kleine Flughafenhalle. Wir landeten in einem Strom aus Menschen, der sich gleichzeitig in alle Richtungen zu bewegen schien. Die Hitze roch nach abgestandenem Schweiß. Ein Baby schrie. Vier Teenager machten lautstark Faxen für ein Selfie. Ein grauhaariger Mann mit Schnauzbart pfiff winkend einen uniformierten Busfahrer herbei. Eine Frau im Kostüm rempelte mich an.

»Pardon!« Sie schob sich an mir vorbei, gefolgt von einer vielköpfigen Reisegruppe, die mich an den Rand der Absperrung drängte. Lautes Lachen. Ein Stimmengewirr wie beim Turmbau zu Babel. Ich klammerte mich an den Koffer. Türen öffneten sich. Menschen flossen in die niedrige Halle mit einer Decke aus weißen Platten. Türen schlossen sich. Alle schubsten und hetzten in Richtung eines undefinierbaren Ziels. Niemand schien sich etwas dabei zu denken. Alles lief ganz normal.

Aber in meinen Ohren rauschte es.

Ich fühlte mich – gehäutet. Wie eine geschälte Frucht. Roh. Schutzlos. Nackt. Etwas in mir hatte sich durch die Panikattacke verschoben. Die Welt drehte sich ganz normal weiter, die Menschen strebten und fühlten wie immer. Nur ich gehörte auf einmal nicht mehr dazu. Ich schwang nicht mehr im Rhythmus.

Da stürmte der Gedanke zurück in meinen Kopf: *Ich muss hier raus!* Und ich reagierte augenblicklich. Christophers Koffer wie einen Rammbock vor mir herstoßend, bahnte ich mir einen Fluchtweg aus der Halle. Mein Herz schlug hart, ich kämpfte mich gegen den Strom, durch Reisegruppen, Familien, Paare hindurch. Raus aus dem Gebäude. Hinaus auf den Vorplatz. Mitten durch die Massen. Bis vor eine fast vier Meter hohe Buchstaben-Skulptur: #IloveNice. Was für eine Farce!

Ich trat einen Schritt zurück und atmete tief durch. Die Sonne sandte gleißende Strahlen vom Côte-d'Azur-blauen Himmel. Aber wenigstens komprimierte der offene Platz den Schweiß nicht mehr zu einer ranzigen Dauerschleife. Ich beruhigte mich ein wenig. Zwischen mir und dem Inneren des Flughafens lagen Dutzende von Metern. Ich hatte es nach draußen geschafft!

Erleichtert hockte ich mich auf den Sockel der Plastik, die in den französischen Nationalfarben erstrahlte. Ich sollte versuchen, mich zu sammeln und irgendwie ruhiger zu werden. Ein Plan musste her. Ich brauchte eine Idee, wie es jetzt weitergehen sollte.

Am Rand des Platzes teilten sich zwei kleine Foodtruck-Cafés die Kundschaft. Ich bat die Frau, die am roten N lehnte, kurz auf meinen Koffer aufzupassen, und kaufte eine Cola. Wieder zurück spülte ich das eiskalte Zuckerwasser in einem Rutsch herunter. Die Nerven in meinem Körper schrien *Hallo wach!*, und ich fühlte mich zum ersten Mal seit Stunden wie ich selbst. Ein Anfang.

Ich zog mein Handy aus dem Rucksack. Es war 13:17 Uhr. Eine Stunde seit mein Leben implodiert war. Unfassbar. Von allen schrecklichen Dingen, die passieren könnten, wäre mir eine Panikattacke im Flugzeug niemals in den Sinn gekommen. Und doch fiel mir im Moment nichts ein, was schlimmer hätte sein können.

Ich versuchte, mich zu konzentrieren, und googelte nach Flügen. Nizza – Hamburg. Um 15 Uhr würde Scandinavian Airlines starten. Mit einem Stopp in Kopenhagen wäre ich um 22:35 Uhr zurück in Deutschland, und Christopher könnte mich vom Flughafen abholen. Die nächsten Direktflüge gingen erst morgen Vormittag und waren bereits beide ausgebucht. Ich starrte auf den Bildschirm.

»Ich kann nicht fliegen.«

Die Frau neben mir sah mich fragend an. Ich schüttelte den Kopf.

»Ich kann nicht fliegen«, flüsterte ich meinem Handy zu und schloss die Augen. Tränen tropften auf den Bildschirm. Allein die Vorstellung, mich auf einen Platz im engen Flugzeug zu quetschen, zu beobachten, wie die Flugbegleiterinnen die Türen schlossen, zu wissen, dass wir hoch in den Himmel abheben würden, dass es keinen Weg für mich geben würde, irgendwie zu entkommen … Ich schnappte nach Luft. Was für ein Albtraum! Fliegen war keine Option. Aber wie um alles in der Welt sollte ich nach Hause kommen?

Ich lehnte mich gegen den warmen Kunststoff des #-Zeichens. Die Menschen um mich herum zogen, zerrten, schoben und schleppten ihr Reisegepäck über den Platz. Ein kleines Mädchen in gelben Clogs fuhr auf einem knallroten Rollkoffer wie mit einem Bobbycar im Kreis herum. Eine junge Frau im Cosplay-Kostüm mit hellblauen Zöpfen skatete elegant auf in ihren Sneaker eingelassenen Rollen durch die pulsierende Masse. Ein Typ in Jeans und T-Shirt trottete barfuß über die heißen Steinplatten. Seine Füße wirkten seltsam voluminös, wie die Modelle von Hobbit-Füßen, die ich mal in einem Making-of gesehen hatte. Ich schüttelte erneut den Kopf. Wie grotesk! Zumal nur wenige Meter neben dem einen Foodtruck jetzt ein älteres Paar begann, Foxtrott zu tanzen. Das gab es doch gar nicht! War ich verrückt geworden? Oder traf das eher auf den Rest der Welt zu? Ich wollte nach Hause! Ich wollte zu Christopher! Zu meinem Vater! In unsere Wohnung! Aufs Sofa! Unter meine Bettdecke! S-o-f-o-r-t!

»Nein, das ist es nicht.« Harm schob das Paket mit dem unleserlichen Etikett zurück über den Tresen. »Dubaiische Briefmarken.«

Der missmutige Zollbeamte runzelte die Stirn. Seine Mundwinkel zogen die Spitzen des braunen Schnauzbarts derart nach unten, dass es schien, als trüge er ein Hufeisen im Gesicht. Kein Wunder, dass er schlecht gelaunt war, wo das Glück ihm doch stets entglitt.

»Monsieur, wir haben kein anderes Paket.« Der Zollbeamte streckte Harm seinen Ausweis entgegen.

»Bitte. Schauen Sie noch einmal nach. Es muss da sein. Etwa fünfzig Zentimeter breit und dreißig Zentimeter hoch. Vielleicht summt es.«

»Pardon?«

»Bienen. Es sind Bienen drin.«

»Lebende Bienen?«

»Das hoffe ich sehr.«

Der Zollbeamte rollte mit den Augen. »Warum sagen Sie das nicht gleich? Tiere lagern in einem anderen Raum.«

Er schnappte sich Harms Ausweis und verschwand hinter der rechten Seitentür. Harm seufzte. Er zog sein Handy aus der Jeanstasche.

Und?

Ich warte noch. Mach dir keine Sorgen.

Es muss da sein!

Ja, Uwe, wird es auch.

Harm steckte das Handy zurück in die Hose und kratzte sich am rechten Fuß. Er hatte in der Tat zweiundvierzig Bienenstiche abbekommen. Einige wenige an Händen und Armen, die restlichen hatten seine Beine und vor allem die Füße in eine Kraterlandschaft verwandelt. Das Schlimmste aber war: Es juckte! Trotz der Salben, die Gérard ihm zentimeterdick auf die Haut gekleistert hatte, trotz des Antihistaminikums, das er jetzt schon zweimal geschluckt hatte, und obwohl sie mühevoll alle Stacheln mit Lupe und Pinzette herausgezogen hatten. Es juckte. Die ganze Zeit. Ohne Unterlass. Ein Gefühl zum Durchdrehen.

Harm schlug mit der flachen Hand auf seine Fußrücken, um die wunde Haut durch das Kratzen nicht noch mehr zu reizen.

»Monsieur?« Der unglückliche Zollbeamte beäugte Harm misstrauisch. »Sie tragen keine Schuhe.«

»Das stimmt. Haben Sie mein Paket gefunden?«

»Einen Moment bitte.« Der Zollbeamte stellte den Karton neben seinen PC und hämmerte in die Tasten. Zwischendurch warf er Harm undurchschaubare Blicke aus zusammengekniffenen Augen zu. Harm rieb einen Fuß am Hosenbein.

Die Tür öffnete sich, und ein Soldat in voller Montur erschien, das Sturmgewehr im Anschlag über der schusssicheren Weste. Harm musterte ihn skeptisch. Kommentarlos untersuchte der Soldat das Paket. Nach einigen Minuten hob er es hoch und schob es Harm über den Tresen zu.

»Aufmachen.«

»Es sind nur Bienen.«

»Aufmachen.«

»Haben Sie ein Messer?«

»Was?«

Der Soldat hob das Gewehr.

»Bitte!« Harm hob die Hände. »Ich weiß nicht, wie ich die Klebestreifen sonst öffnen soll.«

Auf ein Kopfnicken des Soldaten hin, eilte der unglückliche Zollbeamte herbei und arbeitete sich mit einem Taschenmesser am Deckel des Kartons ab. Uwe hatte es gut gemeint mit der Verpackung. Harm hoffte nur, er hatte keine seltsame Überraschung im Inneren versteckt.

»Voilà!« Mit einem stolzen Lächeln schob der Zollbeamte nach einer Weile das Paket vor den Soldaten, der es gleich zu Harm weiterschob.

»Aufmachen.«

Harm hob den Deckel an. Der Soldat richtete seine Waffe auf ihn. Mit zittrigen Fingern zerrte Harm einige zerknäulte Zeitungsseiten heraus. Ein knisterndes Rascheln erfüllte den Raum. Behutsam platzierte er Stück für Stück Verpackungsmüll auf dem Tresen. Dann vernahm er ein zartes Summen. Vorsichtig, nur mit Daumen und Zeigefinger zog Harm eine kleine, vergitterte Holzschachtel heraus und legte sie behutsam neben das Paket. Danach eine weitere. Und noch eine. Schließlich krabbelte es in neun Boxen. Harm blickte den Soldaten an, der jede seiner Bewegungen verfolgt hatte.

»Okay?« Harm trat mit beschwichtigend erhobenen Händen einen Schritt zurück.

»Sie tragen keine Schuhe.«

»Bienenstiche.«

Der Soldat beugte sich ein wenig über den Tresen. Ein Grinsen umspielte seinen linken Mundwinkel. Abrupt wandte er sich ab und verschwand ohne ein weiteres Wort durch die rechte Seitentür.

Ich betrachtete die Sandalen an meinen Füßen und fragte mich, wie weit sie mich tragen würden. Sicher nicht bis zurück nach Hamburg. Wahrscheinlich nicht einmal bis in die Innenstadt von Nizza. Zumindest nicht ohne Blasen. Ich war am Aéroport Nice Côte d'Azur gestrandet.

Fliegen schied definitiv aus. Meinem Gefühl nach nicht nur jetzt, sondern für alle Zeit und jemals. Für Busse und Bahnen galt das Gleiche. Ich konnte mir nicht vorstellen, in ein Fahrzeug einzusteigen und nicht mehr hinauszukönnen. Egal wie nah die nächste Station lag. Was, wenn die Panik zurückkehrte?

Die ersten Schweißtropfen sammelten sich in der Kuhle des BHs zwischen meinen Brüsten. Am Rücken klebte das T-Shirt fleckig an meiner Haut. Die Sonne stand fast senkrecht über uns. Da konnte auch der Schatten des #-Zeichens nichts ausrichten.

Ich musste eine andere Lösung finden – Kutsche oder Schlitten klangen gut. Ich seufzte. Zurzeit traute ich mir nicht einmal zu, einen Mietwagen zu leihen. Man stelle sich vor: Mitten auf der Autobahn überfiel mich die Panik. Was dann? Und überhaupt: Autobahn. Ich müsste Lastwagen überholen, klemmte vielleicht zwischen zwei Wohnmobilen fest, könnte nicht einfach abbiegen, müsste immer auf die nächste Ausfahrt warten. Ich käme genauso wenig raus wie aus dem Flugzeug.

Dennoch schien mir ein Auto die einzig irgendwie denkbare Möglichkeit zu sein. Ich könnte Mautstraßen meiden und gemächlich über kleinere Landstraßen tuckern. Das würde zwar länger dauern, aber letztlich plusterte sich hier nicht die Zeit als mein größter Gegner auf. Ich hatte noch den ganzen Rest des Samstags plus den Sonntag plus die zwei Nächte dazwischen, bevor ich um 8 Uhr am Montagmorgen wieder im Büro sein musste. Das sollte ja wohl machbar sein, wenn, ja, wenn ich denn Auto fahren könnte.

Nachdenklich schaltete ich das Handy ein und rief Christopher an. Seine vertraute Stimme forderte mich auf, eine Nachricht zu hinterlassen. Ich hörte mir auch noch die englische Version an. Es würde noch Stunden dauern, bis er in Hamburg landete. Aber vielleicht meldete er sich beim Umsteigen in Frankfurt. Sicher würde er das tun. Und bis dahin? Ich konnte schlecht auf diesem Sockel hocken bleiben und warten, dass Christopher mich abholte. Nein. Bestimmt nicht. Das nicht. Aber vielleicht … vielleicht holte mich jemand anderes ab. Jemand mit einem Auto. Jemand, der mich mitnehmen konnte.

Ich googelte nach Mitfahrzentralen. Tatsächlich gab es einige. Ich entschied mich für das erste Ergebnis und tippte meine Wunschroute ein. Sofort ploppten mehrere Angebote auf. Giselle bot eine Mitfahrgelegenheit von Nizza nach Antibes an. Ein Blick auf die Landkarte offenbarte, dass ich mich damit keine dreißig Kilometer vom Platz bewegen und zudem in die falsche Richtung reisen würde. Felix offerierte einen Beifahrerplatz nach Freiburg. Immerhin wäre ich dann schon mal in Deutschland. Allerdings – müssten wir dafür nicht die Schweiz durchqueren? Und bestand die Schweiz nicht ausschließlich aus Bergen, ergo aus Tunneln? Neben Flugzeugen schienen mir Fahrstühle, Kreuzfahrtschiffe und Tunnel gerade in derselben Liga zu spielen. Nirgendwo kam ich raus. Eine entsetzliche Vorstellung.

Harm steuerte mit großen Schritten auf die Drehtür zu. Das Bienenpaket unter dem Arm, drückte er mit der freien Hand auf einen breiten Griff in der Mitte der Glasscheibe. Nichts tat sich. Er drückte stärker, und die schwergängigen Flügel machten einen Satz. Harm zwängte sich und die Bienen in ein freies Viertel. Wieder stoppte die Tür. Er hob das Paket über den Kopf, drehte sich um und presste Rücken und Po gegen den vorderen Flügel. Das Bodengitter drückte in seine Fußsohlen. Erst passierte gar nichts. Dann sprang die Tür in eine schnelle Drehung. Harm trippelte, um die Balance zu halten, fasste nach dem Griff, taumelte nach hinten und schrie auf, als der hintere Flügel der Drehtür über seine geschwollenen Zehen schabte. Er stolperte rückwärts aus dem Zollbereich, das Paket mit den Bienen eng an sich gedrückt.

»Verdammt!« Er stellte das Paket auf den Boden und strich vorsichtig über den roten Striemen, der sich quer über alle zehn Zehen zog. »Fuck!« Harm unterdrückte die aufsteigenden Tränen. Aus Trauer zu weinen war okay, nicht aus Wut.

Er klemmte sich die Königinnen unter den Arm und tapste vorsichtig über die heißen Steinplatten auf die kleinen Imbissbuden am Rande des Vorplatzes zu. Neben einem älteren Paar war noch ein Stuhl frei. Harm plumpste auf die Sitzfläche und streckte die Beine aus.

Er konnte so nicht weiterreisen. Ein Blick auf seine monströsen Füße führte ihm das überdeutlich vor Augen. Es ging einfach nicht. Der Schwindel und die Übelkeit, die ihn gleich nach dem Schock über die vielen Stiche überkommen hatten, waren zwar abgeklungen, aber er fühlte sich alles andere als fit. Außerdem hatte die Barfußfahrt entlang der schmalen Serpentinen von Tourrette-Levens über die verstopften Viadukte von Nizza ihm klargemacht, wie gefährlich und schmerzhaft es sein konnte, ohne Schuhe auf – und vor allem zwischen – Gaspedal, Bremse und Kupplung zu treten.

»Würden Sie wohl kurz auf mein Paket achtgeben?« Harm lächelte dem älteren Paar zu. Sie wirkten vertrauenswürdig. Die beiden nickten, und Harm kaufte sich an der Bude eine Cola mit extra Eiswürfeln.

Zurück am Platz rieb er das gefrorene Wasser ganz sacht über seine geschwollenen Füße. Die Kälte betäubte den Juckreiz, und Harm entspannte sich ein wenig. Wenn die Cola jetzt noch gegen die dämmrige Müdigkeit half, die die Antihistaminika verursachten, konnte er sich vielleicht Gedanken darüber machen, wie diese Reise für ihn weitergehen sollte. Denn dass sie weitergehen *musste,* war klar. Nicht nur wegen der Königinnen. Der Weg bis hierher war heilsam gewesen. Aber er brauchte noch ein wenig mehr Zeit.

Sobald er Nizza hinter sich gelassen hätte, die Mautstationen, engen Häuserschluchten, Einbahnstraßen, den ganzen aufgeregten Trubel, könnte er seine Fahrt gemächlich und in aller Ruhe fortführen. Der nächste Imker wohnte eine gute Stunde entfernt in den südlichen Ausläufern der Voralpen, und von dort ging es durch den Parc Naturel Régional du Verdon direkt weiter nach Valensole. Natur und durchatmen.

Aber vielleicht schadete es nicht, wenn er sich zumindest bis dahin Unterstützung suchte. Jemanden, der fuhr, während er seine Füße schonte und die Schönheit der Landschaft genoss.

Harm zog sein Handy aus der Hosentasche, tippte zu Uwes Beruhigung ein »Königinnen wohlauf!« in den Chat und begann zu googeln.

Da war er! Ich hatte ihn gefunden! Mein Ticket nach Hause! Zumindest in die – zugegebenermaßen grobe – Richtung meines Zuhauses: Ein Deutscher namens Harm bot eine Fahrt nach Valensole an, ins Königreich des Lavendels (ich erinnerte mich an die Beschreibung im Reiseführer), etwa drei Stunden in nordwestlicher Richtung. Und das Beste: Er wollte von hier aus starten, vom Aéroport Nice Côte d'Azur. Gesamtpreis für 1 Mitfahrer: 35 Euro. Mitfahrer: max. 2 auf Beifahrersitz und Rückbank. Haustiere nicht erlaubt. Auto: blauer Volvo 940, keine AC. Text: Hallo, ich fahre auf Nebenstraßen von Nizza nach Valensole. Es wäre gut, wenn wir uns beim Fahren abwechseln könnten.

Ich klickte auf *Weiter* und meldete mich bei der Mitfahrzentrale an. Kurz darauf konnte ich Harm persönlich kontaktieren.

Hallo, ich würde gerne bei dir mitfahren. Wollen wir uns bei der #IloveNice-Skulptur am Flughafen treffen?

Die Antwort kam prompt.

Da bin ich gerade.

Ich blickte irritiert zur Seite. Neben mir saß nach wie vor die Frau vor dem blauen N und tippte mit beiden Daumen auf ihrem Smartphone herum. Konnte ja wohl kaum sein. Harm war ein Männername. Ich stand auf. Der Vorplatz wimmelte noch immer von Menschen. Das kleine Mädchen mit dem roten Rollkoffer konnte ich nicht mehr sehen. Auch die skatende Blauhaarige war verschwunden. Dafür saß der seltsame Barfüßige mit den beiden Tänzern am Monsieur-Albert-Foodtruck. Ich ließ meinen Blick schweifen. Niemand sah auch nur annähernd so suchend aus wie ich. Als ich meine Blickrunde zum zweiten Mal beim Foodtruck begann, lehnte der schuhlose Hippie mit einem Paket am Blumenzaun vor den Café-Stühlen. Er fing meinen Blick ein. Durch Dutzende Köpfe, Rücken, Rucksäcke, Pferdeschwänze sahen wir einander an. Einen Moment lang blieb die Welt stehen. Dann hob der Mann die Hand, versetzte der Welt einen Schubs und winkte mir zu.

Sie schob sich Haarsträhnen hinter das Ohr. Schon zum vierten Mal. Dabei dauerte der Weg, den Harm vom Café der Imbissbude zur #IloveNice-Skulptur zurücklegte, kaum zehn Sekunden.

»Anna?«

Ihre Augen huschten unaufhörlich durch die Menge. Sie schaffte es nicht, ihn anzusehen. Das machte einen ganz nervös. Und: Sie trug Perlenohrringe! Welche Frau in ihren Dreißigern tat das?

»Du bist Harm.«

Er streckte ihr die Hand entgegen. Ihr Griff fühlte sich fest und weich an. Doch trotz der Hitze waren ihre Finger kalt.

»Schön, dich kennenzulernen, Anna.«

Sie lächelte nicht. »Was meinst du, wann wir in Valensole ankommen?«

Harm wuschelte durch die kürzeren Haare in seinem Nacken. »Puh, keine Ahnung. Das kann ich dir nicht so genau sagen. Ich hatte ja geschrieben, dass ich auf kleineren …«

»Ja, sicher, habe ich gelesen. Und das finde ich auch wirklich großartig! Ich muss nur am Montagmorgen wieder bei der Arbeit in Hamburg sein.«

»Flug verpasst?«

Anna zögerte. »Sozusagen.«

»Vielleicht suchst du dir dann lieber jemanden, der direkt durchfährt oder wenigstens bis nach Paris. Valensole ist ja wirklich nur ein kleines Stück vom …«

»Nein! Nein, schon gut. Ich … es ist prima so. Ich möchte wirklich gerne mit dir fahren.«

Anna schulterte ihren Rucksack, drückte einen Knopf auf einem luxuriösen Rollkoffer, und ein langer Teleskopgriff fuhr heraus. Sie wirkte angestrengt patent.

»Okay …« Harm räusperte sich und schob das Bienenpaket unter den anderen Arm. Das hier war eine Schnapsidee! »Kannst du Auto fahren?«

Ihr Blick huschte suchend von einer Seite zur anderen, als müsse sie die Antwort erst einfangen.

»Sicher.«

»Sicher?«

»Sicher!«

Harm schob die Bienen zurück unter den rechten Arm. Worauf ließ er sich da ein? In seiner Vorstellung nutzten Studenten, ökologisch Verantwortungsbewusste und Langstreckenfahrer wie Truckies die Vorteile einer Mitfahrzentrale. Schnöselige Karrierefrauen mit Perlenohrringen und einem Koffer so teuer wie ein Gebrauchtwagen sprengten diese Statistik.

Er nickte Anna zu. »Dann lass uns gehen.«

Harm steuerte um die #IloveNice-Skulptur herum, vorbei an Bus- und Bahnhaltestellen für den Flughafentransfer, überquerte die Straße und erreichte schließlich den langen Zaun, der das dreistöckige Parkhaus einfasste. Schon diese knapp zweihundert Meter Betonwüste führten ihm deutlich vor Augen, warum er die provenzalischen Küstenstädte mied. Grauer Staub, der sich heiß in die Haut brannte. Noch nicht mal zwischen den Plattenritzen wagte sich ein grünes Blatt ins Freie. Was fanden Menschen nur an einem Urlaub an den Steinstränden Nizzas?

Harm trippelte mit seinen nackten Füßen über den glühenden Asphalt. Vielleicht hätte er doch ein Paar Badelatschen einpacken sollen, aber er trug auf Reisen immer Wanderschuhe, was bislang auch immer eine gute Entscheidung gewesen war. Die Stiche juckten. Und zu allem Überfluss schmerzten die Zehen bei jedem Abrollen. Der rote Striemen würde sich in den kommenden Tagen grün und blau verfärben.

Als er sich zu Anna umdrehte, wuchtete sie den klobigen Koffer auf den schmalen Bürgersteig. Sie winkte ihm zu. Noch immer unlächelnd. Ein Glück, dass er auf der Plattform nur die erste Teilstrecke zum Mitfahren angeboten hatte. Das ergab einen lausigen Tag, nicht gleich mehrere. Am späten Nachmittag in Valensole würden sich ihre Wege trennen, und Anna könnte bei einem potenten Cabriofahrer einsteigen und mit vielen Pferdestärken nach Hause brausen. Warum hatte sie sich nicht gleich für eine Zugfahrt entschieden? Oder einen schicken Mietwagen?

Am Eingang zum Parkhaus stellte Harm die Bienen vorsichtig auf den Boden und zerrte das Ticket aus dem Portemonnaie in seiner Jeanstasche. 9 Euro 40. Noch ein Grund, der gegen Tourihochburgen sprach.

Anna erreichte das Parkhaus. »Geh ruhig schon mal das Auto holen.« Ihre Haare klebten nass an den Schläfen. Sie ächzte, als sie den Koffer über die unebenen Pflastersteine auf die Seite des Ticketautomaten rumpelte. Harm schloss kurz die Augen. Ja, er hätte ihr mit dem Koffer helfen sollen. Es war kompliziert, noch bevor es richtig angefangen hatte.

»Ich warte hier auf dich«, sagte Anna jetzt. »Dann muss ich dieses Ungetüm nicht noch weiter durch die Gegend zerren.«

»Ehrlich gesagt dachte ich, du würdest fahren. Das hatte ich ja auch geschrieben.«

»Ja! Ich meine … na klar, mache ich, kein Problem. Wir können ja hier unten tauschen.«

»Es gibt einen Fahrstuhl.« Harm deutete auf die Tür zum Treppenhaus.

Anna riss die Augen auf. »Ich … schon gut. Kein Ding. Ich warte einfach hier.«

Harm musterte sie skeptisch. Irgendetwas stimmte nicht. Ihre Augen standen nie still, blieben nie lang genug an seinem Blick haften, als dass er auch nur hätte erahnen können, welche Farbe sie haben. Worauf hatte er sich hier eingelassen? Anna wirkte fahrig, unkonzentriert, irgendwie abwesend. Dabei redete sie normal, na ja, vielleicht ein bisschen hektisch. Nein. Nicht hektisch. Gehetzt. Als wäre jemand hinter ihr her.

»Dann bis gleich.« Harm schnappte sich die Bienen und fuhr mit dem Fahrstuhl in den dritten Stock. Er verstaute die Königinnen auf dem Boden des Kofferraums und klemmte sie zwischen zwei Taschen an die Rückbank, damit sie während der Fahrt nicht hin und her rutschten. Auf dem Weg zur Fahrertür trat er auf die Zacken eines Kronkorkens.

»Au!« Harm hüpfte zum Sitz und ließ sich in den Wagen plumpsen. Er tastete seine Fußsohle ab. Aus winzigen Löchern tropfte Blut auf seine Finger.

»Verflucht!« Er schloss die Augen. Tränen sammelten sich ganz unvermittelt unter seinen Lidern. Scheiße, so sah es aus! Perforierte Füße. Perforiertes Herz. Perforierte Seele. Es grenzte an ein Wunder, dass das, was ihn als Mensch zusammenhielt, nicht aus ihm herauspulsierte.

»Fuck!« Entschlossen knallte Harm die Autotür zu. Er drehte den Zündschlüssel und ließ den Motor aufheulen. Gleich würde er Anna das Lenkrad überlassen, schlafen und für kurze Zeit einfach mal alles vergessen.

Ich umrundete den Koffer zum dritten Mal, wechselte die Richtung. Angestrengt starrte ich auf meine rot lackierten Zehennägel in den Sandalen. Bloß keinen Blick ins Parkhaus mit seinen niedrigen Decken und dunklen Etagen riskieren. Fahrstuhl fahren. Genau. Super Idee.

Aber: Ich würde mich jetzt gleich ans Steuer eines Autos setzen und sowohl die Kontrolle über das Fahrzeug als auch über mein Leben zurückgewinnen. Denn darum ging es doch, oder? Kontrolle. Im Flugzeug war ich in einem engen Stahlskelett und den Flugkünsten eines Piloten ausgeliefert. In Bus und Bahn den Fähigkeiten der Fahrer und, was noch schwerer wog, der Aufmerksamkeit anderer

Verkehrsteilnehmer. Im Fahrstuhl hing mein Leben am dünnen Seil funktionierender Technik. Kein Wunder, dass blankes Entsetzen in mir aufstieg! Aber das würde ich jetzt ändern. Präzise, ruhig, diszipliniert und mit einem starken Willen, so wie sonst auch.

Harm stoppte einen petroleumgrünen Volvo vor der Schranke. Hatte er die Farbe seines Autos in der Beschreibung bei der Mitfahrzentrale nicht mit Blau angegeben? Aber er hatte auch verschwiegen, dass er es vorzog, barfuß durchs Leben zu gehen. Offenbar nahm er es mit den Details nicht allzu genau.

Er stieg aus und warf mir den Schlüssel zu. »Hier.« Dann öffnete er die Hecktür und lud netterweise Christophers Koffer ein. »Wollen wir?«

Ein roter Wagen hielt hinter uns. Der Fahrer schaute mit gerunzelter Stirn von Harm zu mir und wieder zurück. Harm hob beschwichtigend die Hände, nickte ihm zu und stieg auf der Beifahrerseite in den Volvo. Er öffnete mir von innen die Tür. »Kommst du?«

Ich wollte Ja sagen, und ich wollte auch Ja tun, aber ich konnte nicht. Es war, als zerre jemand an mir mit einem Magneten, auf den jede Faser meiner Haut reagierte. Und es zog mich weg von hier. Nur weg.

»Anna?«

Harms Blick wirkte genervt. Er hing halb über dem Fahrersitz und musterte mich mit gerunzelter Stirn. Ich bemühte mich, aber es kostete entsetzlich viel Kraft, einen Fuß vor den anderen zu setzen und hinter das Lenkrad zu klettern. Ich keuchte.

Harm streckte mir das Parkticket entgegen. Der Rotwagenfahrer hupte. Ich schloss die Tür. Mein Herzschlag verdoppelte sich, als ich das Ticket in den Schlitz des Automaten schob. Die Schranke öffnete sich. Blut rauschte in meinen Ohren. Ich zitterte und verfehlte zweimal das Schlüsselloch. Eine heiße Röte begann unterhalb meiner Brust zu kreiseln. Sie blähte sich auf. Und schoss binnen einer Zehntelsekunde hoch in meinen Kopf. Angst. Ich sprang aus dem Wagen.

»Anna!«

Harms Stimme wehte wie schallisoliert zu mir herüber. Ich stützte mich auf den Ticketautomaten, hechelte. Vor mir weitete sich das Grau der Straße zu einer Wüste aus Beton. Wie konnte ich es nur schaffen, dieses blanke Entsetzen auf ein erträgliches Level herunterzuregulieren?

Da stand Harm vor mir. »Was ist los? Ist dir schlecht?«

»Ich … ja … es geht bestimmt gleich wieder, ich …«

Eine lang gezogene Hupe echote zwischen den niedrigen Decken des Parkhauses.

»Ist ja gut!« Harm schrie gegen den Lärm an und warf die Arme in die Luft. »Los, steig ein. Ich fahre.«

Der Mann im roten Auto fluchte. Ich trottete um die Kühlerhaube herum und floss auf den Beifahrersitz. Harm pfefferte die Tür zu, quetschte sich hinters Lenkrad und gab Gas. Wir verließen den Schatten des Parkhauses und tauchten in das gleißende Licht der Mittelmeersonne. Ich schloss die Augen. Das T-Shirt und die flattrige Hose klebten an mir. Harm manövrierte uns über den Flughafenzubringer. Fly-overs, Schnellstraßen, Brücken, Viadukte, überall Beton. Autobahnen ohne Seitenstreifen und Haltebuchten. Keine Chance, zu stoppen und auszusteigen. Wir trieben auf der mittleren Spur mit dem Verkehr, eingekesselt von Lastwagen, Autos, Bussen und Motorrädern. Durchquerten eine Autobahnunterführung. Ich kniff die Augen zusammen und hielt meinen Kopf mit beiden Händen fest. Versuchte an Christopher zu denken, seine warme Stimme, das Grübchen in seinem Kinn.

»Du hättest mir sagen sollen, dass du gar nicht fahren kannst!«

Harms wütende Stimme holte mich auf Nizzas heiße Straßen zurück. Eine Zornesfalte verlängerte seinen Nasenrücken bis hinauf zur Stirn.

»Ich …« Keine Ahnung, was ich darauf erwidern sollte. »Ich kann fahren.«

»Sicher, oder?« Harm spuckte die Worte auf das Lenkrad. »Verdammt, ich hätte es wissen sollen. Warum höre ich nicht auf mein Bauchgefühl? Es kam mir gleich so seltsam vor. Eine Businesstussi mit Perlenohrringen und Luxus-Design-Koffer-Ungetüm meldet sich bei der Mitfahrzentrale. Genau. Hat dein reicher Lover dich sitzen gelassen? Oder hast du gestern Abend beim Abschluss irgendeines Mega-Deals das Koks zu tief inhaliert?«

»Was?« Ich starrte ihn an. »Das ist ja wohl nicht dein Ernst!« Meine Stimme klang schrill. Wie konnte er so etwas sagen? »Du spinnst ja! Aber mehr Vorstellungskraft kann man von einem Hippie, der meint, barfuß durchs Leben gehen zu müssen, wohl nicht erwarten! Ist das so was Spirituelles? Oder dein persönlicher Weg, um auf den Klimawandel aufmerksam zu machen?«

»Klimawandel? Scheiße, genau! Dann aber vor allem, weil du ihn mit deinem Flug hierher eingeleitet hast!«

»Als ob deine Karre mit Ökostrom fahren würde!«

»Deshalb bist du hier: Um meinen ökologischen Fußabdruck zu verringern!«

»Vielleicht möchte ich mich dafür aber gar nicht von dir vor den Karren spannen lassen!«

»Was?« Harm sah mich an. »Hey, ganz ehrlich, du kannst auch aussteigen! Ich möchte deine moralischen Grenzen nicht überstrapazieren. Und davon abgesehen: Spirituell versprüht dieses Gespräch hier das schlechteste Karma seit unglaublich langer Zeit!«

»Das sehe ich ganz genau so!«

Harm riss das Lenkrad herum. Wir schnitten einen Renault, dessen Fahrer wild hupte, und sausten tatsächlich mit quietschenden Reifen die Ausfahrt hinunter. Ich stemmte meine Arme gegen Tür und Decke.

»Was machst du denn!«

Harm wirbelte den Volvo auf eine wenig befahrene Landstraße, ließ ihn auf den Bürgersteig hoppeln und drückte die Bremse durch. Mein Herz schlug Alarm.

»Was soll denn das um Himmels willen?«

Harm funkelte mich wütend an. »Nenn mir einen Grund, warum ich dich nicht sofort aus meinem Wagen werfen sollte!«

»Ich ...« Ich schluckte meine Antwort hinunter. Was machte ich hier bloß? Ich erkannte mich selbst nicht wieder. Harm war mein Ticket nach Hause. Ich brauchte ihn. Tränen stiegen in meine Augen. Ich wollte mir keine Blöße geben, aber mit dem nächsten Blinzeln rannen sie über meine Wangen.

»Oh bitte!« Er verdrehte die Augen.

Ich wischte schnell mit den Handrücken über mein Gesicht.

»Glaubst du wirklich, das zieht?«

»Hör zu.« Ich räusperte mich, sammelte alle Kraft, versuchte, meine Stimme nicht brechen zu lassen. »Es tut mir wirklich leid.« Erneutes Hüsteln. »Ich kann Auto fahren. Aber ... mir geht es heute nicht gut. Ich dachte ... ich würde es trotzdem hinbekommen, aber es geht nicht. Ich schaffe es einfach nicht. Bitte ... würdest du mich bitte bis nach Valensole mitnehmen? Heute Abend bist du mich wieder los, und ich kann mir von dort aus eine neue Mitfahrgelegenheit suchen. Bitte.«

Harm kniff die Augen zusammen. Offenbar wog er das Für und Wider ab, haderte mit sich und meinen Worten. Schließlich nickte er und stieg aus dem Wagen. Er öffnete die Heckklappe und begann nach etwas zu suchen. Ich verließ das Auto und atmete tief durch.

Ein Paar reichlich abgewetzter Wanderstiefel landete auf dem Bürgersteig. Harm hockte sich in den Kofferraum, zog mit schmerzverzerrtem Gesicht einen Socken an und versuchte, in den Schuh zu gleiten. Die Öffnung schien nicht einmal für die Zehen auszureichen.

»Was ist mit deinen Füßen?«

Er hielt in der Bewegung inne. »Oh, das. Ist was Spirituelles. Barfuß fühle ich mich dem Klimawandel näher.«

Ich versuchte zu lächeln, aber es misslang.

Harm verdrehte die Augen. »Bienenstiche.« Er zwängte den Fuß bis zur Hälfte in den Stiefel. »Zweiundvierzig, um genau zu sein.«

»Ist nicht dein Ernst!«

Er zog den Schnürsenkel aus den Ösen und bog die Schuhzunge weit nach außen. »Sehe ich ernsthaft aus, als würde ich spaßen?«

Mit einem Ruck zog ich Christophers Koffer aus dem Auto und öffnete das Zahlenschloss. Christophers Geburtstag. Er war nicht sehr kreativ, auch nicht, was Passwörter, Codes oder Zahlenschlösser anging. Zum Glück. Ich wühlte ein wenig in der Schmutzwäsche herum, entdeckte eine ausgedruckte Rohfassung des Pitchs und reichte Harm dann ein Paar Flip-Flops.

»Das sind U-Boote!« Er starrte abwechselnd auf meine eher zierlichen Füße und die Gummilatschen.

Ich ignorierte seinen Blick. »Wo ist dein Verbandskasten?«

Er zog eine Kiste hinter einer blauen Ikea-Tasche voller Klamotten hervor. Ich nahm die Schere heraus.

Harm friemelte Schuhe und Socken von seinen Füßen, und ich sah zum ersten Mal das ganze Drama. Seine Füße glichen einer Mondlandschaft! Ein unförmiger Hügel erhob sich neben dem nächsten. Die Haut schimmerte rot, als ob die obere Schicht durch häufiges Kratzen bereits abgetragen worden wäre. Über die Zehen verlief ein roter Strich. Beide Füße waren mindestens auf das Doppelte angeschwollen und ließen ihre eigentliche Form nicht einmal mehr erahnen.

»Großer Gott! Wie um alles in der Welt ist das passiert?«

Harm winkte ab. »Wir wollten einen Bienenschwarm einfangen. Leider ist etwa die Hälfte des Volkes auf meinen Füßen gelandet.« Er überlegte kurz. »Nicht auszudenken, wenn sich alle auf mich gestürzt hätten.«

Harm schlüpfte in Christophers Flip-Flops. Da sie viel zu groß waren, passte die Weite hervorragend. Den überstehenden Rest an den Fersen schnitt ich ab.

Zur Probe lief Harm in seinen neuen Schuhen einige Schritte über den Bürgersteig. »In der Tat – wie gut, dass du mit einem Paar Flip Flops in Übergröße durch die Welt reist.«

Ich lächelte. Diesmal gelang es ein wenig besser.

»Oh, a storm is threatening my very life today, if I don't get some shelter, oh, yeah, I'm gonna fade away ...«

Das Radio war angesprungen, als Harm den Wagen startete. Das tat es manchmal, meist allerdings nicht. Es führte ein Eigenleben, ließ sich weder durch Werkzeug noch durch gutes Zureden von irgendwelchen Verbindlichkeiten überzeugen. Manchmal rauschte es auch nur oder stieß quiekende und surrende Laute aus wie Androiden in Science-Fiction-Filmen. Jetzt aber gab es sein Bestes.

»I tell you love, sister, it's just a kiss away, it's just a kiss away ...«

Die Stones rockten in klarem Sound und schienen nie weisere Songtexte geschrieben zu haben. Harm entschied, dem Wagen seinen Willen zu lassen. Das entband ihn von der Notwendigkeit, kommunizieren zu müssen.

Anna hatte sich auf dem Beifahrersitz zusammengerollt,

die Beine angezogen, den Blick durch das Seitenfenster in eine schwammige Ferne gerichtet. Keine Ahnung, warum er nachgegeben hatte. Vielleicht, weil sich diese Reise aus Mitgefühl, Verständnis, Schmerz, Demut und einem prozesshaften Verarbeiten zusammensetzte. Irgendwie schien Annas Geschichte in dieser Reihe ein Pendant zu finden. Natürlich glaubte er weder an seine Koks-Hypothese noch an den milliardenschweren Geliebten. Aber irgendein Geheimnis verbarg sie vor ihm.

Harms mentaler Zustand verbesserte sich mit jedem Kilometer, den sie sich weiter aus der Metropolregion Nizza entfernten, wo die Luft vom gequälten Abklatsch ehemaliger Grandezza nur so flimmerte. Die Flip-Flops gaben ihm das zivilisierte Lebensgefühl des 21. Jahrhunderts zurück, und er entschied, die nächste Reiseetappe achtsam und mit wachem Geist zu erleben. Ob die Realität der verklärten Erinnerung seiner Jugend würde standhalten können?

Der Volvo hatte die Küstenebene schon vor einiger Zeit verlassen und schraubte sich jetzt bedächtig die Voralpen hinauf. Je höher sie kamen, desto erträglicher umwehte sie der Fahrtwind, der auf seinen Schwingen bisweilen den herben Duft vereinzelter Ginstersträucher trug. Zu beiden Seiten der Straße bedeckten lichte Flaumeichenwälder die schroffen Felsen. Dazwischen immer wieder Buchs, Blumeneschen, Hopfenbuchen und Wildbirnen. Ein wirklich schöner Wald, der Harm in anderen Lebensphasen zu Wanderungen eingeladen hätte.

Der Verkehr hielt sich in Grenzen. Vereinzelte Touristenbusse quälten sich die kurvenreiche Straße hinauf, immer auf der Jagd nach der einen Panoramasicht, deren Anblick in Reiseführer, Doku oder Schmonzette viele überhaupt erst in diese Gegend gelockt hatte. Wenigstens starteten die französischen Schulferien nicht vor Freitag.

Harm hatte gerade einen Trecker überholt und steuerte auf die nächste Haarnadelkurve zu, als zwei Mountainbiker sich vor dem Volvo der Steigung ergaben und am Straßenrand abstiegen. Harm trat aufs Gas, um sie zu passieren. Da schnitt ein Motorradfahrer in wahnwitziger Geschwindigkeit die Kurve. Sein Kopf ragte weit in die Fahrbahn des Volvo hinein. Er rollte in eine dramatische Schräglage, tarierte sich zwischen Flieh- und Schwerkräften aus, beschleunigte dann erneut. Harm stieg mit voller Kraft auf die Bremse. Der Volvo quietschte. Annas Rucksack schoss von der Rückbank gegen den Beifahrersitz.

»Fuck!« Harm trat das Pedal bis in den Motorraum.

Es waren Zentimeter, die die Katastrophe abfingen. Eine Entfernung, die nicht einmal eine Schnecke als weit empfunden hätte. Sein Herz raste. Er zog die Handbremse und würgte das Auto ab. Der Motorradfahrer düste hinab ins Tal.

Harm keuchte. Dreimal. Fünfmal. Tief und laut. Schüttelte Arme und Hände, kreiste mit dem Kopf. Heute hatten sie Engel an Bord. Er stieg aus, öffnete den Kofferraum und sah nach den Bienen. Der Karton steckte unversehrt in der hinteren Ecke.

Als er wieder einstieg, blickte er zu Anna. »Alles okay bei dir?«

Sie klemmte in einem perfekten rechten Winkel steif auf dem Beifahrersitz und nickte kaum merklich.

Harm zerrte die Wasserflasche aus dem hinteren Netz des Fahrersitzes, trank einen Schluck. »Möchtest du auch?«

Anna griff nach der Flasche und hielt sich daran fest.

Die Straße hatte sich seit gefühlten Stunden in schmalen Serpentinen den Berg hinaufgeschlängelt. Ich brauchte all meine Vorstellungskraft, um die Schlucht zu ignorieren, die auf meiner Seite oft zum Abrutschen nah schien. Wenn ich die Augen schloss, rumorte mein Magen. Zu viele Kurven. Es half nichts. Ich musste das Elend sehen und gleichzeitig ausblenden. Genauso wie die Tatsache, dass es keinen Seitenstreifen und nur vereinzelte Haltebuchten auf der Strecke gab. Ich versuchte, all meine Gedanken auf eine kniffelige Aufgabe zu lenken, die meinen Geist beschäftigen würde.

Die neue Membran.

Ich dachte an das Meeting mit dem Vertreter von *fibre flow*, der sich für kommenden Mittwoch angekündigt hatte. Es ging um die neue Membran aus gedehntem Polytetrafluorethylen, eine Weiterentwicklung der gängigen Teflon-Variante, die noch wasserabweisender und atmungsaktiver sein sollte als ihre Vorgängerin, die wir mehrfach und mit großem Erfolg in Trekking-Jacken und -Hosen verbaut hatten. Und das Beste: Sie sollte elastisch sein.

Da uns das Design einer hippen Funktionsjacke gerade

vor das unlösbare Problem stellte, den generell unelastischen Stoff mit der eingebauten Membran so zu dehnen, dass auch Schwangere sie während der ersten Monate tragen konnten, fieberten wir alle seit Wochen auf das Meeting hin. Vielleicht müssten die Welten der Textiltechnik und des Designs zukünftig nicht immer wieder an derselben Sollbruchstelle splittern. Andererseits waberten Gerüchte dieser Art seit jeher durch die Branche. Es wäre einfach zu schön.

Ich fragte mich gerade, ob wir das Alleinstellungsmerkmal der alten Membran, also die Schutzschicht aus Polyester, die jede einzelne Faser umhüllte, statt wie eine dünne Folie über dem gesamten Material zu liegen, nicht an Stellen der Jacke einsetzen könnten, die für Schwangere von Vorteil wären (und welche Stellen müssten das wohl sein) – als der Motorradfahrer mit seinem suizidalen Fahrverhalten an Harms Volvo scheiterte.

Die Wucht der Notbremsung schmetterte mich gegen den Anschnallgurt. Einen Moment lang blieb mir die Luft weg. Aus den Augenwinkeln erkannte ich Harm, der wie paralysiert das Lenkrad anstarrte, bevor er seinen Atem wiederfand. Ich konnte nichts sagen. Ich wollte nichts trinken. Die Angst hallte in mir wie ein Echo von etwas Bekanntem, das ich vergessen wollte. Sie unterbrach meine meditativen Gedankenspiele und rückte sich zurück an ihren Lieblingsplatz – ins Zentrum meiner Aufmerksamkeit. Ich fühlte, wie eine rote Unruhe sich in mir ausbreitete, als Harm das Auto startete. Die Serpentinen führten immer weiter den Berg hinauf. Lücken zwischen den Bäumen boten spektakuläre Aussichten über ein grünes Tal und behäbig vor sich hin dösende Bergketten – doch dazwischen klafften Abgründe. So tief und so steil, dass ich glaubte zu schwanken. *Ich komme hier nicht raus.* Schweiß bedeckte meine Haut wie ein klebriger Film. Mein Atem zog an. Ich spürte die Panik kommen.

»Ich kann das nicht! Ich muss hier raus!«

»Was?« Harm schielte irritiert zu mir hinüber.

»Ich muss hier raus! Sofort!« Panisch lehnte ich mich ein Stück aus dem Fenster. Der Abgrund schien seinen Schlund eigens für mich zu öffnen.

»Hey! Hör auf! Da vorne kommt gleich eine Parkbucht, die nehme ich.«

Ich nickte abwesend. Aber die Angst stieg. Immer höher. Es war ein übermenschliches Gefühl. Immer weiter. Das hörte nie auf. Weiter. Und weiter.

»Halt an!«

»Fast geschafft. Da vorne hinter der Kurve.«

Ich würde durchdrehen, ohnmächtig werden, sterben. Wenn. Ich. Nicht. Sofort. Ausstieg.

»Ich muss hier raus!« Ich schrie jetzt. »HALT SOFORT AN!« Ich griff ans Lenkrad und zog es zu mir herüber.

»Anna! Nicht!«

Das Auto schlingerte, drehte sich und kam als Geisterfahrer auf der Fahrbahn zum Stehen. Ich sprang aus dem Wagen. Würgte. Rang nach Atem. Die Panik erhob sich so mächtig in mir wie die dunkle Seite über die Jedi. Aber ich hatte kein Lichtschwert. Keine telepathischen Kräfte. Keinen Mut.

Ich krampfte meine Hände um die Leitplanke, schluchzte und weinte. Schließlich sackte ich auf den Boden, grub meine

Finger in den krümeligen Asphalt und schnappte nach Luft.

Schemenhaft erkannte ich Harm, dessen Schatten sich über mir erhob. Er hielt eine Wasserflasche in der Hand, schraubte sie auf und schüttete den Inhalt über mich.

Ich versuchte, die Flüssigkeit mit den Händen abzuwehren, aber das Wasser rann durch meine Finger, spritzte in mein Gesicht, sprudelte auf meine Haare und durchnässte meine Kleidung bis auf die Unterwäsche.

»Hör auf! Was soll das? Hör auf!« Ich wollte nach hinten wegrutschen, spürte aber die Leitplanke in meinem Rücken.

Als der Wasserfall endlich verebbte, schaffte ich es, mich aufzurappeln. Ich hielt die Arme weit vor mich gestreckt, um mögliche weitere Attacken abzuwehren, blinzelte Tropfen aus den Augen.

»Spinnst du?« Ich klaubte mir nasse Strähnen aus dem Gesicht und versuchte vergeblich, das Wasser von meinen Klamotten abzustreifen.

»Ist sie weg?«

»Was?« Ich blickte zu Harm, der gerade die letzte Pfütze Wasser aus der Flasche schlürfte.

»Die Panikattacke. Ist sie weg?«

Ich stockte. »Was …? Ich … ich glaube … ja.«

»Wir sollten von der Straße runter.« Harm deutete auf die Parkbucht in der Kurve ein Stück den Berg hinauf.

Zittrig tropfte ich an der Leitplanke entlang, während Harm das Auto wendete und am Aussichtspunkt parkte. Ich konnte keinen klaren Gedanken fassen. Einfach einen Schritt vor den anderen setzen. Schließlich sank ich auf eine der Bänke am Parkplatz. So plötzlich wie die Panik aufgeflackert war, verzog sie sich zurück ins Schattenreich. Ich fühlte mich gleichzeitig erschöpft und aufgekratzt. Totales Chaos in mir. Mein Atem floss jetzt ruhiger, auch wenn ich wahrscheinlich noch immer einen Blutdruck von 170 zu 100 hatte.

»Was sollte das gerade?«

Harm zuckte mit den Schultern. »Bei einer Panikattacke hilft oft Ablenkung. Irgendetwas, das das Gedankenkarussell stoppt oder es sogar zwingt, sich in die andere Richtung zu drehen.« Sein Blick glitt in die Ferne. »Du darfst dich der Angst nicht hingeben. Aber du darfst auch unter keinen Umständen gegen sie ankämpfen. Angst ist ein Wächter. Sie passt auf dich auf, zeigt dir, wo du genauer hinschauen musst, weil irgendetwas in deinem Leben nicht stimmt. Angst ist total radikal. Aber das sind ihre Ursachen auch.«

Ich bemühte mich zu verstehen, was er sagte. Aber in meinem Kopf wirbelten die Ausläufer des Sturms noch immer alles durcheinander.

»Du kennst dich aus, ja?«

»Du meinst mit Panikattacken? Oder mit Mitfahrerinnen, die Unfälle verursachen?«

Meine Wangen glühten. Vielleicht glühte sogar mein ganzer Kopf. Was hatte ich getan?

»Ich … oh Gott …« Tränen traten in meine Augen. »Ich … es tut mir so leid … ich … habe so etwas noch nie getan! Ins Lenkrad greifen …« Es fühlte sich an, als würden die Tränen auf meiner heißen Haut augenblicklich verdunsten. »Bitte … ich wollte uns nicht in Gefahr bringen …«

»In der Tat, das beruhigt mich sehr.«

»Ich weiß nicht, wie ich das tun konnte … dieses Gefühl … das ist so mächtig.«

»Hast du das öfter?«

»Die Panikattacken?« Ich versuchte mich an einem Lächeln. »Oder den Hang, mich selbst und andere in Lebensgefahr zu bringen?«

»Ich hoffe inständig, wir reden über Panikattacken.«

Ich schniefte. »Mir ist das heute zum ersten Mal passiert. Im Flugzeug. Es kam aus dem Nichts! Ohne Vorwarnung, einfach so. Es hat mich … vollkommen ausgeknockt. Zum Glück hatten wir noch keine Flugfreigabe. Ich bin dann ausgestiegen. Mein Freund ist an Bord geblieben, weil …«

Harm unterbrach mich. »Dein Freund ist ohne dich nach Hause geflogen?«

»Er hat am Montag einen wichtigen Termin.«

Harm verschränkte die Arme vor der Brust. »Und da hat er dich mit einer Panikattacke allein in Frankreich zurückgelassen?«

Noch mehr Tränen verpufften auf meinen Wangen. »Es klingt schrecklich, wenn du das so sagst! Aber Christopher konnte ja nicht ahnen, wie schlecht es mir gehen würde. Außerdem war es meine Entscheidung. Ich habe ihm gesagt, dass er fliegen soll. Er macht sich bestimmt die größten Vorwürfe.« Ich wischte über mein heißes Gesicht. »Wahrscheinlich denkt er, ich sitze bereits im nächsten Flieger. Es war nicht abzusehen, welche Auswirkungen das Ganze haben würde.«

Harm schwieg. Und musterte mich. Schließlich klatschte er in die Hände.

»Okay. Dann fahre ich dich jetzt wohl am besten in ein Krankenhaus.«

»Was? Nein!« Ich hob beschwichtigend die Hände. »Bitte. Ich möchte einfach nur nach Hause. Ich möchte zu meinem Freund, in mein Bett. Zurück in mein Leben. Bitte.«

»Und ich möchte diese Reise gerne überleben!« Er verschränkte die Arme vor der Brust.

»Ich auch ... bitte ...« Ich versuchte, ruhig und langsam zu sprechen. »Ich ... sage dir Bescheid, falls es wieder losgeht. Ich spüre jetzt die ersten Anzeichen, ich fasse dir bestimmt nicht wieder ins Lenkrad.«

Harm schloss die Augen. Einen Moment lang kauerte er ganz in sich gesunken da und sagte nichts. Dann schaute er mich an. Seine Augen glänzten. Auf den Wangen schimmerte ein Schatten. Die letzte Rasur lag wohl schon länger zurück. Seine Mimik wirkte nicht unfreundlich, eher skeptisch – und seltsamerweise irgendwie verletzlich.

»Okay.« Harm hielt den Zeigefinger erhoben wie ein Lehrer. »Unter einer Bedingung.«

»Ja?«

»Wir legen jetzt und hier Regeln fest, wie wir weiter miteinander reisen. Das gerade eben – da hatten wir mehr Glück als Verstand. Kein Auto, weder vor noch hinter uns. Sonst hätte das auch ganz anders ausgehen können.«

Ich nickte.

»Okay. Ich möchte, dass du weißt: Ich kann jederzeit anhalten. Und das meine ich auch so. Ich. Kann. Jederzeit. Anhalten. Verstehst du das?«

Oh Gott, ich weinte schon wieder. »Was ist, wenn es

keine Haltebuchten gibt? Keinen Seitenstreifen? Wenn ein Tunnel kommt? Wenn …«

»Ich halte an.« Harms Blick durchbohrte mich. »Ich halte an. Wir sind in Frankreich! Hier hupen alle, parken wild durcheinander und ignorieren sowieso die meisten Verkehrsschilder. Wir fahren nur Landstraße bis nach Valensole. Ich halte hinter jeder Kurve, am Rand jedes Kreisels und vor jedem Tunnel. Aber: Du musst mir Bescheid sagen! Okay? Sag Bescheid. Wenn du mir noch einmal ins Lenkrad fasst, lasse ich dich am Straßenrand stehen.«

Harms Gesichtsausdruck ließ keine Zweifel zu. Er meinte, was er sagte. Ich nickte.

»Danke …«

»Bedank dich, wenn wir in Valensole sind. Ist noch ein ziemliches Stück.«

Er ging zum Volvo und öffnete den Kofferraum. Aus der Kühlbox, die zwischen Christophers silbernem Ungetüm und einem wirr mit Zollaufklebern bestückten Paket klemmte, fischte er einen Apfel.

»Möchtest du auch einen? Ich brauche jetzt eine Stärkung.«

Ich nahm das Angebot an und biss in das kühle Fruchtfleisch. Die nassen Klamotten sogen die Hitze aus meinem Körper. So frisch und geerdet hatte ich mich zuletzt nach der Cola vom Foodtruck gefühlt. Aber mein Magen knurrte nach dem Apfel erst recht. Ich hatte seit dem Essen in dem großartigen Restaurant gestern Abend nichts mehr zu mir genommen. Das schien ein ganzes Menschenleben her zu sein.

»Ich befürchte, das reicht nicht.« Ich schnipste das

Gehäuse in einen Mülleimer. »Ich habe wahnsinnigen Hunger.«

Harm deutete mit der Hand auf einige Bäume vor uns. »Da vorne ist Gourdon.«

Ich erhob mich. »Ich sehe nur Bäume.«

»Zwischen den Ästen der beiden Flaumeichen hindurch.«

»Ich sehe auch keine Pflaumen, so sehr ich mir das gerade wünsche.«

Harm lachte auf. Es war das erste Mal, dass ich ihn lachen hörte. Es klang tief und laut und frei.

Er kam zu mir und strich mit den Fingern über meinen Arm. »Flaum, keine Pflaumen.« Seine Finger waren langgliedrig. Die Adern auf dem Handrücken traten deutlich hervor. Klavierspielerhände. Nur das Lederarmband unterstützte meinen Eindruck von Hemdsärmeligkeit.

»Die beiden Bäume da vorne, das sind Flaumeichen. Sie heißen so wegen ihrer beidseitig behaarten Blätter. Und wenn du zwischen ihren Zweigen hindurchluscherst, erkennst du im Hintergrund ein Dorf oben auf einem Felsen. Das ist Gourdon, Spitzname: Nid d'Aigle.«

Jetzt konnte ich es sehen. »Adlerhorst.« Hoch oben thronte es auf einem einzelnen, kaum bewachsenen Felsen. Der Turm der Kirche ragte rund in einen verschwenderisch blauen Himmel. »Meine Güte, das ist ja großartig …«

Harm schlug vor, dass wir uns in Gourdon ein *plat du jour* genehmigten. Allerdings musste er erst ein Päckchen bei einem kleinen Hof hier in der Nähe abliefern. Es erschien mir indiskret, ihn nach Details auszuhorchen.

Wir kletterten zurück in den Volvo, und Harm brachte

uns in einem großen Bogen zurück auf die Straße. Bis auf das flaue Hungergefühl in meinem Magen ging es mir erstaunlicherweise ganz gut.

»Wie kommt es, dass du so viel über Panikattacken weißt? Bist du Psychologe?«

»Gott bewahre! Das wäre so gar nichts für mich. Ich glaube auch nicht, dass ein Psychologe meine Wasserattacke gutheißen würde. Aber manchmal heiligt der Zweck die Mittel.«

»Woher weißt du dann so gut Bescheid?«

»Sagen wir, ich hatte viel Kontakt zu Leuten mit Panikattacken. Genug, um dankbar zu sein, sie selbst noch nie erlebt zu haben.«

Mein Handy meldete sich. Barbra Streisand schmetterte das finale Crescendo von *A Piece Of Sky* aus *Yentl.* Endlich! Christophers Klingelton. Er war gelandet.

Ich zerrte meinen Rucksack aus dem Fußraum vor der Rückbank, zog am Reißverschluss. »Christopher!«

»Anna! Endlich! Wie geht es dir? Mein Gott, der Flug war der blanke Horror! Ich musste die ganze Zeit an dich denken! Ich bin jetzt im Transit in Frankfurt. Ist alles okay? Wo bist du? Ich habe mir solche Vorwürfe gemacht, dich allein gelassen zu haben! Wie geht es dir?«

Am liebsten hätte ich den Lautsprecher eingeschaltet, damit Harm hören konnte, wie unrecht er mit seinen Andeutungen gehabt hatte.

»Alles okay so weit.« Es tat so gut, seine Stimme zu hören. »Es war wirklich eine Panikattacke, keine Ahnung, woher die kam. Auf einmal war da dieses Gefühl von purer Angst. Es war entsetzlich! Die Sanitäter haben mich einfach in der Gepäckhalle abgesetzt. Natürlich habe ich *deinen* Koffer bekommen. Ich kann nicht fliegen. Ich saß am Flughafen ...«

»Warte, warte, ich verstehe nicht ... meinen Koffer? Wo bist du denn jetzt?«

»In der Nähe von Gourdon. Ich habe über die Mitfahrzentrale jemanden gefunden, der mich mitnimmt. Ich hangele mich Stück für Stück nach Hause.«

»Was? Das ist doch gefährlich! Wer nimmt dich denn da mit? Warum fährst du nicht einfach mit dem Zug, wenn du nicht fliegen willst?«

»Weil ich nicht Zug fahren kann. Das ... ist kompliziert. Ich fühle mich ...«

»Sorry, dass ich dich unterbreche. Es wird gerade zum letzten Boarding aufgerufen. Anna, ich rufe dich an, sobald wir in Hamburg gelandet sind. Hier ist allerdings ein ziemliches Unwetter. Ich hoffe, dass wir pünktlich abheben können. Erst mal ist nur wichtig, dass es dir so weit gut geht, ja?«

Ich nickte. »Ja, soweit ist alles klar. Mach dir keine Sorgen.«

»Das ist gut, aber pass auf dich auf, hörst du? Es gibt seltsame Typen da draußen. Ich liebe dich, mein Hase!«

»Ich dich auch.«

Langsam ließ ich das Handy sinken.

Dank einer gewaltigen Kurve öffnete sich vor uns das Tal in seiner ganzen halsbrecherischen Schönheit. Diesige Schleier umwehten die Hänge. Zwischen den Gipfeln über uns klebten Wolken, als hätte jemand Zuckerwatte in die Luft geworfen.

Ich zog die Beine an und bettete meinen Kopf auf die Knie. »Ich glaube, für jemanden, der noch nie eine Panikattacke hatte, ist es schwierig nachzuvollziehen, was da passiert.«

Harm nickte. »Ich glaube sogar, das gilt auch für Menschen, die es selbst erleben.«

Eingehüllt in nachdenkliches Schweigen, navigierte Harm uns durch die lang gestreckte Kurve um das grüne Tal herum. Nach einer der nächsten Kehren bog er in eine schmale Seitenstraße ab, die senkrecht hinabzuführen schien. Ich half ihm beim Bremsen und stemmte meine Beine in die Karosserie.

»Was wollen wir hier?«

Ich versank im Sitzpolster. Der dichte Wald zu beiden Seiten öffnete sich nur eine Autobreite weit für den geschotterten Weg, so wie ein Theatervorhang am Ende der Aufführung einen Spalt für den Star des Abends ließ. Doch gleich darauf tat sich der Wald vor uns auf, und eine hohe Zypresse markierte die Einfahrt zu drei alten, restaurierten Gebäuden aus hellem Stein. Die roten Ziegeldächer leuchteten in der Sonne. Ich entspannte mich.

Harm fuhr eine kleine Schräge hinunter und parkte auf dem großen, terrassierten Platz in der Mitte. Ein obligatorischer Olivenbaum spendete dem Volvo Schatten. Auf der kleinen Grasfläche daneben verwob sich der Duft bunter Blumen und einiger unverzichtbarer Lavendel zu einem heißen Parfum. Zur anderen Seite schaute man hinunter ins sanft wellende Tal, zwischen den bewaldeten Hügeln hindurch bis nach Nizza und zum Mittelmeer.

Noch bevor ich »Wow« denken konnte, stürzte eine Frau aus der Tür des größten Gebäudes auf uns zu.

»Bonjour, bonjour!« Sie umrundete die Rabatte, eilte mit weit geöffneten Armen auf uns zu und begrüßte mich mit zwei Küssen auf die linke und rechte Wange. Das ging so schnell, dass ich gar nicht die Gelegenheit hatte, mich steif vorzubeugen oder ungeschickt die falsche Seite hinzuhalten.

»Ich bin Hélène.«

»Anna.«

»Sehr schön.«

Sie platzierte sich vor Harm und begrüßte ihn ebenfalls mit zwei *bises*.

»Und du bist Harm.«

Die Frau, die mit dem blauen Haarband in ihren weißen Haaren ein wenig aussah wie eine in Würde gealterte Version des *Mädchens mit dem Perlenohrring* von Vermeer, streichelte ihm über die Wange. »Armer Junge. Es tut mir wirklich sehr leid.«

Harm ergriff ihre Hand und drückte sie fester auf seine Wange. »Danke.«

Hélène lächelte. »Ihr müsst hungrig sein, oder? Ich habe einen kleinen Imbiss vorbereitet. Kommt mit ins Haus.«

Resolut hakte sie sich auf der einen Seite bei Harm, auf der anderen bei mir unter und dirigierte uns über die breite Freitreppe hinein in die dunkle Kühle des Hauses. In der Mitte des lang gestreckten Flurs stolperten wir über die wuchtige Gestalt eines Mannes, der in T-Shirt, Weste und Baskenmütze so klischeehaft französisch wirkte, dass ich geradezu erleichtert auf seine mit den überaus irdischen

Exkrementen scheißender Kühe besprenkelten Gummistiefel starrte.

»Bonjour, ich bin Pascal, Hélènes Mann.«

Erneute Begrüßungsküsse, die in der dunklen Enge des Flurs deutlich ungelenker ausfielen.

»Ich hole schnell das Päckchen.« Harm drückte sich an mir und Hélène vorbei. Pascal folgte ihm, und ich schloss mich beiden an, erleichtert, die übervölkerte Diele hinter mir zu lassen.

Wir zuckelten im Gänsemarsch zurück über den Vorhof zum Volvo. Harm zerrte die blaue Ikea-Tasche mit seinen Wanderstiefeln aus dem Kofferraum und angelte nach dem Päckchen mit den wirren Zollplaketten. Vorsichtig öffnete er es und hob eine kleine Holzschachtel heraus, die er Pascal reichte.

»Voilà, eine erstklassig begattete Königin mit kleinem Hofstaat.«

Pascal schielte durch ein Gitter in die Box, und ich erkannte: »Bienen!«

Ich weiß nicht, was mich mehr erschütterte – die Tatsache, dass wir mit offensichtlich gefährlichen, stechenden Insekten durch die Gegend fuhren, oder der Umstand, dass man Menschen ihre Marotten einfach nicht ansehen konnte.

»Du reist mit einer Horde Bienen durch die Gegend?«

Harm lächelte. »Es ist ein Schwarm und keine Horde. Aber uns leisten nur die adeligsten unter ihnen Gesellschaft – die Königinnen. Und sie krabbeln eingesperrt in diesen kleinen Boxen. Keine Gefahr also. Meine Stiche stammen von einem wilden Schwarm, den wir einzufangen versuchten.«

Pascal löste seinen seligen Blick von der Schachtel und strahlte uns an. »Ich werde sie gleich zusetzen. Wollt ihr zuschauen?«

Die Bienenstöcke thronten auf niedrigen Holzpodesten am Waldrand. Ich zählte elf Stück. Die Sonne tupfte helle Sprenkel auf die beiden äußersten Holzkisten, alle anderen beschatteten Bäume – Flaumeichen. Es herrschte ein emsiges Getümmel, in dem ich keine Ordnung erkannte. Bienen landeten auf schmalen Holzstegen vor den engen Öffnungen der Holzkisten, krabbelten an den Kästen hinauf, hinunter oder quer darüber, flirrten wie Helikopter in der Luft vor den Eingängen. Ein tiefes Brummen erfüllte die Luft. Es roch nach Honig. Aber vielleicht bildete ich mir das auch nur ein.

»Das Zusetzen einer neuen Königin ist immer kritisch für ein Bienenvolk.« Harm flüsterte. »Das Volk muss mindestens einige Stunden ohne Königin sein, am besten sogar mehrere Tage. Es kann nämlich immer nur eine Herrscherin geben – selbst wenn die alte Königin tot am Boden läge, würde das Volk eine Nachfolgerin noch nicht akzeptieren und sie abstechen.«

»Du meine Güte.«

Harm zuckte mit den Schultern. »Natur. Pascal muss sich ganz sicher sein, dass keine Königin im Volk ist – und dass die Bienen noch nicht begonnen haben, sich eine neue heranzufüttern. Nur dann wird das Volk unsere neue, begattete Königin akzeptieren und Eier legen lassen.«

Erstaunt beobachtete ich Pascal, der inzwischen den Deckel einer der Kisten angehoben und das Gitter der Königinnenbox entfernt hatte. Jetzt schob er die Holzschachtel in Zeitlupe hinein und verschloss alles wieder mit einer Sanftheit, die ich ihm nicht zugetraut hatte. Er trug keine Schutzkleidung, aber die Bienen ignorierten und umflogen ihn wie einen der vielen Bäume des Waldes. Die Szene wirkte unglaublich beruhigend. So stimmig. Als hätte jemand einen Film angehalten oder den Ausschnitt eines Gemäldes über die Realität gestülpt, um den Moment zu konservieren, in dem sich alles miteinander verband.

Ich konnte mich nicht erinnern, wann ich mich in der Natur zuletzt so gefühlt hatte. So zugehörig. Ich joggte manchmal durch den Hamburger Stadtpark, flanierte sonntags auch mal an den Kapitänshäusern des Elbstrands entlang und empfand das Wasser, den Sand, die Bäume, Büsche und Blumen als angenehme Kulisse. Ein Hintergrund, der nichts mit mir zu tun hatte. Der mich nicht berührte. Nichts berührte mich.

Ich blickte zu Harm. Sein Gesicht und seine Konturen verschmolzen auf einmal mit den Stämmen der Flaumeichen. Irgendwie franste mein Blickwinkel an den Seiten aus, alles schien wie in einem pulsierenden Dunst zu wogen. Harms Mund bewegte sich, aber ich konnte nicht hören, was er sagte.

Die Welt um mich verschwamm.

Meine nächste Erinnerung waren die Steine des Schotterwegs, die in meinen Po und die Oberschenkel piksten. Harm hielt meinen Kopf auf seinem Schoß und schaute mich an.

»Hi. Wie geht es dir?«

Nur langsam setzten sich die Fragmente der vergangenen Sekunden zu einer stimmigen Erklärung zusammen. »Ich … oh Gott, bin ich … umgekippt?«

Harm nickte. »War wohl ein bisschen viel heute.«

Ich schloss die Augen.

Der Boden vibrierte dumpf, als Hélène und Pascal sich mit schnellen Schritten näherten. Sie tuschelten, besprachen sich mit Harm, jemand bedeckte meine Stirn mit einem kühlen Tuch.

»Anna?«

Ich schlug die Augen auf. Alles drehte sich.

»Wir bringen dich jetzt ins Haus. Hélène und Pascal haben ein Gästezimmer, da kannst du dich ausruhen.«

Winzige Schottersteine verirrten sich immer wieder in den Hohlraum zwischen Harms Fußsohlen und dem Gummi der Flip-Flops. Glücklicherweise hatten die Bienen nur auf Spann, Zehen, Knöchel, Waden und Schienbeine eingestochen. Zwei hatten sich bis knapp über die Knie hochgearbeitet. Aber unter die Fußsohlen war keine gekrabbelt. Die Steinchen nervten und pikten, malträtierten aber wenigstens nicht zusätzlich noch einen der zweiundvierzig Krater auf seinem Körper.

Harm schüttelte die Flip-Flops, nippte an der Bierflasche und spürte, wie die kalte Flüssigkeit durch seine Kehle rann und seinen Körper erfrischte. In der Tat fühlte er bereits nach einer halben Flasche, wie der Alkohol ihn entspannte. Musste wohl an der Hitze liegen. Und an den Tabletten. Sicher am Gift der Stiche. Und vielleicht auch an den anderen ungewöhnlichen Ereignissen dieses Tages.

Im Schatten von Flaumeichen, Steineichen und Pinien schlenderte Harm weiter hinter Pascal her auf dem Trampelpfad, der vom Hof am Hang entlang hinüber zu den Streuobstwiesen führte. Pascal wollte ihm unbedingt seine Figurenbeute zeigen.

Sie hatten Anna auf das Bett im Gästezimmer gelegt. Hélène kredenzte einen Imbiss aus Baguette, Tarte, Kräuterbutter und Oliven, den Anna dankbar verschlang. Nachdem sie sich Dutzende Male vergewissert hatte, dass Harm sie nicht einfach zurücklassen würde, war sie seufzend eingeschlafen. Er erklärte Hélène und Pascal, was es mit dieser Reisebekanntschaft auf sich hatte, und sie nickten teilnahmsvoll. Hélène bot ihm sogar das Zimmer ihres Sohnes an, der an der Sorbonne studierte, und lud sie beide ein, über Nacht zu bleiben. Harm lehnte dankend ab. Er wollte nicht noch weiter in Annas Leben und ihre Geschichte hineingezogen werden. Er hatte wahrlich genug eigene Probleme! In ein, zwei Stunden würden sie nach Valensole aufbrechen. Bis dahin genoss er ein kühles Bier, Pascals angenehm schweigsame Gesellschaft und die mediterrane Natur der Provence.

»Siehst du?« Pascal deutete mit der Bierflasche auf eine kleine Lichtung hinter der nächsten Biegung. Pfirsich-, Kirsch- und Aprikosenbäume glänzten dort im Spotlight der Sonnenstrahlen. Als der Trampelpfad sich hin zur Wiese öffnete, erlaubte er auch endlich wieder einen Blick über das mäandernde Tal. Das grüne Dickicht rund um das Flüsschen Loup, dessen Rauschen sich in den Blättern und Ästen verlor, die zunehmende Verkarstung, je höher die Voralpen reichten. Es duftete nach Pinien, süß und würzig, fast wie Honig. Etliche Zikaden kontrahierten ihre Trommelorgane und erfüllten die Luft mit heiserem, rasselndem Gesang. Harm leerte die Bierflasche mit einem letzten, wohligen Zug.

Als er zu Pascal schaute, inspizierte der gerade den besonders ausladenden Stamm eines Kirschbaums. Harm schlappte die Wiese hinauf und erkannte, dass nicht der Stamm so seltsam geformt war, sondern die Figur davor: ein knapp zwei Meter großer Braunbär, geschnitzt aus rötlichem Lärchenholz mit wunderbarer Maserung. Der Bär stand aufrecht auf seinen Hinterbeinen und hielt ein Bärenjunges in den Vorderpfoten. In seinem geöffneten Maul wimmelte es von Bienen.

»Ist sie nicht herrlich?« Pascal strahlte den Bären an. »Ich habe sie vor einigen Jahren bei einem Künstler hier aus der Gegend in Auftrag gegeben. Figurenbeuten gehören eigentlich nicht zur französischen Tradition. Das war vor ein paar Hundert Jahren mehr eure Sache und die der Osteuropäer. Aber ich habe mal welche bei einer Reise durch Ungarn gesehen.« Pascal schmunzelte. »Da war eine, die hatte das Einflugloch für die Bienen in der Halskette einer Frauenfigur oder …« Er kicherte. »… im Hintern eines Mönchs.«

Harm lachte. »Und wie kommst du an den Honig?«

Pascal umrundete den Bären und öffnete eine Klappe an dessen Rücken. Auf sechs Waben krabbelte und summte hier ein gesundes Bienenvolk. Harm trat einen respektvollen Schritt rückwärts.

»Ist mal eine andere Art, Bienen zu halten.« Pascal schloss die Klappe. »Selbst Hélène mag die Bärenmutter. Und sie hat sonst wirklich nichts mit den Bienen am Hut.«

Auf dem Rückweg zum Haus begannen Harms Füße zu schmerzen. Klar hatte er schon den ganzen Tag mit einem Spannungsgefühl zu kämpfen, und der Juckreiz steigerte sich mitunter ins Unerträgliche, aber jetzt gesellte sich ein dumpfes Pochen hinzu, dessen Echo bis in die Knochen zu hallen schien. Jeder Schritt potenzierte ein Vibrieren in seinen Adern und Sehnen, und Harm befürchtete schon, mit einem multiplen Krampf auf dem Trampelpfad zu enden. Da endlich kam das Haus in Sicht. Mit schmerzverzerrtem Gesicht schleppte er sich auf die Terrasse und sackte auf einen der Korbstühle. Seine Füße waren enorm angeschwollen und pulsierten unrhythmisch.

»Ah, da seid ihr ja wieder!« Hélène erklomm die letzten Stufen, die vom Garten heraufführten, eine kleine Schaufel in der Hand. »Was haltet ihr davon, wenn … Du meine Güte! Was um alles in der Welt ist mit deinen Füßen geschehen?«

Harm lächelte matt und fasste die Ereignisse des Vormittags zusammen. Es kam ihm vor wie die Geschichte eines ganzen Monats, so viel hatte sich seitdem ereignet. Hélène untersuchte die Stiche, fragte ihn nach Symptomen und verschwand im Haus. Zehn Minuten später stützten sie und Pascal ihn, und er humpelte zum Sofa im kühlen Wohnraum. Hélène bettete seine Beine auf einige Kissen, behandelte die Stiche auf seinen Füßen mit einer Kräutertinktur, deren Zusammensetzung sie unter keinen Umständen preisgeben wollte, und umwickelte sie mit quarkgetränkten Tüchern. Harm spürte gerade noch, wie eine dämmrige Müdigkeit ihn umfing. Dann schlief er ein.

Barbra Streisands *Yentl* weckte mich passenderweise mit der Passage über das Fliegen und das Steigen. Ich öffnete die Augen. Fensterläden verdunkelten den Raum. Eine rot schimmernde Sonne malte Muster an die gekalkten Wände. Jemand hatte mein Gepäck ins Haus gebracht – Barbra schmetterte im Rucksack zwischen der Tür und einem antiken Bauernschrank. Benommen richtete ich mich auf, schlurfte hinüber und zog das Handy aus der Seitentasche.

»Ja?«

»Anna?« Christopher seufzte. »Meine Güte, bin ich froh, deine Stimme zu hören! Ich versuche schon seit einer halben Stunde, dich zu erreichen! Ich habe bestimmt zwanzig Mal angerufen!«

»Wie spät ist es?«

»Was? Es ist 18 Uhr 46. Geht es dir gut?«

»Herrje, schon so spät? Bist du zu Hause?«

»Ja. Ich bin gerade angekommen. Gleich nach der Landung habe ich bei dir angerufen. Und seither immer wieder. Wo bist du? Ist der Typ okay, der dich mitgenommen hat?«

»Harm? Ja, er ist … Mach dir keine Sorgen. Ich bin nur … ein wenig erschöpft von diesem Tag.«

»Na, kein Wunder! Also, Anna, was ist los? Wie geht es dir? Wo bist du? Und wie kommst du nach Hause?«

Wir telefonierten fast vierzig Minuten. Es fühlte sich wunderbar an, Christophers Stimme zu hören. Er sprach in einem ruhigen, tiefen Ton, nie zu schnell, immer auf den Punkt, ganz fest und doch sehr sanft. Wenn ich die Augen schloss, konnte ich ihn spüren. Mein Zuhause. Ich erzählte ihm alles von diesem verrückten Tag – nur die Ohnmacht und Harms Wasserattacke unterschlug ich. Es hätte ihn zu sehr mitgenommen.

Nach dem Gespräch fühlte ich mich zuversichtlicher. Christopher wollte den Pitch am Montag hinter sich bringen und mich notfalls danach abholen kommen, sollte ich bis dahin noch nicht wieder zu Hause sein, was ich mir allerdings kaum vorstellen konnte. Er war mein Back-up. Alle meine Systeme hatten versagt, aber auf ihn konnte ich mich verlassen. Ich liebte diese Sicherheit, die er mir von Anfang an so selbstlos geboten hatte.

Gestärkt durch Essen und Schlaf und Christopher, verließ ich das Zimmer und folgte dem Klang von Stimmen und Geschirrgeklapper. Harm hockte in einem Ohrensessel im Wohnraum und badete seine Füße.

Ich setzte mich auf das Sofa. »Riecht nach Kamille.«

»Und nach einigem mehr, womit Hélène nicht rausrücken will. Nach einer Wadenwickel- und Tinkturbehandlung hat sie mich jetzt zu einem Fußbad in einer weiteren ihrer Kräuterspezialmischungen verdonnert. Ist verdammt wundervoll. Ich kann meinen Füßen beim Erholen zusehen. Und wie geht es dir?«

Ich zuckte die Schultern. »Okay, schätze ich.«

»Hélène und Pascal haben uns eingeladen, hier zu übernachten. Sie wollten schon immer ein Lazarett eröffnen – O-Ton Hélène.« Harm lächelte. »Na ja. Ich schlafe in Maurice' Zimmer, das ist ihr Sohn. Er studiert an der Sorbonne. Du kannst im Gästezimmer bleiben.«

»Was? Aber das geht nicht!« Ein Grummeln erfüllte meinen Bauch. »Ich muss nach Hause! Mein Freund wartet auf mich! Du hast versprochen, mich bis Valensole mitzunehmen. Und außerdem muss ich zur Arbeit!«

Harm schüttelte den Kopf. »Ich kann nicht, wie du siehst. Meine Füße brauchen eine Nacht lang Ruhe. Und kühle Umschläge. Sonst kann ich den Rest der Tour vergessen. Wir können morgen früh weiter nach Valensole fahren.«

»Nein, ich muss jetzt weiter. Ich kann nicht warten!«

Aufgeregt sprang ich vom Sofa und stürzte nach draußen auf die Terrasse. Die Sonne rutschte an den Bergrücken hinunter in Richtung Horizont. Nicht mehr lange, und sie würde im Meer verschwinden, gleich hinter den weißen Punkten, die die Silhouette von Nizza bildeten. Ich stand im Schatten einer gigantischen Pinie, und vor mir ergoss sich das gewundene Tal. Es fehlten zwar Glühwürmchen, aber der Ausblick bildete ein bezauberndes Pendant zum Restaurant von gestern Abend – dem Abend, an dem Christopher um meine Hand angehalten hatte. Warum nur hatte ich nicht einfach laut JA geschrien? Ich wollte ihn schon so lange heiraten! Wir hätten uns geküsst, aufgehört, Champagner zu trinken (schließlich hätten wir schnell zurück ins Hotel gewollt, um den Abend mit einem gebührenden Abschluss zu krönen), an Christophers Handy gedacht und am nächsten Morgen (heute Morgen!) einen entspannten Rückflug nach Hamburg angetreten. Gemeinsam. Das alles hier war so überflüssig!

Ich sank auf einen Korbstuhl und googelte nach Mitfahrgelegenheiten. Pascal würde mich sicher das kurze Stück nach Gourdon fahren. Aber ich fand niemanden, der mich von dort aus mitgenommen hätte. Schon gar nicht jetzt, am Samstagabend. Ich musste bis morgen warten und auf Harm vertrauen, der mich zumindest bis Valensole bringen würde. Ich kam hier jetzt nicht weg.

Erschrocken horchte ich in mich hinein. Mit diesem Satz hatte alles begonnen. Ich komme hier nicht raus. Er war der Auslöser. So etwas wie die Persona non grata in meinem Leben. Sententia non grata. Mein Herz hämmerte. Es fühlte sich an, als würde mein Körper die Symptome aus dem Flugzeug nachahmen wollen, als würde er sich erinnern. Aber es fühlte sich nicht nach echter Panik an.

»Gott, ich bin dabei durchzudrehen!«

»Was sagst du, ma biche?« Hélène trat aus dem Haus, ein Tablett mit zwei Gläsern und einer Flasche Pastis balancierend.

»Oh, ich … habe nur laut nachgedacht.«

»Ah, voilà. Da habe ich doch glatt etwas zur Unterstützung mitgebracht.«

Sie stellte das Tablett ab und schenkte uns einen Aperitif

ein. Der Alkohol biss sich wie Feuer durch meine Kehle. Ich hustete. Hélène lachte.

»Guter Janot Pastis. Nimm am besten noch einen Schluck. Das belebt.«

Ich folgte ihrem Rat. Es gab nichts, was ich stattdessen hätte tun können.

Das Wetter war zu schön. Die Sonne ritt an einem derart lupenreinen blauen Himmelszelt über Berge, Meer und die Welt, dass man meinte, bis hinauf ins Universum blicken zu können. Der Laubwald auf den molligen Hügeln schimmerte in frischem Grün. Harm badete seine Füße in Hélènes Zauberkräutern, die Pinie duftete nach unbeschwerter Sommerfrische, und der Kaffee balancierte sich auf der Zunge gerade richtig zwischen bitter, Kakao und Röstaromen aus. Es war grotesk. Nein, eher sarkastisch. Die Welt zeigte ihm in schillerndsten Farben den Mittelfinger. Alles um Harm herum schrie *Leben!*, äußerst facettenreich. Schau genau hin! Sieh dir an, was du nicht fühlst!

Dabei hungerte er so sehr danach.

So sehr, dass sie alle gestern einen feuchtfröhlichen Abend miteinander verbracht hatten. Pascal entpuppte sich als formidabler Geschichtenerzähler, und der Pastis fungierte als Katalysator. Es gab Anekdoten über das Dorfleben, Pascal erzählte von seiner Zeit als Bürgermeister und schwelgte in Erinnerungen an die Provence seiner Jugend. Anna sprach ausgezeichnet Französisch, nur manchmal verzweifelte sie an den doppeldeutigen Pointen, was zu albernen Verwechslungen führte, die sie mit immer tränenreicheren Lachanfällen quittierten, je dunkler die Nacht wurde.

Seine Gier nach Leben erschreckte Harm.

»Guten Morgen.« Annas frisch gewaschene Haare tropften auf den Kragen des Hemds, das sie trug. Sie hatte es vor dem Bauch zusammengebunden. Gehörte wahrscheinlich ihrem Freund. Stand ihr gut.

»Morgen. Kaffee?«

»Gibt es Tee?«

»In der Küche bestimmt. Hélène und Pascal sind in die Kirche gegangen. Du müsstest selbst nachschauen.« Harm deutete auf seine Füße im Kräuterbad.

Anna organisierte Tee und setzte sich kurz darauf zu ihm. »Kaum zu glauben, dass jemand tagtäglich mit so einer Aussicht lebt. Glaubst du, die beiden realisieren noch, wie schön es hier ist?«

»Aber ja.« Harm zuckte mit den Schultern. »Ich meine, sie scheinen die wichtigen Dinge des Lebens zu schätzen wissen.«

»Und welche sind das deiner Meinung nach?«

Harm beobachtete eine Biene, die so tief in eine Oleanderblüte krabbelte, dass sie gänzlich darin verschwand. »Tja, ich müsste jetzt wohl hehre Nomen raushauen, so was wie Glück, Familie, Gesundheit … Aber ich denke nicht, dass das stimmt. Irgendjemand hat mal gesagt, die

Welt wäre eine bessere, wenn wir uns alle mehr um unsere Gärten kümmern würden. Vielleicht ist es das. Achtsam zu sein, mit sich und der Natur und der Welt. Die kleinen Wunder des Lebens genießen, eine Aussicht, nette Gesellschaft.«

Er lächelte.

Anna lächelte ebenfalls.

Trotz des Olivenbaumschattens hatte die Sonne die Luft im Volvo auf Backofentemperatur hochgefahren. Ich lehnte steif im Sitz. Sobald ich mich bewegte, löste sich der schweißtriefende Stoff des Hemds von meinem Körper und klatschte an anderer Stelle zurück auf meine Haut. Das musste irgendein Polyestergemisch sein. Wie konnte Christopher so etwas kaufen? Zum ersten Mal wünschte ich mir, einen der atmungsaktiven, schweißabsorbierenden Outdoorstoffe zu tragen, an denen wir gerade im Labor tüftelten. Seltsam, dass ich vorher nie auf die Idee gekommen war. Natürlich testeten wir jedes Produkt ausgiebig in allen Zwischenphasen – nur eben nicht an uns. Ein Kollege hatte mal ein Langarmshirt mit zum Wandern ins Elbsandsteingebirge genommen und war mit einigen Verbesserungsvorschlägen zurückgekehrt. Aber ich wanderte nicht.

»Das ist ein Funktionsshirt, das du da trägst, oder?«

»Wie bitte?« Harm sah zu mir herüber, zum ersten Mal

seit Hélène und Pascal uns beim Abschied das Versprechen abgenommen hatten, sie wieder zu besuchen, und Hélène mir dutzendfach gedankt hatte, dass ich nachts noch die Küche aufgeräumt hatte.

»Dein Shirt, welches Label ist das?«

»Keine Ahnung.«

Ich betrachtete den Saum genauer und erspähte das Logo der Konkurrenz. »Stell dir vor – ich bin Textiltechnikerin und arbeite für Jones Jungle, einen Hersteller von Outdoorbekleidung, die ich selbst noch nie getragen habe. Ist das nicht verrückt?«

»In diesen Tagen scheint das Wort *verrückt* mit vielerlei Bedeutungen aufzuwarten.«

»Wem sagst du das …«

Ein nachdenkliches Schweigen wehte durch die geöffneten Fenster ins Auto und rekelte sich auf der Rückbank. Ich dachte über meine Arbeit nach, während die Berge vor uns in die Höhe wuchsen und die Straße sich um nackte Felsvorsprünge knickte. Auf der Talseite rauschte der Blick hinter den Leitplanken senkrecht hinab, bis er weit unten auf die ersten Baumkronen traf. Ich fühlte mich einigermaßen okay. Harm würde anhalten. Das wusste ich. Jederzeit.

Zur linken Seite öffnete sich ein grüner Kessel, in dessen Mitte ein ockerfarbenes Dorf auf einem Hügel thronte. Zypressen verliehen ihm die Anmut einer Königskrone. Selbst die Berge ringsum falteten sich wie Vorhänge und überließen den alten Steinmauern die Bühne. Durch das geöffnete Fenster wehte der herbe Duft von Blumen und roter Hitze. Ich merkte, wie die Landschaft sich mehr und mehr in meine Gedanken drängelte. Ich wollte nicht an elastische Membrane denken, an Panikattacken oder den langen Weg nach Hause. Erschöpft, wie ich war, wollte ich nur hier sitzen und dem Ausblick die Möglichkeit geben, mich abzulenken.

Bei einem Toilettenstopp zog ich Christophers Hemd aus und schlüpfte in mein verschwitztes T-Shirt von gestern. Da ich zudem noch immer denselben Slip, dieselbe Hose und denselben BH trug, passte es jetzt wieder.

»Entschuldige bitte, dass du meinen abgestandenen Geruch ertragen musst.«

Harm startete den Volvo. »Während der Semesterferien habe ich mal auf den Färöer-Inseln gejobbt. Da ist ein toter Wal an Land gespült worden, dessen Bauch schon ganz dick von Faulgasen war. Sie haben ihn aufgeschnitten. Aber noch bevor sie fertig waren, ist der Bauch mit einem dumpfen Wumms aufgeplatzt, und die ganzen Innereien flogen über die Mole. So stelle ich mir den Gestank in der Hölle vor. Dein T-Shirt verkrafte ich da gerade so.«

»Uaah! Das klingt furchtbar. Wieso verschlägt es einen Imker auf die Färöer? So viele Bäume und Blüten haben die da doch gar nicht.«

»In der Tat!« Harm lachte. »Es gibt keine Bienen auf den Färöern, auch keine Mücken oder Hummeln übrigens. Deshalb wäre wohl auch jeder Imker überflüssig. Zum Glück bin ich aber Meeresbiologe, sodass mein Aufenthalt bei den Färingern nicht ganz sinnlos war.«

»Das verstehe ich nicht. Du bist ein imkernder Meeresbiologe?«

»So ähnlich. Du scheinst dafür eine Outdoorbekleidungsdesignerin zu sein, die nicht auf Outdoor steht. Da passen Bienen und Fische doch irgendwie besser zusammen.«

»Ein Tier zu sein ist ein ziemlich kleiner gemeinsamer Nenner.«

»Besser als gar keiner.«

Die Straße wurde jetzt abenteuerlich. Steinschlagnetze zogen sich über weiße Felswände, die sich neben mir in die Höhe falzten und auch das letzte bisschen blauen Himmel verdeckten. Unsere Fahrbahn wickelte sich schmal und fast steigungslos um den Gipfel. Der Pass schien hinter jeder Kurve zu lauern. Ab und an durchquerten wir Steintore, die selbst mir zu kurz erschienen, um sie Tunnel zu nennen, was jedoch nicht verhinderte, dass sich meine Hände jedes Mal tief in die Sitzbezüge krallten. Als uns ein solches Portal mit seinem schwarzen Schlund in einer Kurve entgegengähnte, ohne dass ich hätte hindurchschauen können, legte Harm seine Hand auf meine Schulter. Er drückte sie kurz, als sich bereits zehn Meter weiter der provenzalische Himmel hinter dem Nicht-Tunnel wieder auftat, und ich dachte: danke.

Endlich kippte die Straße talwärts. Noch immer knautschten sich zu beiden Seiten nackte Felsen neben uns, aber die Straße schwang sich sanft bergab, sodass nach kurzer Zeit die ersten Bäume auftauchten. Der Blick durch die Frontscheibe weitete sich. Wälder begleiteten uns jetzt wieder. Allerdings wirkten sie anders als zuvor. Dunkler, gräulicher, trockener. Zwischendrin Flaumeichen, die ich jetzt sogar im Vorbeifahren erkannte.

Dann erreichten wir das Plateau. Eine kantige Ebene,

eingefasst von niedrigen Bergen wie ein Diamant. Weiden zogen an uns vorüber, einzelne Höfe, Rinderherden, Pferde.

»Büffel!« Ich schüttelte den Kopf. »Da standen Büffel auf der Weide! Nicht zu fassen. Wir müssen dann wohl gleich die Grenze zu Wyoming passieren.«

Harm grinste. »Yiehaw!«

»Es ist wirklich schön hier. Ob mit oder ohne Büffel. Eine absolut liebliche Landschaft.«

»Bitte was?«

»Eine liebliche Landschaft. Eine, die dir nicht wehtut. Wo du nicht Hunderte Meter in die Tiefe stürzen kannst, dich kein Bergrutsch erwischt und kein Tsunami mitreißt. Sanft. Eben lieblich.«

»Was auch immer das für ein Terminus sein soll.«

Ich rollte mit den Augen. Was auch immer ein Meeresbiologe mit geologischen Fachbezeichnungen zu tun hatte. »Es ist nur ein Aspekt einer Beschreibung. Wenn ich sage, jemand ist männlich, sagt das ja auch noch nicht alles.«

»Aber da weiß ich zumindest, dass Eier und ein Schwanz im Spiel sind.«

»Und genau das hat diese Landschaft nicht!«

Nun rollte Harm mit den Augen. »Für mich ist das hier eine kolline Landschaft.«

»Eine was?«

»In der Ökologie beschreibt dieses Adjektiv die Höhenstufe eines Gebiets in Abhängigkeit vom Meeresspiegel. So was wie alpin. Allerdings …« Harm grinste. »Ich bin ziemlich sicher, dass viele Wissenschaftler sie stattdessen auch als lieblich bezeichnen.«

Ich knuffte ihn in den Arm.

»Hey! Wirf mir nicht vor, dass ich Ahnung habe!«

Ich musste lachen. Was für eine absurde Unterhaltung. Harms Mundwinkel zuckten, und um seine Augen bildeten sich feine Lachfältchen. Er wirkte entspannt. Ich mochte sein offenes Gesicht, das immer heiter schien.

Das Schweigen von vorhin schlich sich zurück in eine gemütliche Position. Ich genoss die Wärme und die ebene Fahrt. Jetzt gerade, hier auf diesem lieblichen Plateau, schien das Leben so leicht und voller Versprechungen zu sein. Für einen Moment gab es keinen anderen Ort, an dem ich sein wollte, nichts, was ich tun konnte, außer meine Nase in den Wind zu halten.

»Sieh mal.« Harm deutete auf einen einzelnen hohen Felsen, auf dessen abgeschnittener Spitze eine Kapelle thronte. »Das ist das Wahrzeichen von Castellane. Lass uns dort eine Pause machen und ein *plat du jour* essen.«

Der Verkehr nahm jetzt zu. Wir reihten uns hinter Wohnmobilen, Radfahrern und Kombis mit Kanus in eine lange Prozession rund um den Felsen ein. Als der Wald den Blick freigab, überquerten wir eine Brücke.

»Du meine Güte! Das ist ja wunderschön!«

Rote und pinkfarbene Blumen ergossen sich zu beiden Seiten über das Geländer. Der Fluss schlängelte sich zwischen Bäumen, Büschen, Felsen und einem flachen Ufer aus weißen Kieseln hindurch. Am Fuß des Kapellenfelsens bog sich eine Steinbrücke über das glitzernde Wasser, und hoch oben pikste der Kirchturm in einen azurblauen Himmel.

Harm quetschte den Volvo in eine nicht vorhandene Parklücke zwischen einen Bus und ein Einfahrt-verboten-

Schild. Ich stieg aus, schob mich durch eine Gruppe asiatischer Touristen und kletterte hinunter an den Fluss. Kinder planschten im seichten Wasser, Kanuten mühten sich stromaufwärts um Felsbrocken herum, und überall auf der Brücke posierten Leute vor ihren Handys. Trotz der vielen Menschen war es unfassbar schön.

»Weißt du, was ich nicht verstehe?« Harm trat neben mich, die Hände in den Hosentaschen.

Ich lächelte. »Dass es hier so traumhaft ist?«

»Ich verstehe dich nicht.« Er kickte einen Stein. »Was um alles in der Welt hast du während deines Urlaubs hier gemacht? Am Pool gelegen?«

»Nun ja, schon …« Harms Tonlage gefiel mir nicht. »Ich schwimme sehr gern und liebe es, im Wasser zu sein. Aber wir waren auch in Monaco und an der Croisette in Cannes, sind durch Nizza gebummelt, waren am Strand. Vormittags hat Christopher sich für einige Stunden vor den Computer gehockt und die Präsentation ausgearbeitet, die er morgen pitchen muss. Deshalb konnten wir ja auch nur eine Woche bleiben.«

Harm schüttelte den Kopf. »Du urlaubst also in der Provence, ohne etwas von der Provence zu sehen. Und du designst Outdoorbekleidung, ohne sie zu tragen. Scheint ein roter Faden in deinem Leben zu sein.«

Ich starrte ihn an. Sprachlos. Was sollte das? Er kannte mich doch gar nicht. Wie konnte er so etwas sagen? Was sollte ich darauf erwidern?

»Du weißt gar nichts!« Meine Stimme klang verzerrt. »Du kennst mich noch keine vierundzwanzig Stunden, und jetzt baust du dir in Küchenpsychologiemanier aus ein paar

Satzfetzen ein Urteil über mich zusammen. Ich liebe meinen Job! Ich habe Textil*technik* studiert, nicht Design, weil ich genau das wollte. Und ich liebe meinen Freund! In einer Beziehung ist es ja wohl selbstverständlich, dass man einander unterstützt! Keine Ahnung, was für seltsame Liebschaften du so hast.« Mein Herz raste. Schweiß rann über meine Schläfen. In meiner Brust braute sich ein Orkan zusammen, der seine Ausläufer bis in meine Arme und Hände trieb. »Und überhaupt!« Ich fuchtelte mit den Armen, redete mich in Rage. »Nicht jeder muss in seinem Urlaub durch die Weltgeschichte reisen oder Bienen durch die Landschaft schaukeln. Manchmal ist chillen am Pool genau die Erholung, die man braucht!« Mein Kopf glühte. Ich war so wütend. Was fiel ihm ein, mich und mein Leben derart abzukanzeln? Ich fuhr mir mit den Händen durch die Haare und hielt sie schließlich vor das Gesicht, um mich zu beruhigen.

Da packte Harm meinen Arm, riss mir das Handy aus der Hand, zerrte mich hinter sich her. Ich stolperte. Er presste seine Hand in meine Achsel, hob mich halb über die Steine, patschte ins Wasser.

Dann stieß er mich in den Fluss.

Wilde Kälte überflutete mich. Mein Kopf tauchte unter Wasser. Prustend rang ich nach Luft, ruderte mit den Armen. Meine Füße fischten nach dem Grund. Eine Sandale verabschiedete sich, und ich stieß gegen einen spitzen Stein. Endlich schwamm ich. Harm stand keinen Meter vor mir bis zu den Knien im Wasser. Ich hustete. Er hielt mein Handy und die Sandale in der Hand. Die andere streckte er mir entgegen. »Komm.«

Ich rappelte mich auf und spritzte ihn nass. »Spinnst du?«

Der Drang, ihn zu ohrfeigen, war überwältigend. Stattdessen langte ich nach meinem Handy und der Sandale, zog mit der anderen Hand am Bund meiner Hose, die das Wasser mit sich in die Tiefe zu reißen versuchte, und stakste aus dem Fluss. Meine Füße quatschten in den Schuhen, als ich über die Kiesel tropfte und schließlich auf eine Bank am Ufer sank. Ich zitterte. Nicht vor Kälte, sondern vor Zorn.

Harm ließ sich neben mich fallen. »Es …«

»Ich will nichts hören!« Wütend wrang ich Haare, T-Shirt und Hosenbeine aus. »Und wehe, du wagst es, mich zu fragen, ob die Panik weg ist!«

»Ist sie?«

»Sie war gar nicht da!« Ich starrte ihn an. Meine Nasenflügel bebten. »Wut und Angst kann ich gerade noch auseinanderhalten. Ganz im Gegensatz zu dir!«

Harm schloss die Augen. »Entschuldigung. Anna, das … das tut mir wirklich leid.« Er sah mich an. »Ich dachte, du … ich meine, ich dachte … Der Feind meines Feindes ist mein Freund, du weißt schon. Aber ich bin zu weit gegangen. Entschuldige bitte.«

Er reichte mir ein weißes Stofftaschentuch. Was sollte das werden? Eine Versöhnungsgeste? Harm lächelte zaghaft. Ich griff nach dem gefalteten Stück weißer Baumwolle, wischte über mein Gesicht und schnäuzte mir die Nase. Unschlüssig starrte ich auf den nassen Lappen. Was sollte ich jetzt damit tun? Wer benutzte heute schon noch Stofftaschentücher?

»Schon okay. Du kannst es ruhig wegwerfen. Ich habe noch mehr davon.«

Ich knautschte das Tuch zusammen und stopfte es in meine nasse Hosentasche. »Die Panik ist mein Feind, nicht deiner. Kein Grund für irgendwelche Freundschaftsbekundungen.«

»Nein.« Harm lächelte. »Du hast recht.« Seine Stimme klang bemüht, sanft wie warmer Kakao. »Was hältst du davon, wenn wir von hier verschwinden? Ein paar Kilometer weiter gibt es eine hübsche Stelle am Fluss. Da hängst du deine Klamotten in die Sonne, und wir lassen uns Hélènes Lunchbox schmecken.«

»Es gibt eine Lunchbox?«

Wir dösten im Gras an der Biegung des Flusses. Der Verdon strömte träge dahin, sprudelte unter der Steinbrücke hindurch, sickerte zwischen die rund geschliffenen Kiesel am Ufer und sättigte die Luft mit feuchter Frische.

Etliche Paare und Familien taten es uns gleich und picknickten im Schatten der Bäume (nein, keine Flaumeichen). Ich war in ein Paar von Christophers Boxershorts geschlüpft, die ich beim Gehen am Bund mit einer Hand zusammenraffte. Harm hatte mir dazu eines seiner Funktionsshirts aufgedrängt. Kühl und weich hatte der Stoff gerade die richtige Festigkeit, um meine nackte Brust nicht über die Maßen in Szene zu setzen. Meine vier eigenen Kleidungsstücke sonnten sich über zwei hohen Büschen.

»Wie kommt es eigentlich, dass du dich hier so gut auskennst?« Ich leckte die Finger ab, auf der Suche nach einem letzten Krümel von Hélènes Aprikosentarte. Bereits mit den ersten Bissen hatte ich meine Wut heruntergeschluckt. Harm war aufmerksam, lächelte mich an und reichte mir von allen Speisen zuerst.

»Meine Mutter ist Französin. Ihre Eltern lebten ein Stück nördlich von hier in der Nähe von Gap. Wir besuchten sie fast jeden Sommer. Sie hatten eine alte weiße Ente, mit der wir durch die Provence schaukelten. Zum Papstpalast von Avignon, dem Markt in L'Isle-sur-la-Sorgue, zu den Ockerfelsen von Roussillon, dem Stern von Moustier-Sainte-Marie, der Gorges du Verdon …« Harm schüttelte den Kopf. »Ich glaube, das zählt zu meinen schönsten Kindheitserinnerungen.« Er ditschte einen Stein über das Wasser. Er sprang dreimal.

Ich wollte mich gerade wundern, wie eine Französin ihrem Sohn einen nordischen Namen geben konnte, dessen Anfangsbuchstabe in ihrer Muttersprache stets übergangen wurde, als Harm mich feixend musterte.

»Und wie kommt es, dass du dich hier so gar nicht auskennst, aber wunderbar Französisch sprichst?«

Ich rollte die Augen. »Du bist furchtlos, oder? Legst den Finger immer rein in die Wunde.«

Er lachte. »Ich habe nichts dagegen, wenn du mich so siehst.«

Ich erzählte ihm von meiner Zeit in Paris, nach dem Studium. Von dem sechsmonatigen Praktikum in einer Weberei, die einige Stoffe sogar an Dior lieferte. Und von Mélanie. Sie war fünf Jahre älter als ich und kam aus einem kleinen Dorf im Finistère. Wir verbrachten jedes Wochenende zusammen, reisten durch die Normandie, an den Atlantik, erkundeten die Stadt. Sie zeigte mir die Strände der Bretagne und das Wunder vom Mont-Saint-Michel. Bei einem Open-Air-Konzert im Bois de Boulogne küsste sie mich. Das war das Ende.

»Ihr habt es nicht geschafft, eure Freundschaft zu erhalten?«

Ich schüttelte den Kopf. »Mélanie konnte nicht. Das bedaure ich bis heute.«

»Warst du da schon mit deinem Freund zusammen?«

»Nein. Wir haben uns erst später kennengelernt, als ich nach dem Studium in Mönchengladbach zurück nach Hamburg gezogen bin. War eine schwierige Zeit. Ich hatte ... also, früher, davor, da war alles ...« Ich winkte ab. »Ist eine lange Geschichte.«

»Okay ...« Harm räusperte sich. »Na dann, wollen wir?«

Er packte zusammen, und ich wechselte im Schutz der Büsche meine Kleider, die seltsamerweise leicht nach Katzenurin müffelten.

»Jep, so riecht Buchs«, sagte Harm, als ich ihn bat, an meinem T-Shirt zu riechen. »Falls dir das unangenehm ist ...« Er grinste. »Ich kann dich gerne noch mal ins Wasser schubsen.«

Der Volvo ackerte sich in Serpentinen vom Ufer des Verdon an aufgefalteten Bergwänden empor. Harm hatte den französischen Grand Canyon schon als Kind geliebt; die verkarsteten Felsen, die ihn an eine zusammengefallene Schichttorte erinnerten, die Hänge, die sie auf langen Wandertouren erklommen hatten, und die Tretbootfahrten auf dem türkisblauen Stausee, den der Verdon speiste. Seine Liebe zu diesem Ort hatte sich so tief in sein Herz gegraben wie der Fluss in das Bergmassiv.

Vielleicht hatte er deshalb vorhin in Castellane überreagiert. Heimgesucht von Kindheitserinnerungen, durchgeschüttelt von den seltsamen Ereignissen der vergangenen Tage. Mit Sicherheit existierte zwischen Glück und Tod ein breites Spektrum, das Enthusiasmus ebenso beherbergte wie die Ursachen für Wut oder Panikattacken. Anna schien weder Krebs zu haben noch einen Tumor oder irgendeine andere lebensbedrohliche Krankheit. Aber nur weil sie nicht todkrank war, musste sie nicht zwangsläufig glücklich sein. Gleiches Recht für alle. Es ging ihm schließlich genauso. Er sollte nicht nur mit sich gnädiger umgehen, sondern diese Form von Achtsamkeit auch anderen gönnen.

»Würdest du da vorne anhalten, bitte?«

»Was? Klar, sofort!« Harm erfasste Rück- und Seitenspiegel mit einem hektischen Blick, checkte den Gegenverkehr, schielte zu Anna.

»Nein, nein, alles okay.« Sie legte die Hand auf seinen Arm. »Ich möchte nur schauen, ob man den Fluss von hier oben noch sieht.«

»Verdammt …« Harm stöhnte. »Jetzt war ich kurz vor einer Panikattacke.« Er lüpfte einen imaginären Hut. »Touché.«

Der Volvo rollte in die schmale Haltebucht hoch über

der Schlucht. Die rauschende Gewalt des Verdon hallte wie ein Echo im schattigen Tal und zwang die Grillen zu vehementem Vibrieren. Über Jahrtausende hatte sich der Fluss geduldig bis zu siebenhundert Meter tief in die Felsen gegraben. Jetzt verdeckten Bäume und Büsche das Wasser. Harm lächelte. War es nicht immer so? Verhüllte nicht immer etwas das tiefe Brodeln in uns? Etwas, das wucherte und unterdrückte und sich rasend schnell vermehrte? Annas Panikattacken verdeutlichten, dass ein Kahlschlag manchmal keine schlechte Option war.

»So fühle ich mich«, sagte sie, als hätte Harm seine Gedanken laut ausgesprochen. Anna verzog den Mund zu einem Lächeln, das ihr die verletzte Aura einer stolzen Kriegerin verlieh. »In mir tobt und tost es, die ganze Zeit. Ich höre das Rauschen, aber ich vermag es nicht zu sehen. Ergibt das Sinn?«

Harm fühlte, wie Tränen in ihm aufstiegen. Wie schaffte sie es nur, ihn ständig an die Grenzen zu treiben? Sie wusste gar nichts! Und doch berührten ihre Worte, Gesten, Handlungen, ja selbst die gottverdammten Panikattacken ihn derart, als erhöhten sie die Masse seines Gefühlspendels, das immer stärker und stärker schwang.

»Lass uns fahren.«

Sie schlängelten sich schweigend durch die Schlucht. Harm konzentrierte sich auf die gewundene Straße, die geologische Struktur der Berge, riesige Buchsbüsche, Felsentore und zwei Gänsegeier, deren absurd hohe Flugmanöver ihnen die Optik eines Fliegenschisses auf der Frontscheibe verliehen. Endlich ergoss sich vor ihnen der türkisfarbene Lac de Sainte-Croix.

»Oh mein Gott!« Anna flüsterte. »Das ist ja unglaublich! So ein sattes Türkisblau kenne ich nur von Bildern aus der Südsee.«

Harm parkte den Volvo hinter etlichen anderen Wagen, deren Entourage gefährlich nah an der niedrigen Straßenabgrenzung balancierte, um sich für ihre Selfies in Position zu bringen.

»Der intensive Ton kommt vom hohen Fluorgehalt.« Harm kletterte hinter Anna über die Beifahrerseite aus dem Auto, um dem Verkehr zu entgehen, der sich an diesem touristischen Hotspot zu einer modernen Heimsuchung summierte. Auf der anderen Straßenseite hockte er sich auf die Steinbalustrade. »Als Kind dachte ich immer, jemand hätte Farbe ins Wasser geschüttet.«

Anna setzte sich neben ihn. »Ich mag den Verdon. So wild und entschlossen und stark. Und dann wieder so sanft und blau und … lieblich.«

Harm schüttelte den Kopf. »Es waren fünf Staudämme nötig, um die Launen dieses Höllenflusses zu zähmen. Ein ganzes Dorf und eine antike Brücke mussten dran glauben, als das Wasser das Tal überschwemmte. Deine Definition von lieblich befremdet mich.«

Anna lachte. »Es ist halt nicht immer alles so, wie es scheint.«

Sie schaute zu Harm, und ihre Blicke trafen sich. Zum ersten Mal, so schien es ihm. Er las in ihren Augen Kapitel voller Angst, aber auch Passagen über Leidenschaft, Sätze gefüllt mit Wärme und Worte wie Dankbarkeit. Dann wandte Anna den Kopf, und der Zauber erlosch.

Sie erhob sich. »Wie lange fahren wir noch bis Valensole?«

»Eine knappe Stunde, schätze ich.« Harm rappelte sich ebenfalls auf. »Wenn es für dich okay ist, würde ich gerne vorher einen kurzen Stopp in Moustiers einlegen. Ich möchte mir gerne etwas anschauen.«

Anna zuckte mit den Schultern. »Wenn es nicht zu lange dauert.«

Die nächsten fünfzehn Minuten näherten sie sich mit jedem Meter der Zivilisation, passierten Strommasten, Verkehrsschilder und Touristenbusse. Vor Moustiers gerieten sie in einen Stau.

Harm ergatterte einen Parkplatz gleich hinter dem ersten Kreisel, und sie machten sich an den Aufstieg zu dem wie ein Amphitheater in den Berg gebauten Dorf. Fächerpalmen zwängten sich an steile Hauswände, rote Geranien flossen von Balkongeländern, grüne Fensterläden schmückten die ockerfarbenen Steinhäuser, und ein Gebirgsbach plätscherte in einem kurzen Wasserfall aus den Felsen unterhalb der Kapelle und teilte das Dorf in zwei Hälften.

Sie bahnten sich ihren Weg durch Touristenhorden, über grobes Kopfsteinpflaster, durch schmale Gassen. Zum ersten Mal seit dem Fußbad heute Morgen auf der Terrasse in Gourdon dachte Harm an die Bienenstiche. Hélènes Kräuter hatten Wunder gewirkt. Morgen würden seine Füße ihm die Wanderstiefel verzeihen.

»Schau dir das an …« Anna pappte mit der Nase am Schaufenster einer kleinen Fayencemanufaktur, deren handbemaltes Porzellan fantastische Vögel zierten. »Dieser Pinselschwung … und die Muster …«

»In der Tat, sehr hübsch. Hör zu, Anna, wir treffen uns in einer halben Stunde da drüben in dem Café, okay?«

»Wo willst du hin?«

»Ich möchte hinauf zur Kapelle.«

»Alles klar, ich komme mit.«

»Warum?«

»Was meinst du – warum?«

»Du möchtest dir gern die Fayencen anschauen, oder?«

»Ich ... kann mit dir gehen.«

Harm rollte mit den Augen. »Sicher kannst du das. Willst du denn?«

»Ich ...«

»Hast du Angst, ich könnte ohne dich weiterfahren?«

»Nein.«

»Alles klar.« Harm zuckte mit den Schultern. »Es ist total okay, wenn du machst, was du gerne möchtest, und ich tue, was ich möchte. Am Ende treffen wir uns wieder. Da drüben. In dem Café.«

Anna nickte. Sie wirkte unschlüssig, aber Harm brauchte jetzt eine halbe Stunde für sich allein. Herrgott, sie war eine erwachsene Frau und brauchte keinen Babysitter.

Er schlappte in seinen Flip-Flops auf den Kreuzweg zu, der hinauf zur Wallfahrtskapelle Notre-Dame-de-Beauvoir führte. Zweihundertzweiundsechzig unterschiedliche Stufen, nicht eine gleich tief oder genauso hoch in den schroffen Felsen gehauen wie die andere. Harm schnappte nach Luft. Früher rannten Tammo und er den steilen Pfad hinauf, während die Erwachsenen Verschnaufpausen einlegten, die sie mit der Begeisterung für das überwältigende Panorama kaschierten. Als ob das von oben nicht noch viel überwältigender gewesen wäre. Harm konzentrierte sich auf die jeweils nächste Stufe und erlaubte sich so wie früher den ersten Blick nach unten erst im Schatten der Zypressen auf dem Vorplatz der Kapelle.

Rote Ziegeldächer, Pinienwälder, träge Hügel und knorrige Olivenbäume. Dazu ein Himmel zum Losfliegen hoch. Die Aussicht hatte nichts von ihrem Spektakel eingebüßt. Harm schielte nach oben zum goldenen Stern von Moustiers, der an einer Eisenkette zwischen den Felsen baumelte. Es rankten sich viele Legenden um dieses vergoldete Stück Metall, aber Harm hatte schon immer Gefallen an der Version seines Großvaters gefunden: Angeblich schenkte der Stern all jenen eine glückliche Heimreise, die vom Plateau der Kapelle zu ihm hinaufblickten.

Harm unterdrückte zum zweiten Mal heute die Tränen und schlurfte in die graue Steinkapelle. Er entzündete eine Kerze, hielt einen Moment lang inne und machte sich auf den Weg zurück hinunter ins Dorf.

Der Kugelschreiber verkrumpelte das dünne Papier der Serviette. Beim Schwung des einen Vogelflügels hatte ich versehentlich den Tisch bemalt. Ich angelte nach der Speisekarte vom Nebentisch und benutzte sie als Unterlage. Wenn ich das Motiv nur oft genug wiederholte und die einzelnen Elemente geometrisch anordnete, vielleicht mit einigen Linien dazwischen, ganz dünn und zart, dann könnte das traditionelle Fayencethema einen modernen Impuls bekommen. Natürlich würde es in Farbe anders wirken als jetzt, so nackt in Kugelschreiberblau auf Gastronomieweiß, aber … Ich öffnete die zweite bemalte Serviette und platzierte sie neben der ersten. Ein Muster entstand. Durch Wiederholung. Da, wo vorher ein einzelner Vogel auf einem kleinen Zweig hockte, ergab das große Ganze plötzlich Sinn.

»Du siehst zufrieden aus.«

Ich erschrak. Harm setzte sich auf den Stuhl mir gegenüber. »Ich glaube, man könnte sogar sagen: geradezu lieblich.« Seine Augen funkelten. Kleine Fältchen bildeten sich in den Winkeln. Er sah mich ein wenig von unten herauf an, seine typische Kopfneigung, wenn er einen Finger direkt in meine Wunde legen wollte.

Ich lächelte. »Ich nehme das jetzt mal als Kompliment.«

»Oh, unbedingt.«

Er sah mich an wie vorhin am Stausee. Irgendwie offen und – erstaunt.

»Was machst du da?« Er drehte die Servietten zu sich herum, um sie näher zu betrachten. »Wow, du zeichnest großartig.«

»Es sind nur ein paar Kritzeleien. Die Fayencemalereien in den Läden sind inspirierend. Früher habe ich viel gemalt.« In meinem Kopf regnete es Bilder. Bilder, die ich vergessen hatte. Bilder, die ich verdrängen wollte. Bilder, für die es in meinem Leben keinen Platz mehr gab. Ich schüttelte den Kopf.

»Als Teenager hatte ich eine Aquarellphase, eine, in der ich mit Lithografie experimentierte, eine ganze Ölepoche, weil es so schön dramatisch rüberkam. Eine Zeit lang habe ich sogar eigene Muster für Quilts entworfen und sie über Wochen mühselig bestickt. Aber irgendwie … später … keine Ahnung. Es wurde zu viel. Und dann hatte ich einen Job, Alltag … das passte nicht mehr zusammen.«

»Schade.«

»Ja.« Ich dachte kurz nach. »Vielleicht ist es das.«

Ich steckte die beiden Servietten in meinen Rucksack, knautschte Harms Stofftaschentuch aus meiner Hosentasche dazu, bedankte mich bei der Kellnerin für den Stift, und wir machten uns auf den Weg zurück zum Auto für unsere letzte gemeinsame Etappe nach Valensole.

»Sag mal …« Ich drängelte mich neben Harm zwischen einem japanischen Pärchen hindurch. »Wohin fährst du eigentlich von Valensole aus weiter?«

Harm heftete den Blick auf seine geschundenen Füße, denen Hélène mit ihrer Magie fast ihre normale Form zurückgegeben hatte. Von den roten Punkten einmal abgesehen.

»In Richtung Norden.«

»Paris? Ärmelkanal? England? Island? Grönland?«

»Genau.«

»Oh bitte. Sag mir doch einfach, wenn du mich nicht weiter mitnehmen willst. Werde ich schon überleben.«

»Nein … das ist es gar nicht … aber … ich muss die anderen Königinnen ausliefern. Das sind noch ein paar Stationen. Das dauert.«

»Sicher.« Ich schaute zu Harm, aber er wich meinem Blick aus. »Ja dann … werde ich mich in Valensole wohl um eine andere Mitfahrgelegenheit kümmern müssen.«

Mein Handy klingelte. Barbra Streisand und Christopher.

Punktlandung. Ein Anruf wie abgesprochen. Ich zerrte an meinem Rucksack.

»Ist bestimmt besser so.« Harm lief voraus.

Ich griff nach meinem Handy und wischte über den Bildschirm. »Hi!«

»Endlich! Seit Stunden schon kommt immer wieder *Der Teilnehmer ist zurzeit nicht zu erreichen*, ich dachte, ich drehe durch! Geht es dir gut?«

»Ja. Ja, entschuldige. Es ist alles in Ordnung. Wir sind durch die Gorges du Verdon gefahren, und da gab es wahrscheinlich keinen Empfang.«

»Gorges du Verdon? Klingt, als würdest du Urlaub machen.«

»Nein! Ich … das ist der Weg. Da müssen wir lang. Ich … kann keine Autobahn fahren und …«

»Wo seid ihr denn jetzt? Reist du noch immer mit diesem Typen zusammen?«

»Harm. Er heißt Harm. Ja. Aber wir sind gleich in Valensole, und da kümmere ich mich um eine andere Mitfahrgelegenheit. Harm muss weiter seine Bienen ausliefern.«

»Seine Bienen?«

»Erzähle ich dir später. Pass auf, wir sind gleich in Valensole, ich kümmere mich darum, wie es weitergeht, und dann melde ich mich, okay?«

»Ich habe übrigens den ganzen Tag den Pitch getestet.«

»Oh, stimmt, das ist ja schon morgen! Und wie ist es gelaufen? Fühlst du dich jetzt wohl in deinem Vortrag?«

»Ja, klappt ganz gut. Wäre natürlich besser, wenn ich ihn dir noch mal vortragen könnte, aber jetzt muss es eben so gehen.«

»Und das wird es auch! Ganz bestimmt! Ich melde mich später noch mal, ja?«

»Alles klar. Anna?«

»Ja?«

»Ich mache mir Sorgen. Bitte pass auf dich auf, Hase. Ich vermisse dich.«

»Ich dich auch. Ich versuche, jemanden zu finden, der die Nacht durchfährt. Dann bin ich morgen wieder zu Hause.«

»Soll ich bei dir im Büro anrufen? Zur Arbeit wirst du es wohl kaum pünktlich schaffen.«

»Danke, das ist ganz lieb von dir, aber mach dir keine Umstände. Ich schaue, wie es weitergeht, und dann kläre ich das.«

Ich legte auf und glitt auf den Beifahrersitz. Harm startete den Wagen, blickte über die Schulter, gab Gas und wollte das Lenkrad einschlagen. Aber das Steuer bewegte sich nicht. Wir hoppelten nach vorn und touchierten mit dem Kotflügel einen Baum. Harm würgte den Motor ab.

»Fuck!«

Er hieb auf das Lenkrad, stieg aus und untersuchte den Schaden.

»Wie konnte das passieren? Ich quäle den Wagen über die Alpen, steilste Serpentinen rauf und runter, und dann brettere ich beim Vorwärtsausparken in eine Platane!« Er vergrub beide Hände in den Haaren, sein Gesicht verzerrte sich. Harm ließ die Arme sinken, stieß einen Seufzer aus, tätschelte den Baumstamm und schleppte sich zurück ins Auto.

»Schlimme Delle?«

»Nein. Aber so überflüssig.« Er schnallte sich an, startete den Wagen erneut, versuchte das Lenkrad zu drehen, aber nichts tat sich.

»Was ist das denn? Ich kann das Steuer kaum bewegen!«

Er versuchte es noch einmal, schaltete den Wagen aus, zog den Schlüssel heraus, probierte es erneut. Nichts. Er wiederholte den Vorgang. Dreimal. Dann fluchte er und steckte seinen Kopf unter die Motorhaube. Er zog und drehte, schaute unter den Wagen, schimpfte. Ich stieg aus.

»Und?«

»Ich habe keine verfluchte Idee …« Die Kühlerhaube wummste zurück auf die Karosserie. »Irgendetwas stimmt nicht mit der Servolenkung. Ich fürchte, da muss jemand vom Fach ran. Tja, tut mir leid. Ich hatte versprochen, dich bis Valensole mitzunehmen, aber so wie es aussieht, brauchst du eine Mitfahrgelegenheit ab Moustiers.«

»Und was machst du?«

»Ich rufe bei Erwan an, das ist der Imker in Valensole. Vielleicht kennt er eine gute Werkstatt.«

Harm zückte sein Smartphone und schlappte telefonierend den Bürgersteig hinab. Ich lehnte mich ans Auto. Eine neue Mitfahrgelegenheit. Klar. Ich wusste ja, dass Harm mich nur bis Valensole mitnehmen konnte. Oder wollte. Egal. Es lief auf dasselbe hinaus. Kein Platz für Befindlichkeiten. Ich begann zu googeln. Marie fuhr nach Cannes (aus der Richtung kam ich gerade), André wollte nach Paris (aber erst morgen), und Jean-Jacques war vor zwanzig Minuten nach Marseille aufgebrochen. In Valensole sah es nicht besser aus. Es war Sonntag, 15:41 Uhr. Die Menschen beendeten Wochenendausflüge, sie begannen keine. Überall um mich herum Touristen, und niemand konnte mir helfen. Alle genossen die Provence, und ich wollte nur weg. Vielleicht sollte ich doch einen Wagen mieten, mir Harm als Vorbild nehmen und eine Mitfahrgelegenheit für jemanden anbieten, der fahren würde. Genau. Hatte in unserem Fall ja auch super funktioniert.

Ich kontaktierte André.

Hallo, ich würde gerne mit dir nach Paris fahren. Wann soll es denn losgehen? Und: Willst du auf dem schnellsten Weg fahren, also auch über Mautstraßen? LG Anna

Ich spürte ein rotes Kribbeln unter der Kopfhaut. Nein, nein, nein. Keine Panikattacke. Ich fischte nach der Wasserflasche auf dem Beifahrersitz, trank einen Schluck, benetzte mein Gesicht. Alles okay. Es schien lediglich die Angst vor dem Ungewissen zu sein, die Unsicherheit über meinen weiteren Heimweg. Ich wollte endlich nach Hause! Ich wollte saubere Klamotten, in Christophers Arme, aufs Sofa, in die Badewanne. Ich hatte keinen Nerv mehr auf die Angst, die Hitze, meinen Geruch, den Volvo. Harm.

»Und wie sieht's aus?« Harm reichte mir einen Kaffeebecher.

»Ich trinke keinen Kaffee.«

»Deshalb ist auch Tee drin.«

»Oh … ich …«

Er winkte ab. »Erwan kommt her und schleppt uns ab. Der Freund seines Schwagers hat eine Autowerkstatt in

Manosque. Da bringen wir das Auto hin, und er schaut es sich gleich morgen früh an.«

»Wir?«

Harm riss die Augen auf. »Wow – du hast schon eine Mitfahrgelegenheit gefunden?«

Ich schüttelte den Kopf. »Erst ab morgen. Bis nach Paris.«

»Super, toll. Fahren wohl doch einige in die Richtung. Prima … prima.«

»Ja … Hast du schon eine Idee, wo du heute übernachtest?«

»Das hätte ich fast vergessen – Erwan hat angeboten, dass wir bei ihm schlafen können.«

»Deine Imkerfreunde sind wirklich sehr gastfreundlich.«

»In der Tat, das sind sie.«

Keine Stunde später knatterte ein wild gelockter Franzose mit Schnauzbart und Zahnspange auf einem Renault-Pick-up in die Stadt. Er begrüßte uns mit den üblichen Wangenküssen, hievte die Vorderräder des Volvo an einem Haken in die Höhe und klatschte zweimal in die Hände. »Los geht's!«

Wir kletterten auf die Sitzbank des Abschleppwagens, und ich fand mich eingequetscht zwischen Erwan, Harm und den Bienen wieder.

»So viele Königinnen!« Erwan zwinkerte mir zu. »Darauf kann sich das alte Lastschiff hier ja mal so richtig was einbilden!« Er lachte. Glockenhell. Dann erweckte er den Pick-up mit einem dumpfen Schnarren zum Leben, und wir hüpften auf einer schlecht gefederten Sitzbank aus der Stadt.

Die Landschaft veränderte sich. Weniger Drama, mehr Lieblichkeit. Die ersten Lavendelfelder eroberten die Hügel. Violette Opulenz zu beiden Seiten. Badeschaumduft zog durch die geöffneten Fenster zu uns herein. Das machte die Bienen bestimmt ganz kirre. Selbst ich konnte mich der berauschenden Wirkung nur schwer entziehen. Die spätnachmittägliche Hitze intensivierte das Bouquet, dazu meine Erschöpfung nach all den Ereignissen dieses Wochenendes. Ich brauchte Ruhe. Und Schlaf. Zeit zum Nachdenken. Die Sitzbank schaukelte. Ich krallte mich mit beiden Händen in das speckige Leder und versuchte mitzuwippen. Harm warf mir einen seltsamen Blick zu, Stirn gerunzelt, ernst. Erwan erging sich gerade in Lobeshymnen über die Gegend. Er war hier aufgewachsen, führte ein Weingut, das er groß herausbringen wollte.

»Jajaja, wartet nur ab, wenn ich euch heute Abend unseren sortenreinen Rosé aus Tibouren-Reben kredenze. Danach wollt ihr nie wieder etwas anderes trinken!« Er lachte. »Ist unser jüngstes Baby. Wir sind gerade beim Marketing mit neuen Etiketten und so.«

»Klingt toll.« Harm umschloss meine Hand mit seiner und drückte sie sanft. »Anna ist Designerin und kann fantastisch zeichnen. Wenn du also noch eine kompetente Meinung brauchst …«

»Was? Ich …«

»Oh, jajaja, das wäre super! Ich zeige dir später die Entwürfe, zwei sind in der näheren Auswahl, vielleicht kannst du was dazu sagen, echt prima!«

Ich entzog Harm meine Hand. »Sicher. Ich schaue sie mir gerne an.« Genervt blickte ich ihn an, aber er steckte bereits in einem Rebsorten-Gespräch mit Erwan und beachtete mich gar nicht.

Wir passierten Valensole, überquerten die Autobahn und bogen in ein menschenleeres Industriegebiet ab, wo nach einigen Hundert Metern ein selbst gemaltes Straßenschild auf »Yanis Garage« verwies. Erwan entkoppelte den Volvo und parkte den Pick-up. Wir luden unser Gepäck in seinen alten Renault Clio, und ich rutschte auf die Rückbank, um ein bisschen Ruhe zu finden.

Seit der Panikattacke hatte ich nicht hinten in einem Auto gesessen (war ja auch noch keine sechsunddreißig Stunden her). Es fühlte sich vollkommen in Ordnung an. Es erstaunte mich, dass sich die Frage überhaupt stellte. Vielleicht konnte ich die Panikattacke am besten mit einem Reset beim Computer vergleichen. Alles zurück auf null, ein blanker Bildschirm. Jetzt galt es, meinen PC anhand schlichter Entscheidungsfragen mit neuem Input zu füllen: Ist es okay zu fliegen? Nein. Ist es okay, über Brücken zu gehen? Ja. Ist es okay, in einem fremden Bett zu schlafen? Ja. Ist es okay, Auto zu fahren? Inzwischen – ja. Ist es okay, auf einer Autorückbank zu fahren? Ja. Und immer so weiter.

Was sich daraus ergab: Ich verfügte über einen selbstlernenden Rechner, der abstrahieren und verallgemeinern konnte. Wenn es okay war, in Harms Volvo zu reisen, musste es genauso okay sein, in Erwans Pick-up oder seinem Clio zu fahren. Wenn es okay war, in Hélènes Gästezimmer zu übernachten, würde das auch auf ein Bett in Erwans Haus zutreffen. Und noch etwas hatte ich gelernt: Meine Gefühle veränderten sich. Anfangs stellte es eine

Hürde dar, in Harms Auto mitzufahren. Später erklommen wir gemeinsam Serpentinen, ohne dass die Angst aus ihrem Hinterhalt hervorsprang. Okay, zumindest meistens nicht. Was steuerte diese Entwicklung? Die Frage schien essenziell zu sein. Nur hatte ich keine Ahnung, wie die Antwort lautete.

»Da sind wir!« Erwan riss mich aus meinen Gedanken. »Willkommen im Chateau d'Asse!«

Ein Metallschild wies auf einen kiesbedeckten Weg, der schnurgerade auf einen rotockerfarbenen Hof zuschoss. Wir knirschten durch eine Allee aus Olivenbäumen und Lavendel, hinter der das frische Grün der Weinstöcke schimmerte. Erwan parkte auf einem weiten Platz vor einigen Zypressen. Mit seinen roten Ziegeln und den mintgrünen Fensterläden wirkte das Haus wie die Essenz der Provence. Oder wie ihr Klischee.

Wir lernten Gaelle kennen, Erwans Frau, die fünfjährige Lea und Baby Olivia. Nach den üblichen Wangenküssen streichelte Gaelle wie schon zuvor Hélène mit ihrer Hand über Harms Wange und sagte: »Es tut mir sehr leid.«

Er nahm ihre Hand und hielt sie fest. »Danke.«

Die beiden lächelten einander an. Was auch immer das zu bedeuten hatte. Ging mich aber auch nichts an. Ich hatte wahrlich eigene Probleme.

Als Gaelle sich zu mir wandte, reckte Olivia auf ihrem Arm die Händchen in meine Richtung und strahlte mich mit zahnlosem Grinsen an.

Dann ging alles ganz schnell.

Gaelle drückte mir Olivia in die Arme und führte uns auf die Veranda. Dort warteten bereits zwei Handtücher, eine

Art Quietscheentchen in Form einer Giraffe und eine Wanne mit Wasser.

»Olivias Abendritual. Sie liebt baden.« Gaelle erläuterte mir kurz die Basics, beruhigte mich, dass es wirklich überhaupt gar nichts falsch zu machen gebe, zumal Erwan ja drinnen sei und das Abendessen vorbereite. Sie lächelte mir aufmunternd zu, griff nach Leas Hand, und beide schlenderten zu Harm, der sich über das Bienenpaket beugte.

»So ist sie.« Erwan lehnte in der Fliegengittertür. »Immer schnell entschlossen. Jajaja. Weißt du, wir haben noch am Tag meines Antrags geheiratet. Mit Gaelle wird es nie langweilig.« Er lächelte und verzog sich ins Haus. Kurz darauf erschien er erneut. »Wenn irgendwas ist – ruf einfach. Aber Olivia liebt baden wirklich sehr. Du wirst sehen.«

Ich fand mich also mit einem Baby im Arm auf der Veranda eines Weinguts in der Provence wieder, weil ein imkernder Meeresbiologe mich nach einer Panikattacke im Flugzeug hierhergebracht hatte. Das glaubte mir niemand.

Ich schaute hinüber zu Harm, der soeben geradezu zärtlich den Karton mit den Bienen öffnete, in Zeitlupe durch das Füllmaterial wühlte und eine weitere kleine Schachtel hervorzauberte. Ob das immer so ablief? Ein Imker, der Bienenköniginnen züchtete, reiste durch die halbe Welt, um Völker mit einer neuen Herrscherin zu beglücken? Warum verschickte man sie nicht einfach mit der Post? Oder beauftragte einen Kurier? Es gab Speditionen, die Zootiere verfrachteten. Sicher hatte sich irgendein Unternehmen auf Bienen spezialisiert. Und überhaupt: Warum mussten deutsche Königinnen nach Frankreich transportiert werden? Gab es hier keine Züchter? Ging es um die Auffrischung des Genmaterials einer bestimmten Art? Meine Güte. Ich hatte wirklich keine Ahnung.

Harm reichte zunächst Gaelle, dann Lea eine Holzschachtel, die das Mädchen mit der Sorgfalt eines brütenden Spatzen umklammerte. Gemeinsam mit den Königinnen verschwanden die drei hinter den Zypressen.

Ich stupste Olivia auf die Nase. »Okay, meine Süße. Dann wollen wir mal.« Sie lächelte. Ein äußerst fröhliches Kind, so viel konnte ich sagen. Sie brabbelte und kaute auf der Quietschegiraffe herum, mit der sie sehr ernsthaft über das Weltgeschehen zu debattieren schien. Ich befreite sie von Windel und Kleidchen und führte eins ihrer Händchen zum Wasser. Olivia gluckste und patschte drauflos. Ich hob sie in die Wanne ins Wasser. Ihre Haut fühlte sich weich an, nachgiebig und zart. Kleine Speckringe wölbten sich an Armen und Beinen. Sie roch nach Unschuld und fürsorglicher Liebe. Ich begann ein Lied zu singen. Das einzige französische Kinderlied, das ich kannte.

»Sur le pont d'Avignon, on y danse, on y danse …«

Olivia reckte die Händchen in die Höhe und berührte ihren Kopf, auf dem noch keine Haare wuchsen. Wassertropfen rannen über ihre Stirn, verfingen sich in den Wimpern. Die Kleine blinzelte und kicherte. Die Sonne wärmte sie orangerot. Ein warmer Duft nach Erde, Baguette und Pinien wehte um die Ecke. Frieden durchströmte mich. Eine tiefe Verbundenheit mit dem Hier und Jetzt. Zum ersten Mal verdammte ich die Panik nicht. Sie hatte mich hierhergeführt.

Als die drei Bienenflüsterer zurückkehrten, beendeten Olivia und ich gerade ihr Bad. Erwan übernahm das Zubettbringen der Kinder, und Gaelle führte Harm, seine Tasche, mich und Christophers Koffer in einen kleinen Anbau neben dem Haus, der sich als riesiges Zimmer mit En-Suite-Bad und bodentiefen Fenstern entpuppte. Der Ausblick offenbarte Hunderte Reihen knorriger Rebstöcke, die erst Zypressen und Bergketten am Horizont begrenzten.

»Voilà.« Gaelle deutete auf ein Doppelbett, dessen Kopfteil ein riesiges Stoffkarree mit Mandala zierte. »Ihr könnt bleiben, solange ihr wollt.«

»Wir ...«

Harm unterbrach mich. »... sind dir sehr dankbar, Gaelle.«

Sie winkte ab. »Ihr könnt euch frisch machen und dann zum Essen rüberkommen.«

Als Gaelle den Raum verließ, drehte ich mich zu Harm. »Aha, und jetzt? Glaubst du, ich schlafe mit dir in diesem Bett? Ich habe einen Freund, falls du das vergessen haben solltest. Und wenn wir schon dabei sind – was sollte diese Aktion vorhin im Pick-up? Du hältst meine Hand und preist meine Malkünste an, als gäbe es etwas zu gewinnen.«

Harm wühlte in seiner Tasche und kramte einen Kulturbeutel hervor.

»Würdest du bitte antworten?«

»Sonst was?«

»Sonst ... gar nichts, Herrgott! Ich will bloß darüber reden!«

Harm zuckte mit den Schultern. »Ich habe nicht den Eindruck, dass es dir ums Reden geht. Eher ums Dampf-

Ablassen.« Er schnappte sich frische Klamotten und schloss die Badezimmertür von innen.

»Herrgottnocheinmal!«

Ich öffnete die Fenster. Staubige Wärme dünstete ins Zimmer. Es roch nach Hitze und meinem eigenen Schweiß.

»Iih …«

In Christophers Koffer entdeckte ich seine Seidenschlafanzughose mit dem grünen Paisleymuster. Wenn ich dazu ein weißes Unterhemd anzog und das Hemd wie einen Gürtel um meine Hüften schlang, sollte es für ein Abendessen reichen.

Harm erschien mit nassen Haaren und sauberen Klamotten. »Falls du auch möchtest – ich habe Shampoo und Duschgel im Bad gelassen. Kannst du gerne benutzen.«

Christophers Kulturbeutel schwenkend steuerte ich an ihm vorbei. »Ich habe eigenes, danke.«

»Ich schlafe übrigens auf dem Sofa, das Bett gehört ganz dir. Und was die Aktion im Pick-up angeht … du hast dich in die Sitzbank gekrallt. Sah ganz nach Panik aus. Ich wollte dich ablenken. Deshalb habe ich das Gespräch auf dein Zeichentalent gebracht. Tut mir leid, wenn das zu übergriffig war.«

Wir schauten uns an. Quer durch den Raum. Hielten uns an unseren Blicken fest, ein bisschen so wie beim ersten Mal am Flughafen in Nizza.

Harm blinzelte zuerst. »Ich gehe schon mal vor.« Er wuschelte sich durch die Haare und ging zur Tür.

»Harm?«

Die Hand an der Klinke, verharrte er mit dem Rücken zu mir.

»Entschuldigung.«

Er nickte. »Ich sehe dich gleich.«

Mit geschlossenen Augen lehnte ich mich nackt an die kühlen Kacheln der Dusche. Der wolkige Dampf des heißen Wassers verdeckte Waschbecken und Toilette, der Spiegel beschlug, die Lüftung sprang an. Ich rutschte an den Mosaikfliesen hinab und hockte mich mit angezogenen Beinen in die Duschwanne, deren Abfluss die Wassermassen nicht bewältigte, sodass sich ein Pool bildete. Mein Po und meine Füße badeten. Der Massagestrahl des Duschkopfs prasselte auf meinen Rücken und tätowierte einen Kreis auf die Haut. Ich starrte in die aufgeplusterten Schwaden, Tränen vermischten sich mit den Wassertropfen um mich herum. Ich schien meinen persönlichen Tiefpunkt noch immer nicht erreicht zu haben, es ging beständig weiter bergab. Alles fühlte sich so unrund an, es hakte und stockte an allen Ecken. Ich erkannte mich selbst nicht wieder. Den Weg von himmelhoch jauchzend bis zu Tode betrübt schaffte ich in weniger als zehn Sekunden.

Ich vermisste Christopher. Seine ruhige Art, wie er mich im Bett beim Einschlafen hielt, die Beine um meine gewickelt, das Grübchen auf seinem Kinn. Ich wollte mich in seinen Armen ausweinen, getröstet werden, Halt finden. Was mir fehlte, war das Vertraute. Irgendetwas Bekanntes, was sich wic Zuhause anfühlte. Hier schlitterte ich von einer neuen Situation in die nächste, eine Katastrophe nach der anderen reihte sich an Unglück, Pech und kaputte Servolenkungen.

Noch eine Nacht in Frankreich. Ich würde es nicht rechtzeitig zur Arbeit morgen früh um 8 Uhr schaffen. Ich musste im Frontoffice bei Malene anrufen. Was sollte ich ihr erzählen? Verpasster Flug? Ein Virusinfekt? In drei Tagen kam der Vertreter von *fibre flow*. Bis dahin musste ich unter allen Umständen wieder zurück in Hamburg sein.

Ich strich mir Strähnen aus dem Gesicht, wusch mir über die Augen und zog mich an der heißen Armatur hoch. Mein Rücken schmerzte. Ich schlüpfte aus der Dusche, zerrte ein Handtuch unter dem Waschbecken hervor und rubbelte den Spiegel ab. Alles an mir schien zu hängen. Die Haare, die Lider, meine Mundwinkel, selbst die Ohrläppchen mit den Ohrringen von …

»Nein! Neinneinnein!«

Ich schwang die Badezimmertür auf, und die Luft des brütenden Sommerabends schlug mir kühl entgegen. Dunstige Schwaden drängten sich an mir vorbei ins Schlafzimmer und hockten sich in kleinen Wasserperlen auf Sofa und Bett. Ich kniete mich hin und robbte suchend über den Boden. Marita würde mir das nie verzeihen. Ich krabbelte bis unter das Bett, durchwühlte Christophers Koffer. Aber der eine Perlenohrring seiner Mutter blieb verschwunden. Vermutlich hatte der Verdon ihn sich während meines unfreiwilligen Bads in Castellane geschnappt. Oder ich hatte ihn mir beim Umziehen herausgerissen. Müßig, sich darüber Gedanken zu machen. Das Ergebnis blieb dasselbe.

»Mist!« Ich pfefferte das Handtuch in die Ecke. Den verbliebenen Ohrring verpackte ich sorgfältig in Christophers Kulturbeutel, wusch meine Klamotten im Waschbecken, hängte sie über zwei Stühle und zog mich an. Das Hemd hielt die Hose tatsächlich an ihrem Platz, trotzdem fühlte ich mich verkleidet. Ich schrieb Christopher, dass ich früh am nächsten Morgen nach Paris reisen und hoffentlich nachts zu Hause ankommen würde. Nach dem Debakel mit dem Ohrring traute ich mich nicht, ihn anzurufen. Er hätte alle Katastrophen in meiner Stimme gehört und sich gesorgt. Dabei musste er doch bei sich bleiben, schließlich wartete morgen sein großer Auftritt. Der Pitch. Ich wünschte ihm viel Glück, schickte küssende Emojis und Kleeblätter. Dann antwortete ich André, dass ich morgen um 8 Uhr am Busbahnhof in Valensole warten würde.

Ein stetiges Klopfen weckte Harm. Es hämmerte. Wie ein Specht beim Wohnungsbau. Er wollte den Mund öffnen, aber seine Zunge pappte pelzig am Gaumen. Gleißendes Licht durchwirkte seine Augenlider. Er versuchte, sich zu drehen, das Kissen über das Gesicht zu ziehen, verlor fast das Gleichgewicht, stützte sich mit den Händen auf dem Boden ab und rollte umständlich vom Sofa.

Harm stöhnte, fuhr in die Jeans, stülpte sich das T-Shirt über und schlich aus dem Zimmer. Eine Hand an der Wand, schlurfte er durch den Flur in die Küche.

»Bonjour.« Erwan sah vom Teig auf, den er gerade knetete, und lachte. »Du siehst scheiße aus.«

»Danke. Du nicht.«

Er zuckte mit den Schultern. »Gewohnheitstrinker. Bleibt bei Önologen nicht aus. Hier.« Sie reichte Harm einen Kaffee.

»Yanis hat angerufen. Es ist die Servolenkungspumpe. Er hat eine neue bestellt, die im Laufe des Tages ankommen sollte. Er hat versprochen, sie in jedem Fall noch heute einzubauen, damit ihr morgen früh weiterfahren könnt.«

Harm nickte. »Hast du vielleicht ein Aspirin?«

Erwan reichte ihm Wasser und eine Tablette. »Ich habe gleich mit Olivia einen Vorsorgetermin beim Arzt. Dafür brauche ich den Clio. Aber wenn ihr mögt und euch ein bisschen umschauen wollt – im Schuppen steht noch der alte Wagen von Gaelles Vater. Die Schlüssel hängen vorne am Brett.«

»Danke, Erwan. Das ist wirklich nett, ich weiß das zu schätzen.«

Er winkte ab.

»Doch, doch, ihr seid sehr gastfreundlich. Ich danke euch dafür. Und heute Abend koche ich, okay? Bereitet nichts vor, ich mache das.«

Harm schnappte sich zwei weitere Aspirin, ein Glas Wasser und schlich zurück ins Zimmer. Der Geruch erschlug ihn. Ein säuerliches Gemisch aus Schweiß, Alkohol und schmutzigen Socken. Er riss die Fenster auf. Dann hockte er sich neben das Bett.

»Anna. Anna, wach auf. Ich habe hier was für dich.«

Die zerknautschten Laken bewegten sich. Unter der Decke wimmerte es.

»Hier sind Aspirin. Komm, dann geht es dir besser.«

Anna stöhnte. Sie brauchte eine Ewigkeit, um sich zu

drehen, die Laken wegzustrampeln, die Augen zu öffnen (erst nur das eine, dann mit schmerzverzogenem Gesicht das andere), den Kopf zu bewegen, sich aufzurichten.

»Wie spät ist es?«

»11 Uhr 17.«

»Was?« Sie schnellte hoch, hielt sich den Kopf. »Aua, André …« Sie patschte auf dem Nachttisch herum, packte ihr Handy und stöhnte. »Neinneinneinnein … er ist ohne mich gefahren! Er sagt, es gibt gar keinen Busbahnhof in Valensole.« Sie hieb mit der Hand auf die Decke, nur um gleich vor Schmerz zusammenzuzucken.

»Aspirin?«

Anna tastete nach dem Glas und schluckte beide Tabletten auf einmal. »Das gibt's doch gar nicht!« Sie sank zurück in die Kissen. »Warum geht denn gerade alles schief?« Tränen quollen aus ihren geschwollenen Augen. »Ich komme nicht nach Hause, noch nicht einmal raus aus Valensole! Ich gehe unachtsam mit Dingen um, die man mir anvertraut, offensichtlich gehe ich auch nicht besonders achtsam mit mir selbst um, weil ich alle naselang mit Panikattacken durchdrehe, ich verschlafe Termine, betrinke mich, Gott, es fühlt sich an, als dröhne der Motor eines Containerschiffs in meinem Hirn.« Sie schluchzte.

Harm erhob sich. Was für eine Show. Andere Menschen starben und taten sich weniger leid. »Ich gehe jetzt duschen. In einer halben Stunde fahren wir.«

Als Harm frisch und erneuert aus dem Bad trat, hockte Anna im Schneidersitz auf dem Bett und tippte auf ihrem Handy herum. Verkatert und mit rosenrosa glühenden Wangen wirkte sie entwaffnend unkompliziert. Harm entspannte sich. Es half, dass sie diese entsetzlichen Perlenohrringe nicht mehr trug.

»Christophers Pitch ist super gelaufen!« Anna strahlte Harm an, als brenne er für diese Neuigkeit. »Sein Chef ist derart begeistert, dass Christopher seine Ideen morgen direkt noch mal in der Zentrale in Oslo vortragen soll. Wahnsinn!«

Harm schnappte sich ein Ersatz-Shirt. »Können wir dann?«

»Ich gehe schnell duschen.« Anna wies auf Harms Klamottenberg. »Du hast noch nicht gepackt.«

»Yanis repariert das Auto im Laufe des Tages. Wir können hier übernachten und morgen früh weiterfahren.«

»Was? Ich kann nicht noch eine Nacht bleiben! Ich muss nach Hause! Ich habe gerade im Büro angerufen und etwas von einem Virusinfekt gelogen. Es warten Termine auf mich, wichtige Meetings. Ich ...«

Harm verschränkte die Arme vor der Brust. »Ich halte dich nicht auf.«

»Aber ... ich ... wie soll ich denn hier wegkommen?«

»Unser Deal ging sowieso nur bis nach Valensole.«

»Aber ... du hast doch gerade gesagt, dass du morgen früh mit mir weiterfahren willst. Das ergibt keinen Sinn!«

»Vergiss es einfach. Ich bringe dich zum Busbahnhof.«

»Es gibt gar keinen Busbahnhof!« Anna schluchzte. »Herrgott! Das kann doch alles nicht wahr sein!« Sie schlug die Hände vor das Gesicht. »Ich kann das nicht ... ich kann mit niemand anderem fahren. Ich habe Angst ... viel zu viel Angst!«

Sie fiel zurück auf das Kissen und rollte sich mit angezogenen Beinen in eine Ecke des Betts. Ihr Körper zuckte.

Harm schloss die Augen. Er hätte auf sein Bauchgefühl hören sollen, schon am Flughafen. Jetzt war es zu spät. Eine gemeinsame Reise führte schnell zu einem Gefühl von Nähe, ob man wollte oder nicht. Das lag an den Umständen, der Zeit, die man miteinander verbrachte. Reisen öffnete Herzen, Grenzen, Vorurteile, man kam sich selbst näher, je weiter man ging. Es gab keinen Weg zurück.

Er seufzte. »Anna. Anna … ich bringe dich nach Hause, okay?«

Sie drehte sich zu ihm um, die Augen rot unterlaufen, triefende Nase, glühende Wangen. »Was?«

»Ich muss zurück nach Kiel. Im Auto warten noch vier Königinnen auf einen neuen Hofstaat. Wenn wir gut durchkommen, schaffen wir es morgen bis an die deutsche Grenze, und übermorgen liefere ich dich in Hamburg ab.«

Sie wischte sich mit dem Arm über das Gesicht. »Ich … aber ich … ich weiß nicht, was ich sagen soll … übermorgen ist schon Mittwoch … da kommt der Vertreter …«

»Ein *Danke* käme jetzt ganz gut.«

Sie lächelte, obwohl noch immer Tränen von ihrem Kinn tropften.

»Entschuldige … ich danke dir.«

Harm atmete tief durch. Worauf hatte er sich nur eingelassen? Was genau versuchte sein Leben ihm hier eigentlich mitzuteilen?

»Okay.« Er klatschte in die Hände. »Da wir das jetzt geklärt haben: Lass uns einkaufen gehen.«

Mittägliche Hitze flirrte über dem Kies auf dem Vorplatz. Schon auf dem kurzen Weg hinüber zum Schuppen sammelte sich in Harms Haaransatz Schweiß, der ihm in kitzelnden Tropfen über die Schläfen rann. Er ruckelte am Tor, das sich schließlich knarzend öffnete und einen gelben Citroën 2CV enthüllte.

Anna riss die Augen auf. »Du meine Güte … eine alte Ente.«

»Gehörte wohl Gaelles Vater. Sie heißt Titine.« Harm wedelte mit dem Autoschlüssel, an dem ein Namensschild baumelte. »Dann wollen wir mal.«

Abgestandene Schwüle waberte ihnen beim Öffnen der Türen aus dem Wagen entgegen. Sie kurbelten die Fenster herunter, Harm verstaute seine Beine unter dem Lenkrad, suchte den Schlitz für den Zündschlüssel, der sich erstaunlicherweise links vom Lenkrad befand und zog den Choke. Er drückte das Gaspedal zweimal durch, startete den Wagen und bugsierte das leicht röchelnde Auto aus seinem Schattendasein.

»Ich bin noch nie in einer Ente gefahren.« Anna streckte den Arm hinaus und ließ ihre Hand auf dem Wind gleiten.

Harm traktierte die Gangschaltung. Gewöhnungsbedürftig, so viel stand fest. »Ich habe Erwan gesagt, dass wir heute Abend für sie kochen. Bei Manosque ist ein großer Supermarkt. Ich hoffe, wir schaffen es bis dahin …«

»Kochen?« Anna klang entsetzt.

»Ja, so mit Töpfen und Pfannen, Öl, Lebensmitteln, Gemüse. Schon mal gehört?«

Sie verdrehte die Augen. »Ich kann nicht kochen.«

»Was isst du dann? Rohkost?«

»Wir gehen essen.«

»Jeden Tag?«

»Nein, manchmal lassen wir auch Essen kommen.«

»Du isst viermal pro Woche Pizza?«

»Wie gut, dass du so vorurteilsfrei bist! Es gibt asiatische Restaurants, die mit einem Lieferdienst zusammenarbeiten, mexikanische, indische, arabische, spanische ... Neulich haben wir etwas von einem äthiopischen Lokal geordert. Das ist total abwechslungsreich. Außerdem kann man die Zeit, die sonst fürs Kochen draufgeht, anderweitig nutzen.«

»Ja – für ein Fitnessstudio, um all die Kalorien abzutrainieren, die man sich täglich drauffuttert.«

»Das hängt doch wohl davon ab, was man bestellt! Wir essen so gut wie nie Pommes, Currywurst oder Pizza – das macht dick! Aber bestimmt nicht die Sommerrollen vom Vietnamesen.«

»Ihr müsst ein Heidengeld dafür ausgeben.«

Anna zuckte mit den Schultern. »Christophers Traum war es, einmal so gut zu verdienen, dass er es sich leisten kann, jeden Tag essen zu gehen. Das hat er schon vor einigen Jahren erreicht. Außerdem unterstützen wir so die Gastronomie..«

»Bravo.« Harm klatschte in die Hände. »Toller Typ, dein Christopher. Aber bis du wieder bei ihm bist, wirst du einen Teil deiner Zeit damit verplempern müssen zu kochen. Als Dankeschön für eine überaus herzliche Gastfreundschaft. Ich hoffe, es ist keine zu große Last.«

»Himmelherrgott!« Anna funkelte ihn wütend an. »Steckt dir der Rosé noch in den Knochen? Deine Laune ist beklagenswert.«

Der glühende Fahrtwind trocknete Harms Schweiß, während er gleichzeitig neuen produzierte. Hatte was von einem Durchlauferhitzer. T-Shirt und Jeans pappten speckig an seiner Haut, im Nacken tummelten sich mikrofeine Tröpfchen auf den kurzen Haaren. Es war zu heiß, um über seltsame Rituale und schnöselige Spießer zu streiten. Er hatte eine Entscheidung getroffen. Er würde Anna nach Hause bringen. Das konnte er ihr nicht jede Minute vorwerfen.

Sie kauften ein, und Harm genoss es, durch die endlosen, klimatisierten Regalreihen zu schlendern. Als sie die Lebensmittel später auf Titines Rückbank verstauten, erschien ihm die flirrende Hitze im Auto umso unerträglicher.

Sie schaukelten nördlich aus der Stadt, vorbei an Volx und Villeneuve und überquerten bei La Brillane die A51 hinüber nach Oraison. Eigentlich hätten sie hier südlich nach Valensole abbiegen müssen, aber Harm beschloss spontan, ihnen einen Abstecher zu gönnen. Er fummelte an den Knöpfen des Radios, bis nach einem beängstigenden Rauschen das rollende R Jacques Brels ertönte.

Anna begann zu summen. »Das ist *On n'oublie rien.*«

Harm drehte die Lautstärke bis zum Anschlag, stieg in den Song mit ein und triezte Titine auf neunzig Stundenkilometer. Sie vibrierten über schmale Landstraßen und schmetterten sich schließlich mit dem rhythmisch zitternden Wagen durch Le Castellet und Puimichel, bis sie an riesigen Lavendelfeldern entlangbebten.

»Du meine Güte …« Anna reckte den Kopf aus dem Fenster.

Endlose violette Reihen wellten sich bis zum Horizont. Dazwischen schimmerten ockerfarbene Steine. Das frische, würzige Bouquet der Lavendelblüten betäubte die Sinne.

Harm parkte Titine am Straßenrand.

»Das ist wie ein legaler Drogentrip.« Anna schloss die Augen und inhalierte den krautigen Duft.

Sie stiegen aus und flanierten zwischen den bauschigen Pflanzen. Überall brummte und schwirrte es, Bienen sammelten Nektar, Schmetterlinge trudelten von Blüte zu Blüte, Hummeln schnarrten über die Landschaft. Die Sonne stand hoch über der violetten Pracht, tauchte Zypressen, Kornfelder und Lavendel in goldenes Licht. Am Horizont rangen kantige Bergrücken um Aufmerksamkeit. Die Welt schrumpfte auf Postkartenidylle zusammen.

Harm hockte sich zwischen zwei Reihen Lavendel, berauschte sich an deren süßem Duft und rollte schließlich rücklings auf den steinigen Boden. Die Intensität des Geruchs war überwältigend, schien die Rezeptoren aller anderen Sinne zu manipulieren. Harm roch Lavendel, er schmeckte Lavendel, hörte Lavendel, fühlte Lavendel und sah die Welt in Lavendellila.

Ein Schatten schob sich über sein Gesicht. »Was tust du da?«

Harm blinzelte. »Ich werde high.«

Anna legte sich hinter ihm auf den Boden, ihre Köpfe berührten einander. »Wow … das ist großartig …«

Harm schloss die Augen. Atmete. Entspannte.

»Wer ist gestorben?«

Seine Lider schnellten hoch. Annas Frage erwischte ihn unvorbereitet, kam daher wie ein Hausfriedensbruch. »Was? Wie kommst du darauf?« Doch noch während er fragte, verebbten Erstaunen und Empörung. Er wollte über Tammo sprechen, schon seit Tagen.

»Na ja, ich … alle sprechen dir ihr Mitgefühl aus, sind so zuvorkommend und bemüht, da dachte ich …«

»Mein kleiner Bruder …« Harm schluckte. »Tammo ist gestorben. Er war zweiunddreißig Jahre alt. Chronische myeloische Leukämie. Zweimal schon hatte er es fast geschafft, die Krankheit besiegt. Aber sie ist zurückgekommen. Jedes Mal stärker als zuvor. Als hätte sie sich nur eine kurze Verschnaufpause gegönnt, um Kräfte zu mobilisieren.« Er inhalierte einen tiefen Zug des betäubenden Lavendels. »Beim ersten Mal hatten wir alle gar keine Zweifel, dass Tammo es schaffen würde. Ich reiste nach meinem Abi gerade durch Asien, als er mich anrief und von der Diagnose erzählte. Wir hielten es noch nicht mal für nötig, dass ich nach Hause komme, so sehr stand fest, dass er die Chemo super wegstecken und geheilt aus allem hervorgehen würde. Jede andere Option lag einfach gänzlich außerhalb unserer Vorstellungskraft. Ein paar Jahre funktionierte das ganz gut. Ich studierte an der School of Marine Science and Technology in Newcastle, Tammo hatte sich entschieden, in die Fußstapfen unseres Vaters zu treten, eine Ausbildung zum Tischler zu machen, um vielleicht später gemeinsam mit ihm den Familienbetrieb zu leiten.« Harm spürte, wie stumme Tränen in seine Ohrmuscheln tropften. »Der zweite Schub erwischte Tammo gegen Ende seiner Lehre. Es ging ihm saudreckig. Damals kamen auch die ersten Panikattacken. Ich brach mein Studium in England ab und schrieb mich in Kiel für Meeresbiologie ein. Als Tammo sich endlich ein wenig besser fühlte, zogen wir zusammen in den alten Bungalow unserer verstorbenen Oma. Mein Vater und ich hatten ihn renoviert. Das waren die schönsten Jahre. Wir haben geile Partys gefeiert, ständig hatten wir Besuch, oder jemand pennte auf der Couch im Wohnzimmer. Tammo stieg in den Betrieb meines Vaters ein, er begann, Bienen zu züchten. Und er verliebte sich. Ich hatte einen Job bei der Meeresbiologischen Forschungswerkstatt ergattert und dachte über ein Auslandssemester in Kanada nach. Das Leben … schien bunt und verheißungsvoll, und das Wort Zukunft zog bei uns ein. Dann kam der Rückfall.« Harm schluchzte. »Tammo fühlte sich erst gar nicht schlecht, hat einfach weitergemacht wie immer. Obwohl seine Blutwerte da schon katastrophal gewesen sein müssen. Er hatte mal eine Grippe, dann wieder Kopfschmerzen oder eine Zahnfleischentzündung. Ich glaube, er ahnte, was los war, wollte es aber nicht wahrhaben. Er klammerte sich mit aller Kraft an seinen Alltag, an mich, unsere Eltern, seine Freundin. Irgendwann ist er zusammengebrochen. Lungenentzündung. Von da an ging es bergab. Mein Vater und ich haben die Bienenstöcke direkt auf die Terrasse umgesetzt und Tammo im Wohnzimmer einquartiert. Stundenlang hat er sie beobachtet. Wenn er konnte, gab er uns Pflegeanweisungen. Ansonsten hat Uwe geholfen – ein Imker, den Tammo und ich schon ewig kennen. Gemeinsam mit ihm haben wir auch die letzten Königinnen gezüchtet. Ich habe Tammo gewarnt, dass er wieder fit werden müsse, um sie zu verschicken, weil ich sonst persönlich rumfahren würde, um sie auszuliefern … aber … er hat meine Drohung einfach nicht ernst genommen …«

»Wann ist er gestorben?«

»Vor acht Wochen und einem Tag.«

Anna reckte ihre Arme nach hinten, ertastete Harms Schultern, fuhr seine Oberarme entlang und zog an seinem T-Shirt. Harm hob die Arme, und Anna griff nach seinen Händen. Sie verschränkten ihre Finger, betteten Arme und Hände in den Lavendelrispen und lagen da wie zwei schwitzende Schneeengel.

Anna streichelte Harms Fingerkuppen. »Es tut mir sehr leid.«

»Ja …«

»Fährst du deshalb durchs Land und lieferst die Bienenköniginnen aus?«

»Normalerweise verschickt man sie einfach mit der Post. Hat Tammo immer so gemacht. Er hat die begattete Königin von der Belegstelle auf Sylt zurückbekommen und sie dann an seine Imker verschickt.«

»Warte … was ist eine Belegstelle?«

»Jedes Bienenvolk braucht eine Königin, weil sie die Einzige ist, die Eier legen kann und so den Fortbestand des Volkes garantiert. Eine neue Königin züchtet sich ein Volk heran, indem es eine der Larven ausschließlich mit Gelee Royal füttert, einem besonderen Sekret, das die Bienen in ihren Drüsen bilden können. Ist die Königin nach acht Tagen ausgewachsen, schickt man sie zu einer Belegstation. Da kommt sie mit einer Handvoll Begleitbienen in eine sogenannte Begattungseinheit. Um sie herum leben reine Drohnenvölker. Irgendwann startet die Königin dann zum Begattungsflug, wo fünf-, sechs-, siebzehn dieser Superdrohnen sie begatten. Dann fliegt sie zurück zu ihrem Minivölkchen und beginnt Eier zu legen. Der Belegstellenmensch kontrolliert die Qualität des Brutbilds, und wenn alles okay ist, kann man seine begattete Königin abholen und an interessierte Imker verkaufen.«

»Wow ... und dein Bruder hat ausschließlich an französische Imker verkauft?«

»Nein, nicht nur. Aber unsere französischen Großeltern haben ihm damals Kontakte zu einigen Imkern hier in der Gegend verschafft, als er mit dem Züchten begann. Es ist dann immer größer geworden. Zu seinen besten Zeiten kümmerte Tammo sich um fünfundzwanzig Völker und hat fast achtzig Königinnen gezogen. Das ergab um die achthundert Kilo Honig.« Harm lachte leise. »Wie viele Tage meines Lebens ich auf irgendwelchen Märkten verbracht habe, um Tammo beim Verkauf zu helfen. Irgendwann hat er sogar mal Met gebraut. Tammo hat sich immer gegen Monokulturlandschaften eingesetzt, er war gegen den massiven Einsatz von chemischen Düngern und Pestiziden, hat überall Guerilla-Gardening betrieben und Flower-Bombs auf jeden noch so kleinen Quadratmeter Boden geworfen. Er wird der Welt fehlen ... Er fehlt mir.«

Anna drückte Harms Hände. Er spürte, wie die Sonne seine Tränen in die Haut brannte.

»Ich liefere Tammos letzte Königinnen aus. Die Völker hat der Imkerverein übernommen. Einerseits konnte ich es nicht über mich bringen, die Königinnen auf dem Weg in ihre neue Heimat irgendwelchen fremden Leuten anzuvertrauen. Aber ich glaube, das ist nicht alles …«

»Es ist ein Abschiednehmen.«

»Ja.« Harm schloss die Augen. »Ich muss mich verabschieden. Sonst schaffe ich keinen Neuanfang.«

Die Sonne trocknete die Tränen in seinen Ohren. Harm spürte den spröden Boden an den Schulterblättern, am Po und an den Waden. Seine überdehnten Arme öffneten seinen Körper, und er fühlte sich gleichzeitig geerdet und frei.

Als die Finger nach einigen Minuten zu kribbeln begannen, lösten Harm und Anna ihre verwobenen Hände, setzten sich auf und schüttelten die Arme aus.

»Danke, dass du mir das alles erzählt hast.« Anna lächelte. Eine Lavendelrispe hatte sich in ihren Haaren verfangen, ihre Wangen glühten von der Hitze des Tages. Sie wirkte unglaublich jung. Und lieblich. Harm löste die Blüte aus der Strähne und reichte sie ihr.

»Kochen?«

Anna nickte. »Unbedingt.«

Als sie durch die Lavendelfelder über das Plateau von Valensole zurück nach Château d'Asse fuhren, gesellte sich ein weiches Schweigen zu Harm, Anna und Titine. Ihre durchgeschwitzte Kleidung klebte ihnen fleckig und feucht an Beinen und Bauch, Schweißperlen rannen zwischen Rücken und Autositzpolster an ihrer Haut hinunter, Titine rasselte, die Sonne dörrte den Boden aus, nichts hatte sich in der vergangenen Stunde verändert. Doch Harm fühlte sich so lebendig wie lange nicht mehr.

Er parkte die Ente im sicheren Schuppenschatten. Sie

kaperten die Küche, schnippelten Gemüse für den Salat und schälten Kartoffeln. Anna stellte sich weit weniger unbeholfen an, als Harm befürchtet hatte. Er mischte die Zutaten für das Brot und knetete alles zu einer homogenen Masse, teilte den Klumpen, streute Mehl auf dem Tisch aus und stauchte einen Ballen vor Anna auf die Platte.

»Meine Oma Erna fand immer, dass das Kneten das eigentliche Geheimnis guten Brots sei. Klar – Zeit ist eine wesentliche Zutat, genauso wie qualitativ hochwertige Produkte. Aber beim Kneten zeigt sich der wahre Meister.«

Harm drückte den Teig mit seinen Handballen flach, faltete die eine Hälfte auf die andere, drehte ihn so, dass der seitliche Spalt nach oben zeigte, und begann erneut, ihn flach zu drücken. »Auf keinen Fall darf man den Teig direkt mit Mehl bestäuben, sollte er zu klebrig geraten sein. Da können sich Mehlnester bilden, die man später im Brot sieht. Deshalb immer nur die Arbeitsfläche mehlen.«

Anna lächelte ihn an. »Du bist ein sehr haptischer Mensch.«

Harm zog an Annas Teig und presste seine Handballen darauf. »Ich verknüpfe alles besser miteinander, wenn ich es berühre. So verstehe ich die Zusammenhänge leichter.«

Anna griff nach seinen Handgelenken. Er sah zu ihr auf. Sanft hob sie seine Hände von ihrem Teig. »Und genau diese Chance lässt du mir jetzt auch.«

Einen Moment lang schwebten ihre Hände gemeinsam über dem Tisch. Anna lächelte. Harm erkannte denselben empfindsamen Ausdruck in ihren Augen wie tags zuvor hoch über der Gorges du Verdon. Aber dieses Mal zuckte sie nicht zurück, senkte nicht beschämt den Blick. Sie öffnete sich ihm, so wie sie seine Arme und seinen Schmerz im Lavendelfeld geöffnet hatte.

»Ahoi ihr zwei!« Erwan stiefelte zum Kühlschrank und fischte eine Cola aus der Tür. Anna und Harm lösten ihre Hände und kneteten den Teig. Jeder auf seiner Seite.

»Sag mal, Anna, meinst du, ich kann dich für ein paar Minuten entführen? Louanne hat neue Etikettentwürfe geschickt. Ich hatte ihr gleich heute Morgen deine Ideen mit der Prägung und dem sich wiederholenden Muster gemailt. Fand sie offensichtlich so inspirierend, dass sie sich sofort rangesetzt hat. Jajaja. Magst du vielleicht gucken kommen?«

Anna blickte zu Harm. »Nun, ich …«

»Kein Problem, geh ruhig. Ich knete das hier zu Ende.«

Erwan verschwand mit Anna im Büro. Harm stützte sich auf dem Tisch ab und pustete Mehl vom Teig. Hatte er sich das gerade nur eingebildet? Diese Verbundenheit, die er auf einmal gespürt hatte? Nein, nicht auf einmal. Das hatte schon im Lavendelfeld begonnen. Oder noch früher. Aber Anna war weder sein Typ noch frei noch unkompliziert. Außerdem beherrschten gerade wirklich andere Themen sein Leben.

Er faltete den Teig ein letztes Mal und platzierte ihn zum Ruhen in einer abgedeckten Schüssel. Dann machte er sich an die Vorbereitung des restlichen Menüs.

Später bat Erwan Anna, Olivia noch einmal zu baden. Kurz darauf klangen die ersten Töne von *Sur le Pont d'Avignon* an Harms Ohr. Gaelle deckte den Tisch, Erwan tobte mit Lea um das Haus. Sie aßen am großen Holztisch auf der Terrasse, scherzten mit den Kindern, plauderten über Titine, tranken (das ging tatsächlich schon wieder) und genossen Harms Kochkünste.

Als Harm sich weit nach Mitternacht auf das zu kurze Sofa quetschte, dachte er an Tammo. Und an das Lavendelfeld, das er heute mit seinen Tränen bewässert hatte. Er dachte an Anna.

»Anna? Bist du noch wach?«

»Hm?«

»Ist dir was aufgefallen?«

Sie gähnte. »Was denn?«

Harm lächelte. »Du hattest heute keine Panikattacke.«

»Bonjour, bonjour, bonjour, ça va, comment ça va, comme si comme ça …«

Ich stülpte das Laken über den Kopf, aber es half nichts. Leas durchdringende Kindersingstimme schraubte sich in jede meiner Gehirnwindungen und touchierte sie mit der Schärfe von Rasierklingen. Ich wimmerte.

»Lea, Lea, Süße …« Das musste Harm sein. Er klang jedoch nicht nach Harm. »Das ist wirklich ein wundervolles Lied. Wir sind jetzt wach. Sag doch deiner Mama oder deinem Papa Bescheid, ja?«

»Mache ich!« Lea hüpfte aus dem Zimmer.

»Danke …«

Harm stöhnte. »Noch so eine Nacht packe ich nicht.«

Wir verabschiedeten uns von Gaelle, Lea und Olivia, nachdem sowohl Harm als auch ich jedes noch so nette Frühstücksangebot abgelehnt hatten. Unsere Mägen waren nicht bereit für Nahrung, weder flüssige noch feste. Erwan chauffierte uns nach Manosque, wo wir Yanis kennenlernten, der uns seine Reparatur erklärte. Harm zahlte sechshundertachtundsiebzig Euro und erhielt mit den Autoschlüsseln ein Schulterklopfen. Unsere Taschen wechselten erneut die Wagen, und nachdem Harm auch die Königinnen erfolgreich verstaut hatte, machten wir uns endlich auf den Weg.

Es war 10 Uhr 18. Ich hatte vor fast vierundzwanzig Stunden zum letzten Mal mit Christopher telefoniert, als er mir von seinem erfolgreichen Pitch erzählte. Seither trudelten seine Nachrichten in digitalen Wellen ein. Fotos vom Flughafen, eine Voice-Mail vom Start, ein Clip von der Taxifahrt in Oslo, küssende Emojis. Gestern Abend hatte er viermal versucht, mich aus seinem Hotel anzurufen. Da badete ich gerade Olivia. Dann ging er mit dem Vorstand essen, schickte weit nach Mitternacht noch mal ein pulsierendes Herz, dazu *Ich liebe dich* und *Vermisse dich wie wahnsinnig*. Auf seinem Instagram-Account fand ich Fotos von einer Männerrunde, die sich mit Whiskey zuprostete. Ich fühlte mich wie abgeschnitten. Einerseits. Andererseits schien diese Welt unendlich weit entfernt. So unerreichbar. Zumindest für mich zurzeit. Ein Foto aus der Südsee oder vom Mars hätte in meinem Umfeld kaum exotischer gewirkt.

»Kannst du gleich mal irgendwo anhalten? Ich brauche doch etwas zum Frühstücken, und ich muss telefonieren.«

Harm stoppte vor der Bäckerei eines kleinen Dorfes abseits der Landstraße. Wir gönnten uns Croissants, Cappuccino und Tee. Christopher konnte ich nicht erreichen. Ich hinterließ zwei Nachrichten, schickte ihm ein Selfie mit Kussmund und wünschte viel Glück für den Vortrag heute. Mein schlechtes Gewissen drückte mir die Kehle zu, und ich musste den letzten Zipfel des Croissants mit einem zweiten Tee hinunterspülen. Dann rief ich Malene an und erklärte, noch zu schwach zu sein, um zur Arbeit zu kommen. Sie wünschte mir schnelle Erholung.

»Du verpasst hier nichts. Alles wie immer. Und zum Meeting morgen mit dem Vertreter von *fibre flow* bist du ja wieder da. Also entspann dich heute noch mal schön. Ich habe am Wochenende übrigens Binge-Watching gemacht. Falls du noch einen Tipp brauchst: Die vierte *Outlander*-Staffel ist der Hammer!«

Ich bedankte mich artig für den Tipp, überlegte kurz, ob ich Malene beichten sollte, dass mir für die vierte Staffel *Outlander* drei fehlten, entschied mich dagegen und beendete das Gespräch. Das Meeting. Würde ich natürlich nicht schaffen. Wer wusste schon, wann wir Hamburg erreichten. Das konnte doch alles nicht wahr sein! Im Flugzeug hatte ich das Gefühl, mein Leben nicht kontrollieren zu können. Prompt attackierte mich die Panik. Jetzt entzog sich mir nicht nur mein Leben, sondern auch so etwas wie mein freier Wille: Ich konnte mir meine Zeit nicht mehr selber einteilen, konnte nicht mehr entscheiden, wohin genau ich fuhr (oder mit wem, wenn ich schon mal das große Fass aufmachte), hatte keinen Einfluss auf die Klamotten, die ich trug, oder die Orte, an denen ich übernachtete. Und hatte den ersten Tag ohne Panikattacke gemeistert! Was für eine Farce.

Zurück auf der Straße verfielen Harm und ich in abwesendes Schweigen. Sicher lag es an unseren ganz eigenen Katastrophen, vielleicht auch am Restalkohol, aber wir durchquerten den Luberon in sakraler Stille. Getreidefelder, Wein und Lavendel zogen im Wechsel mit Wäldern, Obstplantagen und Dörfern an uns vorüber. Alles wirkte friedlich, ruhig und ein wenig verschlafen. Wie wir. Nur der Berg (Harm: »Das ist der Mont Ventoux«), dessen schneebedeckter Gipfel weit im Norden über allem thronte, ließ erahnen, zu welchen Höhen (oder Tiefen) dieser Tag sich noch aufschwingen (oder herabstürzen) könnte.

»Wohin fahren wir eigentlich?« Ich hatte gerade einige Straßenschilder mit so klangvollen Namen wie L'Isle-sur-la-Sorgue, Fontaine-de-Vaucluse und Avignon entdeckt.

»Nach Vogüé, aber zunächst in Richtung deiner Brücke.«

»Meiner Brücke?«

Harm deutete auf ein grünes Schild: Avignon, 30 Kilometer.

»Ich verstehe nicht ...«

Harm hob die Augenbrauen. »Sur le pont d'Avignon? On y danse, on y danse? Das singst du doch seit zwei Tagen.«

»Du meinst ... es gibt die Brücke wirklich?«

»In der Tat!« Harm lachte. »Du und die Provence – ihr habt wirklich noch einen weiten Weg vor euch!«

Ich rollte mit den Augen. »Ja, ja, immer schön rein mit

dem Finger in meine Wunden. Fahren wir an der Brücke vorbei?«

Harm schaute mich an. »Ja. Wir fahren an der Brücke vorbei.« Er schien etwas in meinen Augen zu suchen. »Wenn du willst.«

Ich dachte an das Meeting, zu dem ich es sowieso nicht rechtzeitig schaffen würde, an Christopher in Oslo, an einen Urlaub in der Provence, ohne etwas von der Provence gesehen zu haben, an all die schrecklichen Angstmomente der vergangenen Tage. Ich hatte etwas Schönes verdient.

»Ja, will ich.«

Nach einigen Kilometern querten wir die Durance, einen Nebenfluss der Rhône, bevor wir uns auf dem äußeren Ring der Altstadt von Avignon näherten. Harm hatte sein Handy zum ersten Mal in eine Halterung auf dem Armaturenbrett geschnallt und ließ sich durch den dichten Verkehr navigieren. Die Hitze des Tages staute sich mit den Autos auf allen Spuren. Als sich die Rhône hinter einem langen Wall zeigte, atmete ich auf. In einem satten Blau trieb der Fluss seine Wasser zwischen grün belaubten Ufern hindurch, die sich im glatten Wasserspiegel zu verdoppeln schienen. Einzelne Schiffe folgten dem Strom. Alles wirkte unberührt und natürlich.

Schließlich kamen die mittelalterlichen Befestigungsanlagen der Stadt in Sicht, trutzige Türme, ornamentierte Mauern, breite Einfallstore, die ab und an einen raschen Blick in die steinerne Altstadt erlaubten, davor Agaven und Palmen, ein geradezu orientalisches Ambiente.

Harm ergatterte einen Parkplatz außerhalb der Stadtmauern kurz vor der Brücke. Von hier aus konnte man die Pont d'Avignon bereits erkennen.

»Aber …« Wir standen vor dem Volvo, und ich starrte auf die vier Rundbögen aus Stein, die die Rhône nicht einmal zur Hälfte überspannten. »Das ist ja eine Ruine!«

Harm grinste. »Du musst jetzt sehr tapfer sein.«

»Das hättest du mir auch sagen können!«

Er zuckte mit den Schultern. »Und hätte das etwas geändert? Komm.«

Er griff nach meiner Hand, zog mich mit sich, und gemeinsam spurteten wir über die sechsspurige Ringstraße.

Wir marschierten unter der Brücke hindurch, passierten eines der Stadttore und gelangten zum Eingang des Pont-Saint-Bénézet-Museums. Mit dem Eintritt erwarben wir einen Einblick in die wechselvolle Geschichte der Brücke, deren übrige achtzehn Bögen Kriegen und Hochwasser zum Opfer gefallen waren, und durften sie über eine hohe Treppe hinauf zu den Befestigungsmauern endlich betreten. Auf einem über Jahrhunderte hinweg platt gelatschten Kopfsteinpflaster schoben wir uns mit einer internationalen Touristenschar an der kleinen Brückenkapelle vorbei bis hin zum abrupten Ende mitten auf dem Fluss.

Harm lehnte sich an das Geländer. »Hier.« Er reichte mir einen Kopfhörer und schob sich den anderen selbst ins Ohr. »Bereit?«

Ich nickte überrascht.

»*Sur le pont d'Avignon, on y danse, on y danse …*« Ein Kinderchor intonierte das Lied schön schräg in meinem Ohr. Ich lächelte Harm an, der einige Mäusetanzschritte vollführte. Mehr Platz gaben die Menschenmassen nicht her.

Als das Lied endete, wollte ich gerade den Kopfhörer abnehmen, als Harm eine Hand auf meine legte. »Warte …«

Er umschloss meine Finger und legte unsere Arme auf dem Geländer ab, als die ersten Klaviertakte von *Bridge Over Troubled Water* ertönten. Harm drückte meine Hand. Ich dachte an seine Traurigkeit gestern im Lavendelfeld. Wie nah Schönheit und Leid doch oft beieinanderlagen. Mein Blick versank im träge dahinströmenden Wasser der Rhône, in den Spiegelbildern der Bäume und Stadtmauern auf dem grünen Wasser, in den Bergen in der Flucht des Flusses. *Sail on silver girl, sail on by, your time has come to shine.* Ich lehnte nur hier an diesem Brückengeländer, weil eine Panikattacke mich aus meinem Leben katapultiert hatte. Harms Hand bedeckte meine aus ganz ähnlichen Gründen. Seine Panikattacke hieß Verlust. *Oh, if you need a friend, I'm sailing right behind.* Ich drückte Harms Hand. Er lächelte mich an, und ich spürte so etwas wie Wahrheit in den Zeilen des Songs. Ein warmes, zutiefst vertrautes Gefühl verband uns beide.

Als Simon und Garfunkel endeten, hob Harm beide Hände und grinste. »Warte …«

Erneut ertönte ein Kinderchor. Glasklare Stimmen sangen *Über sieben Brücken musst du geh'n,* bevor das Klavier einsctzte und Peter Maffays Reibeisenstimme sie bestätigte.

Ich lachte. »Super Mix!«

»Auf die Schnelle ist mir nichts anderes eingefallen.« Harm spielte Luftgitarre und begleitete Peter Maffay in stummem, aber mimisch anspruchsvollem Karaoke. Ein

Schauspiel, das sich auch andere Brückenbesucher nicht entgehen ließen. Mit einigen tauschte ich belustigte Blicke, wobei meine auch Bewunderung bargen.

Zurück im Auto, leerten wir die letzte Flasche Wasser und schaukelten noch ganz im Rhythmus von Peter Maffays Musik aus der Stadt. Wir folgten einer romantischen Landstraße mit alten Steinhäusern, hohen Alleen und eindrucksvollen Weingütern. Weder Drama noch lieblich, einfach nur schön. In einem pittoresken Dorf stoppten wir und gönnten uns ein *plat du jour*. Ein Blick auf mein Handy verriet, dass Christopher meine Nachrichten weder gelesen noch beantwortet hatte. Ich spürte inzwischen, wie mir der Schlafmangel (okay, vielleicht auch der Alkoholkonsum) der vergangenen Nächte zu schaffen machte, und betrachtete mit Sorge die dunklen Ringe unter Harms Augen. Er wirkte zunehmend energielos. Dabei lag noch so viel Strecke vor uns.

Die Straße stieg erneut an. Nach einigen Lavendelfeldern, deren Duft bis in die Fasern meiner durchgeschwitzten Klamotten drang, ließen Weinstöcke und Landwirtschaft nach. Flaumeichen, die selbst ich inzwischen ganz nebenbei erkannte, übernahmen die Regentschaft. Nackte Felsen begleiteten uns auf unserem Weg durch Dörfer, in denen die Welt noch in Ordnung schien und der Kirchturm das höchste Gebäude bildete. Irgendwann begradigten sich die Serpentinen, und der Wald gewährte uns einen Blick ins weite Tal, die hohe Bergkette der Ardèche im Hintergrund.

Ein verschlungener Weg führte uns in ein niedriges Tal mit Felsen, die aussahen, als hätte jemand sie auseinandergeschnitten und die Scheiben, als ihn das schlechte Gewissen plagte, säuberlich aufeinandergestapelt. Eine quaderförmige Burg mit vier runden Ecktürmen dominierte wehrhaft ein Dorf aus Stein mit grauen Dächern. Es schien im Halbkreis der Felsen festzukleben. Die Mitte des Tals beherrschte ein klarer Fluss, der mit vom Wasser geschliffenen Felsbrocken eine flache Furt bildete. Vogüé, wie das Ortsschild verriet. Eines der *plus beaux villages de France.* Ich hatte keinen Zweifel.

Während Harm den Volvo konzentriert durch schmale Gassen manövrierte, hörten wir vom Fluss planschende Kinder schreien. Die allgegenwärtigen roten Geranien ergossen sich auch hier wie Wasserfälle von den Balkongeländern, was einen reizenden Kontrast zum Grau der Steine bildete. Viele Holztüren und Fensterläden strahlten in bunten Farben. In den schattigen Hausfluchten wuselten Touristen, Motorradfahrer, Mountainbiker.

Harm wischte sich mit einem seiner Stofftaschentücher den Schweiß von der Stirn. »Ich glaube, wir suchen uns besser einen Parkplatz, bevor wir stecken bleiben.«

Unten am Fluss, der Ardèche, ergatterten wir ein freies Fleckchen in der prallen Sonne. Harm zog die Bienen aus dem Kofferraum. »Bei der Hitze kann ich sie unmöglich im Wagen lassen.«

Er öffnete das Paket und hob eine Schachtel nach der anderen heraus, um nach dem Rechten zu sehen. Es waren sechs Stück.

»Schau mal.« Harm hielt mir ein Kästchen entgegen, und ich nahm es auf die Hand. Eine etwa vier mal sechs Zentimeter kleine Holzschachtel, deren Innenleben die

Form einer Acht hatte, zwei große Kreise, in denen es krabbelte. Darüber hielten vier Nägel ein Gaze-Netz aus polymerem Verbundstoff.

»Im Käfig ist ein bisschen Futterteig. Die Begleitbienen kümmern sich um ihre Königin, pflegen und füttern sie. Natürlich könnte sie selber fressen, tut sie aber nicht. Eine echte Queen eben.«

»Was für ein Luxus … Wie bekommst du die Bienen in die Schachtel, ohne gestochen zu werden?«

Harm deutete auf ein kleines Loch an der schmalen Seite. »Das ist der Einstieg. Wird später mit einem Zuchtpropfen verschlossen. Man muss die Bienen mit Daumen und Zeigefinger an beiden Flügelpaaren hochheben. So können sie weder stechen noch entwischen. Man schmiert immer erst den Futterteig in den Käfig, dann setzt man fünf bis zehn Begleitbienen hinein. Die Lebenserwartung der Königin steigt, je mehr Bienen sie begleiten. Am Ende kommt die Königin selbst, die Weisel, dazu.«

»Und wie lange können die Armen in dieser kleinen Schachtel überleben?«

»Fünf Tage locker. Dann sollten sie ihr neues Volk kennenlernen. Die erste Charge Königinnen habe ich von zu Hause mitgenommen und sie auf dem Weg nach Südfrankreich zu den Imkern in Deutschland gebracht. Die zweite habe ich mir nach Nizza zum Zoll am Flughafen schicken lassen. Für die letzten Königinnen wäre es sonst zu stressig geworden.«

Ich lugte in den Käfig, wo die Bienen übereinanderwuselten. »Woran erkennst du, welche die Königin ist?«

»Die Weisel ist natürlich immer die Schönste und Größte.«

Harm deutete auf die Biene in der Mitte. »Sie frisst ja ihr Leben lang ausschließlich Gelee Royal. Dadurch wächst sie nicht nur schneller, sondern auch stärker und schafft es, in ihrem vier- bis fünfjährigen Leben von April bis Juli täglich bis zu zweitausend befruchtete Eier zu legen.«

»Du meine Güte … dann ist so eine Königin bestimmt wertvoll, oder?«

Harm zuckte mit den Schultern. »Sie kostet um die hundertzehn Euro. Als Mutter aller Bienen ist sie für ihr Volk aber natürlich unbezahlbar.«

»Und wenn sie stirbt, züchten sich die Bienen eine neue Königin heran?«

»Oder ich bringe eine vorbei.«

Ich lächelte und gab Harm die Schachtel zurück. Er betrachtete sie nachdenklich.

»Tammo hat diese Versandkäfige selbst gebaut. Aus Buchenholz, weil das nicht so leicht ausfasert.«

»Sie sind sehr hübsch.«

Harm nickte. Die Schatten unter seinen Augen färbten sich immer dunkler.

Wir schoben uns mit einer holländischen Touristengruppe hinein in Vogüés Zentrum, vorbei an etlichen überfüllten Restaurants. Schließlich entdeckten wir das verwinkelte Häuschen mit dem handgetöpferten Namensschild *Morel*. Harm klingelte. Zwei ältere Frauen zwängten sich an uns vorbei. Harm klingelte erneut. Einer der grauen Fensterläden des Nachbarhauses öffnete sich.

»Oui?«

»Bonjour.« Harm winkte einem alten Mann mit Glatze und runder Brille zu. »Wir möchten zu Louis Morel.«

»Nicht da.«

»Wissen Sie, wann er zurückkommt?«

»Weiß nur Gott.«

»Ist er krank?«

»Herzinfarkt. Zwei Tage her.«

»Oh ... das ... tut mir sehr leid. Ich ... wir haben hier etwas für ihn. Haben Sie vielleicht die Telefonnummer von jemandem aus seiner Familie?«

»Sie haben die Bienen?«

»Äh, ja, genau.«

»Komme runter.« Der Fensterladen rummste. Einen Augenblick später schwang die Holztür des Nachbarhauses auf. Der alte Mann erschien, mit der Hand auf einen Gehstock gestützt. Er winkte uns heran. »Geben Sie mir die Bienen.«

Harm zögerte. »Nun, ich ... das ist eine Königin, die zeitnah einem Volk zugesetzt werden sollte.«

Der alte Mann lachte. Sein Mund offenbarte mehrere fehlende Zähne. »Imkern tu ich schon seit sechzig Jahren. Nicht meine erste Königin.«

»Okay ...« Harm fischte einen der Holzkästen aus dem Karton. »Würden Sie Herrn Morel viele Grüße und gute Besserung von mir bestellen?«

Der Alte nickte, nahm die Schachtel entgegen, steckte sie in die Tasche seiner Weste und hob die Hand zum Abschiedsgruß.

Harm winkte ebenfalls. »Au revoir.« Aber da war der Alte schon wieder im Haus verschwunden.

Ratlos sahen wir uns an.

»Bisschen seltsam, oder?«

Harm nickte. »Ich werde einen Brief schicken, wenn ich wieder zu Hause bin. Vielleicht erfahre ich dann mehr.«

»Keine E-Mail-Adresse?«

»Nope.«

Wir liefen durch schmale Häuserfluchten hinunter zum Fluss. Vogüé klebte wirklich malerisch in den Felsen.

Harm gähnte. »Du meine Güte. Ich bin wirklich hundemüde. War irgendwie viel in den letzten Tagen.« Er rieb sich die Augen. »Ich glaube … ich brauche ein Power-Nap. Was hältst du davon, wenn wir an den Fluss gehen, ich mich auf einen der Felsen haue und eine Stunde schlafe. So um 17 Uhr fahren wir weiter. Bis nach Lyon sind es zwischen eineinhalb und vier Stunden – je nachdem, ob wir die Schnellstraße benutzen oder nicht. Von da aus müssen wir weiter in den Norden zum Lac du Der-Chantecoq und dann nach Dieulouard in Richtung Grenze. Wir schauen einfach, wie weit wir kommen, und suchen uns unterwegs ein Bed & Breakfast, okay?«

»Klingt gut.«

Im Volvo buddelte Harm eine Decke unter irgendwelchen Taschen hervor, klemmte sie sich unter den Arm und entdeckte nur wenige Meter vom Auto entfernt ein schattiges Plätzchen unter einer Weide, wo er sein Lager aufschlug.

»Ich stelle den Timer. In einer Stunde am Auto.«

Als Harm aufwachte, schmerzte sein Rücken, und der Kopf dröhnte. Er fühlte sich matschig wie Pudding, als würde er zerfließen, wenn er sich erhob. Ob er krank wurde? An den zwei Nächten mit viel Alkohol und wenig Schlaf konnte es ja wohl kaum liegen. Gut, die Tabletten wegen der Bienenstiche. Die Bienenstiche, ja. Seine schmerzenden Füße. Die beiden Fast-Crashs. Die langen, konzentrierten Serpentinen-Autofahrten. Und dann die ganze Aufregung um Anna und die Panikattacken. Zudem hockten die letzten Wochen noch immer unverarbeitet in seiner Seele und lechzten nach Aufmerksamkeit. Kam doch einiges zusammen, wenn er so darüber nachdachte. Es schien, als brauchte er eine Pause. Viel Schlaf, Ruhe.

Harm faltete die Decke und verstaute sie mit den Bienen im Volvo. Keine Spur von Anna. Erst jetzt fiel ihm auf, dass sie nie ihre Handynummern ausgetauscht hatten. Die ersten Nachrichten liefen über das Portal der Mitfahrzentrale. Er wusste nicht einmal ihren Familiennamen.

Harm lehnte sich an den Wagen und checkte Nachrichten. Jule schrieb, dass sie im Haus gewesen sei, um zu lüften. Sie hatte den Postkasten geleert und die Wäsche im Korb gewaschen. Uwe postete Fotos vom Zusetzen seiner Königinnen. Harms Eltern schickten Grüße an die Provence über die Familiengruppe, die nur noch sie drei umfasste. Er wartete weitere sechs Minuten. Schließlich raffte er sich auf und wanderte am Ufer der Ardèche entlang.

Vielleicht fühlte Anna sich auch so erschöpft und war in einer warmen Mulde der flachen Felsen eingenickt. Er hielt nach ihr Ausschau.

Der Trubel an den Badestellen hatte sich gelegt, die Touristen machten sich bereit für den abendlichen Restaurantbesuch. Harm balancierte über die Steine. Seine Füße fühlten sich schwer und unbeholfen an, sie schrien nach einer horizontalen Position auf einer weichen Matratze.

»Harm!«

Er blickte auf und erkannte eine Hand, die ihm zwischen zwei Felsspalten zuwinkte. Anna kauerte auf einem großen Stein, die Füße im Wasser. Neben ihr saß eine hübsche Frau Anfang zwanzig – Wallemähne, Haarband, schwarze Klamotten.

Harm ging zu ihnen. »Da bist du ja.«

»Entschuldige, ist es schon so spät? Ich habe die Zeit vergessen.« Sie musterte ihn. »Geht es dir gut?«

Harm zuckte mit den Schultern. »Ehrlich gesagt bin ich ziemlich erledigt.« Er ließ sich hinter den beiden auf die Steine fallen.

»So siehst du auch aus ...« Annas Blick wirkte besorgt, doch dann nickte sie der anderen Frau zu. »Das hier ist übrigens Jolène. Jolène, das ist Harm.«

»Salut.«

»Salut.«

»Jolène arbeitet in dem Restaurant da oben am Felsen.« Anna deutete auf ein flaches Gebäude mit einer ausladenden Terrasse im Fünfzigerjahre-Retro-Look ein Stück die Ardèche hinunter. Auf Deutsch ergänzte sie: »Ich war dort etwas trinken, und sie hat mich bedient. Als ich dann wieder hinunter zum Fluss gegangen bin, habe ich sie hier sitzen sehen. Sie hat geweint, na ja, nichts wirklich Dramatisches, ein Streit mit einer Freundin. Entschuldige, dass ich die Zeit vergessen habe.«

Harm winkte ab.

Sie musterte ihn erneut. »Meinst du, du kannst weiterfahren?«

»Keine Ahnung.« Er rieb sich die Augen. »Seit dem Power-Nap bin ich müder als zuvor.«

»Wir könnten Jolène nach einem guten Hotel im Ort fragen. Ist ja egal, ob wir hier oder zwei Stunden weiter nördlich übernachten.«

Jolène, die wohl ihren Namen aus dem Gespräch herausgehört hatte, räusperte sich. »Also … ähm … Anna hat erzählt, dass ihr weiterwollt nach Deutschland. Ich habe da mal eine Frage …«

Sie erzählte Harm, dass sie eigentlich am nächsten Tag mit einer Freundin nach Dänemark reisen wollte, die sie aber wegen eines Typen versetzt habe. Dabei hatte Jolène wohl sehr um die freien Tage während ihres Sommerjobs kämpfen müssen. Harm verstand nicht jede Wendung der umständlichen Geschichte, seine Gedanken drifteten ab, er würde wirklich gerne schlafen.

»… deshalb möchte ich euch fragen, ob ihr mich mitnehmen könnt? So weit, wie es eben geht. Fahre ich halt allein nach Dänemark.« Sie schnaubte. »Macht sowieso mehr Spaß. Da ist man unabhängiger. Was sagt ihr?«

»Oh, ich …« Anna blickte zu Harm, der die ganze Situation zunehmend mühsam fand.

»Ich kann heute keinen klaren Gedanken mehr fassen.«

Er erhob sich. »Sorry, Jolène. Ich brauche ein Bett. Wir besprechen das morgen, okay?«

Jolène sprang auf. »Klar, klar. Aber weißt du was?« Ihre Augen leuchteten. »Ihr könnt auch bei mir schlafen, ja, gar kein Problem. Ich habe ein Sofa zum Ausziehen. Ist gleich da vorne um die Ecke, vielleicht ein bisschen eng und so, aber für eine Nacht geht's schon. Jetzt in der Saison findet ihr sowieso kein freies Zimmer.« Sie lächelte.

Harm versuchte abzuwägen, ob sich die Anstrengung lohnte, ein gemütliches Hotel zu finden. Vielleicht war eine Nacht in Jolènes Zimmer hier in der Nähe aber auch einfach praktisch. So was wie ein Wink des Schicksals. Sein Kopf brummte vor Müdigkeit. Er musste sich ausruhen. Alles Weitere könnten sie morgen regeln.

Er fuhr sich mit der Hand über das Gesicht. »Okay. Vielen Dank.«

Anna, die ihre nassen Füße an der Hose abgetrocknet hatte, bevor sie in ihre Sandalen schlüpfte, wirbelte herum. »Was? Aber …«

Jolène strahlte. »Yeah! Cool! Dann mal los!«

»Einen Moment …« Anna sprach jetzt wieder Deutsch. »Harm, meinst du nicht, wir sollten uns lieber ein Bed & Breakfast suchen? Da kannst du dich bestimmt besser ausruhen.«

Er schloss die Augen. »Alles, was ich will, ist ein Bett. Jolène wohnt gleich um die Ecke, also muss ich kein Auto mehr fahren. Klingt doch super.« Er wandte sich an die Französin. »Wollen wir?«

Jolène schritt voran, immer am Ufer der Ardèche entlang, über sonnengewärmte Felsen, knirschende Kiesel und wehrhafte Betonplatten hinweg bis zu der steilen Steintreppe, die direkt in den Hinterhof des Restaurants führte, in dem sie arbeitete. Von dort passierten sie die Hauptstraße, bogen in eine verwinkelte Gasse und stoppten schließlich vor einem Haus mit rosafarbenem Putz. Jolène pulte einen Schlüssel aus der Hosentasche und öffnete die schwere Holztür. Im Inneren empfing sie die abgestandene Hitze des vergangenen Tages. Sie erklommen ausgelatschte Stufen in den ersten Stock und betraten schließlich ein Zimmerchen am Ende eines schmalen Gangs. Es roch heiß und ein wenig modrig nach alten Möbeln.

»Pardon, aber Enzo wird jeden Sommer geiziger mit den Zimmern, die er für uns anmietet.« Jolène klaubte einige Klamotten vom Bett, die sie in eine Schublade der Kommode stopfte, die neben Sofa und Nachttisch das einzige Mobiliar des schmalen Raums bildete.

»Harm …« Anna klammerte sich an den Türrahmen. »Vielleicht sollten wir doch in ein Hotel gehen. Da hast du mehr Platz.«

Jolène schlug das Laken zurück. Mit einer ausladenden Handbewegung lud sie Harm in ihr Bett ein. »Du kannst hier schlafen. Anna und ich pennen auf dem Sofa. So wachst du nicht auf, wenn wir später kommen.«

Er streifte die Flip-Flops ab und reichte Anna den Autoschlüssel. »Falls du noch was aus dem Wagen brauchst.«

Dann sackte er auf die Matratze.

»Wir gehen wohl besser.« Jolène wedelte mich mit den Fingern aus der Tür. »Hast du Hunger?«

Ich konnte weder meine körperliche noch meine seelische Gemütslage in passende Worte kleiden, aber Hunger war mit Sicherheit nicht das Erste, was mir einfiel. Essen würde dieses einsame Gefühl in meinem Bauch nicht füllen. So schlimm hatte es sich nicht einmal auf der #IloveNice-Skulptur am Flughafen angefühlt.

»Hör zu, Anna, ich muss dringend zurück zur Arbeit ins L'Escarbille. Bin schon mehr als eine halbe Stunde zu spät.« Jolène drückte mir einen Schlüssel in die Hand. »Der ist für die Haustür vorne. Ich behalte den für den Hintereingang. Das Bad ist die letzte Tür da drüben.« Sie zeigte vage den Gang hinab.

»Du kellnerst eigentlich gerade?«

»Ja, na ja, heute Mittag war's zu voll, da konnte ich nicht weg und so, Sylvie ist krank, die übernimmt sonst immer die Terrasse, musste ich heute mitbedienen. Aber jetzt bin ich echt drüber. Wir sehen uns später!«

Sie hüpfte die Stufen hinunter. Die Tür fiel krachend ins Schloss. Ich stand im dunklen Treppenhaus und fühlte mich so einsam und verlassen wie seit ewigen Zeiten nicht mehr. Wahrscheinlich sollte ich ihr dankbar sein. Harm schien sich tatsächlich dringend ausruhen zu müssen, und Jolène war wahnsinnig offen und gastfreundlich. Gut, wahrscheinlich nicht wirklich uneigennützig. Aber wer war das schon.

Ich verließ das Haus und trottete durch schmale Gassen hinunter an den Fluss. Das sommerliche Rinnsal der Ardèche schlingerte träge zwischen den Steinen hindurch, eine Gruppe Teenager betrank sich zu dumpfen Bässen mit Dosenbier. Und ich? Was tat ich hier eigentlich? Christopher pushte seine Karriere, jettete nach Oslo, saß fest im Sattel seines Lebens. Nur ich war irgendwie gestürzt, vom Weg abgekommen, und hockte mutterseelenallein ohne meine Sachen an der Karikatur eines Flusses am Ende der Welt in der Provence – war das hier überhaupt noch die Provence?

Ich hockte mich auf die Steine und googelte Vogüé. Der Ort gehörte zum Département Ardèche der Region Auvergne-Rhône-Alpes. Die Fahrt mit Harm hatte mich vor allem weiter in den Westen Frankreichs getragen, das kleine Stückchen in Richtung Norden zählte kaum. Was für ein Wahnsinn! Hamburg lag nordöstlich von Nizza. Warum nur hatte ich mich vorher nicht schlaugemacht? Ich könnte genauso gut über Südafrika nach Hause fahren oder einen Abstecher nach Amerika einlegen. Das alles hier, Harm, Jolène, die Bienen, dieser Ort – was für eine Farce! Ich rief Christopher an, der sofort abhob.

»Hey! Na endlich erreichen wir uns! Wie geht es dir? Wo bist du?«

Mit Mühe unterdrückte ich die Tränen. Es tat so gut, seine Stimme zu hören! Ich erzählte ihm von unserer Fahrt nach Vogüé, dem Herzinfarkt des Imkers und Harms Müdigkeit.

»Hase, das ist eine absolute Odyssee, in der du da steckst! Einfach unglaublich! Gibt es niemand anderen, der dich mitnehmen kann? Das kann doch gar nicht sein.«

»Ich weiß, es ist ein Albtraum! Aber ich … ich fühle mich im Moment so … instabil.« Ich zitterte. »Alles Neue macht mir Angst. Ich glaube, ich traue mich nicht, bei jemand anderem mitzufahren.«

»Okay … Hase, weißt du was? Ich komme und hole dich.«

Jetzt rannen doch Tränen über meine Wangen. »Wirklich?«

»Ja, natürlich. Das ist ja nicht zu fassen. Pass auf, Dr. Knoll und ich sind jetzt gleich zum Essen eingeladen. Von Ragnar Moen! Das ist der CEO. Wahnsinn, oder? Aber okay. Ich fliege morgen zurück nach Hamburg, sehe zu, dass ich alle Termine verschiebe, und komme. Vielleicht bist du dann ja auch schon ein Stückchen weiter.«

»Klingt nach einem Plan.«

»Hast du eigentlich mal mit deinem Vater telefoniert?«

»Nein.«

»Eigentlich wolltest du dich gleich nach dem Urlaub zurückmelden, und jetzt ist schon Dienstagabend.«

»Habe ich ganz vergessen.«

Wir redeten noch eine Weile über die verrückten vergangenen Tage, über Christophers erfolgreichen Vortrag, meinen kreativen Umgang mit seinen Klamotten. Es tat so gut, gemeinsam zu lachen, alles fühlte sich vertraut an, normal. Ich konnte meiner Nacht mit Jolène auf ihrem engen Sofa jetzt entspannter entgegensehen.

Als ich am Ufer der Ardèche entlang zum Volvo schlenderte, streichelte eine laue Brise meine Arme. Es roch nach Lagerfeuer. Das Wasser gurgelte im Flussbett, und ich beschloss, mich von der Angst nicht verrückt machen zu lassen.

Hier war ich sicher. Mir konnte nichts geschehen. Morgen würde ich Christopher wiedersehen.

Ich rief meinen Vater an.

»Mäuschen! Schön, von dir zu hören! Seid ihr zurück aus Frankreich, ja?«

Ich seufzte. Mein Vater liebte Verniedlichungen. Er hatte die Gabe, in jedem noch so gescheiten Satz ein Diminutiv unterzubringen, ohne sich dabei lächerlich zu machen. Ich erzählte ihm, dass ich meinen Urlaub um einige Tage verlängert hatte, weil es mir so gut gefiel. Die Panikattacken unterschlug ich. Er hätte sich Sorgen gemacht und doch nichts ausrichten können. Ich wollte ihn nicht belasten.

»Und Christopher? Wollte er sich nicht auch ein Extrapäuschen von seinem stressigen Alltag gönnen?«

»Er hatte am Montag ein wichtiges Meeting. Und das war so erfolgreich, dass er jetzt gerade in Oslo mit seinem CEO zu Abend isst.«

»Du meine Güte! Ich wusste ja immer, dass aus dem Jungchen mal was wird. Toll! Ich freue mich für euch.«

»Was habe ich damit zu tun?«

»Wie bitte?«

»Nichts … schon gut. Papa, ich muss jetzt Schluss machen. Ich melde mich am Wochenende von zu Hause aus wieder, ja?«

Wir verabschiedeten uns, und ich legte auf. Mein Vater mochte Christopher, den erfolgreichen, gut aussehenden Schwiegersohn, der weder trank noch rauchte und auch sonst keine Laster hatte. An Weihnachten, Ostern und zu Geburtstagen gönnten sie sich gemeinsam einige Whiskey und nötigten mich zum Skatspielen, was ich hasste, aber sie amüsierten sich prächtig.

Ich erreichte den Volvo und stopfte Christophers Kulturbeutel in den Rucksack. Im Innenfach des Koffers entdeckte ich die nur einseitig bedruckte Kopie des Pitchs. Ich rollte die Blätter, zwängte sie ebenfalls in den Rucksack und entschied, auch Harms Kulturbeutel einzupacken. Voll beladen erklomm ich die Straße hinauf ins Zentrum.

Noch bevor ich auf Höhe von Jolènes L'Escarbille anlangte, pulsierten Basstöne aus einer Bar in der Seitengasse. Ich linste um die Ecke und entdeckte ein schwarzes Schild mit roter Schrift: Le Shapko. Es war kaum halb zehn, in jedem Fall zu früh für ein unbequemes Sofa.

Ich betrat die Bar durch schwere Samtvorhänge, die wenig der stickigen Luft entweichen ließen. Im Dämmerlicht erkannte ich eine ältere Jazzsängerin in Lederhose und T-Shirt, die auf der Treppe, die ins obere Stockwerk führte, eine melancholische Ballade schluchzte. Der Bassist und eine Klavierspielerin drängten sich in die Nische darunter, ein gutes Dutzend Gäste lümmelte vereinzelt an Tischen. Wahrscheinlich war es nicht nur für unbequeme Sofas zu früh.

Ich rutschte auf die Eckbank am Tresen, orderte ein paar Snacks und Pastis und zog die Blätter aus dem Rucksack. Wie schon in Moustiers kribbelten meine Finger bei dem Gedanken zu zeichnen. Ein Gefühl, das mich an früher erinnerte, weshalb ich es jahrelang vermieden hatte. Aber jetzt und hier erschien es mir mehr als passend, diesem inneren Antrieb nachzugeben.

Ich skizzierte die Muster und Formen der vergangenen

Tage: Lavendelrispen, das unregelmäßige Kopfsteinpflaster auf der Pont d'Avignon, Flaumeichenblätter, Weinreben, die Ranken auf den alten Holztüren in Moustiers, Olivenzweige, Zypressen, die Ornamente auf den Befestigungsanlagen von Avignon, Bergketten, das Wasser der Ardèche, die gefalteten Felsen der Gorges du Verdon. Ich sortierte meine Gedanken, visualisierte sie, stellte die Formen in Bezug zueinander, schuf Collagen und Muster. Es war befreiend, die Bilder aus meinem Kopf zu Papier zu bringen, ein wenig wie aufzuräumen. Mit jedem Strich sortierte ich mich innerlich, erkannte Zusammenhänge und verarbeitete Eindrücke. Meine Finger flogen über die Blätter, umarmten jedes Bild, als hätten sie es schon viel zu lange vermisst.

Erst kurz vor Mitternacht, als die wehmütigen Songs, der Pastis und die hitzegeschwängerte Luft sich wie Tischdeckenbeschwerer an meine Lider hefteten, zahlte ich die Rechnung. Draußen umfing mich die frische Luft einer sommerlichen Nacht. Ich schlenderte durch leere Gassen, selbst das L'Escarbille schenkte mir nur noch einen Blick auf seine dunkle Fassade.

Ich telefonierte kurz mit Christopher, der gerade vom Restaurant ins Hotel zurückgekehrt war. Er schwärmte vom Essen, dem edlen Ambiente, den Gesprächen und dem »kultivierten Abend an sich. Ich glaube, ich habe dieses antiquierte Wort noch nie aktiv verwendet, aber nach dem heutigen Abend muss ich es wohl in meinen Wortschatz aufnehmen.« Er lachte. »Sag mal, wäre es okay, wenn ich morgen Mittag noch mal kurz zu einem Meeting mit der Strategieabteilung hier gehe? Die wollen das Finanzierungsmodell auf Herz und Nieren prüfen.«

»Klar.«

»Na ja, ich würde dann erst morgen Abend nach Hause fliegen und könnte frühestens übermorgen zu dir aufbrechen.«

Daran hatte ich nicht gedacht. »Ich ...« ... schluckte meine Enttäuschung hinunter. »Sicher. Mach dir keine Sorgen, mir geht es ja gut. Ich habe gerade über zwei Stunden lang gezeichnet. Das habe ich ewig nicht getan, und es fühlte sich ganz wunderbar an.«

»Zeichnen? Wirklich? Was denn?«

»Alles, was mir gerade so im Kopf herumgeht.«

»Aha, okay. Dann lass uns doch am besten morgen telefonieren, wenn ich weiß, wann mein Flieger geht, ja?«

»Ich liebe dich.«

»Ich dich auch, mein Hase.«

Harm erwachte aus einem dreizehnstündigen Schlaf. Er konnte sich nicht erinnern, wann er zuletzt so lange weggetreten war. Als Kind vermutlich. Musste wohl notwendig gewesen sein. Er richtete sich auf. Jolène lag quer über dem ausgezogenen Sofa. Sie hatte die zu Fäusten geballten Hände über ihrem Kopf abgelegt und sah aus wie eine Zwölfjährige. Worauf hatte er sich da nur eingelassen? Natürlich würde er ihr heute eine Mitfahrgelegenheit anbieten. Das gebot schon der Anstand. Dabei war dies sein

Selbstfindungstrip, sein Abschiednehmen. Und jetzt teilte er diese kostbare Zeit nicht nur mit einer, sondern gleich mit zwei Frauen – eine Fußnote, die Tammo sicherlich köstlich amüsiert hätte.

Harms Knie und Fußknöchel knackten synchron mit den Holzdielen, als er versuchte, durch das Zimmer zu schleichen. Von Anna gab es außer seinem Kulturbeutel, den er auf dem Nachttisch entdeckte, keine Spur.

Im Flur lehnte er sich an das Treppengeländer, um herauszufinden, wie fit er sich fühlte und wo das Bad sein könnte. In dem Moment öffnete sich die Tür am hinteren Ende des Gangs. Anna. Ein blauer Handtuchturban thronte auf ihrem Kopf. Der intensive Ton ließ ihre Augen strahlen. Es umgab sie eine Art von natürlicher Exotik, die in so eklatantem Gegensatz zu ihrem Typ stand, dass es unglaublich anziehend wirkte.

»Guten Morgen.« Anna wickelte den Turban ab. Ihre nassen Haare tropften Striche auf das Shirt. »Wie geht es dir?«

»Äh … ganz gut so weit, denke ich.« Harm rieb sich die Augen. »Morgen übrigens. Keine Ahnung, was das gestern war. Totale Erschöpfung. War wohl doch alles ein bisschen viel in letzter Zeit. Tut mir leid, dass sich deshalb alles verzögert hat. Oh, und danke für den Kulturbeutel.«

Anna reichte Harm das Handtuch. »Ich habe kein anderes finden können. Ist leider schon ziemlich nass.«

Er nahm das Handtuch entgegen. »Besser als nichts.«

»Ich warte in der Bäckerei um die Ecke. Jolène kommt mit, nehme ich an?«

Harm nickte.

»Klar.« Anna zwängte sich an ihm vorbei und huschte zurück ins Zimmer.

Harm duschte kalt und spürte, wie sich mit jeder Sekunde, in der Schauer über seine Haut jagten, sein Geist klärte. Es würde sich schon alles finden. Notfalls hängte er noch ein paar Tage auf Sylt an der Belegstation für die Königinnen dran, wenn er das Gefühl hätte, diese Reise ganz allein abschließen zu müssen.

Jolène rückte mit einem monströsen schwarzen Koffer an, der es in seinen Ausmaßen locker mit dem Ungetüm von Annas Freund aufnehmen konnte. Harm brachte den Karton mit den Bienen sicherheitshalber auf der Rückbank des Volvo unter.

Als sie ins Auto steigen wollten, zupfte Jolène Anna am Shirt. »Meinst du … ich meine, wäre es okay, wenn ich vorne sitze? Auf kurvigen Strecken wird mir oft schlecht.«

Anna schien einen Moment lang zu überlegen, blickte kurz hinüber zu Harm und kletterte nach hinten.

Jolène verstaute einen Rucksack zu ihren Füßen, schnallte sich an, öffnete das Handschuhfach, schloss es wieder, klappte die Sonnenblende runter, betrachtete sich im Spiegel, untersuchte den Krimskrams in der Mittelkonsole. Schließlich zog sie etwas aus dem Fach in der Seitentür.

»Ist das deins?« Sie hielt Anna ein blaues Haargummi nach hinten.

»Nein.«

Jolène zuckte mit den Schultern, stopfte das Haargummi zurück und sortierte ihre Beine zum Schneidersitz.

Harm steuerte den Volvo an der Ardèche entlang hinaus aus Vogüé. Es hatte sich ein wenig abgekühlt, und er begrüßte die ersten Wolken seit mehr als einer Woche. Durch die geöffneten Fenster drang erfrischende Bergluft, und Harm fühlte sich kräftig genug für einen langen Ritt.

»Als was arbeitest du eigentlich?« Jolène bot Harm einen Schluck aus ihrer Wasserflasche an. Er lehnte dankend ab und erzählte von den Forschungswerkstätten, einer Mischung aus Museum und Labor, wo er Kindern und Jugendlichen, aber auch Lehrern, Studenten und anderen interessierten Besuchern wissenschaftliche Fragestellungen der Meeresbiologie näherbrachte.

»Bist du schon mal mit Walen getaucht? Oder mit Delfinen?«

Harm lachte. »Das fragt mich jeder.«

»Und?«

»Ich liebe das Tauchen und bin in Australien tatsächlich mal mit Haien geschwommen. Aber das hatte nichts mit meinem Job zu tun.«

Jolène wollte trotzdem alles wissen. Sie fragte, staunte, bewunderte und lachte über seine Erzählungen. Anna schwieg.

Nachdem die Straße sich zunächst zwischen Feldern und Dörfern über ein lang gestrecktes Plateau gezogen hatte, begann nach einiger Zeit der Abstieg. Flaumeichen, Kiefern, Fichten und vereinzelte Laubbäume beherrschten jetzt das Bild. Die Serpentinen schlängelten sich mit niedrigen Gradzahlen zwischen den Hängen hindurch. Harms Antworten wurden knapper. Er musste sich konzentrieren.

»Auf welcher Strecke fahren wir eigentlich nach Deutschland?« Jolène fummelte am Radio herum, fand jedoch keinen Sender.

»Ich muss in Pérouges bei Lyon etwas abgeben. Dann zum Lac du Der-Chantecoq und nach Dieulouard in Richtung Grenze. Über Luxemburg nach Deutschland.«

Jolène drehte sich zu Anna um. »Und bis wohin fährst du mit?«

Es entstand eine kurze Pause. Schließlich antwortete Anna: »Lyon.«

»Machst du da weiter Urlaub?«

»Ich treffe dort meinen Freund.«

Harm riskierte einen kurzen Blick in den Rückspiegel. »Du willst in Lyon aussteigen?«

»Ja. Hat sich gestern ergeben, als du geschlafen hast. Christopher kommt, um mich abzuholen. So geht es schneller.«

Harm nickte. War ja zu erwarten gewesen. Trotzdem irritierte es ihn nach allem, was sie in den vergangenen Tagen zusammen erlebt hatten. Warum war der Typ nicht längst hier aufgetaucht? Und warum teilte Anna ihm das derart lapidar mit? Nach all den Plänen, die er für sie geändert hatte?

Ein blauer Citroën Xsara Picasso drängelte sich an die hintere Stoßstange des Volvo. Harm erhöhte das Tempo, stieg jedoch vor der nächsten Biegung scharf in die Eisen. Verdammt, er durfte sich nicht unter Druck setzen lassen.

Jolène lachte. »Ist ja wie Rallyefahren!«

Der Volvo schaukelte aus den Bergen hinunter ins Tal. Harm konzentrierte sich auf die Serpentinen. Anna schwieg. Jolène plapperte.

Hinter Privas verließen sie die Berge und näherten sich Valence. Jolène spielte Harm ihre Playlist auf dem Handy vor. Er kannte kaum einen der Songs. Der dröhnende Motor des Volvo trug zudem wenig zu einem akustischen Musikgenuss bei. Er ging dazu über, Jolène nach ihrem Sommerjob in Vogüé zu fragen und nach ihrem Bachelorstudium in Clermont-Ferrand (sie hatte das Fach gerade gewechselt, war jetzt bei Kunstgeschichte gelandet), hörte aber nur mit halbem Ohr zu.

Sie passierten Vienne und näherten sich zügig den Toren von Lyon.

»Wo soll ich dich rauslassen, Anna?«

»Mir egal. Irgendwo in Richtung Zentrum.«

Sie folgten der Rhône in die Stadt. An der Mündung zur Saône überquerten sie beide Flüsse und hangelten sich die Uferstraße entlang zum Bahnhof Gare-de-Lyon-Perrache. Es gab einen Tagesparkplatz, und Harm atmete auf, als er die komplizierte Anfahrt über den Fly-over der Stadtautobahn gemeistert hatte. Anna stieg aus, noch bevor er den Motor abstellte. Als Jolène die Tür öffnete, hielt Harm sie zurück.

»Würdest du bitte im Auto warten? Ich möchte noch etwas mit Anna besprechen.«

Jolène zuckte mit den Schultern. »Sicher.«

Anna zog gerade den silbernen Koffer aus dem Volvo, als Harm neben sie trat. »Was ist los, Anna?«

»Nichts. Was soll sein?« Sie zerrte am Griff, aber das Ungetüm hatte sich verklemmt.

»Du verhältst dich nicht wie nichts. Soll ich dir helfen?«

»Geht schon.« Anna wuchtete Christophers Koffer aus

dem Wagen und drückte auf den Knopf, um den Griff auszufahren.

»Anna …« Harm umschloss ihre Finger mit seiner Hand. »Bitte … rede mit mir. Was ist los? Habe ich etwas falsch gemacht? Ich fühle mich wie ein Schwerverbrecher. So möchte ich dich nicht gehen lassen.«

»Ach, nein?«

Harm sah, wie sie gegen Tränen ankämpfte. Er zog ein Stofftaschentuch aus seiner Jeanstasche und reichte es ihr.

Anna lächelte schief. »Mein Gott, wie viele hast du von denen?«

»Drei, vier Dutzend. Gibt es immer zu Weihnachten. Mit Monogramm.« Er deutete auf den herunterhängenden Zipfel mit den verschnörkelten T und H.

»Ich glaube, noch nicht mal mein Großvater besaß Stofftaschentücher mit Monogramm.«

»Er wird nie erfahren, was ihm entgangen ist.«

Sie lächelten sich an. Erst jetzt realisierte Harm, wie sehr ihm die Gespräche mit Anna schon den ganzen Vormittag über fehlten. »Also, was ist los?«

Er musterte Anna und sah, wie sie mit sich rang. Sie wollte mit ihm reden, aber irgendetwas schien sie zurückzuhalten. Schließlich seufzte sie. »Es ist nichts. Ich meine … keine Ahnung … heute ist Mittwoch. Vor drei Stunden war das Meeting. Ich habe es verpasst. Der wichtigste Termin seit Wochen. Und ich bin nicht da.« Sie schloss die Augen. »Und dann … dann erklärst du ganz lapidar, dass du Jolène mit nach Deutschland nimmst und mich in Lyon absetzt.«

»Was?« Harm riss die Augen auf. »Ich verstehe nicht … du willst doch aussteigen.«

»Nein, will ich nicht! Du hast gesagt, du kannst mich nur bis Valensole mitnehmen, aber dann hatten wir die Panne, und ich bin durchgedreht, und du hast gesagt, na schön, dann bringe ich dich also nach Hause. Du hast dich irgendwie verpflichtet gefühlt, vielleicht weil es mir ähnlich dreckig geht wie dir, keine Ahnung. Aber bei Jolène ist davon keine Rede! Natürlich übernachten wir bei ihr, selbstverständlich nehmen wir sie mit nach Deutschland, klar darf sie vorne sitzen, aber sicher kann sie uns stundenlang mit ihrer Musik volldröhnen. Ich verstehe dich nicht! Ich dachte … ich meine, wir haben uns doch so weit ganz gut verstanden … die Sache im Lavendelfeld, die Pont d'Avignon … Vielleicht muss ich das auch nicht begreifen.«

»Da gibt es auch nichts zu begreifen. Valensole ist Ewigkeiten her …«

»Eine Ewigkeit von zwei Tagen!«

»Okay. Aber seitdem hat sich schon wieder so vieles verändert. Ich war echt fertig gestern und wollte einfach nur irgendwo schlafen und … Anna, natürlich kannst du weiter mit uns fahren.«

Sie schnaubte. »Geschenkt. Ich steige aus. Fahr du nur weiter mit der süßen Jolène.«

Harm starrte sie an. Auf einmal wusste er, worum es ging. Die Erkenntnis peitschte seinen Puls in die Höhe. »Ich fasse es nicht … du bist eifersüchtig! Das kann doch nicht sein.«

»Was?« Anna fixierte ihn wütend. »Nein! Nein, bin ich

ganz sicher nicht! So ein Quatsch. Ich bin genervt. Und ich will jetzt endlich nach Hause!«

»Du willst schnell nach Hause?« Harm machte eine einladende Geste in Richtung Volvo. »Dann steig ein. Heute Nacht sind wir in Hamburg.«

»Ich bin deine Versprechungen leid! Das klappt doch sowieso nicht.« Unter keinen Umständen würde ich zurück in dieses Auto auf die Rückbank hinter Jolène klettern!

»Es hat unter anderem alles deshalb so lange gedauert, weil du gerne zur Pont d'Avignon wolltest.«

»Du hast doch gesagt, dass wir da vorbeimüssen! Ich wusste noch nicht einmal, dass es diese dämliche Brücke überhaupt wirklich gibt! Außerdem wolltest du unbedingt zur Kapelle von Moustiers. Wer weiß, ob der Volvo nicht durchgehalten hätte, wenn wir einfach weitergefahren wären.«

Harm holte tief Luft, offensichtlich bemüht, ruhig zu bleiben. »Ich habe von Anfang an gesagt, dass ich über kleinere Landstraßen fahren würde. Und mal ganz ehrlich – das kam dir jetzt nicht so ungelegen.«

»Ja, ich wollte nicht die Autobahn nehmen. Aber ich wollte mit Sicherheit keinen Umweg über Spanien fahren auf dem Weg zurück nach Hamburg!«

Harm öffnete die Arme weit. »Das ist lächerlich! Darum

geht es hier doch gar nicht, oder? Du hast Jolène angesprochen, und jetzt wirst du die Geister, die du gerufen hast, nicht mehr los!«

»Dafür hast du deine eigenen Geister ziemlich schnell abgestreift, oder?« Anna schnaubte. »Sollte das hier nicht eine Reise für dich ganz allein werden?«

»Ganz genau! Keine Ahnung, wie du da überhaupt ins Spiel gekommen bist!« Harm wurde jetzt lauter. »Ich hätte von Anfang an auf mein Bauchgefühl hören sollen! Aber nein, ich bin so gutmütig und kümmere mich um dich, weil dein Freund dich einfach allein in Frankreich zurückgelassen hat, weil es dir schlicht scheiße geht und du vor lauter Angst kaum ruhig im Auto sitzen kannst, sogar ohnmächtig zusammenbrichst, weil dein Körper Panikattacken benutzt, um dich mit der Nase darauf zu stoßen, dass in deinem Leben gerade etwas zum Kotzen schiefläuft!«

Ich schlug mit der Hand auf den Volvo. »Du weißt einen Dreck über mich, verfluchte Scheiße!«

Harm trat einen Schritt zurück und hob abwehrend die Hände. Wir standen einander gegenüber, beide angelehnt an ein Rücklicht des Wagens, jeder in seiner Ecke, wie zwei Boxer nach der dritten Runde. Ich keuchte. Wir starrten einander an.

Schließlich sagte Harm: »Ich glaube, ich habe dich gerade zum ersten Mal richtig fluchen gehört.«

Tränen schossen in meine Augen. Ich biss mir auf die Lippen. Unter keinen Umständen würde ich mich weiter erniedrigen.

»Wie soll es jetzt weitergehen, Anna?« Harms Stimme klang sanfter. »Was willst du?«

Ich schloss die Augen. Was ich wollte. Wenn das so einfach wäre. Ich wollte nach Hause, zurück in mein Leben. Dorthin, wo alles vertraut und mir wohlgesinnt war. Das Abenteuer, in das mich diese verdammten Panikattacken geführt hatten, glich einer emotionalen Achterbahnfahrt. Ich konnte mich nicht erinnern, wann ich mich zuletzt so machtlos gefühlt hatte wie bei der Fahrt vom Flughafen nach Gourdon. Andererseits war ich lange nicht mehr so beseelt gewesen wie beim Baden von Olivia auf der Veranda von Château d'Asse. Oder so geerdet und frei wie in dem Lavendelfeld mit Harm. Aber das alles spielte eigentlich überhaupt keine Rolle. Ich liebte Christopher. Und ich musste nach Hause. Ich würde Zeit brauchen, um mein Leben neu zusammenzusetzen, mir Klarheit darüber zu verschaffen, was in den vergangenen Tagen mit mir geschehen war. Aber das änderte nichts an den Grundfesten meines Daseins.

Ich öffnete die Augen. Ich wusste, was ich wollte. »Ich möchte nach Hause.«

Harm setzte sich in Bewegung, machte zwei Schritte von seinem Rücklicht zu meinem Rücklicht und stoppte dicht vor mir. Zu dicht. Ich konnte ihn riechen, sein Duschgel, den dünnen Schweißfilm unter dem T-Shirt. Er war gut einen Kopf größer, sodass ich aufschauen musste, um ihn anzusehen. Er lächelte.

»Und willst du allein in Lyon warten, bis du abgeholt wirst, oder möchtest du weiter mit mir fahren?«

Ich bemühte mich, cool zu wirken, was bei Harms körperlicher Präsenz in meiner intimen Distanzzone geradezu unmöglich schien. Ich schüttelte den Kopf, um das Ungesagte abzuwerfen, das zwischen den Zeilen Lauernde, von dem ich nicht einmal sicher war, ob er es überhaupt bemerkte.

»Ich möchte, dass wir beide gemeinsam weiterfahren.« Jetzt war es raus. Ich hatte es gesagt. Hatte ausgesprochen, was ich wollte. Mein Herz schlug derart gegen meinen Brustkorb, dass ich glaubte, Harm müsse es sehen oder doch wenigstens hören.

»Jolène?«, rief Harm, doch sein Blick ruhte auf mir.

Wir sahen einander an.

Etwas veränderte sich.

»Ja?« Jolène kletterte aus dem Wagen.

Harm lächelte mich kurz an, wandte sich dann ab und ging um das Auto herum auf sie zu. »Unsere Pläne haben sich gerade geändert.« Er zog hundert Euro aus seiner Geldbörse und reichte sie ihr. »Du musst leider ab hier mit dem Bus weiterfahren. Mit dem Geld solltest du bis nach Kopenhagen kommen.«

»Was?« Jolène starrte ihn ungläubig an. »Warum? Du wolltest mich doch mit nach Deutschland nehmen und …«

»Es geht nicht.« Harm zerrte Jolènes schwarzes Monstrum aus dem Auto und stopfte Christophers Ungeheuer zurück in den Kofferraum.

»Was soll das?« Jolènes Stimme überschlug sich. »Erst pennt ihr in meinem Zimmer, macht einen auf beste Freunde und so, und jetzt serviert ihr mich mitten im Nirgendwo ab?«

Harm schloss den Kofferraum. »Das hier ist Lyon, die drittgrößte Stadt Frankreichs. Der Busbahnhof liegt gleich da drüben, siehst du? Du bist raus aus Vogüé, hast genug

Geld für ein Ticket und bist zudem schneller, als wenn du all unsere Umwege mitfahren würdest. Überleg mal, ist vielleicht gar nicht die schlechteste Variante.«

»Alter! Wie konnte ich mich nur so in euch täuschen!«

Ich schritt um Jolène herum. »Tut mir leid.«

»Du mich auch!«

Harm gab Gas. Wir flogen auf der Überführung zurück ans Ufer der Rhône. Mein schlechtes Gewissen zwickte wie ein kalter Luftzug im Nacken. Aber es wurde überlagert von den kribbelnden Stromschlägen, die mein Herz durch meinen Körper bis hinein in meine Nasenspitze und den großen Zeh pumpte. Ein Gefühl von Erwartung. Die Welt funkelte sich einem herrlichen Nachmittag entgegen, und ich entspannte mich auf einer Straße ohne Haltebuchten, Standstreifen oder Abfahrten. Ich hatte eine Entscheidung getroffen, die Kontrolle über mein Leben zurückgewonnen und berauschte mich an meiner Initiative und Entschlossenheit.

»Ich weiß, du möchtest schnell nach Hause.« Harm lächelte mich an. »Aber wäre es okay, wenn wir einen kurzen Zwischenstopp einlegen? Ich trage auch die Verantwortung für jedwede Verspätung. Ich möchte dir gerne etwas zeigen.«

»Ja.«

Wir preschten durch die Vorstadt Lyons, passierten Vienne erneut und folgten der Landstraße durch eine wundervoll liebliche Landschaft. Weiße Wolken schwebten über grünen Weiden, goldgelben Kornfeldern und mohnroten Wiesen. Das Land wogte sanft bis zum Horizont, wo die schneebedeckten Kronen der Alpen über allem wachten. Als wir Was-auch-immer-Harm-mir-zeigen-wollte erreichten, machte sich das durch vier Reisebusse sowie etliche Wohnmobile und Pkws auf einem eigens dafür mitten in ein Dorf gepflanzten Parkplatz bemerkbar. Um uns herum: Häuser, ein kleiner Marktplatz, Wiesen, Weiden und Dorfleben.

»Was machen wir hier?«

»Das«, sagte Harm, während wir am Rand des überdimensionierten Parkplatzes entlangschritten, der eine Vorahnung auf die Wochen offenbarte, in denen auch die Franzosen Ferien bekamen, »ist eines der Lieblingsausflugsziele meiner Kindheit.« Er nahm meine Hand. »Komm.«

Wir liefen durch mehrere Touristengruppen, die uns plappernd entgegenströmten, umrundeten ein von hohen Bäumen umgebenes Areal und warteten schließlich in der Schlange vor einer Kasse. Harm bezahlte unseren Eintritt, wischte mein Danke mit einer Handbewegung fort und zog mich hinter sich her über eine breite Treppe nach draußen. Wir durchschritten eine kurze Allee mit Weinranken. Dann sah ich es.

»Voilà.« Harm legte einen Arm um meine Schulter. »Das Palais Idéal von Facteur Cheval.«

Vor mir erhob sich ein surrealer, etwa zehn Meter hoher Fantasiepalast aus Zement, Steinen und Muscheln. Überall tummelten sich Figuren, Riesen, Löwen, Elefanten, Hirsche, Vögel. Zwischen ihnen wucherte das Gestein. In Form von Pflanzen rankte es um Torbögen, Muscheln schuppten sich wie Drachenhaut, ein Relief wölbte sich Wellen gleich bis zu verzierten Türmchen, die steinerne Palmen krönten wie

Kirchenkreuze. Dazwischen Inschriften, Treppen, Säulen, Balkone. Ein Kunstwerk als Palast getarnt.

»Mein Gott … das ist … überwältigend.«

»Ja, schön trifft es nicht wirklich. Es ist besonders … irgendwie …« Wir lächelten uns an: »Überwältigend.«

Arm in Arm spazierten wir zwischen den anderen Besuchern um den Palast herum. Es fühlte sich an wie die normalste Sache der Welt, kein wirklich großes Ding. Aber gut.

»Facteur Cheval war ein …«

»Postbote. So weit reicht mein Französisch gerade noch.«

Harm kitzelte mich.

»Hey!«

»Sei still und hör zu.« Er strich über mein Haar. »Ferdinand Cheval war also ein facteur, ein Postbote, der es in seinem Leben nicht leicht hatte. Schau!«

Harm deutete auf eine Inschrift: *Das Leben ist ein Ozean voller Stürme zwischen dem Neugeborenen und dem alten Mann, der geht.*

»Er verlor seine Eltern noch als Teenager, zwei seiner Kinder, seine erste Frau. Er baute diesen Palast, weil er nicht anders konnte. Sicher als Ausdruck seiner Kunst, aber bestimmt auch eine Form von Trauerarbeit, um dem Tod etwas entgegenzusetzen. Als Landpostbote verteilte er Briefe, Postkarten und Illustrierte täglich zu Fuß über vierzig Kilometer weit. Währenddessen erträumte er sich einen Palast. Auf dem Weg sammelte er Steine, legte Haufen an, die er abends mit der Schubkarre abholte.«

Harm zeigte auf eine weitere Inschrift: *Das Werk eines einzelnen Mannes.*

»Er kaufte nur Kalk und Zement, alles andere sammelte er oder ließ es sich von Kindern aus den Ferien mitbringen, so wie die Muscheln. Facteur Cheval selbst ist nie ans Meer gekommen. Und all die Anspielungen, Adam und Eva hier vorne, der kleine Hindu-Tempel, die Moschee, Berber-Säulen – das alles entsprang seiner Vorstellung der Dinge. Oder den Bildern auf den Postkarten, die er austrug. Die Leute im Dorf lästerten natürlich, hielten ihn für geistesgestört. Aber Cheval baute dreiunddreißig Jahre lang an seinem Palast. Die ersten Touristen, die sein Meisterwerk bestaunten, bekam er noch mit. Aber dass die Surrealisten ihn als Vorläufer betrachteten, dass selbst Picasso mehrfach herreiste – das hat Facteur Cheval nie erlebt.«

Ich streichelte die Muscheln, die die Körper der drei Riesen bildeten, die mich besonders beeindruckten. »Wie traurig.«

»Ist es das? Er hat seinen Traum gelebt. Vielleicht ist Anerkennung nicht alles.«

Harm zog mich unter einem Torbogen hindurch und die Treppe auf der Rückseite hinauf. Ein begehbares Kunstwerk.

»Wir sind früher immer mit unseren Großeltern hergefahren. Tammo und ich liebten das Palais Idéal. Jedes Mal entdeckten wir eine neue Figur, die uns vorher entgangen war. Und der Ausspruch, *Wenn Facteur Cheval seinen Palast bauen konnte,* wurde in unserer Familie zum geflügelten Wort.« Harm imitierte mit einer tiefen Stimme offensichtlich seinen Vater. »Wenn Facteur Cheval seinen Palast bauen konnte, wirst du ja wohl einen Deutschaufsatz schreiben können.« Jetzt klang die Stimme höher. »Schatz, wenn Facteur Cheval seinen Palast bauen konnte, wirst du bestimmt dein Zimmer aufräumen können.«

Ich lachte. »Super Erziehungsmethoden.«

Harm lächelte, aber sein Blick glitt über die Zinnen der Türmchen hinweg und fixierte einen Punkt weit in der Vergangenheit. »Wir scherzten selbst noch als der Krebs zurückkam. Ich triezte Tammo im Krankenhaus: Wenn Facteur Cheval seinen Palast bauen konnte, wirst du ja wohl die Leukämie besiegen …«

Tränen traten in seine Augen und flossen mit dem nächsten Blinzeln über sein starres Gesicht. Ich nahm ihn in die Arme. Harm drückte mich an sich, und ich spürte die nasse Kühle seiner Tränen auf meiner Stirn.

Das Schweigen begleitete uns erneut. Auf der Fahrt nach Pérouges zum nächsten Imker schlich es sich ungeniert in seine gemütliche Position zurück, blähte den Bauch und streckte sich klebrig wie Harz von einer Tür zur anderen. Ich war nicht peinlich berührt, eher bemüht, es zu ignorieren, um Raum für Antworten auf meine eigenen Fragen zu finden.

Wenn Facteur Cheval sein Leben lang an seinem Traum gebaut hatte – woran arbeitete ich dann gerade? Was war das Ziel meines Lebens? Welche zwingende Sinnhaftigkeit gab es? Worauf steuerte ich zu? Anna Petermann, 34 Jahre alt, Textiltechnikerin, in einer Beziehung mit Christopher von Schernikau. Das war der Status quo. Klang super. Alles war gut. Ich liebte meinen Beruf, Christopher und meinen Vater sowieso. Aber warum saß ich dann in Harms Volvo? Woher kam dieses Gefühl der Machtlosigkeit? Die Panikattacken? Warum fühlte ich mich wie ein Schiff ohne Segel, allein auf dem offenen Meer? Nebel überall.

Irgendwo war mein Weg, aber ich konnte ihn nicht sehen. Ich war Kapitänin im Boot meines Lebens, aber ich konnte es nicht steuern. Und selbst wenn – ich wusste gar nicht wohin.

Harm durchbrach die Stille mit einem Räuspern. »Durch den Zwischenstopp beim Palais Idéal ist es jetzt doch schon ziemlich spät geworden.« Er schaute auf seine Uhr. »Tut mir leid. Ich übernehme aber natürlich jegliche Verantwortung.«

»Das solltest du auch.« Ich lächelte. »Davon abgesehen war es aber ...« Ich suchte nach dem passenden Wort. »Überwältigend.«

»In der Tat. Wie wäre es ... ich habe da vorne gerade ein Schild zu einem Bed & Breakfast gesehen. Was hältst du davon, wenn wir dort bleiben und morgen ganz früh weiterfahren? Ich lade dich ein.«

»Das musst du nicht.«

»Ich weiß.«

Die Schilder zum Bed & Breakfast lotsten uns von der Hauptstraße auf schmale Landwirtschaftswege. Das Mediterrane der Provence hatte sich verabschiedet. Keine Olivenbäume oder Lavendel mehr. Stattdessen Kornfelder, Mais und Wälder ohne Flaumeichen. Im Westen erhaschte ich ab und an imposante Blicke auf die Bergkette der Ardèche, im Osten auf die schneebedeckten Gipfel der Alpen. Je flacher und entspannter die Straße um Bauernhöfe schlich und sich zwischen rollenden Hügeln versteckte, desto höher stieg die Anspannung im Volvo. Das neue Schweigen klebte an uns wie Kaugummi, der sich nie vollständig vom Schuh löste, sosehr man sich auch bemühte, ihn abzukratzen.

Wir passierten das Tor zu einem alten Vierseithof, und Harm parkte vor der Scheune. Zwischen den einzelnen Gebäuden flog der Blick über eine grüne Ebene bis hin zu den Bergen am Horizont. Das Bed & Breakfast mit seinen sechs Zimmern im Obergeschoss des Haupthauses war so weit ab vom Schuss, dass wir tatsächlich noch zwei Einzelzimmer erhielten. Harm ächzte, als er sowohl seine Tasche als auch Christophers Koffer nach oben wuchtete.

»Danke.«

»Das nehme ich gerne an. Puh.« Er lächelte. »Ich bringe schnell die Königin vorbei. Der Imker wohnt gleich am Rand von Pérouges, sollte also nicht lange dauern.«

»Ich frag mal nach, ob wir noch etwas zu essen bekommen können.«

»Gute Idee. Dann bis gleich.«

Er wusste, dass er floh. Die Erkenntnis brachte allerdings keinen Gewinn. Feige blieb feige. Egal, ob man sich dessen bewusst war oder nicht. Er hätte bleiben, Anna mitnehmen oder zumindest mit ihr reden können. Aber wozu? Harm steuerte den Volvo über all die kleinen Landwirtschaftswege zurück auf die Hauptstraße und bog an der nächsten Kreuzung ab in Richtung Pérouges. Anna hatte einen Freund, ein Zuhause, zu dem sie dringend zurückkehren wollte, geradezu musste. Offensichtlich lief irgendetwas gehörig schief in ihrem Leben, aber die Ursachen musste sie selbst ausgraben. Sie würde archäologisch vorgehen und vorsichtig Schicht für Schicht abtragen müssen, um sie freizulegen. Ein mühevoller und schmerzhafter Prozess, um den Harm sie nicht beneidete. Und wer wusste, was sie fand? Vielleicht doch die große Liebe zu ihrem schnöseligen Freund? Nur weil sie keine Perlenohrringe mehr trug und sich gut in seinen Armen anfühlte, offen und empathisch war, jedem unvoreingenommen begegnete, sich klug und schlagfertig zur Wehr setzte … großer Gott! Harm schüttelte den Kopf.

Er hielt im Schatten einer Kastanie auf einem riesigen Parkplatz außerhalb der mittelalterlichen Mauern von Pérouges. Mit der viertletzten Königin bewaffnet, stapfte er auf einem hübschen Weg durch eine Schmetterlingswiese den Hang hinauf zur Stadt. Es ärgerte ihn, wie wenig er sich in Frankreich um die Bienen gekümmert hatte. Zwar krabbelte die Königin mit ihrem kleinen Hofstaat ganz fidel in der Holzschachtel herum, aber wirklich davon überzeugt hatte er sich zwischendurch nicht oft. Es passierte einfach zu viel. Und jetzt diese gestelzte Situation im Bed & Breakfast. Dabei sollte doch auch sein Leben neu beginnen! Wenn Facteur Cheval … Er hatte es Tammo versprochen. Keine Rückkehr in den alten Kieler Trott, nie wieder verstaubte Träume. Es wurde Zeit, dass er sich wie Phönix aus der Asche erhob.

Mathieus Haus leuchtete orange hinter der riesigen Linde in der Mitte des Kreisverkehrs vor den Toren der mittelalterlichen Stadt. Die roten Fensterläden verstärkten den Effekt. Im gleißenden Licht der provenzalischen Sonne mag diese Kombi als pittoresk durchgegangen sein, hier wirkte es deplatziert. Harm klopfte an die rote Haustür. Ein Mann Mitte zwanzig öffnete ihm. Seine Jeans klemmte auf halbmast, darüber las Harm das fette Logo von Calvin Klein auf dem Rand der Boxershorts. Ansonsten war der Mann nackt, sowohl was seinen Oberkörper und seine Füße als auch seinen Kopf betraf.

»Ja?«

»Salut. Ich bin Harm, und ich …«

»Wir haben dich schon erwartet, Mann! Komm rein. Ich bin Mathieu. Tut mir wirklich leid, was mit deinem Bruder passiert ist. Als du mir davon am Telefon erzählt hast … Mann, das hat mich echt mitgenommen. Scheiße ist das.«

»Danke.«

Harm folgte Mathieu ins Haus und hinten wieder hinaus in den Garten. Unter einem Pflaumenbaum lümmelten sechs weitere Männer auf Plastikstühlen, Bierflaschen in den Händen.

»Jungs!« Mathieu legte einen Arm um Harms Schultern. »Das ist unser Königinnenmacher aus Deutschland. Harm.«

Ein mehrstimmiges *salut* ertönte. Mathieu stellte die Jungs vor, aber Harm konnte sich die Namen nicht merken. Jemand drückte ihm ein Bier in die Hand.

»Auf alle, die wir lieben!« Mathieu hob seine Flasche, und die anderen ließen ihre dagegenklirren. Harm tat es ihnen gleich. Danach reichte er Mathieu die Schachtel mit den Bienen.

»Ich will mit dem Zusetzen noch bis morgen warten.« Mathieu linste in die Packung. »Meinst du, das packt sie?«

»Na klar.«

Nachdem Mathieu die Königin sicher in einem Schuppen verstaut hatte, nickte er den anderen zu. »Harm, wir wollen heute Abend essen gehen und danach noch was trinken. Théo hat Geburtstag.« Der Vollbärtige mit den stechend blauen Augen gegenüber von Harm hob grüßend die Hand. »Wir dachten, wir schleppen dich einfach mit, was meinst du?«

»Glückwunsch, Théo. Das ist wirklich wahnsinnig nett von euch. Aber ich denke, ich sollte …«

»Ach scheiße, Mann! Komm schon. Die Ostellerie hat verdammt gutes Essen. Alles ganz regional von Bauern hier aus der Umgebung. Wird dir schmecken.« Mathieu klopfte Harm auf die Schulter, und damit war die Sache besiegelt.

Einen kurzen Moment lang dachte er an Anna, die sicher etwas zu essen organisiert hatte und auf ihn wartete. Aber dann rissen die Jungs ihn mit sich fort, quatschten auf ihn ein, fragten nach den Bienen, und Harm sagte sich, dass Anna lediglich eine Zufallsbekanntschaft war, die er morgen in die Arme ihres Freundes überführen würde. Sie hatte ein Dach über dem Kopf, ein wirklich hübsches Bett (das er auch noch finanzierte), und etwas zu essen hatte sie mit Sicherheit auch gefunden. Er war ihr nichts schuldig. Außerdem war das hier sein Trip. Er reiste auf Tammos Spuren, löste sein Versprechen ein und gab den letzten Königinnen ein neues Zuhause. Hier ging es um Trauerarbeit und Loslassen, darum, den Mut und die Kraft für einen

Neuanfang zu finden. Zeit, dass er sich wieder mehr auf seine eigenen Pläne und Bedürfnisse besann.

Harm leerte sein Bier, ließ die Flasche in den Kasten am Schuppen gleiten und zog mit der französischen Meute um die Häuser.

Ich nippte an meinem sechsten Tee. Während der ersten fünf Tassen hatte mir Nael Gesellschaft geleistet. Wahrscheinlich wirkte ich zu verloren an dem für wenigstens zwölf Personen ausgelegten rustikalen Holztisch, der den unteren Raum mit seinen Balken und dem sichtbaren Fachwerk dominierte. Nael hatte das Hauptgebäude des alten Hofs vor zehn Jahren zu einem Bed & Breakfast umgebaut und erging sich in ausladenden Beschreibungen der einzelnen Bauabschnitte. Ich konnte ihm nur schwer folgen, zu laut röhrte die Wut in mir. Als er mein halbherziges Nicken endlich leid war und sich trollte, schrumpften meine Gedanken zu einem einzelnen, blinkenden, neonroten Satz in Leuchtbuchstaben zusammen: NACH HAUSE FAHREN! So schnell wie möglich. Würde ich auch nur einen weiteren Tee trinken, scheiterte mein Plan vermutlich an den Dutzenden Toilettengängen, die mir in den nächsten Stunden bevorstanden.

Ich stampfte die Treppe nach oben und hielt mich gar nicht erst mit Klopfen auf. Schwungvoll stieß ich gegen die Tür, die quietschend an einen Stuhl rumpelte. Harm schoss in die Höhe und saß aufrecht im Bett.

Er stöhnte. »Nicht so laut …«

Ich hob meine Stimme. »Du meinst so? Wäre das schon zu laut?«

»Autsch!« Er flüsterte. »Hör auf! Bitte! Kannst du mir eine Aspirintablette organisieren?«

Ich drehte mich um und knallte die Tür mit einem vibrierenden Wumms zurück ins Schloss. Am liebsten hätte ich irgendetwas gegen die Wand geschmettert, einen Teller oder so. Ich hielt inne. Diesen Wunsch hatte ich noch nie verspürt. In meinem ganzen Leben noch nicht. Irritiert ging ich die Treppe hinunter und suchte Nael.

Als ich mich mit einem Glas Alka Seltzer erneut vor Harms Tür wiederfand, hatte ich mich ein wenig runtergefahren. Ich klopfte, drückte die Klinke und baute mich neben dem Bett auf, in dem unter den weißen Laken von Harm lediglich ein Teil der linken Wade zu erkennen war.

»Aspirin?« Ich hatte ein Déjà-vu, als wäre eine schwarze Katze durchs Bild gelaufen und hätte einen Riss in der Matrix hinterlassen. Die Welt heute Morgen war nicht mehr dieselbe wie am Abend zuvor.

Es kruschelte unter der Decke. Harms Haare blitzten hervor. Er kniff die Augen zusammen und streckte eine Hand nach dem Glas aus.

»Setz dich lieber hin.«

Er zog und schob sich umständlich in eine aufrechte

Position. Dann nuschelte er: »Dieselbe Scheiße passiert demselben Mann zum zweiten Mal.«

»Wenn das mal reicht.« Ich hielt ihm das Glas entgegen.

»Ist aus 'nem Film ...«

»*Stirb langsam* mit Bruce Willis. Ich gehe auch ins Kino. Allerdings ist der Film schon so alt, dass ich damals bestimmt noch zu jung war, um ihn anzuschauen.« Harm leerte das Glas in einem Zug. »Du willst mir also sagen, dass du in der vergangenen Nacht gefährliche Terroristen eliminiert, eine nicht wirklich hilflose Frau aus ihren Fängen befreit und Paris und Frankreich und die ganze Welt gerettet hast?«

Harm nickte so wild, dass er seinen Kopf festhalten musste.

»Aha. Super Leistung für eine Nacht. Du machst Bruce ernst zu nehmende Konkurrenz.«

Harm lächelte schief.

»Der Kater ist dementsprechend auf die anschließende Siegesfeier mit dem Präsidenten zurückzuführen?«

Harm gab mir das Glas zurück. »Ich hoffe, du kannst mir unter diesen Umständen verzeihen ...«

»Das ist das Problem mit Superhelden. Sie retten die Welt und vergessen darüber die Menschen, die sie lieben und schätzen. Frag Spiderman, Wonder Woman, Batman. Können sie alle ein Lied von singen. Ich persönlich wäre schon dankbar, wenn du dich jetzt anziehen und duschen würdest, damit wir fahren können.«

Ich verkniff mir ein überlegenes Lächeln, konnte aber nicht verhindern, dass mein Kinn sich ein wenig hob, als ich das Zimmer verließ.

Zwei Tee und einen Toilettenbesuch später hockte ich auf dem Beifahrersitz des Volvo. Ich hatte sowohl die Wartezeit heute Morgen als auch den gestrigen Abend für lange Gespräche mit Christopher genutzt. Der Termin mit der Strategieabteilung hatte wider Erwarten länger gedauert, war aber absolut positiv verlaufen. Christopher freute sich wie ein kleines Kind auf den ersten Schultag. Jetzt gerade müsste er im Flieger nach Hamburg sitzen. Er wollte nach Hause fahren, zwei, drei Stunden schlafen und die Nacht über zu mir nach Frankreich eilen. Morgen früh würden wir uns endlich wiedersehen. Falls Harm und ich nicht schon eher in Hamburg wären. Aber den Glauben daran hatte ich inzwischen verloren.

»Es tut mir übrigens wirklich leid.« Harm legte seine Hand auf meine.

Ich schob sie zurück auf den Schalthebel und winkte ab. »So ist das eben mit Superhelden.«

»Ich meine es ernst. Es tut mir leid.«

»Habe ich verstanden.«

Wir verließen die Ausläufer der Alpen und tasteten uns vor ins französische Flachland. Wir umrundeten Dijon, passierten Selongey und Langres. Durch die riesigen Getreide- und Gemüsefelder wirkte die Landschaft weitläufig und klar. Ich hielt Ausschau nach Rehen, Hasen oder Fasanen, konnte aber keine Tiere entdecken. Je nördlicher wir uns schoben, desto wohlhabender schienen die Menschen zu werden. Die Häuser wurden größer, Garagen eindrucksvoller, Gärten repräsentativer. Selbst in den winzigsten Dörfern umschlossen eindrucksvolle Zäune die Grundstücke. Die Architektur selbst entwickelte sich weg von traditionellen Steinhäusern hin zu verputzten Fassaden oder Holzvertäfelungen.

»Die Imkerin lebt in Sainte-Marie-du-Lac-Nuisement.« Seit unserem letzten Toilettenstopp richtete Harm zum ersten Mal wieder das Wort an mich. »Was hast du mit deinem Freund vereinbart, wo er dich abholen soll?«

»Ich schicke ihm die Adresse des Hotels, in dem ich auf ihn warte.«

Harm nickte.

Sainte-Marie-du-Lac-Nuisement entpuppte sich als Kaff mit einem Kreisel zwischen einer Haupt- und zwei Seitenstraßen. Es lag zwar direkt am Stausee Lac du Der-Chantecoq, hatte es aber nicht geschafft, daraus irgendeinen ästhetischen Gewinn zu ziehen. Harm parkte auf dem Seitenstreifen vor einem Fachwerkhaus, das wie ein billiges Disneyland-Imitat wirkte. Er stieg aus und holte die Bienen aus dem Kofferraum. Ich blieb im Wagen.

Nach einer halben Minute kehrte er zurück. »Es hängt ein Zettel an der Tür, dass erst in zwei Stunden wieder jemand zu Hause ist.«

»Dann können wir jetzt ja ein Hotel suchen.«

Wir versuchten es in Landricourt, Éclaron-Braucourt-Sainte-Livière, in Humbécourt und in Giffaumont-Champaubert. Es war nichts zu machen. Am Wochenende startete auf dem See ein internationaler Wasserskiwettbewerb, dessen Teilnehmer gemeinsam mit den üblichen Sommerfrischlern die Unterkunftskapazitäten der Region sprengten.

»Ich habe Hunger.« Harm lehnte sich mit den Armen auf das Dach des Volvo, den wir im Schatten einer Trauerweide auf einem kleinen Hotelparkplatz abgestellt hatten.

»Wir könnten hier im Restaurant etwas essen und dabei überlegen, wohin wir fahren wollen.«

»Okay.«

Das *Au Goût du Jour* im Hotel Fortelles offenbarte seine Schönheit auf dem großzügigen Holzdeck über den Wassern des Lac du Der-Chantecoq. Wir wählten einen Tisch am Geländer mit Blick über den Stausee und etliche Wasserskiläufer, die wohl für den kommenden Wettkampf übten.

Nachdem wir bestellt hatten, musterte Harm mich nachdenklich. »Schade, dass die letzten beiden Tage unserer gemeinsamen Reise so holprig verlaufen sind.«

Ich zuckte mit den Schultern. »Macht das einen Unterschied?«

»Was meinst du?«

»Unsere Wege haben sich zufällig gekreuzt, wir haben einander beigestanden und situationsbedingt einige ziemlich private Einblicke in das Leben des anderen erhascht, aber nun trennen sich unsere Wege wieder, und jeder nimmt aus dieser Zeit ein oder zwei Erinnerungen mit, die vielleicht bleiben.«

»Wow, klingt wahnsinnig abgeklärt und furchtbar unemotional.«

»Ich finde, wir sind zwischendurch ganz schön emotional aneinandergeraten. Das passiert mir sonst eher nicht.«

»Ist das ein Kompliment?«

»Ehrlich gesagt, weiß ich das nicht.«

Unsere Unterhaltung schleppte sich dahin. Die Leichtfüßigkeit, dieses Unbekümmerte und Vertraute der letzten Tage war mit Harms Besäufnis gestern Abend ertrunken.

Nach dem ersten Glas Wasser hielt er es nicht mehr aus. »Anna, ich mag nicht so hier mit dir sitzen und mir Gesprächsthemen aus den Fingern saugen. Ich frage gleich noch mal im Hotel, ob sie nicht wenigstens ein Zimmer für dich haben, dann kannst du bleiben und auf deinen Freund warten. Ich mache mich dann schon mal auf den Weg. Nach allem, was war, ist das ein unwürdiges Ende. Aber lieber ein Ende mit Schrecken als ein Schrecken ohne Ende.«

Er sah mich an. Erwartungsvoll. Aber ich konnte nicht darauf reagieren. Ich wusste nicht, wie. Harm stand auf und bahnte sich einen Weg zwischen den Tischen hindurch zur Rezeption.

Als er zurückkehrte, platzierte er einen Schlüssel mit einer blau-weiß geringelten Holz-Elf neben meinem Teller. »Das Zimmer ist wohl sehr klein und eigentlich nur für Notfälle gedacht, passt aber ja gerade deswegen hervorragend.«

»Danke.«

Ich textete Christopher Namen und Adresse des Hotels. Es war inzwischen 19 Uhr 37. Er könnte schon das Ruhrgebiet erreicht haben. Seltsamerweise hatte er sich seit seinem Flug heute Morgen nicht mehr gemeldet. Ich wusste gar nicht, wann genau er in Hamburg gestartet war.

»Das ist unser Abschiedsessen.« Harm hielt sein Wasserglas zum Anstoßen über den Tisch. »Lass es uns genießen, ja?«

Ich nickte. »Du hast recht. Wir hatten einige aufregende Tage miteinander. Auf die Mitfahrzentrale!«

»Und auf die Bienen!«

»Und die Provence!«

»Auf die Provence!«

Wir stießen an, zum ersten Mal in dieser Woche mit Wasser. Natürlich hatte ich die vergangenen Tage nicht im Vollrausch verbracht, aber die ganze Reise hüllte sich in einen leichten Nebel, der die Erkenntnisse, die ich aus all dem ziehen sollte, zu verschleiern schien.

Die Terrasse um uns herum füllte sich. Ein dumpfes Stimmengewirr und vereinzeltes Tellerklimpern lullte uns in eine vertraute Stimmung.

Vielleicht nahm ich die Kellnerin deshalb nur aus den Augenwinkeln wahr, erkannte lediglich eine zu rasche Bewegung, die mir irgendwie seltsam erschien. Als ich den Kopf drehte, schrie die Frau schon, und alles geschah gleichzeitig. Sie verlor das Gleichgewicht, griff nach einem Halt, riss den Sonnenschirm um, stürzte. Das Tablett polterte gegen meinen Stuhl. In einem Schwall schwappte heiße Fischsuppe aus der Terrine über meine Brust. Ich schrie.

»Zieh das Shirt aus!« Harm hechtete über den Tisch, und wir zerrten gemeinsam an meinem T-Shirt, das vorne auseinanderriss. Ich schleuderte es von mir und nestelte am Verschluss meines BHs, der ebenfalls vor heißer Fischsuppe triefte. Harm stülpte mir sein Shirt über den Kopf. Ich rupfte mir den BH von meinem Busen und schlüpfte ganz in das T-Shirt. Erst dann begann ich zu weinen.

»Geht es dir gut? Bist du verletzt?« Harm hielt mich an den Schultern, wischte mit den Daumen die Tränen von meinen Wangen. »Anna, ist alles okay?«

Ich nickte. Ein Kellner fragte, ob er einen Krankenwagen rufen solle, aber Harm schüttelte den Kopf. Alle Gäste um uns herum standen und starrten mich an. Zwei weitere

Kellner kümmerten sich um die gestürzte Frau mit der Terrine. Jemand sammelte Scherben auf. Ich schluchzte. Keine Ahnung, ob mir etwas wehtat, der Schock überlagerte jedes Gefühl, schickte heiße Schauer über meinen Körper und ließ mich zittern.

Harm sprach mit dem Kellner. Dann nahm er mich in den Arm. »Komm, wir gehen zum Auto und holen deine Sachen. Du kannst dich im Zimmer duschen und umziehen.«

Ich nickte. Meine Beine knickten beim ersten Schritt ein, als ob die Knochen fehlten. Harm griff um meine Taille und trug mich halb durch die Lobby hinaus zum Volvo, wo ich mich wacklig an den Wagen lehnte. Das warme Metall beruhigte mich. Ich atmete. Ein. Und aus. Sanfter Wind glitt durch die hängenden Zweige der Trauerweide über mir und schwang sie wie den Saum eines Ballkleids durch die Luft. Die Blätter rauschten, das Sonnenlicht malte helle Sprenkel in die Kronen. Mein Herz kam zur Ruhe. Ich atmete. Harm lehnte sich neben mich.

Ich seufzte. »Hier ist es besser.«

»Hast du Schmerzen?«

»Ich glaube nicht. Du hast wahnsinnig schnell reagiert.« Ich bemerkte erst jetzt, dass Harm mit nacktem Oberkörper neben mir lehnte. »Oh, dein T-Shirt …«

»Kannst du mir gleich oben zurückgeben. Ist wirklich alles okay?«

Ich lächelte ihn an. »Ja, danke.«

Er drückte meine Hand, dann schnappte er sich Christophers Koffer, und wir fuhren mit dem Aufzug in den ersten Stock – was überhaupt kein Problem war, da mir erst im Flur vor Zimmer elf bewusst wurde, dass ich gerade einige

Sekunden in einem ein mal ein Meter kleinen verspiegelten Kasten verbracht hatte. Irritiert schüttelte ich den Kopf. Es war ein bisschen wie bei King Kong gegen Godzilla: Schock versus Panikattacke. Es fiel mir schwer, hier eine Priorität zu setzen.

Harm schloss die Tür auf. In einem Miniaturzimmerchen quetschten sich ein kopfloses Einzelbett und ein roter Schreibtisch mit Stuhl an zwei gelb und mintgrün schimmernde Wände. Hinter der Tür klemmte eine holzfurnierte Kommode, und auf der anderen Seite führte eine Tür in ein Bad, wo man, auf der Toilette sitzend, sowohl die Zähne putzen als auch duschen konnte.

Harm grinste. »In der Tat, so stelle ich mir Knastzellen vor, farblich vielleicht nicht ganz so interessant.«

»Ein ästhetisches Statement.«

»Man fragt sich nur wofür.«

Wir schoben uns hintereinander in den Raum. Harm zwängte Christophers Kofferungetüm neben die Kommode an die Wand.

»Bist du sicher, dass du keine Verbrennungen hast?«

Ich hob das T-Shirt, um die Haut zu betrachten. Mein Bauch sah aus wie immer. Als ich den Stoff höher schieben wollte, fiel mir ein, dass mein BH gerade in der Hosentasche zerknautschte. Ich hielt inne. Schaute zu Harm, der mit nacktem Oberkörper in der Tür stand und mich anlächelte.

Plötzlich wusste ich, was ich wollte.

Das Gefühl war so intensiv, dass es mich anzuschreien schien.

Während ich Harm unverwandt ansah, zog ich das T-Shirt

weiter hoch. Noch weiter. Und weiter. Ich schob es bis über meinen Busen. Mein Herz tobte in wilden Sprüngen. Bestimmt erkannte er, wie sich meine Brust hob und senkte, wie rasend ich atmete. Ich straffte das Shirt und zog es über den Kopf.

Unverhüllt stand ich da. Nackt. Und doch fühlte ich mich nicht so. Eher pur. Und rein. Gesehen und erkannt.

Harm schaute mich an, ein flackerndes Lächeln in den Augen. Mein Herzschlag toste. Nicht vor Aufregung, sondern weil ich es kaum erwarten konnte. Harm schien ähnlich zu fühlen. Wir betrachteten einander, und ich erschauerte bei der Zärtlichkeit und dem Verlangen, das ich in seinem Blick las.

Harm trat die Tür zu, durchquerte das Zimmer mit zwei großen Schritten und blieb so nah vor mir stehen, dass meine Brustwarzen fast seine Haut berührten. Er schmiegte seine Hände an meine Wangen und küsste mich. Ich fühlte, wie sein aufgewühltes Herz gegen meine Brust hämmerte, wie unsere Erregung ein Band um uns spann. Ich streichelte über seinen Rücken und umarmte ihn. Harm küsste wundervoll. Seine Lippen hatten die Konsistenz von perfektem englischem Weingummi. Weich und nachgiebig, prall und zart. Wir taumelten auf das Bett, Harm küsste meinen Hals, mein Dekolleté.

»Du schmeckst nach Fischsuppe.«

»Ich hoffe, du magst Fischsuppe.«

Er sah mich an. Streichelte über meine Wange. Lächelte. »Mein absolutes Lieblingsgericht …«

Ich küsste ihn. Mit einer Leidenschaft, die ähnlich dramatisch in mir aufstieg wie die vermaledeiten Panikattacken.

Glücklicherweise fühlte es sich so viel besser an. Ein überwältigendes Verlangen schubste alle Gedanken aus meinem Kopf. Harms Zunge spielte mit meinen Lippen, seine Finger glitten über meinen Busen. Ich wollte, dass er jeden Millimeter meiner Haut küsste, wollte ihn so sehr, dass sich alles in mir vor Verlangen zusammenzog. Wie hatten wir diesen Moment der Erlösung nur so lange hinauszögern können? Harm atmete schwer, als er seine Lippen von meinen löste. Er umfasste mein Gesicht und sah mich an. Staunend. Das hier passierte wirklich. Mit uns. Da war so viel Zuneigung, so viel Verbundenheit, so viel Begehren. Ich zog ihn zu mir, umklammerte, küsste ihn. Und wir ließen beide los.

»Anna?« Es klopfte an der Tür.

Wir brauchten einen Moment, um aus den Tiefen unserer Gefühle aufzutauchen.

Erneutes Klopfen. »Anna?«

Als ob ein Zauber uns mitten in der Bewegung erstarren ließ, hielten wir inne.

»Das ist Christopher!« Ich formte die Worte mehr mit den Lippen, als dass ich sie aussprach. Hektisch schob ich Harm von mir herunter, schnappte mir sein T-Shirt, schlüpfte hinein. Myriaden von Gedanken wüteten durch meinen Kopf wie die Wirbel eines Tornados. Alles in mir rotierte. Die Scham ätzte wie Gift. Ich errötete von Kopf bis Fuß. Zitternd schlich ich zur Tür und öffnete.

»Hase! Endlich!«

»Christopher ...«

Er nahm mich in die Arme, und ich hoffte inständig, er glaubte, dass mein Herz wegen ihm derartige Kapriolen schlug.

»Oh.« Christopher rückte ein wenig von mir ab und schaute in das Miniaturzimmer.

Ich folgte seinem Blick. Mit scheinbar unbefangener Selbstsicherheit stand Harm halb nackt mitten im Raum, die Hände tief in den Taschen seiner Jeans vergraben, und trotzte der Absurdität der Situation. Es umgab ihn eine Aura von Lässigkeit, die zugleich arrogant und nonchalant wirkte. Ich wusste, er baute hier gerade mühsam ein Image auf und spielte eine Rolle, die seiner unwürdig war. Eine Rolle, in die ich ihn zwang.

»Christopher, das ist Harm. Harm – Christopher.«

Die beiden schüttelten einander die Hände.

»Wir … also …« Ich suchte verzweifelt nach den richtigen Worten. »Stell dir vor, eine Kellnerin hat gerade unten im Restaurant eine Terrine mit Fischsuppe auf mich gegossen. Harm war so nett und hat mir sein T-Shirt gegeben, weil ich meins ausziehen musste. Ich wollte mir gerade ein Hemd von dir aus dem Koffer nehmen und mich umziehen.«

Christophers Blick wanderte von mir zu Harm und wieder zurück. Er würde eine Entscheidung treffen müssen. Glaubte er mir oder nicht? Ich war so durcheinander, dass ich nicht hätte sagen können, was mir lieber gewesen wäre.

»Das brauchst du gar nicht, Hase.« Christopher lächelte mich an. Er hatte seine Wahl getroffen. »Ich habe dir ein paar Kleidungsstücke von zu Hause mitgebracht.«

Erst jetzt bemerkte ich meine Reisetasche, die den Umweg über Hamburg genommen hatte, um sich jetzt in Frankreich wieder mit mir zu vereinen.

»Oh … prima. Ich freue mich wie wahnsinnig auf eigene Sachen.«

Christopher enterte das Zimmer und ließ die Reisetasche auf das Bett plumpsen. Ich wagte nicht, Harm anzusehen. Zaghaft schob ich mich durch den Raum, klaubte einen BH und ein frisches Shirt aus der Tasche und verschwand im Bad. Am liebsten hätte ich mich auf die Toilette gehockt und geheult. Aber dafür blieb keine Zeit. Ich schlüpfte in meine Sachen, wischte mir die Tränen von den Wangen und zwang mich, zurück in die schlimmste Situation meines Lebens zu treten.

»Danke.« Ich reichte Harm sein T-Shirt. Heftig blinzelnd überwand ich mich, ihn anzuschauen. Die Kälte in seinen Augen ließ mich frösteln.

»Da nicht für. Euch noch einen schönen Aufenthalt im Fortelles. Christopher.« Harm nickte Christopher zu. Es wirkte wie die Übergabe eines Staffelstabs. Ich glaubte, kotzen zu müssen.

»Vielen Dank für alles!« Christopher schüttelte Harms Hand. »Du warst wirklich Annas Rettung. Ich dachte, Mitfahrzentralen hätten sich heute im Zuge von Überlandbussen und Bahnen erledigt, aber in diesem Fall bin ich froh, mit meiner Meinung falschgelegen zu haben.«

Harm nickte. Dann drehte er sich um und verschwand aus meinem Leben.

Teil 2

Regen weckte mich. Er prasselte in kleinen, spitzen Tropfen gegen die Scheibe des gekippten Fensters im Schlafzimmer. Ein beständiges Plätschern ohne Rhythmus oder Takt. Ab und an steuerte das Pfützenspritzen eines Autos neue Beats bei. Ansonsten Stille. Geradezu unheimliche Stille in Anbetracht der begehrten Lage unserer Wohnung in einem der zentralen Viertel der Stadt. Kein früher Vogel, der Würmer fing. Vielmehr schien sich jegliches Getier irgendwo ins Trockene gerettet zu haben. Es war 5:17 Uhr. Ich lauschte auf Christophers traumtiefen Atem. Das beständige Tröpfeln lullte mich ein. Natürlich regnete es in Hamburg. Gab es da nicht ein Kinderlied? Regentropfen, die an mein Fenster klopfen, sagen mir, das ist ein Gruß von dir. Oder so ähnlich. Ein Kinderlied. *Sur le pont d'Avignon on y danse, on y danse.* Ich stahl mich aus dem Bett.

Auf dem Weg ins Wohnzimmer streifte ich den geblümten Morgenmantel aus Seide über, den Christopher mir zu Weihnachten geschenkt hatte. Dunkelblau mit üppigen rosaweißen Pfingstrosenblüten, ein Hauch von Nichts. Ich fühlte mich mondän und kultiviert, wenn ich ihn trug. *Sur le pont d'Avignon on y danse, on y danse.* Ich wandelte durch die Wohnung, strich über den Samt der Barhocker am Tresen zur offenen Küche. Christopher hatte die Art-déco-Preziosen bei einer Auktion erstanden. Gleich dahinter der

Holztisch, gefertigt aus einem riesigen Baumstamm, ein Geschenk seiner Eltern. Dazu acht Original-Wishbone-Stühle und eine PH5-Lampe von Louis Poulsen, die er von seinen Großeltern geerbt hat. Unser Freistil-134-Sofa von Rolf Benz, der Eames-Lounge-Chair. Möbel mit Namen und Herkunft. Design-Schätze oder, wie Christopher es formulieren würde: wertbeständige Investitionen. *Sur le pont d'Avignon on y danse, on y danse.* Ich öffnete die Schiebetüren zur Dachterrasse. Der Regen hatte nachgelassen. Lediglich von den hohen Gräsern in den Kübeln platschten jetzt vereinzelte weiche Tropfen auf die Holzdielen. Ich lümmelte mich auf das Loungesofa unter der Pergola. *Sur le pont d'Avignon on y danse, on y danse.*

So ging das nicht. Das Lied musste verschwinden. Aus meinem Kopf, aus meinem Leben. Genauso wie die Erinnerungen, die es beschwor, die kleine Olivia in der Abendsonne auf der Veranda von Chateau d'Asse, die Fahrt mit Titine durch die Lavendelfelder, die Lieder auf der Brücke, das Hotelzimmer am Lac du Der-Chantecoq. Nein, nein, nein. Ich musste zurück in mein altes Leben finden, Harm und die Provence vergessen, meine Gedanken und Gefühle auf die Reihe bringen. Der sicherste Weg, das zu erreichen, schien mir, genau da weiterzumachen, wo ich vor gerade mal zwei Wochen aufgehört hatte. Einfach die gleichen Dinge tun, denselben Angewohnheiten frönen, alles ganz genauso machen wie sonst auch. Harm war eine kurze Episode, eine Reisebekanntschaft, ein Ausrutscher. Unwichtig. Außerdem war überhaupt nichts wirklich passiert.

Ich ging duschen. Danach sammelte ich Christophers Klamotten auf, die wie immer neben dem Wäschekorb vor sich hin müffelten, und stellte die Waschmaschine an. Ich putzte kurz die Toilette und das Waschbecken, stopfte die Klamotten aus der auf Umwegen zu mir zurückgekehrten Reisetasche sowie Christophers Sachen aus dem silbernen Kofferungetüm in die Waschmaschine und leerte den kleinen Rucksack. In einer Seitentasche entdeckte ich die Servietten mit meinen Kugelschreiberzeichnungen aus Moustiers und Harms Taschentuch aus Castellane. Ich zwängte beides zurück in das Fach und pfefferte den Rucksack in die hinterste Ecke unseres begehbaren Kleiderschranks. Schließlich zog ich mich an, setzte einen Tee auf und brühte frischen Kaffee. In jeder Hand eine Tasse, schlich ich zurück ins Schlafzimmer und weckte Christopher.

Später bummelten wir zum Brunch in unser Lieblingscafé am Fleet. Wir ließen uns Zeit, spazierten kreuz und quer durch das Viertel zurück nach Hause. Der morgendliche Regen hatte sich in graue Wolken zurückgezogen. Hamburg strahlte nicht, aber es bemühte sich. Genau wie ich. Um 15 Uhr begann mein Pilates-Kurs im Fitnessstudio um die Ecke. Hinter undurchsichtigen Scheiben, auf denen in riesigen Lettern das Motto *Upgrade Yourself* prangte, schwitzte ich die Zweifel aus meinem Körper. Christopher beackerte unterdessen die Geräte. Danach legten wir gemeinsam eine Cardio-Runde am Laufband zurück. Gegen 18 Uhr glitt Christopher zu Hause zu mir in die Badewanne, und wir liebten uns. Schließlich orderte er Sommerrollen bei unserem favorisierten Vietnamesen, und wir schlemmten beim Bingewatchen einer neuen Netflix-Serie. Alles wie immer.

Sobald er Hamburg hinter sich ließ, klarte es auf. Rote Sonnenstrahlen kitzelten Harms linkes Ohr. Die abendliche Luft roch träge. Der Himmel wirkte wie blank geputzt. Er streckte den Arm aus dem Fenster des Volvo und genoss die warme Fahrtluft. Seine Haut glühte unter dem sommerlichen Teint. Die zwei Tage am Strand in der Nähe von Dunkerque hatten Spuren hinterlassen. Harms Haare standen in gezwirbelten Spitzen von seinem Kopf ab, und wenn er mit den Fingern über seine Haut fuhr, löste sich eine dünne Salzkruste. Er hatte nur mit Meerwasser geduscht und fühlte sich verbunden, geerdet und frei. Es war ein guter Abschluss der dreiwöchigen Tour. Ein würdigeres Ende als die verkorksten Tage zwischen Pérouges und dem Lac du Der-Chantecoq. Er hatte die letzten Königinnen ausgeliefert und sich eine Zeit am Meer gegönnt. Just me, myself and I – zusammen mit den Erinnerungen an Tammo. Es war wichtig gewesen.

Als er den Elbtunnel in Hamburg durchquerte, erlaubte Harm sich, kurz an Anna zu denken. Das Drama der letzten Minuten. Die Tage davor hatte er sich so wunderbar unter Kontrolle gehalten, sogar lieber an einer Sauftour mit Mathieu und seinen Kumpels teilgenommen – und dann das. Eine Frau lüpfte ihr T-Shirt, und sein Intellekt verabschiedete sich. Er hätte es besser wissen müssen. Das war es nicht wert. Als er die Stadtgrenze der Hansestadt passierte und auf dem Boden seiner schleswig-holsteinischen Heimat weiterreiste, entschied er, Anna zu vergessen. Sollte nicht allzu schwierig sein.

Keine Stunde später parkte Harm den Volvo in der schmalen Einfahrt des Bungalows. Die Sonne hatte sich bereits hinter den hohen Fichten des Gartens zur Nachtruhe begeben. Er verharrte einen Moment im Wagen. Tammo würde ihn nicht erwarten. Weder mit einem Bier im Garten noch auf dem Sofa im Wohnzimmer. Kein *Heeeey, Reisender.* Keine seiner wild komponierten Salatmischungen auf dem Tresen, weder klebrige Ränder von Honiggläsern in der Speisekammer noch Sägespäne in der Waschmaschine. Trotzdem war der Gedanke an diese Dinge tröstlicher als die Erinnerung an die siechenden letzten Wochen. Harm wischte sich über das Gesicht.

Er betrat das Haus, knipste das Licht im Flur an und drehte an dem schwarzen Bakelitschalter im Wohnbereich. Ein Überbleibsel aus Oma Ernas Zeiten. Genauso wie der Art-déco-Deckenleuchter, der Harm mit seinen sechs Armen und den darauf sitzenden Pressglasschalen an einen mit Suppentellern jonglierenden Kellner erinnerte. Auf Tammos selbst gezimmertem Esstisch thronte eine Vase mit einer blauen Hortensienblüte. Darunter klemmte ein Zettel. *Kühlschrank,* entzifferte Harm die abgehackte Schrift seines Vaters. Er zog in die Küche und fand zwei Bier.

»Danke, Papa.«

Harm schnappte sich eine Flasche und schlenderte durch das Wohnzimmer hinaus in den Garten.

Der Rasen dünstete die Hitze des Tages aus. Es duftete nach Gras und einer süßen Mischung aus Phlox, Hortensien, Schmetterlingsflieder und Rosen. Am Ende des lang gestreckten Grundstücks plätscherte der Überlauf des

Gartenteichs. Harm leerte das Bier, holte sich die zweite Flasche und flanierte entlang der Blumenbeete. An einem üppigen Lavendel, den Tammo ihrer Mutter vor einigen Jahren abgeschwatzt hatte, blieb er stehen. Selbst zu dieser Stunde umhüllte ein intensives Bouquet die Pflanze. Harm hockte sich hin. Er sog den Duft der Rispen ein. Was hatte Anna gesagt? Ein legaler Drogentrip. Er bettete den Kopf auf den Lavendel und streckte sich im Garten aus. Natürlich verströmten die wenigen Blüten dieser einzelnen Pflanze ein nicht annähernd so intensives Aroma wie ganze Lavendelfelder in der Hitze der Provence. Und dennoch. Harm schloss die Augen. Es roch warm und würzig, sanft und süß. Der Atem des Lavendels kribbelte in seiner Nase. Der Boden erdete ihn. Er fühlte sich Tammo nah, dem Südfrankreich ihrer Kindheit. Aber er spürte auch Annas Provence. Und Anna.

»Harm?«

Er schreckte auf. Eine Gestalt ragte neben ihm aus dem Rasen, die Arme vor der Brust verschränkt.

»Geht's dir gut?«

Er fuhr sich durch die Haare, strich Lavendelblätter aus den Strähnen. Schüttelte die Erinnerung ab.

»Mama hat angerufen. Sie hat den Volvo vor dem Haus gesehen.«

Kieler Buschtrommeln tönten laut. Und schnell. Er schwang sich auf die Beine. »Hi.« Harm küsste Jule. Einen Moment länger, als er wollte, mit Sicherheit viel kürzer, als sie hoffte.

Jule umarmte ihn. »Ich habe dich vermisst.«

Statt einer Antwort drückte er sie an sich. Jule duftete

sauber, nach Jasmin und einem Hauch Vanille. Im Mix mit dem Lavendel ergab das allerdings einen geruchsmäßigen Overkill. Harm fühlte sich überfordert. Er lenkte seine Aufmerksamkeit auf die Umarmung, spürte den Verschluss des BHs unter seinen Fingern, Jules langen Pferdeschwanz, der seine Hände streichelte. So hatte er Anna nie gehalten. Und als er sie endlich hielt, trug sie schon keinen BH mehr. Nein! Er konnte jetzt nicht an sie denken! Jetzt nicht und auch sonst nicht.

Harm presste seine Lippen erneut auf Jules, dieses Mal nachdrücklicher als zuvor. Sie erwiderte seinen Kuss. Sehnsüchtig. Eng aneinandergeschmiegt strauchelten sie auf das warme Gras, und Harm berauschte sich an leidenschaftlichem Wiedersehenssex, der jegliche Gedanken in seinem Kopf zerstreute.

Hohe Theaterwolken plusterten die schwarzen Backen auf, als ich von der Autobahn abfuhr. Vielleicht lag es an der vertrauten Strecke, aber ich hatte die Fahrt aus der Stadt auf die A 7 ohne Angstmomente gemeistert. Ich fuhr Auto. Sicher. Ging doch! Stück für Stück eroberte ich mein altes Leben zurück. Der tief hängende Himmel lud mich zwar nicht gerade in die Welt ein, aber es schien, als hätten das Wetter und ich uns in einem wackeligen Frieden arrangiert, der sich irgendwie beruhigend anfühlte. Ich spürte den warmen Schlag meines Herzens, als hätte sich die Natur einem Mantel gleich darum gewickelt.

Wo sich meinem Blick keine Häuser oder Wälder in den Weg stellten, erstreckte sich eine liebliche Landschaft. Eine, die nicht wehtat. Sanft. Fast erwartete ich, hinter der nächsten Biegung einen Büffel auf der Weide grasen zu sehen. Ob sich mir die Schönheit der Provence genauso freimütig offenbart hätte, wenn ich allein gereist wäre? Oder mit Christopher? Welchen Anteil hatte Harm während unserer gemeinsamen Tage an meiner Sicht auf die Welt? Klar, ich wusste inzwischen, dass an Flaumeichen keine Pflaumen wuchsen. Aber da war noch mehr. Ein Gefühl von Schönheit, dieser Moment hoch oben auf dem Plateau. Für einen kurzen Augenblick hatte es keinen anderen Ort gegeben, an dem ich sein musste, nichts, was ich hätte tun können, außer, meine Nase in den Wind zu halten. Ich war ganz bei mir. Achtsam. Es hatte sich so leicht angefühlt. Ich hatte mich so leicht angefühlt.

Die Kurve bei der alten Eiche verdrängte meine Gedanken. In einem steilen Winkel bog ich in die Norderstraße ab, passierte überflutete Wiesen und triefende Kühe, bevor der Weg durch den östlichen Ausläufer des Waldes führte, der Dwengeloh wie die Sichel eines Halbmondes umfasste. In einiger Entfernung erkannte ich das Ortsschild und hob den Fuß vom Gas, um nicht die Hühner von Frau Hansen zu überfahren, die sich freier im Dorf bewegen durften als so mancher Maulwurf. Ich passierte den Pferdehof der Malzahns, das neue Holzhaus, mit dem sich irgendein Zugereister seinen *American Dream* verwirklicht hatte, Scheune, Hof und Misthaufen des reetgedeckten Bauernhofs von Frau Hansen und das schnuckelige, von romantischem Efeu überwucherte Rotklinkerhäuschen der Möllers, das ich als Kind so geliebt hatte. Erstaunt erkannte ich, dass dem Dach einige Ziegel fehlten. Die Möllers wurden alt. Ich bog in den Wiesenweg ab, eine der drei Seitenstraßen, die von der Hauptstraße abzweigten. Ein Holzschild wies den Weg zur Försterei und der Waldkapelle. Nach etwa zweihundert Metern parkte ich Christophers BMW vor meterhohen Rhododendren, die das weiß getünchte Haus dahinter fast vollständig versteckten.

Ich griff nach meiner Tasche und umrundete das Auto. Als mein Blick auf den abgeschürften Lack und die tiefe Delle vorne am Kotflügel fiel, hielt ich erschrocken inne. Den Tunnel in Luxemburg hatte ich vollkommen verdrängt. Ich spürte, wie meine Beine wegsackten, stützte mich ans Wagendach, mein Herz hämmerte. Ich wollte jetzt nicht daran denken. Nicht an die Rückfahrt, die Ausweglosigkeit oder dieses gähnende Loch und wie schmutzig grau der Morgen daherkam, als Christopher und ich uns auf den Heimweg vom Lac du Der-Chantecoq machten. Niedrige Wolken trieben über den Feldern und hüllten die Welt in ein fahles Licht. Ein böiger Wind riss an Blumen und Bäumen. Christopher fuhr. Ruhig, beständige zehn Stundenkilometer über der zulässigen Höchstgeschwindigkeit, wie immer. Es ging über Nancy und Metz. Hinter Thionville verließen wir Frankreich und überquerten die Grenze nach Luxemburg. Wir redeten wenig. Die vergangenen Tage steckten mir im Körper und in den Gedanken. Ich döste vor mich hin.

Nach einem Autobahnkreuz am Rande von Bonneweg

öffnete sich die Landschaft unter uns, und wir fuhren auf eine Brücke. Meine Finger schlossen sich fester um den Türgriff. Zwei Fahrbahnen, ein äußerst schmaler Standstreifen. Dann sah ich den Schlund. Schwarz und tief, kein Ende in Sicht. Weit über die Straße kragte das Dach des beginnenden Tunnels, der sich Autos und Menschen mit einem einzigen Happs einverleibte. Ich schrie auf.

Christopher zuckte zusammen. »Was ist?«

»Halt an!«

»Was?«

»Jetzt!«

Ich riss das Lenkrad herum. Die Panik explodierte, schoss wie Lava in mir empor, quoll über, schwappte in mein Gesicht. Ich bekam keine Luft. Wir schrammten die Leitplanke entlang. Es quietschte, Metall schrie. Als Christopher den BMW keine zwanzig Meter vor dem Tunnel auf dem Seitenstreifen zum Stehen brachte, schnallte ich mich ab, rüttelte an der Tür und kletterte ins Freie.

Japsend inhalierte ich die Abgase der Autobahn. Wasser. Ich brauchte Wasser. Zittrig schob ich mich am Wagen entlang zum Kofferraum, wo Christopher immer einen Kasten mit isotonischen Getränken für den Durst nach dem Gewichtestemmen spazieren fuhr, öffnete die Klappe, fingerte nach einer der Flaschen, stützte mich auf die Leitplanke, senkte den Kopf und duschte Nacken und Haare mit einer nach künstlicher Limette riechenden Flüssigkeit.

»Bist du total übergeschnappt?« Christopher zwängte seine langen Beine über die Lehne der Rückbank in den Kofferraum. »Willst du uns umbringen?« Er stieß mit dem Kopf gegen die Heckklappe. »Au! Verflucht!«

Der Verkehr rauschte an uns vorüber. Man musste schreien, um sich Gehör zu verschaffen. Meine nassen Haare trieften über den Ohren und dämmten sowohl Christophers Schimpftirade als auch das Motorengetöse auf ein erträglicheres Niveau. Ich konzentrierte mich auf das Luftholen, zählte bis vier beim Ein- und bis acht beim Ausatmen. Und atmete ein. Und aus.

»Anna! Hör mir zu!« Christopher baute sich vor mir auf, sein schönes Gesicht zu einer angsterfüllten Fratze verzerrt. Tatsächlich. Ich sah es genau. Angst beherrschte seine Mimik. Ich konnte es kaum glauben. Christopher hatte Angst! Was für eine Erkenntnis! Er brauchte mich. Er hatte ganz reale, unbändige, überbordende Angst.

Ich griff nach seiner Hand. »Alles ist gut, mir geht es schon besser.«

Christopher entzog sich mir und gestikulierte wild. »Scheiße! Warum hast du das gemacht? Was ist nur in dich gefahren? Wir könnten tot sein! Verstehst du das? Wir könnten tot sein! Scheiße! Das gibt es doch gar nicht!«

»Es tut mir leid. Ich … habe den Tunnel gesehen, und da ist die Panik gekommen. Das passiert so schnell. Ich weiß dann kaum, was ich tue.«

»Allerdings! Ich weiß auch nicht, was du tust! Scheiße! Das war lebensgefährlich! Wir könnten tot sein!«

Je mehr außer sich Christopher geriet, desto schneller kehrte ich in mich zurück. Die Panik versteckte sich, zog ihre Tentakel in rasender Eile aus mir heraus. Es war, als spulte sich ein Film rückwärts ab. Auf einmal fühlte ich mich wieder einigermaßen stabil und normal.

Ich reichte Christopher die Flasche. »Trink einen Schluck.«

Er gehorchte.

Ich nahm ihn in den Arm, und wir wiegten uns zum Rhythmus der vorbeirasenden Autos. Ich fühlte, wie sein Herzschlag sich beruhigte.

»Es tut mir leid, okay? Ich wollte nicht, dass uns etwas passiert. Lass uns weiterfahren. Es wird nicht wieder vorkommen.«

Christopher nickte.

»Kannst du fahren?«

Christopher nickte erneut. Er leerte die Flasche und kletterte durch die Beifahrertür zurück hinter das Lenkrad. Ich folgte ihm. Es dauerte eine Weile, bis sich im fließenden Verkehr eine Lücke auftat, die uns genug Zeit zum Beschleunigen ließ. Christopher trat das Gaspedal durch, und ich konzentrierte mich auf seine angestrengte Mimik, während wir durch den Tunnel schossen. Verwundert erkannte ich, dass Ignorieren ein probates Mittel gegen meine Panik zu sein schien. Ich klemmte die nassen Strähnen hinter meine Ohren und streichelte Christophers Schulter.

»Anna?« Eine Frau trat an mich heran. »Liebes, ist alles in Ordnung?« Es dauerte einen Moment, bis meine Gedanken zu mir nach Dwengeloh zurückkehrten. Dann erkannte ich Frau Seidel, eine stets tadellos frisierte Nachbarin um die siebzig, die sich gerne in englischen Tweed hüllte und wirkte, als sei sie gerade aus einem Castle in den schottischen Highlands getreten. Sie roch nach einem Gemisch aus Kölnisch Wasser und Erbsensuppe und sah besorgt aus.

»Ja. Ja, sicher.«

»Monika, bist du noch da?« Mein Vater erschien auf dem schmalen Waschbetonplattenweg und linste hinter den Rhododendren hervor.

»Sieh nur, wen ich getroffen habe!« Sie lächelte ihn an. »Macht euch einen schönen Tag ihr beiden.« Sie drückte kurz meinen Arm und schritt die Straße hinauf zu ihrem Haus.

»Anna-Mäuschen! Was für eine schöne Überraschung!« Mein Vater öffnete die Arme. Ich fühlte Kraft in meinen Körper zurückkehren, stieß mich vom Auto ab und folgte seiner einladenden Geste.

»Hallo, Papa.«

Er umarmte mich, strich über meine Haare, und ich fühlte, wie das kurze Gefühl von Schwäche und taumelnder Bodenlosigkeit verflog. Arm in Arm schlenderten wir zum Haus.

»Und, Mäuschen, hast du deinen, wie soll ich sagen, Urlaub *on top* genossen? Muss ja ein herrliches Plätzchen sein, also da in der Provence, sodass du dich nicht trennen konntest, wie es scheint, und ganz allein noch länger geblieben bist, was?«

»Oh ja, die Provence war herrlich.«

Ich trat in den dunklen Flur und spürte, wie die Augen der gesammelten Verwandtschaft mich auf sechs Meter Länge aus hölzernen Rahmen in üppiger Petersburger Hängung anstarrten. Vorwurfsvoll. Eine hochherrschaftliche Ahnengalerie von Großeltern, Uromas und Großonkeln, deren Sepiafärbung ihnen eine Art Deutungshoheit verlieh. Als könnten sie sehen, wie die Last der unausgesprochenen Wahrheit (okay, die Last der Lüge) meine

Schultern niederdrückte. Voller Verachtung schob ich mich an ihnen vorbei in die Küche. Ich wollte meinem Vater Sorgen ersparen, so wie in all den Jahren seit dem frühen Krebstod meiner Mutter, und manchmal heiligte der Zweck eben die Mittel.

»Die Tage waren wirklich großartig«, log ich weiter und streckte der Verwandtschaft die Zunge entgegen. Dabei war ich mir gar nicht sicher, wen ich hier eigentlich mit welcher ausgesprochenen oder verheimlichten Wahrheit belog – meinen Vater oder mich. »Und weißt du, die Lavendelfelder sind natürlich ein Traum, aber was mich am meisten beeindruckt hat, war der Grand Canyon Europas, die Gorges du Verdon.«

»Tatsächlich?«

»Ja! Die Schlucht, die Felsen, das türkisblaue Wasser des Stausees, die Flaumeichen …«

»Die Flaumeichen?«

»Die heißen so, weil ihre Blätter feine Härchen haben.«

»Soso.«

Ich schwärmte meinem Vater von der Schönheit Südfrankreichs vor, und es ging mir leicht über die Lippen. War ja auch nicht gelogen. Mit einem Tablett voller Tee-Zubehör ließen wir uns schließlich auf den Korbstühlen im Wintergarten nieder. Als mein Vater den heißen Assam auf die Kluntje in meiner Tasse goss, knackten sie leise. Ich ließ kringelige Sahnewolken emporsteigen, die auf keinen Fall umgerührt werden durften, damit sich der Geschmack des Tees beim Trinken von cremig über herb bis hin zu süß verwandelte.

»Was wollte denn Frau Seidel?«

»Ach, weißt du, mit den Jährchen … also im Laufe der Zeit, nun ja, da hat es sich so entwickelt, ab und an natürlich nur, da bringt sie mir etwas zu essen vorbei, also wenn sie zu viel gekocht hat. Das ist … im Dorf ist Nachbarschaftshilfe …«

»… selbstverständlich, ich weiß. Nicht so anonym wie in der Stadt, nicht so oberflächlich und schon gar nicht so schmutzig oder laut. Eigentlich ist Dwengeloh das Paradies.«

Mein Vater rollte mit den Augen. »Vielleicht … ich meine … wir sollten das vielleicht nicht vertiefen.«

»Sollten wir nicht.«

Wir schwiegen einen Moment. So schnell stießen wir selten an den inhaltlichen Marianengraben unserer Kommunikation. Meine Eltern hatten Hamburg damals für ein beschauliches Landleben verlassen. Sie nahmen endlose Pendelstrecken in Kauf, um zu den Schulen zu gelangen, in denen sie unterrichteten und in denen ich unterrichtet wurde, Busse, die nur viermal am Tag verkehrten (nie am Wochenende), 241 Dorfbewohner, die sie bereits alle (!) nach zwei Wochen kannten, eine Ruhe, die sich anhörte wie Grabesstille. Sie liebten es. Ich hasste es. Umso mehr, als all die gute Luft meine Mutter auch nicht hatte retten können.

»Was macht … nun, ich meine, wie geht es Christopher? Er … ich glaube, er hat etwas von einer Beförderung erzählt.«

»Ja, sieht ganz danach aus. Er hat gemeinsam mit seinem Team an einem Finanzierungsmodell zum schnelleren Glasfaserkabelausbau in Deutschland gearbeitet und …«

»Ah, das Gold der Zukunft!«

»Wie bitte?«

»Glasfaserkabel, meine ich ... Das ist ... was habe ich noch gleich gelesen? Die neue Zukunftstechnologie, oder? Kein Übertragungsmedium ist schneller, aber, na ja, wie so oft ... ich meine, die Kosten sind utopisch.«

»Genau da setzt Christophers Modell an. Er will den norwegischen Staatsfond als Investor gewinnen und hat über seine Firma Gespräche mit skandinavischen Tiefbauunternehmen geführt, die den Ausbau übernehmen könnten. Ist ziemlich komplex. Christopher war in der vergangenen Woche in Norwegen und hat seine Idee gepitcht. Scheint ziemlich gut angekommen zu sein.«

»Oh ... wie interessant, in der Tat. Ja, wirklich ... ein schlaues Kerlchen, dein Christopher.«

Ich nickte.

»Und bei dir? Ich meine ... wolltest du nicht, nein, hattest du nicht ein Treffen mit einem Lieferanten? Ich glaube, du sagtest ... jemand, der dir ein sensationell neues Material vorstellen wollte?«

»Ja.« Ich schluckte. Vor vier Tagen hatte das Meeting stattgefunden, auf das die ganze Abteilung seit Wochen hinfieberte. Ohne mich. Ich schlug mich zu der Zeit mit Harm durch das Jolène-Debakel. Es schien Jahre her zu sein. »Eine Kollegin hat den Termin übernommen. Ich weiß noch gar nicht, was dabei herausgekommen ist.«

Mein Vater schwieg. »Mäuschen ... ich meine ... es geht dir gut, oder? Du wirkst so ... ich weiß nicht, so abwesend.«

Ich schüttelte den Kopf. »Alles ist gut.«

Nach dem Tee erledigte ich Papierkram für meinen Vater.

Es hatte sich eingebürgert, dass ich nach seinen Versicherungen, Verträgen und Finanzen schaute. Mein Vater verabscheute diesen Teil des Lebens. Er hatte als Deutsch- und Englischlehrer gearbeitet, vergrub sich lieber in Shakespeares Sonetten als in Gehaltsabrechnungen. Dass er damit eines der Klischees bediente, die ihn so anwiderten, schien ihn nicht zu stören. Früher hatte meine naturwissenschaftlich-praktisch veranlagte Mutter für Ordnung in den Unterlagen gesorgt. Inzwischen übernahm ich ihren Part.

Mein Vater reckte den Kopf ins Büro. »Und, Mäuschen, wie sieht es aus? Ich meine, kommst du voran?«

»Jep ich bin durch. Alles okay so weit.«

»Ich habe gedacht ... also was hältst du davon, ich meine, wenn wir ein Stückchen laufen. Vielleicht in den Wald? Ist lange her. Und natürlich, ich meine, hier gibt es keine Flaumeichen, ist ja klar, da sind die klimatischen Verhältnisse einfach nicht gegeben, aber wir könnten die sieben Eichen an der Straße passieren, immerhin unsere ganz eigenen Naturdenkmäler ... also bevor wir uns auf in Richtung Kapelle machen.«

»Es regnet.« Mein Pakt mit dem Wetter hatte seine labile Struktur nicht halten können.

»Mäuschen, du weißt, ich sage das schon immer, manchmal muss man etwas tun, ohne über die Folgen nachzudenken oder zumindest, nun ja, zumindest ohne sich von ihnen ins Bockshorn jagen zu lassen.« Er zuckte mit den Schultern. »Vielleicht wirst du nass, vielleicht wirst du schmutzig, nicht wahr. Vielleicht verpasst du aber auch den Anblick eines Eichhörnchens auf Beutezug. Ich meine, wenn du dein Leben so ausrichtest, dass das Wetter zu den Zeitfenstern passt, in denen du rausgehen kannst, dann, nun ja, dann kommst du nie an die frische Luft.«

Ich lächelte. »Sehr überzeugend, Papa. Also gut.«

Mein Vater strahlte. Er zauberte seine alte Regenjacke hinter dem Rücken hervor und streckte sie mir entgegen.

Als ich im Flur auf meine wenig wettertauglichen Stoffschuhe starrte, trat mein Vater hinter mich. »Waschmaschine? Meine Gummistiefel werden dir nicht passen.«

Ich rollte mit den Augen. »Gott, ich bin ein echtes Stadtkind geworden, oder?«

»Weichei trifft es eher, meine ich.« Mein Vater küsste mich aufs Haar.

Wir spazierten an den sieben alten Eichen der Hauptstraße vorüber und passierten eine der Holzskulpturen, die Dirk Hansen mit der Kettensäge aus einem Pappelstamm geschnitzt hatte. Die Eule zwinkerte uns zu. Ich hörte nichts außer dem ungleichmäßigen Klopfen des Regens auf der Kapuze über meinen Ohren. Als wir den Wiesenweg in Richtung Wald einschlugen, klebte meine Jeans nass und kühl an den Oberschenkeln. Zunächst bemühte ich mich noch, die knöcheltiefen Pfützen zu überspringen, zu umgehen oder auf Zehenspitzen zu durchschreiten. Irgendwann war ich es leid. Ich schlenderte neben meinem Vater mitten durch den Matsch, fühlte, wie Wasser zwischen meine Zehen sippte und genoss die warmen, weichen Tropfen, die aus den grauen Wolken auf meine Wangen purzelten. Ich zog die Kapuze herunter. Andächtige Stille umfing mich, ein sanftes Grundrauschen, vereinzeltes Plätschern. Der Wald sog sich voll mit Sommer und Leben. Ich spürte eine tiefe Verbundenheit, ganz ähnlich wie an Pascals Bienenstöcken.

»Papa, wenn du jemandem den Wald hier beschreiben müsstest, was würdest du sagen?«

»Beschreiben? Nun ich, also, ich würde wohl sagen, dass es sich hier um siebenhundert Hektar eines Nadelholzwäldchens handelt, überwiegend ältere Fichten mit Unterwuchs, aber auch einige Buchen und Lärchen in der Plantage. Es ist ein Rotwildrevier. Und, na ja, der Wald ist bewirtschaftet, das sieht man vor allem im hinteren Teil bei den eingezäunten Lärchen, der breiten Rücke- oder vielleicht besser Feuerschneise und den Holzstapeln, die auf den Abtransport warten. Oh ja, und dann natürlich die breiten Schotterwege für die Lastwagen. Aber, ich meine, ich finde, hier der vordere Teil, der hat etwas sehr Romantisches, geradezu Märchenhaftes, vor allem am Bach mit dem Waldlehrpfad. Da kommen mir Goethes Worte in den Sinn, also ... *Ich ging im Walde so vor mich hin, und nichts zu suchen, das war mein Sinn*. Ja, das, ich meine, so sehe ich das hier. Da sind auch einige kleinere Bäumchen mit Fegespuren des Rotwilds, kann man sehr schön erkennen.«

Natürlich schmückte der Sprachwissenschaftler in meinem Vater das Gesehene aus, aber der Biologin-Ehemann und Naturliebhaber in ihm kam vermutlich der Beschreibung sehr nahe, die auch Harm gegeben hätte. Nicht einfach nur ein Wald, ein bewirtschafteter Nadelholzwald mit Lärchenplantage. Kolline Landschaften. Es gab einen anderen Blick auf die Dinge, die mich mein Leben lang umgaben. Eine neue Perspektive. Selbst die Panikattacken hatten mir eine alternative Betrachtung der Umwelt aufgezwungen – eine Straße nach dem Vorhandensein eines Seitenstreifens zu beurteilen wäre mir vor Frankreich nie in den Sinn gekommen.

Zurück im Haus stopfte ich alle Klamotten inklusive der Schuhe ins Kurzprogramm der Waschmaschine und wärmte mich bei einem Bad auf. Als der Trockner meine Kleidung endlich ausspuckte, hatten wir das Abendessen gerade beendet.

Harm spuckte ins Wasser und beobachtete, wie der Speichel sich in der Gischt der kibbeligen Wellen auflöste. In der Förde rumorte es. Die Regenhusche am späten Vormittag hatte sich mit einem böigen Westwind gepaart, der das Wasser ablandig in die offene See drückte. Die Fähre schwappte auf ihrem Weg von Mönkeberg rüber zur Kiellinie nach Bellevue von Luv zu Lee zu Luv zu Lee. Harm genoss den Wind, die Bewegung. Nur kein Stillstand mehr. Außerdem pusteten die Windstöße all den emotionalen Müll aus seinem Kopf.

Er hatte nicht gewusst, wie er das Thema Anna ausklammern sollte, als Jule ihn nach seiner Zeit in Frankreich fragte. Jede Fahrtstrecke, jede Übernachtung, jeder Ort, jedes Essen – alles stand in Verbindung zu ihr. Er entschied sich für die Wahrheit. Zumindest den größten Teil davon.

Kurz darauf schlüpfte Jule wortlos aus dem Bett, in dem sie sich in der Nacht erneut geliebt hatten und dann noch einmal am Morgen.

»Jule?« Vergeblich langte Harm nach ihrer Schulter. »Was ist los?«

Sie wirbelte herum. »Das fragst du noch?« Tränen rannen über ihre Wangen. »Ich durfte dich nicht nach Frankreich begleiten! Du wolltest allein sein, alles verarbeiten. Zu dir kommen, hast du gesagt.« Sie schnaubte. »Und jetzt erzählst du mir von irgendeiner Frau, mit der du die ganze Zeit zusammen warst!«

»Es tut mir leid, so war das nicht, ich hatte das ja nicht geplant, es …«

»Aber abgewiesen hast du sie auch nicht, oder? Ich sitze hier und mache mir Sorgen, vermisse dich und frage mich die ganze Zeit, ob ich nicht doch hätte mitfahren sollen. Ich bin auch traurig, verdammt! Glaubst du, du bist der Einzige, der um Tammo trauert? Ich wollte dir helfen, für dich da sein. Aber du stößt mich weg und gabelst stattdessen die erstbeste Frau am Wegesrand auf.«

Jule schloss die Augen. Sie wirkte so verletzlich, wie sie dastand, nur im Slip, die Arme vor der nackten Brust verschränkt, verbal um sich schlagend. Harm hievte sich zu ihr empor und hielt sie fest.

»Manchmal …« Jule schluchzte. »Manchmal, da glaube ich, dass uns nur der Schmerz zusammenhält.«

»Die Trauer ist kein Feind, Julchen.«

»Was?«

»Der Feind meines Feindes ist mein Freund?«

»Und?«

»Na, wenn die Trauer um Tammo unser Feind ist …« Harm brach ab. Seine Schuld offenbarte sich in Jules verzweifeltem Blick, in ihren rot unterlaufenen Augen. Es half nichts, dagegen anzuargumentieren. Er schloss die Augen und küsste sie.

Natürlich endete es erneut mit Sex. Es schien immer das probate Mittel zwischen ihnen zu sein. Egal, ob sie stritten, sich unterhielten, gemeinsam kochten oder spazieren gingen. Klar, er jammerte auf hohem Niveau. Das hatte ihm schon Tammo bestätigt. Und doch war Sex vielleicht nicht die Antwort auf jede Frage, die er nicht zu stellen wagte.

Die Fähre legte am Holzsteg der Bellevue-Brücke an. Harm radelte die Kiellinie entlang an der Tirpitzmole vorbei, dem Heimathafen-Liegeplatz der Gorch Fock, und bedauerte wie immer, das Segelschulschiff wegen all der Skandale und Veruntreuungen hier schon seit Jahren nicht mehr gesehen zu haben. Mit der kleinen Kiel-Holtenau-Fähre setzte er in vier Minuten über den Nord-Ostsee-Kanal. Harm schob sein Mountainbike von der Fähre und konnte sich nicht überwinden, wieder aufzusteigen. Eine Hand am Lenker, trödelte er über die Kanalstraße und versuchte, sich auf die rot unterlaufenen Augen seiner Mutter und die dicken Tränensäcke seines Vaters vorzubereiten.

Als er dic Werkstatt schließlich erreichte, legte sein Vater sofort Hartöl, Pinsel und Brett beiseite und eilte auf ihn zu.

»Mein Junge …« Er umarmte Harm stürmisch und weinte. »Mein Junge …«

Harm fühlte, dass das erste *Mein Junge* ihm, das zweite

Tammo gegolten hatte. »Schon gut, Papa. Lass uns reingehen.«

Harms Mutter begrüßte ihn im Durchgang zwischen Werkstatt und Haus. Genauso innig, ebenso gebrochen. Sie setzten sich auf die Terrasse mit dem riesigen Holzdeck, den Blick auf opulente Blumenrabatten gerichtet, die jeder Bundesgartenschau Konkurrenz gemacht hätten. Vor diesem Farbrausch trat das Schwarz ihrer Stimmung umso deutlicher hervor.

»Und?« Harms Vater fand seine Stimme als Erster wieder. »Wie war Frankreich? Hast du noch alles wiedererkannt?«

Seine Mutter erhob sich. »Alors, für Tee ist es inzwischen zu spät, n'est-ce pas? Möchtest du ein Bier, mon chouchou? Hast du Hunger?«

Harm schüttelte den Kopf, aber seine Mutter verschwand dennoch im Haus. Er begann, von der Provence zu erzählen, der Gorges du Verdon, wie er die Stufen zur Kapelle über Moustiers erklommen hatte, der Fahrt mit Titine durch die Lavendelfelder bei Valensole, dem Palais Idéal. Als seine Mutter hinter ihm schluchzte, hielt Harm inne. Er erhob sich, nahm ihr die Bierflaschen aus der Hand und umarmte sie.

»Ich vermisse ihn so.« Ihre Tränen durchnässten sein T-Shirt.

»Ich doch auch, maman.«

Sie nippten gemeinsam an ihren Bieren. Die stille Leere, die Tammo hinterlassen hatte, klemmte wie ein luftgepolstertes Kissen zwischen ihnen. Als müssten sie zum Versand in eine tammolose Zukunft möglichst schonend verpackt werden. Harm fühlte, wie ihm das Leben hier im Garten seiner Eltern entglitt.

Die Drehtür stand still. Für einige Augenblicke strebte niemand in das klobige Bürogebäude – hinaus kam zu dieser frühen Stunde sowieso noch kein Mensch. Ich musterte die Schaufensterpuppe im Glaskasten in der Mitte der Drehtür. Das rechte Bein ruhte lässig auf einer Holzkiste, Wanderstab, Rucksack, Trekking-Kleidung und einige künstliche Edelweiß suggerierten eine Verschnaufpause beim Bergwandern. Die Figur trug einen Undercut mit hoch aufgesetztem Männerdutt. Sollte bestimmt hip wirken. Warum man wohl keine weibliche Puppe gewählt hatte? Standen Outdoor-Aktivitäten, Lagerfeuer und das Erklimmen irgendwelcher Gebirgsketten noch immer für eine seltsam rückwärtsgewandte Männlichkeit? Im 21. Jahrhundert? Ich schüttelte den Kopf. Der Perspektivwechsel und das ständige Hinterfragen nervten. Außerdem brachte es mich nicht weiter.

Dreimal hatte Christopher gefragt, ob er mich nicht bringen sollte. Immerhin mein erster Arbeitstag nach »alldem« (O-Ton). Aber ich bat ihn, mich vor der Einfahrt zur Tiefgarage seiner Firma rauszulassen, und legte die gut anderthalb Kilometer vom Braamkamp zum Überseering zu Fuß zurück. Ich brauchte Zeit für all die lästigen Entscheidungsfragen, die in meinem Kopf aufploppten, um meinen auf Reset gesetzten Verstand neu zu sortieren. War es okay, wieder zur Arbeit zu gehen? Ja, ich mochte meinen Job. Freute ich mich auf die Kollegen? Nein. Es gab nur oberflächliche Kontakte. Hatte ich Angst, meinem Chef die vergangenen zwei Wochen zu erklären? Ja. War es okay, mit dem Fahrstuhl in den fünften Stock zu meinem Büro zu fahren? Nein, leider ganz und gar nicht. Wie stand es um die schmalen Korridore zu den Laboren? Ebenfalls nicht okay. Hatte ich Lust auf die Verarbeitung des Storm Jacket mit dem entsetzlichen Design, das null Komma null Spielraum für den wachsenden Bauch einer Schwangeren bot, und mir gleichzeitig anzuhören, dass ich das entscheidende Meeting mit dem Vertreter zur Verbesserung dieser Lage versäumt hatte? Nein! Diese Nachlässigkeit entsprach mir so gar nicht. Ich war gut in dem, was ich tat. Besser zumindest als vierundsechzig Mitbewerber, die sich vor sechs Jahren ebenfalls um die Stelle bemüht hatten.

Zwei Frauen näherten sich lachend der Drehtür. Dank eines Bewegungsmelders ruckelten die Flügeltüren kurz und luden die beiden ins Gebäude ein, noch bevor sie das Glas berührten. Sie schienen dem Ablauf keinerlei Beachtung zu schenken. Ich raffte mich auf. Das hier war vertrautes Terrain, kein Platz für Panik. Mein Magen rumorte, es kribbelte rot unter meinen Haarwurzeln. Aber es half nichts. Ich musste da jetzt rein. Ich wollte da jetzt rein. Am besten bevor die S-Bahn den nächsten Arbeitnehmerstrom ausspuckte.

»Hey, Anna, guten Morgen! Geht es dir wieder besser?«

Ich wandte mich um. Malene trat an mich heran. Sie arbeitete als Team Assistant in unserer Abteilung und galt intern als eines der neuen sieben Weltwunder, da sie bereits im vierten Jahr skandalfrei mit der sperrigen Chefsekretärin Frau Greiffenberg zusammenarbeitete.

»Guten Morgen.« Ich versuchte zu lächeln. »Ja, ich habe mich wieder einigermaßen erholt. Erstaunlich, wie sehr einen so ein viraler Infekt umhauen kann.«

Wir näherten uns der Drehtür.

Malene nickte. »Mein Vater hat deshalb mal vier Wochen flachgelegen. Wir haben uns richtig Sorgen gemacht.«

Sie ließ mir den Vortritt und redete weiter. Ich klammerte mich an ihre Stimme, die mich sicher durch die Drehtür ins Gebäude lotste. Doch als sie den Knopf für den Fahrstuhl drückte, verkrampfte ich.

»Ja … also …« Ängstlich schaute ich mich um. »Wegen des Infekts habe ich beschlossen, meinen Alltag gesünder … und fitter zu gestalten. Ich werde die Treppe statt des Fahrstuhls nehmen.«

»Wow, sehr lobenswert. Ich komme mit. Wie war eigentlich dein Urlaub?«

Malene schritt voran in Richtung Treppenhaus, und ich atmete tief durch, bevor ich die Schönheit der Provence beschwor.

Oben am Empfangstresen verabschiedeten wir uns schnaufend. Ich hechelte mich durch die Gänge zu meinem Büro, öffnete die Tür, querte den Raum und riss an dem Hebel für das obere Kippfenster. Meine Stirn drückte gegen die kühle Glasscheibe. Ich schloss die Augen. Ging es mir gut? War es okay, hier zu sein? Die Zimmer zu Hause stellten sich nicht gegen mich. Warum sollte mein Büro anders reagieren? Langsam sah ich mich um. Mein höhenverstellbarer Schreibtisch wirkte aufgeräumt. Die Grünpflanze auf der Fensterbank lebte (jemand musste sie gegossen haben). Die offenen Regale mit den Ordnern und Mustern, die beiden Sessel und der Beistelltisch – alles ganz neutral. Na bitte, keine Panik weit und breit. Es schien, als entwickelte sich die Angst vor der Angst zu einem größeren Feind als die Angst selbst.

Ich beantwortete an diesem Vormittag etliche E-Mails, las mich durch Dutzende Protokolle auf den aktuellen Stand, erfuhr endlich, dass das Meeting mit dem Vertreter unseren Hoffnungen nicht hatte standhalten können (was mich insgeheim erleichterte, so unangenehm es auch war, mir das einzugestehen), traf einige Kollegen in der Kaffeeküche, bestritt ein knappes Gespräch mit meinem Chef, der sich erstaunlich unkompliziert gab, beruhigte Christopher, der sich sorgte und es bedauerte, mich mittags wegen eines Termins nicht treffen zu können. Das Labor verschob ich mehrmals, bis es Zeit war, essen zu gehen.

Ich sprang die Stufen im Treppenhaus hinab, flitzte durch die Eingangshalle, trippelte ungeduldig durch die Drehtür, überquerte den sechsspurigen Jahnring auf der Manilaweg-Überführung und atmete durch, als die Bäume des Stadtparks sich hinter mir wie ein Vorhang schlossen.

Mein Blick wanderte über die Weite der Krähenwiese. Normalerweise joggten Christopher und ich zweimal in der Woche mittags um den Park. Na ja. Christopher joggte. Ich schwenkte meist (immer!) schon hinter den Rosengärten auf eine abgekürzte Runde und beendete dieses ungeliebte

Ritual mit einem Spaziergang, der mich weniger verschwitzt und deutlich entspannter ins Büro zurückkehren ließ. Christopher sorgte sich um meine Fitness, aber ich fand meine Form ganz okay. Kein Vergleich zu meinen Hochzeiten als sportfanatischer Teenager, aber das konnte wohl kaum der Maßstab für den Rest meines Lebens bleiben. Außerdem: Hätte Schwimmen als Alternative zum Joggen zur Verfügung gestanden, ich wäre mit Freuden in die Mittagspause gesprungen.

Ich schlenderte über die Krähenwiese und hockte mich an den Stamm eines mächtigen Baums. Keine Ahnung, um welche Art es sich handelte, hatte mich bislang nicht interessiert. Ich sah mich nach einem Hinweisschild um, fand aber keines. Harm könnte sicher mit spannenden Details über die Natur um mich herum aufwarten. Er wüsste sicher, wie der Baum hieß. Harm. Schon wieder dachte ich an ihn. Seine Finger auf meinem Arm. Flaum. Die Kälte in seinem Abschiedsblick. Wie bekam ich ihn nur aus dem Kopf?

Ich zog mein Handy aus der Hosentasche, öffnete die Suchmaschine und begann zu tippen. Harm. Harm was? Mein Herz schrie. Ich wusste seinen Nachnamen nicht! Warum war mir das nicht längst aufgefallen? Das konnte doch nicht sein! Auf der App der Mitfahrzentrale lief aus Datenschutzgründen alles über die Vornamen, man erfuhr keine Adressen oder Ähnliches. Unsere Handynummern hatten wir nie ausgetauscht. War ja auch nicht notwendig gewesen. Und jetzt? Wie sollte ich ihn aus dem Kopf bekommen? Wie konnte ich ihn vergessen, wenn ich mich nicht verabschieden durfte? Wie sollte man eine Affäre oder einen Kuss oder einfach nur etwas beenden, ohne sich wiederzusehen?

Ich erhob mich und lief über die Wiese. Was hatte Harm über sein Leben erzählt? Tammo war Tischler geworden, genau wie der Vater. Und Harm – er arbeitete bei der Meeresbiologischen Forschungswerkstatt in Kiel. Ich rief die Homepage auf. Es gab eine Mitarbeiterseite mit allen Namen und Kontakt-E-Mail-Adressen. Ich scrollte durch die Zeilen. Ein Tobias Harmsen und ein Hartmann Otten kamen meiner Suche am nächsten. Harm war nicht dabei. Enttäuscht starrte ich auf das Display. Und nun? Wie sollte ich ihn je wieder treffen? Wie konnte ich ihn vergessen, wenn es keine Möglichkeit gab, über das zu sprechen, was in diesem Hotelzimmer geschehen war? Mit ihm? Mit mir? Mit uns? Tränen sammelten sich in meinen Augenwinkeln. Trotzig wischte ich sie beiseite. Ich führte mich auf wie ein hormongesteuerter Teenager. Was sollte der Quatsch?

Ich erhob mich, lief über die Wiese und kickte Tannenzapfen. Meine Bluse klebte schweißnass am Rücken. Die Sonne balancierte über den Himmel und schraubte den Sommer seinem Höhepunkt entgegen. Ich spürte, wie eine Unruhe sich von meinen Zehenspitzen bis hinauf hinter meine Stirn zog. Was war nur los mit mir? Ich zog die Sandalen aus und versuchte runterzukommen, meine Füße bewusst langsam zu setzen, über das Gras zu waten. Die Bäume am anderen Ende (deren Namen ich natürlich ebenfalls nicht wusste) lockten mit kühlem Schatten. Ich rollte Fersen und Ballen bedächtig ab. Vielleicht war es die Langsamkeit der Bewegung oder die Verbundenheit mit der Erde, in jedem Fall fühlte ich mich besänftigt. Hinter den

Bäumen musste ich einen Weg queren, dessen Schotter meine Fußsohlen quälte. Die schmale Wiese, die folgte, stieß ein bisschen stachelig in meine Haut, aber meine Gelassenheit verstärkte sich. Noch ein Weg. Dann wieder Gras und Kinderschreie. Ich blickte auf.

Vor mir lag das Oval des Planschbeckens, eine betonierte Fläche mit den Maßen einer Tartanbahn. Im flachen Wasserbecken in der Mitte tummelten sich Dutzende Kinder, auf der Sandfläche mit den Spielgeräten außen herum noch mal so viele. Sie planschten, riefen, lachten, rannten, tobten, weinten, kletterten, schaukelten, stürzten, spritzten, schubsten, buddelten.

»Anna? Was machst du denn hier?«

Ich drehte mich um und sah Malene auf einer der Bänke im Schatten sitzen. »Oh, hi … ich bin spazieren gegangen. Hier ist ja richtig was los.«

Malene wies auf den freien Platz neben sich, und ich ließ mich neben ihr nieder.

»Bei dem herrlichen Wetter kommen die meisten Kita-Gruppen hierher. Die Kinder lieben das! Ist ja kein Wunder. Siehst du die Kleine mit dem Pferdeschwanz auf der Schaukel?«

Ich nickte.

»Das ist meine Emma.«

»Du hast eine Tochter? Ich hatte keine Ahnung …«

Malene zuckte mit den Schultern. »Na ja, darüber haben wir uns ja auch noch nie unterhalten. Wir haben uns generell noch nicht oft unterhalten.« Sie lächelte. »Emma ist vier. Sie geht in die Kita hier im Stadtpark, was echt superpraktisch ist. Das habe ich den Kontakten von Frau Greiffenberg zu verdanken. Die Warteliste geht nämlich von hier bis zum Mond.« Sie rollte mit den Augen. »Und wahrscheinlich sogar wieder zurück.« Malene lachte. Freundlich, unkompliziert, authentisch.

»Du hast keine Kinder, oder?«

Ich schüttelte den Kopf.

»Noch nicht oder willst du nicht?«

»Ich ...« ... hatte keine Ahnung. Irgendwie spielten Kinder in meinem Leben bislang keine Rolle. Ich dachte an Olivia. Wie ich sie auf der Veranda von Château d'Asse badete. Ihre zarte Haut, die Speckringe, dieser Geruch nach Crème und Unschuld. Der Frieden, den ich in mir gefühlt hatte. Waren etwa Kinder die Antwort? Suchte ich nach einem Sinn in meinem Leben? Ging es darum, ganz archaisch? Tickte meine biologische Uhr?

»Anna?« Malene musterte mich mit gerunzelter Stirn. »Ist alles okay? Ich wollte dir nicht zu nahe treten.«

»Entschuldige bitte.« Ich erhob mich. »Alles gut. Ich ... wirklich ... ich mache mir zurzeit einfach nur viele Gedanken um ... viele Dinge. Es liegt nicht an dir. Ich ... muss jetzt wieder zurück ins Büro.«

Ich hastete über die Wiese vor dem Planschbecken und bemerkte erst am stechenden Schmerz in meinen Fußsohlen, dass ich das Gras verlassen und einen der Schotterwege betreten hatte. Ungeduldig fegte ich die Steinchen von meiner Haut, schlüpfte in die Sandalen und flog zurück in mein Büro, wo ich mir vollkommen außer Atem einen der weißen Kittel vom Haken hinter der Tür schnappte, die neunzig Treppenstufen wieder hinuntereilte, den Korridor zum Nebengebäude passierte, den ersten Gang rechts nahm, den dritten links und den zweiten wieder rechts, bis ich vor der Tür zum Labor stand. Alles war gut. Zwar schien der Rest der Welt, Sonne, Himmel, Wärme, Bäume hier im Zentrum des Hochhauses entsetzlich weit entfernt, aber immerhin schimmerten die Wände in einem freundlichen, hellen Gelb, was den klinischen Charakter kaschierte. Ich dachte an das Türfenster mit dem kleinen Ausschnitt Himmelblau, an das ich in der Gepäckhalle des Flughafens in Nizza meinen Blick geankert hatte. Hier brauchte ich es nicht.

»Ist abgeschlossen?« Oliver trat neben mich und ruckelte an der Klinke. Die Tür sprang auf. »Ach, das olle Ding hakt immer wieder in letzter Zeit. Ich sage mal dem Hausmeister Bescheid, dass er mit seinem Fläschchen WD-40 anrücken soll.«

Er hielt mir die Tür auf. Ich lächelte. Das war's. Den restlichen Nachmittag verbrachte ich im Labor. Angstfrei. Weder spürte ich ein Grummeln, während mir die anderen von der Enttäuschung über die neue Membran erzählten, noch schwitzte ich, als wir die aktuellen Farbmuster des Lieferanten für die Lite Track Softshellhose im Lichtkasten testeten oder ich die Bill of Materials für Flächenwaren und Zutaten des Storm Jackets mit dem entsetzlichen Design überprüfte. Alles lief wie immer. Ich funktionierte einwandfrei. Zwar fühlte ich mich seltsam erschöpft, als ich das Gebäude gegen 18 Uhr verließ, aber was sollte man anderes vom ersten Arbeitstag nach einem zweiwöchigen Urlaub erwarten.

An diesem Abend lud Christopher mich zu meinem Lieblingsthailänder zum Essen ein. Ich hätte trotz der anhaltenden Hitze ein Bad und mein Bett bevorzugt, aber ich wollte ihn nicht vor den Kopf stoßen.

Wir bestellten eiskaltes Singha-Bier, das die Anspannung in meinem Körper lockerte. Ich beschloss, den Abend im kühlen Schatten der Sonnenschirme hier draußen am Fleet zu genießen. Ab und an steuerten Ruderer vorbei, Paare in Kajaks, schnaufende Kanuten. Sommer in der Stadt.

»Ich hatte heute eine ewig lange Telko mit der Strategieabteilung in Oslo.« Christopher wischte sich über die Augen. Er liebte rotes Curry, kämpfte aber ein ums andere Mal mit den Tränen. »Sieht ganz gut aus. Sie challengen zwar weiterhin jedes Komma in meinem Finanzierungsmodell, aber bislang konnten sie keine Schwachstelle entdecken.«

Ich lächelte. »Es gibt ja auch keine.«

Christopher grinste. »So sieht's aus. Deshalb fliege ich morgen wohl auch noch mal hin. Es soll ein Treffen mit jemandem vom norwegischen Staatsfond geben.«

Ich senkte die Stäbchen, mit denen ich die Nudeln meines Pad Thai auffädelte. »Wirklich?«

Christopher strahlte. »Ist das nicht unglaublich? Es wird wahr! Es passiert tatsächlich!«

»Mein Gott, Christopher, das ist großartig!«

Wir stießen mit unseren Bierflaschen an und küssten uns. Christopher schien von innen heraus zu glühen. Beruflicher Durchbruch in Kombination mit rotem Curry. Ich freute mich für ihn. Er arbeitete so hart für seine Träume, war ehrgeizig, fokussiert und überzeugend. Die Unbill der Welt schien an ihm abzuperlen wie Regen auf Lotusblättern.

»Und wie ist dein Tag gelaufen? Wie war es, nach alldem wieder im Büro zu sein? Im Labor?«

Ich zuckte mit den Schultern. »Besser als erwartet. Mein Schreibtisch hat mich nicht angefallen, der Computer ist nicht explodiert, das Labor hat mich nicht erstickt, die Kollegen sind so öde wie immer, und meine Fensterbankpflanze lebt.«

Christopher grinste. »Humor ist, wenn man trotzdem lacht. War es wirklich okay?«

»Fahrstuhlfahren habe ich mir geschenkt.«

Er griff nach meiner Hand.

Ich lächelte. »Schon okay. Klappt bestimmt demnächst auch wieder. Außerdem pushen die Treppen meine Fitness. Wart's nur ab – bald überhole ich dich beim Joggen.«

Er lachte, als hätte ich den Witz des Jahrhunderts gerissen. Ich erzählte ihm von meiner Begegnung mit Malene im Stadtpark. Und von ihrer Tochter Emma.

»Wir haben nie über Kinder gesprochen …«

»Stimmt.« Christopher leerte sein Bier und orderte ein neues. »Wir haben allerdings auch nie nicht über Kinder gesprochen.«

»Soll heißen?«

»Na ja, wir waren uns einig, dass Kinder nicht zu unserem Lebensplan gehören.«

»Wir haben einen Lebensplan?«

Christopher griff erneut nach meinen Händen. »Du und ich. Das ist unser Lebensplan. Ich hatte ja schon in Frankreich versucht, dir mitzuteilen, wie ich das sehe. Dass es Zeit wird …«

Der verquere Heiratsantrag. Meine Deko-Offensive. Diesen Teil unseres letzten Abends in Nizza hatte ich irgendwie verdrängt.

»Ich will dich nicht teilen, Anna. Ich mag unser Leben. Die Freiheiten, die wir genießen. Meinen Job, den Sport. Und wer weiß, was beruflich jetzt alles noch abgeht! Und du … du liebst dieses Leben doch auch.«

Ich nickte. Christopher küsste mich.

»Wenn du dich von alldem erholt hast …« Er zögerte. »Dann können wir uns ja vielleicht noch mal intensiver damit auseinandersetzen.«

»Damit?«

»Du weißt schon …«

»Mit dem Heiraten?«

»Genau.«

Harm ballte die Hände zu Fäusten und versteckte sie in den Taschen seines Hoodies. Keine Ahnung, wie lange er noch durchhielt. Scheiße. Konnte das wirklich sein Ziel sein? Durchzuhalten? Warum? Für wen? Was für ein Leben war das, wenn er Situationen aushielt? Erduldete. Er wollte kein Opfer sein. Tammo war nie eines gewesen. Trotz allem. Welches Recht nahm er für sich in Anspruch, wenn er nur durchhielt, statt das Beste herauszuholen? Wie arrogant konnte er sein, wie undankbar trat er hier dem Leben entgegen. Seinem Leben.

Harm erhob sich, stieß dabei die Bierflasche um, die im Sand vor ihm steckte, stülpte sich die Kapuze über den Kopf und stapfte in Richtung der Pappeln davon.

»Hey! Harm! Was is' los, Alter?« Lucas' Stimme drängte durch den Sweatstoff des Hoodies.

»Harm?« Das war Jule. »Wo willst du denn hin?«

Harm rollte die Schultern ein und marschierte weiter. Stimmen murmelten. Ein Flüstern erreichte ihn. »Lass. Vielleicht muss er allein sein.«

Er hielt inne. Vielleicht. Lag es an diesem Wort? Verletzte ihn der schwammige Inhalt? Oder lag es am Tonfall? Diesem Anflug von Gleichgültigkeit? Er drehte sich um. Jule hatte sich erhoben, stand jetzt genauso wie er, während die anderen weiter im Sand neben den drei Bierkästen lümmelten. Harm hieb sich die Fingernägel in die Handflächen.

»Vielleicht?« Er schritt auf die Gruppe zu. »Vielleicht muss ich allein sein? Warum wisst ihr das nicht?«

Betretenes Schweigen.

»Warum wisst ihr nicht, ob ich allein sein möchte? Wieso hat keiner von euch einen Plan, was in mir vorgeht?«

Jule löste sich von den anderen und kam auf ihn zu. Lucas beobachtete sie mit gerunzelter Stirn. Krishan starrte auf die Flasche in seiner Hand. Annika und Lennard kuschelten sich aneinander. Jasmin schüttelte kaum merklich den Kopf, während Simon und Ben ihre Körper zu einem Fragezeichen zu formen schienen.

»Hey …« Jule berührte seinen Arm. Harm stieß sie unwirsch von sich.

»Ihr habt überhaupt keine Ahnung, wie ich mich fühle!

Und wisst ihr auch warum? Weil keiner von euch fragt! Stattdessen schleppt ihr mich und drei Kisten Alk so wie früher hierher an den Strand und spielt Friede-Freude-Eierkuchen. Scheiße ist das!«

»Jetzt mach aber mal halt!« Lucas natürlich. Seit er in der zwölften zum Oberstufensprecher gewählt worden war, fühlte er sich zu Höherem berufen, mindestens jedoch zum Wortführer. Eine Entwicklung, die sein juristizierender Vater begrüßte, zumal Junior sich gerade in seinen Fußstapfen bewährte. »Wir wollten hier ein bisschen mit dir abhängen, um dich auf andere Gedanken zu bringen. Daran ist ja wohl nichts verwerflich!«

Wie immer pflichtete Krishan ihm bei. »Wir dachten, das tut dir gut.«

Harm rollte mit den Augen. »Ihr denkt, es tut mir gut, in einer lauen Sommernacht an Tammos Lieblingsplatz vor den Birken am Hasselfelder Strand zu sitzen, eine Flasche Flens in der Hand, das Plätschern der dümpelnden Wellen im Ohr, warmen Sand unter dem Arsch, die Clique um mich herum – und dann quatschen alle über den neuen Avenger-Film, die Eingewöhnungsschwierigkeiten von Krishans Kleinem in der Kita, Annikas und Lennards Traumhochzeit im Herbst und Jasmins Männerproblemen? Ernsthaft? Tammo ist noch keine drei Monate tot und schon kein Thema mehr?«

Jasmin sagte: »Doch … natürlich. Aber das Leben geht weiter.«

Harm grub die Fingernägel tiefer in die Haut. »In der Tat. Und weil es immer so schön weitergeht, musst du in einer Beziehung auch keine Kompromisse eingehen, nicht wahr, Jasmin? Kommt ja immer wieder ein neuer Kerl, dem du dich an den Hals schmeißen kannst.«

»Harm!« Jule riss an seinem Ärmel. »Hör auf!«

»Wir wollten dich auf andere Gedanken bringen«, versuchte es Annika jetzt. »Wir haben nicht über Tammo gesprochen, damit du nicht ständig daran denken musst.«

»Fuck! Hörst du dir beim Sprechen auch mal zu?« Harm rupfte die Kapuze vom Kopf. Er brauchte Luft. »Die Trauer geht doch nicht weg, nur weil ich nicht darüber spreche! Und sie verschwindet nicht einfach, bloß weil ihr nicht danach fragt! Was für eine beschissene Psychologie ist das denn? Wir hocken hier alle seit Jahren zusammen. Ihr habt Tammo teilweise besser gekannt als mich. Wir bezeichnen uns als Freunde. Und dann schafft es keiner von euch, mich zu fragen, wie es in Frankreich war? Wie es mir ergangen ist? Was ich gefühlt habe? Wie ich den Schmerz ertrage?«

»Wir haben eure Eltern besucht.« Lucas wieder.

»Willst du jetzt einen Orden dafür, oder was? Scheiße, Mann, das ist ja wohl das Mindeste!«

»Harm, wir verstehen deinen Schmerz. Wir trauern genauso wie du. Aber auch wenn das für dich vielleicht seltsam klingt – natürlich gehen unsere Leben weiter. Und das ist auch gut so.« Lucas deutete mit der Flensflasche auf ihn. »Die Welt hält nicht an, weil Tammo gestorben ist. Das ist traurig. Furchtbar traurig. Aber auch motivierend. Es geht weiter. Auch für dich.«

Harm spürte, wie Tränen in ihm aufstiegen. Da hockten sie alle, selbstgefällig in ihre eigenen Leben verstrickt, mit einem so entsetzlich kurzen Gedächtnis.

»Wie es mir geht, hat immer noch keiner von euch gefragt …«

Jule streichelte seinen Arm. »Das sehen wir ja, aber alle …«

»Lass mich!« Harm riss sich so vehement von Jule los, dass sie strauchelte und in den Sand rutschte.

»Harm!« Lucas sprang auf und stützte Jule beim Aufstehen. »Es reicht jetzt!«

Harm hatte den Kampf gegen die Tränen verloren. Wie die geraden Linien eines Fadenvorhangs zogen sie über seine Wangen. Er schluchzte. »Ich hatte heute eine Klasse mit Viertklässlern. Aufgeweckte Kinder. Es ging um die Verschmutzung der Ozeane, die Müllteppiche im Pazifik. Wir beschriften gerade die Meere auf der großen Weltkarte im Ozeanlabor, da stupst mich ein dunkelhaariger Junge an und fragt, ob ich traurig sei. Meine Augen sähen aus wie die von seiner Mama, seit seine Oma vor drei Wochen gestorben ist. Ich habe ihn für sein Einfühlungsvermögen und seinen Mut gelobt, mich darauf anzusprechen. Und natürlich habe ich ihm gesagt, dass er das vollkommen richtig erkannt hat.« Harm schüttelte den Kopf. »Ein Zehnjähriger, der mich heute zum ersten Mal getroffen hat, sieht meinen Schmerz und spricht mich darauf an. Wohingegen meine alten Schulfreunde sich in Mutmaßungen ergehen und über meinen Kopf Entscheidungen treffen, die darauf fußen, dass ihr Leben weitergehen muss. Danke. Auf solche Freunde kann ich verzichten.«

Harm schlug die Kapuze wieder hoch, drehte sich um und marschierte möglichst aufrecht hinüber zu den Pappeln, vorbei an den kleinen Findlingen am Strand, die

Böschung hinauf zu seinem Mountainbike. Obwohl die Hitze des Tages noch immer aus dem Boden aufstieg, fröstelte er.

Ich knotete meine Strickjacke zusammen. Die Sonne färbte den Himmel zwar schon orange, doch die Temperatur war bislang kaum über ein helles Blau hinausgekommen. Christopher zog die Babyvariante des silbernen Koffers hinter sich her. Sein zugeknöpftes Sakko warf hinten am Schlitz zwei Schößchen. Sie sahen aus wie gestutzte Flügel.

»Kommst du mit rein?«

Mit verschränkten Armen betrachtete ich die rotierende Drehtür, die Menschen in den Abflugbereich des Hamburger Flughafens saugte. Ich sah mich auf dem Kofferkarussell am Aeroport Nice Côte d'Azur hocken, erschüttert und allein.

Christopher nahm mich in die Arme. »Hase, wir können uns auch hier verabschieden. Mach dir keinen Stress, lass dir Zeit.«

Der kühle Anzugstoff kratzte auf meiner Wange. Es war besonders leichter, luftdurchlässiger Mohair, der sich wunderbar für wärmere Temperaturen eignete. Christopher hatte im vergangenen Jahr bei einem Schneider der Londoner Savile Row in diesen edlen Anzug investiert. Er hoffte, sein matter Glanz und der akkurate Fall hievten ihn auf die Augenhöhe, die er für dieses Meeting brauchte.

»Viel Glück.«

Er küsste mich. »Werde ich hoffentlich nicht brauchen. Aber danke.«

Die Drehtür katapultierte Christopher in den Schlund des Terminals. Weg war er. Unschlüssig starrte ich in das Gebäude, das ich wohl nie wieder so arglos oder gar freudig betreten würde wie noch vor drei Wochen.

Ich rief im Frontoffice von Jones Jungle an und stellte erstaunt fest, dass Malene bereits bei der Arbeit war.

»Hey, Anna, guten Morgen. Ich wollte heute früher anfangen, weil ich mit Emma übers Wochenende ans Meer fahre. Dann können wir schon am Nachmittag los. Was kann ich denn für dich tun?«

»Ich … mir geht es leider nicht so gut. Sieht aus, als hätte ich einen kleinen Rückfall, nichts Schlimmes, aber ich denke … also … ich bleibe besser im Bett.«

»Unbedingt! Damit sollte man nicht spaßen. Ruh dich aus. Ich sag Bescheid. Gute Besserung!«

»Danke.«

Lügen war wie tanzen oder Klavier spielen – je mehr man übte, desto besser klappte es. Aber ich verbesserte mich gerade in einer Disziplin, die zu lernen ich noch vor kurzer Zeit als nicht erstrebenswert erachtet hatte.

Ich schlüpfte in Christophers BMW und hob auf der Zeppelinstraße ab in Richtung Autobahn. Hinter Kaltenkirchen nahm ich die Landstraße und schlängelte mich durch Felder, Weiden und Dörfer bis Dwengeloh. Frau Hansens Hühner begrüßten mich gackernd. Ich drosselte die Geschwindigkeit und spürte, wie sich mein Herzschlag verlangsamte. Als ob ich mit dem Ortsschild eine durchsichtige Wand passiert hätte, die mein aufgeregtes System beruhigte.

»Anna-Mäuschen!« Die Augen meines Vaters weiteten sich, als er die Tür öffnete. »Geht es dir gut? Ich meine ... was verschafft mir die Ehre?«

Ich fiel ihm um den Hals.

»Na, na ...« Er tätschelte meine Haare, und ich begann zu weinen. »Mäuschen ... ist ja gut. Komm erst mal rein.«

Ich schniefte und betrat den Flur.

»Hallo Anna ...« Frau Seidel tapste die Treppe hinunter. »Henning, ich mache mich mal auf den Heimweg. Das Mittagessen wartet. Wir können ja ein anderes Mal weiterräumen.«

Mein Vater nickte ihr zu.

Ich wischte mir über die nassen Wangen. »Sie müssen nicht meinetwegen gehen ...«

»Papperlapapp.« Frau Seidel schenkte mir ein Lächeln, das tiefe Falten von ihren Augen bis hin zu den Schläfen zog. Sie musste es in ihrem Leben häufig gezeigt haben. »Ich bin froh, dass du gekommen bist. Mein Magen knurrt schon seit geraumer Zeit, aber dein Vater hat einfach kein Ende gefunden. Erst muss ich ihn wochenlang überreden, den Dachboden auszumisten, und nun will er gar nicht mehr aufhören.«

Mein Vater rollte mit den Augen.

»Ich koche ein bisschen mehr und bringe später etwas rüber. Dann müsst ihr euch darum nicht kümmern.«

»Danke, Monika.«

Frau Seidel winkte. »Da nicht für.«

Mein Vater schloss die Tür. Schweigend starrten wir uns an. Die Dielenverwandtschaft auf den bedeutungsschwangeren Sepiafotos starrte mit.

»Willst du mir sagen, was los ist, Mäuschen?«

Ich schüttelte den Kopf. »Es ist nichts … ich … Christopher ist heute Morgen zu einem Meeting nach Oslo geflogen, und ich konnte mich einfach nicht aufraffen, zur Arbeit zu gehen. Ich … er hat vorgeschlagen, dass wir heiraten, Papa.«

»Oh … nun ja, tatsächlich … das ist wirklich ein Grund zum Weinen.« Er lächelte. »Was hältst du von einem schönen Tee?«

Während mein Vater den Tee zubereitete, setzte ich mich mit angezogenen Beinen auf einen der Korbsessel im Wintergarten. Durch die geöffneten Schiebetüren schwebte Vogelgezwitscher, ein Rasenmäher röhrte, träger Frieden sippte ins Haus. Ich spürte, wie das brodelnde Wasser unter meiner Haut abkühlte.

»Bevor ich es vergesse … weißt du, wen ich neulich getroffen habe?« Mein Vater platzierte das Tablett auf dem runden Tisch. »Nora. Ich soll dich grüßen.«

»Du meine Güte. Das muss … keine Ahnung, zwölf Jahre her sein, seit ich sie zum letzten Mal gesehen habe.«

Nora, meine BFF, als noch niemand diesen Begriff erfunden hatte. Wir bezeichneten uns giggelnd als Busenfreundinnen, ein herrliches Wort. Nora kannte schon zu Schulzeiten eine Unmenge Leute, tanzte jedes Wochenende auf einer Party. Sie war der Inbegriff von Dekadenz, besaß zu viel von allem: zu viel Intelligenz, zu viel Schönheit, zu viel Charme, zu viel Ehrgeiz, viel zu glänzendes schwarzes Haar und viel zu viele Verehrer. Wäre es nicht Nora gewesen, ich hätte sie verabscheut. So aber lernten wir gemeinsam für Prüfungen, teilten uns ein Bett, hingen ständig zusammen ab und liebten uns wie die Schwester, die wir beide nicht hatten. Nora schloss ihr Wirtschaftsstudium mit Auszeichnung ab, lebte eine Weile in den Staaten, in Brüssel, Peking und London. Auf dem Weg verloren wir uns.

»Gab es nicht … ich meine, warst du zum Zehnjährigen nicht auf einem Abi-Treffen?«

Ich schüttelte den Kopf. »Da war ich in Paris. Wie geht es ihr?«

Mein Vater goss den Tee ein. Die Kluntje knackten. »Gut … also, ich meine, sie sagt, es gehe ihr gut. Sie ist mit Mann und Kindern zurück in Hamburg. Oh, ach … und sie schwimmt übrigens wieder. In Norderstedt. Soll ich dir sagen.«

Ich nickte.

»Und, Mäuschen …« Der Korbsessel knisterte, als mein Vater sich zu mir vorbeugte. »Warum bringt dich der Antrag deines Freundes zum Weinen?«

Tja. Keine Ahnung. Lag es daran, dass es nie wirklich einen Antrag gegeben hatte, an der missglückten Formulierung und der Deko-Offensive? Oder verband ich mit Christophers Vorschlag automatisch all die furchtbaren Ereignisse, die am nächsten Tag im Flugzeug ihren Anfang nahmen? Ich wusste, ich konnte gerade keine Hochzeit planen, allein die Vorstellung überforderte mich. Und was war eigentlich mit meinen Gefühlen? Wozu hatte ich mich in diesem Hotelzimmer am Lac du Der-Chantecoq hinreißen lassen? Und stimmte diese Formulierung überhaupt? Hatte ich es nicht vielmehr darauf angelegt? War ich nicht den ersten Schritt gegangen, auf den Harm lediglich reagierte? Ich hatte mich nicht hinreißen lassen. Ich hatte es gewollt. Ich hatte ihn gewollt. Mehr als irgendjemand anderen je zuvor.

»Torschlusspanik, denke ich. Keine Ahnung. Es läuft alles super zwischen Christopher und mir, du musst dir keine Sorgen machen. Wahrscheinlich ist es normal, dass man vor so einem großen Schritt Muffensausen bekommt.«

Mein Vater lächelte. »Ich, also … du weißt, dass ich Christopher mag, ein feines Kerlchen. Aber dich … dich liebe ich, Mäuschen. Und ich, also … ich möchte, dass du glücklich bist.«

Ich nahm seine Hände. »Das bin ich, Papa.«

Er küsste mich auf die Stirn. »Mal sehen … weißt du, ich meine …« Er lächelte. »Ich meine, ob du noch so glücklich bist, wenn du die Noten unter deinen Schulklausuren anschaust, die Monika und ich oben auf dem Dachboden ausgegraben haben.«

»Wie? Was soll das denn heißen? Ich war eine super Schülerin!«

Mein Vater kicherte. »Oh, ja … tatsächlich, das dachte ich auch immer …« Er erhob sich. »Na, dann komm mal mit …«

Wir stapften die Treppe hinauf. Mein Vater schnaufte, als er die schmale Raumspartreppe erklomm. Sport und Fitness waren noch nie sein Ding.

Auf dem Dachboden hüpften morgendliche Sonnenstrahlen durch das Dachfenster und die beiden runden Bullaugen in den Giebeln. Mit der fidelen Aura eines blühenden

Sommers tippten sie jedes Staubkorn an, schreckten es auf, sodass der enge Raum in einem geheimnisvoll wabernden Dunst zu leuchten schien. Ich hustete. Mein Vater wedelte einige Spinnweben beiseite, was die angestrahlten Staubkörner zu dramatischen Pirouetten animierte. Jetzt hustete auch er.

»Ich … nun ja, müsste wohl mal wieder sauber gemacht werden, was?«

»Findest du?«

Ich starrte auf unser früheres Leben. Dutzende Umzugskartons, ein roter Puppenwagen, die alte Spielzeugkiste aus Holz, Säcke voller Klamotten, haufenweise Gerümpel und die nummerierten Bretter des Hochbetts, das mir Janni, mein erster Schwarm, für die WG mit Nora gebaut hatte. Die Erinnerungen legten sich wie Löschpapier auf meine Zunge und saugten an der Gegenwart.

»Ah! Wusste ich es doch …« Mein Vater fächelte den Staubkörnern mit einem alten Schulheft neue Tanzschritte zu. »Mäuschen, du musst jetzt sehr stark sein … ich meine, das hat auch nicht jeder geschafft, eigentlich ein Grund, um mit stolz geschwellter Brust auf die Vergangenheit zu schauen, dabei … also, keine Ahnung, wo dieser Kretin von einem Mathelehrer seine Pädagogikscheine gekauft hat, aber, na ja … sieh selbst.«

Ich griff nach dem aufgeschlagenen Matheheft. Die blaue Tinte der Zahlen war zu einem hellgrauen Morsecode verschwommen, der die Ideen, die meinen rechnerischen Gedanken zugrunde lagen, nicht mehr nachvollziehbar machte. Der Meinung schien Dr. Wolters allerdings damals schon gewesen zu sein. Ohne Firlefanz oder Randbemerkungen hatte er meine tiefgründigen Ausführungen mit einem noch immer knallroten »Hanebüchener Unsinn!« und einer Sechs unterzeichnet.

Ich lachte. »Charmant.«

»Das trifft wohl den Kern.«

Ich betrachtete die Ornamente und Ranken, die meine vergeigte Mathearbeit einrahmten. Die Sechs hatte zu kreativer Aufarbeitung geführt, nicht zu psychischem Leid. Immerhin. Ich fuhr mit dem Finger über die dünnen schwarzen Striche und erinnerte mich an die künstlerische Phase, die mich damals prägte: schwungvoller, schwarzweißer Jugendstil. Ich liebte alles verspielte, jeden Schnörkel, dem ich geometrische Formen gegenüberstellte, wiederkehrende Muster. Nur das Bunte des Jugendstils stieß mich ab. Der Tod meiner Mutter lag damals erst drei Jahre zurück, und ich beschränkte mich auf einen schwarzen Fineliner, um meinen pubertären, traurig-romantischen Gefühlen Ausdruck zu verleihen. Je mehr alte Schulhefte ich durchstöberte, desto mehr vertraute Zeichnungen entdeckte ich. Frauen à la Mucha oder Beardsley mit wallenden Haaren und wehenden Kleidern, Maiglöckchen in repetitiver Ornamentik, Tiere auf kleinstteiligst schraffierten Wiesen. Um meine kreativen Outputs von den nicht wirklich herausragenden Schulaufgaben zu trennen (wie man sich täuschen konnte), begann ich, die Zeichnungen abzufotografieren.

Als ich auf der Suche nach dem nächsten Heft mit Zeichnungen aus langweiligen Schulstunden aufschaute, sah ich, wie mein Vater einen mottenzerfressenen, blauen Cordrock meiner Mutter untersuchte.

»Papa?«

Er wischte sich über das Gesicht und stopfte den Rock zurück in die Mülltüte.

»Alles okay?«

»Sicher.«

»Fällt es dir leichter, hier oben mit jemand Unbeteiligtem wie Frau Seidel aufzuräumen?«

»Was? Wie meinst ... Monika hat nichts damit zu tun! Ich komme sehr gut allein zurecht!«

»Ja. Natürlich. Ich meine ja nur ... Ich wollte nicht ... du brauchst auf mich keine Rücksicht zu nehmen, weißt du? Von mir aus kann das hier alles weg.«

»Sicher.«

Mein Vater riss das Dachfenster auf. Frische Luft durchwirkte die dumpfe Schwüle des Dachbodens.

»Du hängst hier an gar nichts, nicht wahr? Ich meine ... es gibt Menschen, die gehören zum Typ Bewahrer. Die, nun ja, pflegen, stabilisieren, die Dinge erhalten. Und dann, hm ... ich meine, dann gibt es Menschen, die wollen verändern, die sind risikobereit, ziehen aus, brauchen neue Ideen.« Er schüttelte den Kopf. »Weißt du, man muss wissen, zu welcher Gruppe man gehört ... ich meine ... das erleichtert das Leben.« Er trottete zur Raumspartreppe. »Schließ das Fenster, wenn du runtergehst.«

Ich betrachtete die durchstöberten Schulhefte, die ich achtlos in einen Karton gepfeffert hatte, und die Fotos der Ornamente auf meinem Handy. Veränderin oder Bewahrerin? Warum sollte das wichtig sein? Wieso musste ich zu einer Gruppe gehören? Vielleicht entstanden vermeintliche Zugehörigkeiten auch erst im Spannungsfeld von Beziehungen. Wer wusste schon, ob mein Vater ein derart störrischer Bewahrer geworden wäre, wenn meine Mutter nicht so früh gestorben wäre? Oder ob ich meine Bewahrermentalität nicht stärker ausleben würde, wenn sich meine Eltern nicht für ein Leben am Ende der Welt auf dem Land entschieden hätten?

Was für müßige Gedanken.

Und dennoch. Wie stand es um Christopher? Okay, das war einfach. Bewahrer von Traditionen. Trotz des neuartigen Finanzierungsmodells. Er strebte in vertrauten Bahnen nach Erfolg und Liebe, hielt große Stücke auf die Familie, Etikette und Beständigkeit. What you see is what you get. Alles ganz straight. Keine Geheimnisse. Dafür liebte ich ihn. Mein Fels in der Brandung.

Und Harm? Keine Ahnung. Jemand, der für die Welt kämpfte, saubere Meere, das Klima. Der sich seiner Trauer mithilfe von Bienen hingab, so haptisch, wie er Brot backte. Ein hemdsärmeliger Typ, der nicht lange quatschte, sondern Anhalterinnen mit Panikattacken durch ganz Frankreich chauffierte. Jemand, dessen Küsse nach Weingummi schmeckten.

Ich schloss den Deckel des Kartons, drückte das Fenster zu und kletterte nach unten. Frau Seidel hatte einen großen Topf Labskaus gebracht, den mein Vater aufwärmte. Wir aßen in der Küche. Später kuschelte ich mich im Garten auf die Liege unter den Apfelbaum und zeichnete. Ich versuchte, die vertrauten Jugendstilornamente zu rekonstruieren, und erkannte, dass sie wunderbar als Grundlage für neue Muster taugten. Mein Bleistift kratzte, schabte und streichelte die leeren Seiten, und es entstanden Motive, die ich aus alten Vorlagen und neuen Erfahrungen improvisierte. Ich zeichnete, bis mein Vater mich zum Abendessen rief. Danach machte ich weiter. Christopher meldete sich kurz aus Oslo, aufgeregt und voller Tatendrang. Das Meeting war super gelaufen, er würde sich am nächsten Morgen noch einmal mit einigen Leuten von der Strategieabteilung treffen. Ich skizzierte weiter. Als die Sonne sich hinter dem kleinen Wäldchen verabschiedete, zog ich um in den Wintergarten. Dort fielen mir irgendwann die Augen zu, und ich übernachtete tatsächlich zum ersten Mal auf dem unbequemen, viel zu kurzen Korbsofa. Mein Vater war da schon lange zu Bett gegangen.

Kräftige Böen zerrten am Strandhafer und drückten ihn flach auf die Dünen. Harm schloss die Augen und atmete tief ein. Noch klebte sein T-Shirt verschwitzt am Rücken, aber er spürte, wie der Wind unter den Saum fuhr, es langsam von seiner Haut löste und trocknete. Harm zog die Turnschuhe aus, knotete die Schnürsenkel aneinander und hängte sie sich über die Schulter. Er stakste durch den warmen Sand der flachen Düne. Der Strandhafer kitzelte seine Waden. Irgendwo pfiff ein Austernfischer sein »Liep, liep, liep«. Das Meer brandete an den Steinbuhnen und dämpfte das Kreischen, Schreien und Toben der Sommerfrischler am Strand. Harm blickte in die Ferne, hinaus auf die Ostsee, und spürte, wie die Weite seine Lungen dehnte und sein Herz öffnete. Das Meer beeindruckte ihn. Egal zu welcher Jahreszeit, egal bei welchem Wetter. Es hatte viel mehr zu sagen als das Land, so viel tiefer, wie es war.

Eine Möwe segelte über ihn hinweg durch die schwere Küstenluft. In seinem Kopf wurde es ganz ruhig. Er liebte Kiel. Seine Eltern. Und, ja, auch Lucas und die anderen. Trotz seines Ausrasters vor zwei Tagen. Es funktionierte nur nicht. Nicht so. Nicht jetzt. Vielleicht könnte er irgendwann einmal wieder in Kiel leben, eine gute Zeit haben. Jetzt erschien es ihm unmöglich. Er hatte es Tammo versprochen: weiterleben. Aber das ging hier nicht. Nicht in Oma Ernas saniertem Bungalow, wo jede Schraube *Tammo!* schrie, nicht am Strand mit der Gang, nicht an all den Orten, die gemeinsame Erinnerungen bargen, nicht im Garten ihrer Eltern. Es war Zeit aufzubrechen.

Harm stapfte durch den Sand zum Spülsaum. Er tauchte mit den Füßen in die angenehm kühle See und begann mit der Suche. Obwohl der Wind das Meer heute vor sich hertrieb, machte es ihm die Ostsee mit ihrem klaren Wasser leicht. Er sammelte Herzmuscheln und verstaute sie in einem kleinen Beutel, den er aus der Hosentasche zog, ergänzte seine Ausbeute um einige hübsche Sandklaffmuscheln sowie ein besonders rosa schimmerndes Exemplar einer baltischen Plattmuschel. Ganz ruhig watete er bis zur nächsten Buhne durch das Wasser, schenkte dem Meer einen letzten Blick und machte sich auf den Rückweg zu seinem Mountainbike.

Die Sonne verabschiedete jetzt langsam die Badegäste, und ein Autokorso begann, sich vom Parkplatz über den

Strandweg an Heidkate vorbei in Richtung Kiel und zur Autobahn zu schieben. Harm entschied sich für die längere, aber hübschere Route entlang des Wegs auf der Binnenlandseite der Dünen. Er radelte am Naturschutzgebiet Bottsand vorbei, passierte Wendtorf und Laboe mit seinem Marine-Denkmal, durchquerte Heikendorf. Sein T-Shirt pappte nass am Rücken. Nach einer Stunde erreichte er Oma Ernas kleinen Bungalow in Mönkeberg.

Der Wind hatte bauschige Wolken vor die Sonne getrieben und nahm dem frühen Abend das Licht. Harm schaltete die Terrassenbeleuchtung ein, stillte den ersten Durst mit Leitungswasser und griff dann zu einem kalten Bier. Im Schuppen fand er Gartenschere, Akkubohrer und Paketband. Er schnitt einen Ast von der Kopfweide neben dem Teich und entrindete ihn mit seinem Taschenmesser. Dann breitete er den Muschelschatz auf dem Gartentisch aus. Zum Üben begann er mit einigen nicht ganz so hübschen Exemplaren. Es stellte sich als knifflig heraus, den Bohrer mit genau dem richtigen Druck zu führen, damit die Muschelhälfte nicht zersprang. Nach einigen Versuchen klappte es ganz gut. Harm wickelte je ein Stück Kordel um die Enden des Astes und zog die Muscheln wie Perlen auf. Dabei setzte er Knoten, sodass sie sich nicht berührten. Am Ende hatte er eine Art Mobile in Form einer Wünschelrute geschaffen, deren unteres Ende die rosafarbene, Baltische Plattmuschel bildete. Zufrieden betrachtete er sein Werk.

Harm duschte, entschied sich passend zu den Jeans für ein gemustertes Hemd (nicht zu aufgetakelt, aber eben doch nicht bloß ein T-Shirt) und verpackte das Muschelmobile in einem Schuhkarton, um den er einige Blätter Chinaschilf aus dem Garten band. Er steckte noch eine rosafarbene Hortensienblüte hinein und machte sich auf den Weg.

Die Wolken hatten sich jetzt zusammengerottet und drohten mit Gewitter. Zum Glück hatte er es nicht weit. Harm radelte die Dorfstraße hinunter, einmal quer durch Mönkeberg und schloss sein grünes Mountainbike vor der Wohnanlage am Königsmoor an. Wie immer wuselte eine Bande Kinder zwischen den drei Gebäuden umher nie gehend, immer rennend und lärmend. Auf einer der im Kreis angeordneten Parkbänke unterhielt sich die alte Frau Loddeke gerade mit Julia, die den kleinen Lio stillte. Harm winkte hinüber.

Während er die duftenden Blumenrabatten umrundete, entdeckte ihn Frau Müller-Arend, die mit einem Liegestuhlpolster im Arm von ihrer kleinen Terrasse aus zu ihm hinüberlächelte. Die dünnen Fransen ihres Pagenschnitts wehten in einer aufkommenden Brise. »Es sieht nach Gewitter aus. Wurde ja auch vorhergesagt, nicht wahr?«

»Ja, sieht ganz danach aus.«

»Ich muss die Polster vor dem Regen retten.« Sie hob die Hand zum Gruß und verschwand in der äußersten der vier Parterrewohnungen.

Harm seufzte. Wahrscheinlich hatte Jule inzwischen längst mitbekommen, dass er sich auf dem Weg zu ihr befand. Gemeinschaft war der Vorteil des generationsübergreifenden Wohnprojekts mit Garten direkt am Naturschutzgebiet. Vollkommene Transparenz der Lebensumstände die Kehrseite der Medaille. Dafür hatte jede Wohnung eine Aussicht, was, wie Jule ihm in regelmäßigen Abständen versicherte, ein Umstand war, auf den man im Leben niemals zu viel Wert legen konnte.

Die untere Haustür stand wie meistens offen. Harm erklomm die achtzehn Stufen in den ersten Stock, wo Jule ihn in Jeans und Tanktop bereits im Türrahmen erwartete.

Er reichte ihr den Schuhkarton.

»Was ist das?«

»Meine Entschuldigung.«

Jule nahm das Geschenk entgegen, und Harm folgte ihr in die Wohnung. Wie immer überwältigte ihn ein Gefühl von Zuhause, als er sich auf dem mit Schaffellen bestückten Sofa ausstreckte. Jule konnte Interior. Sie pflegte einen Instagram-Account mit knapp dreitausendfünfhundert Abonnenten und schuf in ihren drei Zimmern auf fünfundsiebzig Quadratmetern wöchentlich neue Welten, indem sie Accessoires neu arrangierte, Möbel verrückte und Perspektiven wechselte. Ihren Stil beschrieb sie gerne mit »von allem etwas, aber nur das, was ich liebe«.

Harm betrachtete das neue Poster an der Wand über dem hochbeinigen Blumenkasten, der einigen Strandhaferruten Heimat bot. Ein Zitat von Coco Chanel, schwarz auf weißem Grund: *Die meisten Frauen wählen ihr Nachthemd mit mehr Verstand als ihren Mann.* Er schielte zu Jule hinüber, die im Schneidersitz am anderen Ende des Sofas hockte und das Chinaschilf vom Karton schob. Ein wenig diskreter Hinweis? Sollte er sich angesprochen fühlen? Oder interpretierte er hier gerade Elefanten in Mäuse hinein?

»Das ist sehr hübsch. Danke.« Jule versuchte sich an einem Lächeln.

»Die Baltische Plattmuschel ist besonders rosa …«

»Die was?«

»Na, die rote Bohne.«

Jule betrachtete das Mobile. »Sehr intensiv, ja.«

»Manchmal leben Tausende von ihnen auf einem Quadratmeter, das hat fast Metropolcharakter. Trotzdem ist sie total gechillt, liegt während des heißen Sommers nur im Meer herum, weil ihr Temperaturen über fünfzehn Grad viel zu heiß zum Wachsen sind, deshal …«

»Harm.« Jule seufzte. »Bitte. Ich habe den ganzen Tag Geschichten angehört und vorgelesen. Allein vier Mal Schneewittchen für die kleine Elif. Ich mag nicht mehr.«

Harm nickte. »Es tut mir wirklich leid, dass ich dich am Strand weggestoßen habe. Das wollte ich nicht. Ich wollte auch nicht, dass du stürzt. Ich wollte diesen ganzen Streit nicht, ich …«

»Gibt es auch etwas, das du wolltest? Oder willst?«

Harm seufzte. Er fuhr sich mit den Händen über das Gesicht. »Ehrlich gesagt, weiß ich das zurzeit nicht so genau.«

Sie nickte. »Habe ich bemerkt.«

»Es hat nichts mit dir zu tun.«

Jule schnaubte. »Ernsthaft? Worüber reden wir dann?«

Harm rutschte hinüber und schob ihr einige Haarsträhnen hinter das Ohr. »Ich will damit nur sagen, dass es nicht an dir liegt. Du bist wunderbar, du …«

»Oh ja! So wunderbar, dass du lieber mit einer anderen durch Frankreich fährst.«

»Jule …«

»So wunderbar, dass du unter keinen Umständen zu mir

ziehen willst, so wunderbar, oder?« Sie stopfte das Muschelmobile zurück in den Karton, stieß ihn hinüber zu Harm und erhob sich. »War's das?«

Er sah sie fragend an.

»Mit uns, meine ich.«

Harm schüttelte den Kopf. »Ich weiß es nicht.«

Tränen stiegen in ihm auf. Verdammt, er war hier der Täter, nicht das Opfer. Er hatte kein Recht zu weinen. Hektisch versuchte er, die Flüssigkeit in seinen Augen wegzuzwinkern, aber Jule hatte es schon bemerkt.

»Verdammt, Harm. Was ist das nur für eine Scheiße mit uns.«

Sie umarmte ihn, und Harm presste ihren Körper an sich. Jules Vanillegeruch drang durch die Nase direkt in sein Herz. Sie duftete nach Erinnerungen, mit denen er feiern, in die er eindringen, mit denen er leben musste. Ob er wollte oder nicht. Harm küsste Jule. Gierig, ungeduldig. Sie war so weich und nachgiebig und voller Sehnsucht. Ihre Körper fanden sich, ergänzten einander. Harm verschwendete einen kurzen Gedanken daran, wie etwas, das sich so gut anfühlte so falsch sein konnte. Dann ergab er sich dem Leben.

Es lebte sich gut mit einem Stift in der Hand. Ich zeichnete jetzt seit mehr als elf Stunden, unterbrochen zwar von zwei Nächten und den Mahlzeiten mit meinem Vater, aber ich konnte mich nicht erinnern, wann ich mich zuletzt so in eine kreative Arbeit vertieft hatte.

Ich ließ den Bleistift sinken. Doch. Konnte ich.

Ich schaute hinaus in den triefenden Garten. Ein warmer Sommerregen prasselte auf Blumen und Blätter. Das Grau dieses Sonntagmorgens hüllte die Welt in ein farbloses Licht.

Ich dachte an mein letztes Selbstporträt, *Clarissas Lamento*. Ein analoges Selfie in Öl. Ich hatte mich drei Tage lang in meiner kreativen Schaffenskraft verloren, versank dank reichlich Alkohol, Energydrinks und der ein oder anderen Pille in einer fantastischen Welt. Ich schuftete wie eine Besessene, malte vollkommen losgelöst. Schlief nicht, aß nicht. Am Ende der dritten Nacht kollabierte ich. Nora fand mich auf der farbverschmierten Plane vor der Staffelei in meinem Zimmer und zog die Reißleine. Sie schaffte mich zu meinem Vater, kündigte unsere WG und verschwand nach Washington. Seitdem rührte ich keinen Pinsel mehr an. Okay, ja, sicher. Den Pinsel traf keine Schuld. Aber er stand für etwas. Ein Symbol.

Damals erholte ich mich einige Wochen hier in Dwengeloh, bevor ich mich für das Textiltechnikstudium an der Hochschule Niederrhein in Mönchengladbach einschrieb, die eine der angesehensten und umfangreichsten Ausbildungen in dieser Richtung anbot. Ein geregelter Tagesablauf, weit weg von meinen Hamburger Ausschweifungen. Funktionierte ganz gut. Und als ich nach dem Studium und der Zeit in Paris in den Norden zurückkehrte und mich die Exzesse vergangener Tage einzuholen drohten, erschien Christopher.

Ich schaute auf mein Handy. In vier Stunden musste ich ihn vom Flughafen abholen. Ich kramte meine Sachen zusammen. Es fühlte sich gut an, wieder zu zeichnen (kein Pinsel – ein Bleistift). Diese Erfahrung hatte ich Frankreich zu verdanken, der Reise mit Harm. Wenn ich an die schummerige Nacht in dieser kleinen Bar in Vogüé dachte, an die samtige Melancholie in der Stimme der Sängerin, wie ich meine Gedanken sortiert, mich in Bildern ausgedrückt hatte, dann überkam mich nicht Panik sondern Sehnsucht. Ich spürte keine Angst, mich wieder in meiner Kreativität, meinem inneren Chaos zu verlieren. Dank Christopher verlief mein Leben in gefestigten, strukturierten Bahnen.

Ich trank noch einen Tee mit meinem Vater und machte mich auf den Rückweg nach Hamburg. Frau Hansens Hühner verabschiedeten mich gackernd.

Es war nicht viel los auf den Straßen. Das Grau in Grau des Himmels legte sich fad und irgendwie ernüchternd über die Landschaft. So als wollte es signalisieren, dass der Sommer nicht ewig andauern würde. Aber das wusste ich schon.

Hinter Lentföhrden kam das Kreuz Kaltenkirchen in Sicht, und ein blaues Straßenschild kündigte die Hauptschlagader des Nordens an. Die A 7 durchschnitt das Land von Dänemark bis Hamburg. Auf dem Schild markierten weiße Pfeile die beiden Ausfahrten: in den Süden nach Hamburg oder nordwärts nach Kiel. Ich gab Gas. Einer plötzlichen Eingebung folgend, ließ ich die Hamburger Auffahrt hinter mir, überquerte die Autobahn, fädelte mich auf die Abbiegerspur ein und nahm die geschwungene Zufahrt auf die A7 in Richtung Norden. Mein Herz raste.

Ich trommelte mit den Fingern auf dem Lenkrad. Welcher Teufel ritt mich hier? Was wollte ich in Kiel?

Natürlich ging es um Harm. Sicher. Verdammt! Verursachte das Zeichnen wieder Chaos in mir? Ich bewegte mich hier ganz eindeutig nicht mehr in den kontrollierten Bahnen, die ich mir selbst für mein Leben auferlegt hatte. Das konnte nicht gut gehen. Und die Vorstellung, Harm in einer Stadt mit zweihundertfünfzigtausend Einwohnern zufällig über den Weg zu laufen, war absurd. Ja, ich hatte noch Zeit, bis ich Christopher vom Flughafen abholen sollte, aber musste ich sie so verbringen? Auf der Autobahn nach Kiel? Ich schüttelte den Kopf. Eine Schnapsidee. Und dennoch.

Ich dachte so oft an Harm. An unsere letzten Minuten in diesem Hotelzimmer. Was war da geschehen? Na ja, das wusste ich natürlich. Aber irgendwie glaubte ich, dass sich meine Gefühle klären, ich sie weniger romantisieren würde, wenn ich ihn noch einmal wiedersähe. Harm im grellen Licht der Realität würde mir vor Augen führen, warum ich Christopher liebte. Ich könnte die Tage in der Provence endlich aus meinen Gedanken tilgen, aufhören, dieser kurzen Reise dafür zu danken, das Zeichnen wiedergefunden zu haben. Ich bekam Harm nur aus dem Kopf, wenn ich ihn wiedersah. So einfach war das.

Ich verließ die A 7, um auf der 215 nach Kiel hineinzufahren. Bei erster Gelegenheit hielt ich in einer Parkbucht und googelte die Adresse der Meeresbiologischen Forschungswerkstatt. Sie schien an die Universität gekoppelt zu sein, zumindest lag sie auf deren Gelände, gleich am Rand des Botanischen Gartens. Natürlich würde ich dort niemanden antreffen, um nach Harm zu fragen. Es war

Sonntag. Aber – keine Ahnung. Vielleicht würde sich etwas ergeben. Vielleicht half es zu sehen, wo er arbeitete (auch wenn die Homepage des Instituts nach wie vor etwas anderes behauptete). Vielleicht tat mir das Gefühl gut, in seiner Nähe zu sein. Vielleicht könnte ich mich so leichter von der Vorstellung von ihm lösen.

Vielleicht.

Harm stahl sich leise aus dem Bett, um Jule nicht zu wecken. Sie verschlief am Wochenende gern halbe Tage, während sein innerer Wecker ihn spätestens ab 9 Uhr drängte, wertvolle Zeit nicht weiter zu vergeuden. Er stieg im Wohnzimmer in seine Klamotten vom Vortag und nahm Jules Vanilleduft sowohl auf dem Hemd als auch den Boxershorts wahr. Für einen kurzen Moment überkam ihn eine Art Fluchtinstinkt, und er rannte die Treppe barfuß hinab, Schuhe und Socken in der Hand.

Eine geschlossene Wolkendecke versteckte den Sommer. Harm fröstelte. Er hockte sich auf eine der im Kreis angeordneten Parkbänke und zog Socken und Schuhe an. Frau Müller-Arend öffnete die Terrassentür. Sie blickte hinüber zu ihm und grinste. Harm fühlte sich ertappt, obwohl er nicht hätte sagen können, wobei. Kurz hob er eine Hand zum Gruß, dann huschte er zwischen Blumenrabatten und Häusern hindurch zu seinem Mountainbike.

Die Strecke durch das sonntäglich leere Mönkeberg bezwang er in knapp sechs Minuten. Dreihundertsechzig Sekunden, die ausreichten, um sein schlechtes Gewissen in sphärische Höhen zu treiben. Fast hätte er es geschafft, gemeinsam mit Jule einen Schlussstrich unter ihre Beziehung zu ziehen. Fast. Sie taten sich einfach nicht gut. Nein. Falsch. Er tat Jule nicht gut. Sie hatte jemanden verdient, der sie aufrichtig liebte, der sich jede Sekunde des Tages nach ihr verzehrte, der jedem Sonntag im Bett mit ihr entgegenfieberte, der hierbleiben und mit ihr ein gemeinsames Leben aufbauen würde, der Kinder von ihr wollte, der sich nichts Schöneres vorstellen konnte. Er war nicht dieser Mann. Selten stand ihm diese Tatsache so klar vor Augen wie an diesem Sonntagvormittag.

Harm erreichte den Bungalow, der, alt und von der Zeit überholt, am Ende der Sackgasse kauerte. Er duschte, schlüpfte in saubere Klamotten und genoss den ersten Kaffee des Tages auf der Terrasse. Es wurde Zeit. Er musste mit Jule reden. Tagsüber. Ohne Alkohol. Am besten an einem neutralen Ort mit vielen Menschen. Vielleicht bei einem Spaziergang. Er wollte die Freundin aus Kindheitstagen nicht verlieren, sie unter keinen Umständen verletzen. Aber hatte das, was sich in diesem Hotelzimmer am Lac du Der-Chantecoq abgespielt hatte, nicht deutlich gezeigt, wie es um seine Gefühle für Jule stand? Die Intensität dieser wenigen Minuten mit Anna. Sein Herz, das zu zerbersten drohte, als sie ihn berührte. Ihre Haut. Die Leidenschaft, mit der sie ihn küsste. Die Tiefe des Moments, in dem sie sich verloren. Der Geschmack von Fischsuppe.

Harm ließ den Kopf hängen. Da schoss ein gleißender

Lichtstrahl in seine Augen. Er leuchtete vom Ende des Gartens herüber, als ob jemand Licht mit einem Spiegel lenkte. Harm hielt sich die Hand vor das Gesicht und blickte hinauf zu den kuschelnden Wolken, durch die einzelne Sonnenstrahlen wie Laser schnitten. Einer schien direkt im Gartenteich zu versinken. Harm wanderte hinüber und entdeckte ein Stück Alufolie, das sich zwischen den Blättern einiger Sumpfiris verfangen hatte und das Sonnenlicht reflektierte. Er fischte es aus dem Wasser. So wie vor zwei Wochen das Olivenerntenetz aus der Banquière in Tourrette-Levens. Er dachte an die kleine Forelle. Irgendetwas klingelte da bei ihm. Unwillkürlich betrachtete Harm seine Füße. Die Schwellungen hatten sich vollständig zurückgebildet, lediglich die stecknadelkleinen Einstichpunkte der Bienenstachel sprenkelten seine Haut noch wie Sommersprossen. Aber das war es nicht. Er betrachtete den Metallfetzen. Wie auch immer der hierhergeraten war. Harm hatte noch nie Alufolie gekauft. Zur Herstellung mussten chinesische und indische Arbeiter unter menschenunwürdigen Bedingungen Bauxit im Tagebau aus dem Boden befördern. Dabei entstand schwermetallhaltiger Rotschlamm, den sie einfach irgendwo deponierten oder in Gewässer leiteten, wo er ganze Ökosysteme zerstörte. Von dem absurden Energieverbrauch, den die weitere Verarbeitung benötigte, einmal ganz abgesehen. Alufolie war ein Synonym für Umweltsünde. Harm würde diesen zerknitterten Streifen mit zur Forschungswerkstatt nehmen und an die Müllwand neben Wattestäbchen, Plastikflaschen & Co. pinnen. Dorthin, wo auch die Netze hingen.

Die Netze! Natürlich! Das war es!

Harm verschüttete ein wenig Kaffee. Jetzt wusste er,

woran ihn die Alufolie erinnerte! Das Olivenerntenetz in der Banquière. Die Hunderte von Kilometern an Fischernetzen, die jährlich während des Fischfangs auf hoher See verloren gingen und als Geisternetze die Ozeane vermüllten. Damals hatte er daran gedacht. An all die Fische, die qualvoll starben. Die Ghost Gear Initiative, die sich dem Problem annahm und nach Lösungen suchte. Der Schwede, den er vor zwei Jahren bei einer Fortbildung kennengelernt hatte. Wie hieß er noch gleich? Er hatte seine Urlaube investiert, um die Organisation bei ihrer Arbeit zu unterstützen.

Harm stürmte ins Haus. Eigentlich hatte er Brötchen holen und mit Jule frühstücken wollen. Aber die Henkersmahlzeit musste warten. Er schlüpfte in seine Turnschuhe und schwang sich auf das Mountainbike. Für die Fähre fühlte er sich zu aufgewühlt. Weder hatte er Lust, am Steg auf das Schiff zu warten, noch wollte er hibbelig an Deck verharren, bis es endlich wieder anlegte. Also preschte Harm durch Mönkeberg und Wellingdorf, durchquerte auf der hässlichen Werftstraße Gaarden-Ost, umrundete die Förde auf der Hörnbrücke und schraubte sich durch Ravensberg in Richtung Uni und Botanischer Garten.

Ich stellte den BMW auf einem kleinen Parkplatz ab und schlenderte über das leer gefegte Unigelände. Hier und da begegnete ich einigen Studenten, die vielleicht aber auch

Spaziergänger waren wie ich. An einem kastenartigen Gebäude prangte in großen Lettern: Manche leuchten. Die Bibliothek? Erleuchtung durch Wissen? Wissen, das leuchtete? Ich bog ab auf einen kleinen Platz, wo sich zwischen zwei Gebäuden eine Pinienallee drängelte. Die Bäume wuchsen so dicht beieinander, dass sie sich berührten, was zur Folge hatte, dass man nicht durch sie hindurch, sondern allenfalls außen um sie herumgehen konnte. Eine seltsame Anpflanzung. Es duftete dennoch nach den würzigen Nadeln, was mich schlagartig in die Provence versetzte. Ich war nicht abergläubisch, esoterisch oder karmamäßig veranlagt. Aber es fühlte sich an, als leuchtete der Duft mir den Weg.

Ich umrundete die Mensa, passierte weitläufige Wiesen mit kleinen Teichen und Enten, schlängelte mich zwischen zwei verschachtelten Gebäuden hindurch und landete schließlich vor einem geschlossenen Nebeneingang des Botanischen Gartens. Eine üppige Schlingpflanze wucherte über dem flachen, seltsam geometrischen Gebäude. Es ärgerte mich, dass die einzige Auskunft, die ich über das hübsche Gewächs hätte geben können, Negationen waren: keine Rose, keine Sonnenblume, keine Flaumeiche. Ich wusste wirklich wenig über die Flora, die mich umgab, und beschloss, das zu ändern.

Ich hielt mich links, wo es irgendwie mehr nach Haupteingang aussah, und fand ein geschmiedetes Tor mit Metallbäumen, das den Weg in den Botanischen Garten wies. Gleich dahinter sammelten sich einige niedrige, sechseckige Häuschen mit Dachbegrünung. Ich spähte durch eine der Glastüren hinein. Tische, Stühle, Regale, eine riesige Weltkarte, Pinnwände voller Müll. Eine Art Klassenzimmer für meeresbiologische Schulstunden. Tische und Stuhllehnen kamen passend zur Architektur ebenfalls sechseckig daher. Es hatte etwas von den Waben eines Bienenstocks.

Ich schielte auch noch in die anderen Gebäude, die ähnlich eingerichtet waren. Ob Harm hier wirklich arbeitete? Warum tauchte sein Name dann nicht auf der Homepage auf? Hatte ich mich verhört? Etwas verwechselt? Vielleicht hatte er seine Stelle gerade erst angetreten, und der Admin war einfach noch nicht dazu gekommen, sein Foto einzufügen. Oder er hatte gekündigt. Ich könnte morgen anrufen und nachfragen. Oder zu den Öffnungszeiten noch einmal vorbeischauen.

Ich sank auf die Parkbank neben einem Laternenpfahl, an dem ein Mountainbike lehnte. Was tat ich hier eigentlich? War ich enttäuscht? Ganz ehrlich: ja. Aber was hatte ich erwartet? Den einen unter zweihundertfünfzigtausend zu treffen? Irgendwie schon. Ich war hoffnungslos naiv. Das gab es nur in Filmen und Songs. Tatsächlich konnte ich noch nicht einmal behaupten, dass es sich anders anfühlte, so als ob ich Harms Präsenz spürte oder plötzlich ganz genau wusste, dass er hier ein und aus ging. Absolut nicht. Ich saß auf einer stinknormalen Parkbank an einem stinknormalen Sonntag im Botanischen Garten von Kiel und machte mich lächerlich.

Ich stand auf und betrachtete das Mountainbike. Es war nicht angeschlossen. Wie fahrlässig. Ich schaute mich um. Kein Kieler schien den Botanischen Garten der Uni an einem Sonntagvormittag für ein gutes Ausflugsziel zu halten. Die Anlage war menschenleer. Ich berührte den Lenker des Rads. Die Griffe lagen fest und rutschsicher in der Hand. Ich sah mich noch einmal um. Schließlich schnappte ich mir das Mountainbike und begann, einige Runden auf der Wegkreuzung zu drehen. Keine Ahnung, wann ich zum letzten Mal Rad gefahren war. Meine Hamburger Wege legte ich mit Bus, Bahn, Auto oder zu Fuß zurück. Christopher und ich radelten ab und zu in einem entsetzlich anstrengenden Spinning-Kurs um die Wette, aber das zählte wohl kaum. Ich wurde mutiger, fuhr jetzt auf eine kleine Anhöhe mit Felsen zu, die Hunderte kleiner Namensschilder für Pflanzen sprenkelten. Eine alpine Landschaft. Es fühlte sich gut an. Ein bisschen wie Urlaub, ein wenig verrückt und nach ganz viel Freiheit. Plötzlich glaubte ich, ein Kind kichern zu hören und einen Schatten hinter einem der Bäume auf der Wiese zu sehen. Genug. Ich hatte meinen Film-Moment.

Eilig wendete ich das Mountainbike und fuhr zurück zur Parkbank. Doch gerade als ich ein Rosenbeet (das erkannte ich!) umsteuerte, öffnete sich die Tür eines der wabenartigen Gebäude. Vor Schreck fiel ich fast vom Rad. Ich verhakte mich beim Absteigen an irgendeinem Draht, zerrte an der Hose, ratschte über die Kette und schubste das Rad in die Rabatte.

Stolz rieb Harm die Visitenkarte zwischen den Fingern. Edvin Olsson. Global Ghost Gear Initiative – GGGI. Hatte er sich doch richtig erinnert. Er war dem Schweden bei einem Barcamp begegnet, das die Studenten des Meeresbiologischen Masterstudiengangs der Uni Rostock in Zusammenarbeit mit dem Leibnitz Institut für Ostsee-Forschung in Warnemünde veranstaltet hatten. Vor etwa zwei Jahren. Edvin Olsson hielt die Keynote, erzählte viel über die Ghost Gear Initiative, in deren Gremium er sich neben seinem Broterwerbsjob beim Marine Stewardship Council ehrenamtlich engagierte. Er sprach leidenschaftlich und mit einer derart positiven Grundhaltung, dass Harm die sich anschließenden Workshops fast schon euphorisch absolvierte. Beim Mittagessen erkämpfte er sich ein kurzes Gespräch mit dem charismatischen Schweden, der ihm daraufhin seine Visitenkarte überreichte und ihn einlud, sich jederzeit bei GGGI einzubringen. Dieser Zeitpunkt schien nun gekommen.

Lächelnd sperrte Harm die Tür zum Büro der Forschungswerkstatt zu. Er liebte seinen Job. Das ganze Ambiente hier. Die Kinder. Seine Kollegen. Kiel. Aber er brauchte eine Auszeit. Das hatte ihm die Bienentour deutlich vor Augen geführt. Er musste die Stadt wechseln, am besten gleich das Land. Er durfte Jule die Chance auf ein glückliches Leben nicht vermasseln. Harm schob die Visitenkarte in sein Portemonnaie. Gleich morgen würde er Edvin Olsson kontaktieren.

Noch immer lächelnd, umrundete er das sechseckige Haus und steuerte auf die Fahrradständer zu. Erstaunt registrierte er – nichts. Kein Fahrrad weit und breit. Verwirrt starrte er auf die Metallstreben. Dann fiel ihm ein, dass er vor lauter Aufregung nicht bis zu den Ständern hinter den Gebäuden gefahren war, sondern sein Mountainbike unerlaubterweise auf dem Weg davor abgestellt hatte. An einem Sonntag kümmerte das schließlich niemanden.

Harm marschierte zurück zum Eingang und hörte ein seltsames Scheppern. Als er die letzte der sechs Hausecken passierte, befand er sich direkt gegenüber der Laterne mit seinem Fahrrad. Nur dass dort kein Fahrrad stand. Verwundert schritt er hinüber. Hatte er woanders geparkt? Er untersuchte den Laternenpfahl. Kein aufgeknacktes Schloss. Hatte er das Mountainbike überhaupt abgeschlossen? Kopfschüttelnd sah er sich um. Das konnte doch gar nicht sein. Kein Mensch spazierte sonntagvormittags hier herum. Es gab keinen Spielplatz, dafür eine Menge Betreten-verboten-Schilder. Die Kieler verbrachten ihre Wochenenden verständlicherweise lieber am Wasser oder bummelten im Zweifel durch den Alten Botanischen Garten mit dem hübschen Literaturhaus, den üppigen Rhododendren und einem Aussichtspavillon gleich an der Förde.

Harm dachte nach, rekapitulierte seine Ankunft. Er wollte schnell ins Büro, hatte das Rad deshalb vor den Gebäuden abgestellt. In Ermangelung eines Ständers, musste er es immer irgendwo anlehnen. Er entschied sich für die Laterne. Und dann? Hatte er das Schloss um den Pfahl geschlungen? Er konnte sich nicht erinnern. Verdammt! Er marschierte den Weg entlang in Richtung Alpinum. Vielleicht hatte sich ja doch jemand für einen Bildungsspaziergang durch die Anpflanzungen der Uni entschieden und erlaubte sich einen Scherz mit ihm. Er blickte in Richtung der Felsen, schwenkte kurz den Blick, weil ihn etwas blendete, und entdeckte sein Mountainbike im Rosenbeet. Die Köpfe der Damaszenerrosen *York and Lancaster* neigten sich huldigend über Sattel, Lenker und Gepäckträger. Verwundert schaute Harm sich um. Er konnte niemanden entdecken.

Fette Tropfen platschten auf die Windschutzscheibe. Der Sommer regnete auf uns hernieder und verschaffte der Natur eine kurze Verschnaufpause. Boden und Asphalt dünsteten die Hitze des Tages aus. Es roch modderig, leicht süßlich. Die Luftfeuchtigkeit wirkte wie Klebstoff und patschte das dunkelblaue Etuikleid eng an meinen Körper. Das Duschen zu Hause hätte ich mir sparen können.

Ich schielte zu Christopher hinüber, der hinter dem Steuer des noch immer verbeulten BMW stoisch die Pfützen auf der 431 durchpflügte. Ich seufzte. Mein Atem echote tief in der Stille des Autos. Obwohl uns kaum dreißig Zentimeter trennten, fühlte ich mich weiter von ihm entfernt als während der Irrfahrt durch die Provence. Der Streit klaffte zwischen uns wie eine offene Wunde.

Als ich Christopher am Flughafen einsammelte, schwankte meine Stimmung zwischen Desaster und Freiheit. Nach dem Kiel-Abenteuer und zwei Tagen Zeichnen in Dwengeloh herrschte in meinem Kopf ziemliches Chaos. Christopher hingegen glänzte. In einem vollkommen unzerknautschten Anzug schwebte er durch die Drehtür, Zentimeter über dem Boden vor lauter unternehmerischem Enthusiasmus. Wir prallten aneinander ab wie Billardkugeln. Dabei entsprach die Kraft, die die eine Kugel auf die andere ausübte, genau der negativen Kraft der anderen. Das dritte newtonsche Axiom. Je begeisterter Christopher von seinen Oslo-Erfolgen schwärmte, desto ruhiger wurde ich. Meine Gefühle hingen irgendwo zwischen dem Botanischen Garten und der Provence in der Luft. Ich war so durcheinander. Ständig schwebte Harm in meine Gedanken. Kaum hatte ich mich wieder dem Malen hingegeben, schien mein Leben erneut zu implodieren. Ich musste damit aufhören!

Zu Hause vergrub ich die Zeichnungen in der Schublade mit den BHs. Christopher drängte mich zur Eile, seine Eltern hätten ihm vorhin noch einmal geschrieben, dass wir bitte pünktlich erscheinen sollten.

Die Soiree! Das hatte ich total vergessen.

Christophers Mutter lud vierteljährlich zu diesem »kleinen, vollkommen formlosen Abend unter Freunden« ein, an dem Hirnchirurgen, Diplomaten, Professoren und Quantenphysiker teilnahmen. Darunter machte sie es nicht. Marita plante das Setting akribisch, quasi ab dem ersten Morgen nach der letzten Soiree, damit jedes Gespräch, jede Dekofigur, jede Blume ihren rechtmäßigen Part im

Drama des Abends einnehmen konnte. Christopher spielte die Figur des erfolgreichen Sohnes, ganzer Stolz des Vaters, vergöttert von mütterlicher Liebe. Mir dachte Marita die Rolle der modernen Schwiegertochter zu, von der Emanzipation ihrer Generation profitierend in einem technischen Beruf arbeitend, aber nichtsdestotrotz hingebungsvolle Partnerin ihres wundervollen Sohnes. Die paar Kilo Übergewicht, die ich mit mir herumschleppte, waren ihr dabei seit jeher ein Dorn im Auge. Zum letzten Weihnachtsfest hatte sie Christopher und mir deshalb die Jahresmitgliedschaft für das Fitnessstudio geschenkt. Christopher freute sich und lobte seine Mutter für die Gedanken, die sie sich wieder mal gemacht hatte. Marita und ich lächelten einander wissend an. Ich wusste, was sie wollte. Sie wusste, dass ich wusste, was sie wollte. Ich wusste, dass sie wusste, dass ich es wusste. Und nun fehlte der Perlenohrring.

»Was soll das heißen, du hast ihn verloren?« Christopher hatte sich am Türrahmen zum Badezimmer festgekrallt. In meinen Ohren hallte noch sein Kompliment für das Etuikleid nach, in dem er mich unwiderstehlich fand. Aber von der zärtlichen Stimmung war nichts mehr zu spüren.

Ich wurschtelte den einen Ohrring aus dem Toilettenpapier, das noch immer in dem Seitenfach seines Kulturbeutels steckte, und zuckte mit den Schultern. Die Tage in Valensole schienen jemand anderem in einem anderen Leben passiert zu sein.

»Das ist nicht dein Ernst!«

Er regte sich furchtbar auf, schimpfte auf die Provence, Harm, die ganze Odyssee. Ich nahm an, dass auch positive

Energie ein Ventil brauchte, um abzufließen. Zu viel Adrenalin war zu viel Adrenalin. So oder so.

Er schlug schließlich schmallippig eine Ausrede vor: Der Stecker war abgebrochen. Natürlich hatten wir den Ohrring gleich zum Juwelier gebracht, selbstverständlich zu Wempe am Jungfernstieg. Christopher erklärte indessen, sich um eine Neuanfertigung zu kümmern. Die Ohrringe entsprachen seiner Ansicht nach der stillschweigenden Zustimmung seiner Eltern zu unserer Verbindung. Außerdem stammten die Perlen aus dem Familienerbe.

Ich seufzte erneut. Die Stimmung im Auto entsprach der Abfolge der Ereignisse des heutigen Tages. Trotzdem erschöpfte sie mich. Ich hätte gern ein Bad genommen, vielleicht etwas gelesen. (Am liebsten würde ich zeichnen und in Ruhe nachdenken, aber ich wagte kaum, mir das einzugestehen.) Stattdessen öffnete Christopher per Fernbedienung das Stahltor, und wir knirschten über die kiesbedeckte Auffahrt zur Familienvilla in dritter Reihe hinter der Elbchaussee.

Jemand vom Cateringservice öffnete die Tür, noch während wir unter den Regenschirmen die Freitreppe erklommen. Das Etuikleid spannte um meine Beine, als ich versuchte die Stufen trotz der Umstände möglichst würdevoll zu nehmen. In der Empfangshalle (eigentlich nur ein größerer Flur, aber in dieser Familie herrschte das Augmentativ) drängten sich wie überall im Haus antike Möbel und wertige Stoffe in Beige-Nuancen. Da passte der Ton der Seidenvorhänge zur Farbe der Teppiche, Gästehandtücher und Leinenservietten. Natürlich ordnete sich auch die Bettwäsche dem Regime unter. Wie in einem Hotel, nur schlimmer. Es gab keine Spannung, nichts Persönliches. Alles harmonierte perfekt und krepierte vor den Augen des Betrachters an seiner eigenen Bedeutungslosigkeit. Als Christopher mich zum ersten Mal in sein Elternhaus mitgenommen hatte, träumte ich in der darauffolgenden Nacht von meiner Mutter, die mir zuraunte: »Bloß nicht zu viel Harmonie unter den Möbeln! Die rotten sich sonst zusammen und machen euch fertig!«

Marita begrüßte uns mit Wangenküssen, für die sie meine Haut nicht berührte. Steif klemmte ich zwischen ihren Händen und atmete erleichtert aus, als Christophers Vater auf mich zusteuerte. Ferdinand, den ich in privatem Rahmen Fred nennen durfte (was auf den heutigen Abend natürlich nicht zutraf), umarmte mich herzlich. Er steuerte mit verheerender Geschwindigkeit in eine Altersdemenz und freute sich, jemanden zu treffen, den er erkannte. Wegen »dieser Umstände« (O-Ton Marita) sollte Christopher bei Tisch die Eröffnungsrede halten. Marita hatte ihm den Inhalt diktiert.

Es wurde eine gute Rede. Witzig, kurzweilig und so charmant vorgetragen, dass ich Christopher im Anschluss küssen musste, woraufhin alle zwanzig inzwischen anwesenden Hochkaräter ihren Applaus mit anzüglichen Ahs und Ohs schmückten. Christopher lächelte stolz und küsste mich zurück.

Im Anschluss bat Marita zu Tisch, und das Essen begann. Sie hatte einen Koch engagiert, der ein klassisches französisches Menü kreierte.

»Dazu hat mich mein Sohn inspiriert.« Sie lächelte Christopher zu. »Er reist so gerne nach Frankreich, war gerade erst wieder an der Côte d'Azur.«

Ich schluckte. Was für eine Farce.

Marita hielt es bis zum Horsd'œuvre (Pastete) aus. Da hatten die für diesen Abend eingestellten Kellner bereits das Amuse-Gueule (Austern) und die Potage (Hummersuppe) serviert und abgetragen. Sie beugte sich zu Christopher, der ihr gegenübersaß, und flüsterte, sodass es weder mir noch den anderen Tischnachbarn entgehen konnte: »Ich hatte mich so auf die Perlenohrringe an Anna gefreut. Unser Familienerbstück macht sich wirklich ausgezeichnet an ihr. Es unterstützt ihren Charakter.«

Christopher spulte unsere Ausrede ab, die sich recht schnell in ein Gespräch über fair gehandelte Diamanten verwandelte. Jeder konnte hier aus dem eigenen Erfahrungsschatz etwas beitragen.

Ich bin mir nicht sicher, ob es da schon anfing, so richtig spürte ich das seltsame Grummeln in mir zwischen dem dritten Gang (Fisch) und dem vierten (Fleisch). Ich horchte in mich hinein und fühlte, wie sich etwas in mir zu drehen begann. Es war nicht so, dass die Angst wie Lava in mir aufstieg oder wie im Flugzeug explodierte. Sie schien eher im Dunkeln zu lauern. Plötzlich verschob sich mein Blickfeld. Ein Riss schien sich für einen kurzen Moment durch den Tisch, das Geschirr und die Gäste zu ziehen. Wie in einem dieser Horrorfilme, den jemand mit der Handkamera drehte. Für eine Viertelsekunde stoppte das Bild, um gleich darauf leicht versetzt weiterzulaufen. Ich blinzelte. Die Angst brachte sich in Position. Ich ließ das Besteck sinken. Es brannte in meinen Händen. Hastig nippte ich am Wasser, versuchte meine ganze Aufmerksamkeit auf das Schlucken zu lenken, meinen Atem. Aber ich spürte, wie sich dieses rote Glühen in mir aufbaute, wie es unter meinen Haarwurzeln kribbelte. Ich wollte nicht, dass das passierte. Nicht jetzt, nicht hier. Nie wieder.

Ich ruckte am Stuhl, beugte mich zu Christopher. »Ich glaube, ich muss mal austreten.«

Er zischte. »Was? Jetzt? Du kannst nicht … warte wenigsten …«

Aber da hechtete ich bereits aus dem Saal zur Toilette am anderen Ende des Gangs. Ich beugte mich über das Waschbecken, ließ Wasser über meine Hände rinnen, benetzte mein Gesicht. Das Make-up verlief, doch es half nichts. Ich zitterte. Mein Herz schlug Kapriolen, schien gleichzeitig durchzudrehen und stehen zu bleiben. Das Etuikleid schnürte mich ein wie ein Korsett, zog sich immer enger zusammen, nahm mir die Luft zum Atmen. Ich fummelte am Reißverschluss auf dem Rücken herum, aber es gelang mir nicht, ihn zu öffnen. Die Panik stürmte jetzt in meine Gedanken. *Ich komme hier nicht raus! Ich komme hier nicht raus! Ich muss hier raus!*

Ich wand mich aus den High Heels, verhedderte mich in den Schnüren, riss an den Absätzen, rauschte aus dem Bad, durch den Flur, die Terrassentür, stolperte die Stufen hinunter, rannte in den Garten, immer weiter, bis ganz nach hinten zum Teich, stakste in die Entengrütze, kniete mich ins Wasser, schluchzte. Kalt kletterte die Nässe den Stoff des Etuikleids hinauf. Sie umspannte meine Taille, zog über meine Rippen bis zu meinem Herzen. Aus den hohen Bäumen platschten fingerdicke Regentropfen auf mich herunter. Ich bebte, jetzt allerdings auch vor Kälte. Die Panik zog sich ein wenig zurück. Dafür stürmte das Adrenalin in den

Vordergrund. Ich fühlte mich gleichzeitig total überdreht und vollkommen erschöpft.

»Atme. Ruhig. Ein. Und wieder aus. Ein. Aus. Dir kann nichts geschehen. Du bist hier sicher.« Ich führte Selbstgespräche. Atmete. Konzentrierte mich auf die Luft, die durch meine Nase in meine Lungen strömte, damit ich sie von dort durch meine Lippen wieder hinauspressen konnte. Ruhig. Ganz ruhig.

Irgendwann begann ich, die Entengrützenteilchen zu zählen. Ich war bei zweihundertsiebenundfünfzig angelangt, als ich Christopher rufen hörte. Zweihundertachtundfünfzig.

»Anna? Bist du hier?«

Zweihundertneunundfünfzig.

»Anna?«

Zweihundertsechzig. Ich konnte nicht antworten. Ich zählte. Zweihunderteinundsechzig. Zweihundertzweiundsechzig.

»Anna!« Christopher sprintete zum Teich.

Zweihundertdreiundsechzig.

»Anna! Um Himmels willen! Was machst du da? Anna?«

Endlich schaffte ich es, zu ihm aufzuschauen. Ich schluchzte.

»Mein Gott, Anna … komm … komm da raus. Ich helfe dir …«

Christopher reichte mir seine Hand, zog mich aus dem Teich und in seine Arme. Er umschlang mich, küsste meine Haare, murmelte eine beruhigende Melodie. Ich schloss die Augen. Es konnte mir nichts geschehen. Die Panik war fort. Ich war sicher. Hier in Christophers Armen.

Der nächste Tag flutete mein Leben mit höhnischem Sonnenschein. Als gäbe es keine Probleme auf der Welt, als wäre mein Leid nichts wert. Die Natur hatte sich satt getrunken, Blätter und Blüten glitzerten, während die letzten Regentropfen in der aufsteigenden Hitze verdunsteten.

Argwöhnisch linste ich zu den Tabletten hinüber, die auf der Küchentheke thronten. Zwei Packungen. Tropfen zum allgemeinen Runterkommen und richtige Kracher, falls es wieder akut werden sollte.

»Wenn die Panik explodiert.« So hatte es der Arzt vorhin formuliert.

Es war Christophers Idee gewesen. Er schleppte mich in die Praxis, weil er meinte, mein Zustand ließe ihm keine Wahl. Seine Eltern hätten ihm das gestern Abend deutlich vor Augen geführt. Aber bislang weigerte ich mich, etwas zu schlucken. Sogar die kleine blaue Tablette, die mir der Arzt gereicht hatte, lehnte ich ab. Christopher reagierte unwirsch, wies auf das Entengrützendrama des vergangenen Abends hin und schimpfte auf meine Dickköpfigkeit. Er hatte recht. Aber ich blieb standhaft. Ich glaubte, dass Psychopharmaka eine großartige Errungenschaft waren. Aber ich hatte nicht das Gefühl, sie könnten mein Problem lösen. Denn so weit war ich seit gestern: Ich wusste, ich hatte ein Problem. Und dabei ging es nicht um Flugzeuge, Bahnen, Busse, Fahrstühle oder Etuikleider. Es ging um mich.

Leider hatten die Panikattacken alles in mir derart durcheinandergewirbelt, dass es schwierig war, einen klaren Gedanken zu fassen. Ich fühlte mich wie Nordseewasser. Trüb, verschwommen, wabernd, voller Sediment.

Aber weit und tief. Ich barg so viel in mir. Es brauchte nur Zeit und Ruhe, damit sich alles setzte und ich die Dinge klarer sah.

Christopher hielt meine Hand, während ich zunächst mit Malene, dann mit meinem Chef telefonierte. Ich erzählte, was wirklich in Frankreich geschehen war, und reichte schon einmal mündlich meine Krankschreibung für die nächsten zwei Wochen ein. Keine Ahnung, wie das helfen sollte. Aber ich spürte, dass ich Zeit brauchte. Danach drängte ich Christopher, zur Arbeit zu gehen, versicherte ihm dutzendfach, allein klarzukommen. Und jetzt saß ich hier.

Entschieden schob ich die Decke mit der Seersucker-Bettwäsche von meinem Kinn und vom Sofa. Marita hatte das Material ihres letzten Geburtstagsgeschenks als besonders atmungsaktiv und einfach wahnsinnig angenehm für die warme Jahreszeit beschrieben. Keine Ahnung, ob das stimmte. In meiner Jeans und Christophers Hoodie schwitzte ich jedenfalls eher unangenehm.

Und jetzt?

Meine Gedanken tanzten wie die Staubkörnchen auf dem Dachboden in Dwengeloh. Wild und frei. Ich konnte keinen einfangen, nichts bis zu einem Punkt oder zumindest einem Fragezeichen denken. Alles in mir befand sich in Bewegung. Und ich saß ganz still.

Ich erkannte den Widerspruch und rappelte mich auf.

Langsam schlenderte ich durch unsere Hundertfünfzig-Quadratmeter-Wohnung, bummelte in die Küche, setzte Teewasser auf, öffnete die Tür zur Dachterrasse. Die Sonne schrie Sommer. Ich beschattete meine Augen und spähte durch das gleißende Licht über die Stadt bis hinüber zum Alsterlauf. Wie sehr hatte mich diese Aussicht damals begeistert, als Christopher mich zum ersten Mal eingeladen hatte. Ganz Gentleman, war das erst nach unserer vierten oder fünften Verabredung geschehen, als sich die Abschiedsküsse derart in die Länge zogen, dass wir dringend vögeln mussten. Ich lächelte. Vögeln. Hatte ich noch nie gesagt. Oder gedacht. Meine gute Erziehung. Die erstreckte sich sogar bis hinüber zu den Schimpfworten, die ich nicht verwendete. Danke, Papa. Der Streit mit Harm am Ende des Jolène-Intermezzos kam mir in den Sinn. Als er sagte, dass er mich gerade zum ersten Mal fluchen hörte. Himmel, war ich wütend gewesen! Und er hatte recht. Ich fluchte nie. Ausnahmslos nie. Verwundert trat ich den Rückzug ins Wohnzimmer an. Gab es keine Situationen in meinem Leben, die zum Fluchen einluden? Keine Umstände, die mich schimpfen und zetern ließen? Das konnte doch nicht sein. Wahrscheinlich war es anders: Ich kam einfach nie aus mir heraus, hielt dann doch immer an mich. Warum? Um nicht unangenehm aufzufallen? Nein. Eher aus Angst, vollkommen auszuflippen. Ein weiterer Punkt auf meiner To-do-Liste, um den ich mich beizeiten kümmern würde. Gleich nach meinen botanischen Kenntnissen.

Ich kroch mit einem Tee auf das Sofa und streamte die erste Staffel *Outlander*. Bei unserem Telefonat heute Morgen hatte Malene mir die Geschichte von Jamie und Claire erneut ans Herz gelegt. Es gab vier Staffeln. Und ich hatte Zeit.

Outlander trug mich durch die nächsten Tage. Ich verschlief jeden Morgen Christophers Aufbruch zur Arbeit, quälte mich erst spät aus den Kissen, wenn ich die Hitze unter der kühlen Seersucker-Bettwäsche nicht mehr ertrug, brühte Tee und kuschelte mich auf das Sofa. Ich aß Brötchen, die Christopher per Lieferservice für mich orderte, mümmelte Schokolade und Obst.

Am Ende der zweiten Staffel fühlte ich mich zumindest körperlich so weit erholt, dass mich das ständige Rumsitzen nervte. Neunundzwanzig Stunden lang hatte ich mit Jamie und Claire gelitten, deren Liebe schließlich überwand, was unsere Vorstellung von Zeit limitierte: Linearität. Ereignisse mit einer eindeutig unumkehrbaren Richtung. Vergangenheit, Gegenwart, Zukunft. So lief das. Es gab keinen Weg zurück. Ich war jetzt bereit, das auch für mein Leben zu akzeptieren. Das bedeutete: Ich konnte nicht mehr in meinen früheren Alltag zurückkehren. Den gab es nicht mehr, das war einmal. Es galt, mich von jetzt an neu zu orientieren, meinen jetzigen Zustand als Startpunkt für den nächsten Abschnitt meines Lebens zu begreifen. Die Angst hatte mich an die Hand genommen, hochgehoben, sodass ich über den Tellerrand schauen konnte. Es gab Probleme (auch wenn sich mir deren Thematik noch immer nicht so recht offenbarte), die ich nicht einfach verdrängen konnte. Zumindest nicht, ohne erneut eine Panikattacke zu riskieren. Mein Körper sprach mit mir. Er versuchte, mir etwas mitzuteilen. Vielleicht sollte ich anfangen zuzuhören.

Ich schaltete den Fernseher aus, zog mich an, packte meinen Rucksack und lief hinunter in den Keller. Zwei

Räume standen uns neben dem Tiefgaragenparkplatz für Christophers Wagen zur Verfügung. In dem kleineren wühlte ich mich durch mein früheres Leben: den Schaukelstuhl vom Sperrmüll, einen Teppich von Noras Oma, Kisten voller Bücher, Fachliteratur, aber auch Belletristik, vor allem Krimis, das Nachtschränkchen von Ikea, den hübschen Schreibtisch. Papa und ich hatten ihn bei einer Shoppingtour entdeckt. Er war noch immer unbenutzt. Wir hatten ihn für die neue Wohnung in Hamburg gekauft, als ich den Job bei Jones Jungle ergatterte und aus Mönchengladbach zurückkehrte. Aber dann lernte ich Christopher kennen, alles ging so schnell nach unserer ersten gemeinsamen Nacht, und ich zog bei ihm ein. Mein Sammelsurium an Studenteneinrichtungskrimskrams konnte seiner perfekt ausgestatteten Eppendorfer Eigentumswohnung nicht das Wasser reichen. Also landete alles im Keller.

Hinter einem antiquierten Leuchter mit zersplitterten Pressglasscheiben entdeckte ich schließlich mein Fahrrad. Ein klappriges Hollandrad, dessen Bremsen, Dreigangschaltung und Kette schon bessere Zeiten gesehen hatten. Ich pumpte Luft in die laschen Reifen und schleppte das schwere Ding neunzehn Treppenstufen hinauf, weil ich das Problem mit dem Fahrstuhl noch nicht gelöst hatte. Zum ersten Mal war ich mir jedoch sicher, dass es eine Lösung gab. Eine Lösung, die ich mir erarbeiten würde.

Die Sonne nahm mich an die Hand, als ich nach Jahren zum ersten Mal wieder durch Hamburg radelte. Ich begleitete die Wasser des Alsterlaufs, kurvte um den Eppendorfer

Mühlenteich, überquerte Fleete. Schließlich landete ich im Stadtpark. Und zwar auf meinen Knien. Die Kette war gerissen, das Fahrrad schlingerte, ich strauchelte, verhedderte mich irgendwie mit den Füßen und schabte mit der dünnen Schienbeinhaut unsanft über Wurzeln und Tannenzapfen.

So ein Mist!

Nein. Anders: »Verfluchte Scheiße!«

Ich lag halb unter, halb auf dem Fahrrad und weinte. In meinem linken Hosenbein klaffte ein Loch. Ich blutete. Okay. War vielleicht vermessen gewesen zu glauben, dass das hier ohne Blessuren vonstattengehen würde. So war das bei Neuanfängen.

Ich raffte mich auf, humpelte zum Fahrradladen und gab eine Generalüberholung in Auftrag. Ich wünschte sehr, ich hätte mich gleich mit abliefern können. Stattdessen schleppte ich mich in das nächste Café und googelte *Fluchen*.

Ich lernte, dass das Fluchen quasi im Gehirn verankert war (gut, Ausnahmen bestätigten sicher auch hier die Regel). Es stellte die sprachliche Fähigkeit dar, die am längsten erhalten blieb. Zudem erklärten mehrere Forschungen, dass fluchen eine psychologische Funktion hatte und dem Stressabbau diente. Es befreite. Ich nippte an meinem Tee. Das würde im Umkehrschluss bedeuten: Mein Analphabetismus auf diesem Gebiet hatte in der Vergangenheit zu erhöhtem Stress geführt. Ich tippte mit den Fingern auf dem Tisch herum. Interessanter Gedanke. Ich würde jetzt nicht so weit gehen zu behaupten, ich hätte die Panikattacke im Flugzeug wegfluchen können, aber ein

Ventil für Erschütterungen und andere Zustände zu finden klang nach einer guten Idee.

Ich entschied, Worte wie Scheiße, Arschloch oder fuck in meinen aktiven Wortschatz aufzunehmen. Extremere Ausdrücke, vor allem sexuelle Begriffe, die sich maßgeblich gegen Frauen richteten, würde ich weiter verabscheuen und bekämpfen. Außerdem sollten Schimpfworte jetzt nicht meinen neuen Ausdrucksstil definieren. Durch zu häufiges Fluchen stumpfte die schmerzlindernde Funktion nämlich ab. Aber da bestand bei mir wohl keine Gefahr.

Ich bezahlte und ging mit meinem neu erworbenen Wissen einkaufen. Weder in der Getränkeabteilung noch bei den Backwaren ergab sich eine Gelegenheit, es anzuwenden. Aber das war ja eigentlich gut.

Harm schloss die Tür zum Büro seiner Chefin, die noch immer kopfschüttelnd auf der Eckes ihres Schreibtischs saß und ihm hinterherschaute. Er hatte gerade gekündigt.

In der Wohnung duftete es nach Koriander, Kreuzkümmel und Zitronengras. Ein wenig wie auf einem asiatischen Markt. Christopher schloss die Tür auf und stolperte über seine Sporttasche, die wie immer irgendwo im Weg herumflog. Er fluchte »Verdammt noch mal« (aha) und blickte irritiert zwischen mir in der Küche und Claire auf dem TV-Bildschirm im Wohnzimmer hin und her.

»Alles klar hier?« Er starrte die Töpfe auf dem Kochfeld an.

Ich schaltete *Outlander* aus und küsste ihn. »Mir geht es gut. Wie war dein Tag?«

Ich leckte mir ein wenig Erdnusssoße von den Fingern und nahm einen Schluck aus der Bierflasche. Mein T-Shirt klebte fettig und nass geschwitzt an meinem Bauch. Die feinen Härchen oben an meiner Stirn kräuselten sich. Ich brauchte dringend eine Dusche. Backofen und Kochtöpfe hatten die Luft in der Wohnung auf tropisches Niveau hochgepowert. Die Sonne flutete das Wohnzimmer. Ich hatte vergessen, die Jalousien an der breiten Fensterfront zur Terrasse herunterzufahren.

»Gut, gut … Ich lasse mal Luft rein, ja? Ist ein bisschen wie in den Tropen hier …«

Christopher schob die Terrassentüren auf, ließ die Jalousien herunter und fuhr die Markise aus.

»Geht es dir gut, Hase?«

Ich strahlte ihn an. Der Apfelkuchen erhob sich im Ofen, das Pad Thai brutschelte im Topf, die Erdnusssoße simmerte auf einer extra Platte vor sich hin. Haupt- und Nachspeise passten weder kulinarisch noch geografisch oder kulturell zueinander, aber ich hatte den Teig für den Kuchen eigenhändig nach Harms Methode geknetet, was sich großartig anfühlte, die Apfelstückchen liebevoll darauf arrangiert. Und Pad Thai war nun einmal mein Leibgericht. Und davon abgesehen: Ich hatte gekocht. Ganz allein.

»Wir können gleich essen.«

Christopher lehnte sich auf die Küchentheke. »Hast du den ganzen Tag in der Küche gestanden?«

Er sagte das, als ginge es um ekligen grünen Schleim.

Ich runzelte die Stirn. »Zwischendurch stand ich auch mal auf der Terrasse … hm … und im Wohnzimmer, im Bad … beim Anziehen sogar mal kurz im Schlafzimmer.«

Er verdrehte die Augen. »Witzig. Ich meine nur, weil Dr. Ebert ja darauf hingewiesen hat, dass diese innere Anspannung …«

»Es geht mir gut. Okay? Ich habe gekocht. Ist eigentlich keine große Sache.«

Ich zog den Kuchen aus dem Backofen und schaltete die Herdplatten aus.

»Nein … natürlich nicht.« Christopher legte sein Sakko ab und knöpfte das Hemd auf. Er seufzte. »Es ist nur … ich habe einen Tisch im American Diner reserviert. Mir war so nach Burgern. Ich wollte dich abholen.«

Ratlos sahen wir uns über den Tresen hinweg an.

»Und jetzt?« Ich lehnte mich gegen die Spüle.

»Hey …« Christopher umrundete die Theke und nahm mich in die Arme. »Hase, entschuldige bitte. Das … es hat mich nur überrascht. Ich war nicht darauf vorbereitet, dass du plötzlich kochst. Wir gehen einfach morgen ins Diner und machen es uns heute mit deinem ... Was-auch-immer-du-zubereitet-hast auf der Terrasse gemütlich, okay? Hauptsache, wir verlassen diese Sauna.«

Ich nickte. Kurz dachte ich darüber nach, ob fluchen mich in dieser Situation befreien oder wenigstens erleichtern würde. Aber ich fühlte keine Wut. Eher tiefe Erschöpfung. Wie gut, dass es Christopher gab, dass er hier war und mich hielt.

Mein Fahrrad schnurrte, als ich es abholte. Bei provenzalischem Mittelmeerwetter radelte ich den Alsterlauf entlang, der in seinen Ausmaßen zwar nicht an die Gorges du Verdon heranreichte, mich aber eifrig mit nordischem Charme zu überzeugen versuchte. Am Kleingartenverein ließ ich mich durch die nummerierten Wege treiben. Überall blühte und summte es. Vor einem über und über mit himbeerfarbenen Blüten umrankten Gartentor hielt ich an und öffnete die Pflanzenbestimmungs-App, die ich mir heute Morgen heruntergeladen hatte. Meine erste Bekanntschaft hieß: Clematis texensis *Princess of Wales*, eine pflegeleichte Waldrebe.

Zufrieden umrundete ich den Flughafen auf der westlichen Seite. Ein Umweg, aber ich hatte noch Zeit. Auf einer kleinen Wiese hockte ich mich mit meiner Wasserflasche auf eine Bank und beobachtete die Lande- und Startmanöver der großen Maschinen. Würde ich das je wieder miterleben? Als Passagierin? Ich stellte mir das Innere eines Flugzeugs vor. Die engen Reihen, schmalen Sitze, niedrigen Decken. Es fühlte sich nicht gut an, daran zu denken, schob mich aber auch nicht an den Rand einer Panikattacke sodass wie vor drei Wochen an der #IloveNice-Skulptur. Ich nahm das als positives Zeichen.

Mit dem Ohemoor verließ ich Hamburg und rollte auf schleswig-holsteinischen Boden. Das Radfahren fühlte sich wunderbar an. So nah an allem dran. Und trotzdem überwand ich Meter um Meter aus eigenem Antrieb. Ich hatte das schon immer gemocht. Vielleicht fiel es mir früher nicht auf, weil es sich um eine Notwendigkeit handelte. Als Studentin konnte ich mir kein Auto leisten, also trat ich in die Pedale. Christophers Geld (aber auch mein eigenes, selbstverdientes) hatte mir großartige, neue Möglichkeiten eröffnet, mich aber gleichzeitig von mir entfernt. Nicht nur fortbewegungstechnisch. Andererseits – welche tollen neuen Möglichkeiten bot uns das Geld eigentlich? Weder spendeten wir für soziale Zwecke, noch nahmen wir engagiert am kulturellen Leben der Stadt teil. Die Gehälter flossen auf unsere Konten, Christopher finanzierte das Auto, wir gönnten uns zweimal jährlich eine Kurzreise, das Fitnessstudio (wenn Marita das nicht gerade übernahm), Restaurantbesuche und den Lieferservice. Die Wohnung hatten Fred und Marita ihrem Sohn zum Abitur geschenkt. Christopher legte sein Geld in wertbeständigen Investitionen wie Designklassikern an. Das war's.

Ein ernüchterndes Fazit, wenn ich mal den Blickwinkel

änderte und so von oben auf unser Leben herabschaute. Wo waren die Highlights? Das, was Glück ins Leben brachte? Die Glühwürmchen? Ich schüttelte den Kopf. Wie undankbar ich war! Wo blieb die Demut, die ich als Charakterstärke empfand? Ich lebte in einer fantastischen Wohnung, hatte einen wunderbaren Freund, der mich heiraten wollte, verdiente gutes Geld in einem Job, den ich mochte. Was bitte war mein Problem?

Energisch trat ich in die Pedale. Mein Hollandrad trug mich quer durch Norderstedt, bis ich schließlich vor der Schwimmhalle der SG Wasserratten hielt. Ich schloss das Rad an und verharrte unschlüssig an den Ständern. Bis hierher hatte ich gedacht. Nun wusste ich nicht weiter. Ich umrundete die kleine Halle. Die Fenster lagen zu hoch, sodass ich nicht bis zum Wasser schauen konnte. Zurück am Eingang nahm ich meinen Mut zusammen und betrat das Schwimmbad. Vertrauter Chlorgeruch zog in meine Nase. Warme, stickige Chemie, die eine ganze Zeit lang meine Tage bestimmt hatte. So vertraut.

»Anna?«

Ich drehte mich um.

»Mein Gott, Anna …«

Vor mir stand Nora und starrte mich an. Sie hatte sich kaum verändert, strahlte noch immer eine Lebensfreude aus, die sie von innen funkeln ließ. Nora war ein Leuchtturm. Selbst in den schwersten Stunden bot ihr Licht Zuversicht und Trost, spendete Freude und Hoffnung, nicht nur für andere, auch für sich selbst.

»Du bist wirklich gekommen …« Sie lächelte. Tränen traten in ihre Augen. Dann stürzte sie sich auf mich, schlang die Arme um meinen Hals. Ihr Körper fühlte sich so vertraut an. Sie duftete tatsächlich noch immer nach diesem Rosenparfum. Ich umarmte sie, vergrub mein Gesicht an ihrer Schulter. Dann kamen auch mir die Tränen. Sie sprudelten heraus, erzählten von dem Schmerz, den Noras Auszug aus meinem Leben verursacht hatte, und der wilden Freude, sie wiederzufinden.

Lachend löste Nora sich aus unserer Umklammerung. »Schau uns an …« Sie weinte noch immer. »Schlimmer als damals nach *Moulin Rouge*, weißt du noch?«

Ich lachte. Wir hatten Rasenmähdienste, extra Babysitterstunden und neue Nachhilfeschüler angenommen, um den Film ein viertes, fünftes und sechstes Mal schauen zu können und an den immer gleichen Stellen in lautes Schluchzen auszubrechen. Schließlich hatten wir Noras Mutter überredet, mit uns nach Hamburg zu fahren, um Filmplakate zu kaufen. Schier endlose Monate schliefen wir mit Ewan McGregor in einem Zimmer.

»Ich bin so froh, dass du gekommen bist.« Nora drückte meine Hände.

»Ich auch.«

Wir verabredeten, dass ich beim Training zuschauen und wir uns danach ein hübsches Café zum Quatschen suchen würden. Ich hockte mich also auf eine der beheizten Bänke neben dem Wasserbecken, trocknete meine Tränen und grinste in mich hinein.

Nora und die anderen begannen, sich einzuschwimmen. Ruhige Kraulbewegungen, sacht platschendes Wasser. Ich hatte diesen ersten Teil des Trainings immer gemocht. Meditatives Bahnenziehen. Jeder Atemzug pustete ein Stückchen mehr Alltag aus dem Kopf. Dann begann das Lagentauchen. Eine Bahn Delfin, eine Bahn tauchen, eine kraulen, dann tauchen, Brust, tauchen, Rücken, tauchen. Nora lächelte mir zu, als alle das Aufwärmprogramm absolviert hatten und sich zum Stretching am Beckenrand trafen. Sie sank mühelos in den Spagat, dehnte die Fußspitzen, Finger, Schultern, Beine. Dann setzte die Musik ein. *Nordisch by nature* von Fettes Brot. Acht Frauen sprangen ins Wasser, tauchten zur Mitte des Beckens und begannen mit der Choreografie. Gemeinsames Abtauchen, Ballettbein mit einem gestreckten Bein aus dem Wasser, Spagat, beide Beine hoch hinaus, Handstand, auftauchen, lächeln. Noras Lippen bewegten sich beim Abzählen der Takte. So wie früher. Sie hatte es nie geschafft, nur im Kopf zu zählen, um die Abfolge der Bewegungen synchron mit den anderen zu timen. Ich lächelte.

Sieben Jahre lang teilten Nora und ich die Leidenschaft für das Synchronschwimmen. Wir trainierten viermal die Woche, sowohl an Wasser als auch an Land. Manchmal glaubte ich, dass ich noch heute von meiner damaligen Fitness profitierte. Leistungsschwimmen und Joggen für die Kondition, Gymnastik für die Beweglichkeit, Krafttraining für die Körperspannung, Trockenübungen mit lautem Taktzählen, um die Choreo zu verinnerlichen. Artistic Swimming war unser Leben. Es half mir während der Krankheit meiner Mutter, gab mir Halt, Struktur und die Möglichkeit, den traurigen Augen meines Vaters zu entkommen. Eigentlich änderten Nora und ich unser Leben erst mit dem Abitur und der gemeinsamen Hamburger WG.

In den folgenden eineinhalb Stunden schwelgte ich in

Erinnerungen, grub Figurennamen aus meinem Gedächtnis, Flamingo, Kranich, dachte an Choreo-Elemente und das Torpedopaddeln. Ich liebte das Synchronschwimmen wirklich sehr. Im Wasser sein, meinen Körper spüren, mir ein anderes Element erschließen, jeden Muskel durchzutrainieren, jederzeit volle Konzentration. Es war mein Mantra. Meine Ruhe vor der Welt. Ein Ort, an dem ich ganz bei mir sein konnte. Vielleicht hatte ich zu lange darauf verzichtet.

Nach dem Training schlenderten Nora und ich zu einem Café in der Nähe und wählten einen Tisch auf der Terrasse. Wir bestellten Schorle, Salat und Kräuterbaguette, und Nora zeigte mir Bilder ihrer fünfjährigen Zwillinge Ole und Leo.

»Weißt du noch? Ich wollte immer eine ganze Synchronschwimmmannschaft. Aber diese beiden haben mich ganz schnell eines Besseren belehrt.« Sie lachte, glücklich und frei.

Ihren Mann Ben hatte sie in Peking kennengelernt, wo beide als Projektmanager für eine internationale Bank im Bereich Energiewirtschaft tätig waren. Vor einem Jahr hatten sie sich zur Rückkehr nach Deutschland entschlossen.

»Unsere Eltern sollen eine Beziehung zu ihren Enkeln aufbauen dürfen. Außerdem lebt es sich in einer feministisch-gleichberechtigten Beziehung in Deutschland leichter.«

Nora erzählte aus ihrem Leben, und es fühlte sich an, als wäre kein Monat vergangen, seit wir uns zum letzten Mal gesehen hatten. Jede ihrer Gesten, Blicke, die Mimik, alles war mir so vertraut. Andererseits beschrieb sie Länder und

Ereignisse, die deutlich machten, wie lange unsere WG-Tage tatsächlich zurücklagen. Nora schien ihr Leben im Zeitraffer gelebt zu haben. Studium, Ausland, Beruf, Erfolg, Auslandswechsel, Mann, Kinder, Rückkehr und Hausbau in knapp zwölf Jahren. Ich erzählte ihr von Christopher, meinem Textiltechnikstudium, dem halben Jahr in Paris und fragte mich, auf welchem Schneckenschleim mein Leben dahinkroch.

Wir erinnerten uns kichernd an frühere Abenteuer, tratschten über Klassenkameraden und versanken in Erinnerungen.

Irgendwann wirkte Nora nachdenklich. »Weißt du, Anna, es tat mir damals wirklich leid, wie alles gekommen ist. Ich habe Jahre gebraucht, um darüber hinwegzukommen. Ich wollte dich nie verletzen, das musst du mir glauben.«

»Was meinst du?«

»Damals … als ich deinen Vater geholt, unsere WG aufgelöst und mich in die USA abgesetzt habe, ich …« Nora blinzelte, und zwei Tränen tropften auf ihre Wangen. »Das habe ich gemacht, weil ich dachte, das sei das Beste für dich.«

»Aber Nora, das weiß ich doch.«

Sie schüttelte den Kopf. »Nein, ich …« Sie weinte jetzt richtig. » …ich war egoistisch. Ich hätte bei dir bleiben, dir helfen müssen. Wofür sonst hat man eine Busenfreundin?« Sie schluchzte. »Aber ich wusste nicht, was ich tun sollte. Ich war total überfordert. Und irgendwann … da habe ich es einfach nicht mehr ausgehalten.«

»Ich mache dir keine Vorwürfe.«

»Ich mache mir aber welche! Du warst so verloren

damals. So vollkommen versunken in deiner Trauer und Wut.«

»In meiner Wut?«

»Ja! Du warst so schrecklich wütend! Auf den Krebs, den Tod, das Leben, die Welt, Dwengelohs frische Luft, die deine Mutter auch nicht retten konnte, einfach auf alles. Die Kreativität war dein Ventil. Wohl auch, weil es so weit entfernt vom naturwissenschaftlichen Geist deiner Mom lag. Stimmt doch, oder?«

Ich schluckte. Was sollte das hier werden? Mussten wir jetzt über die schlimmste Zeit meines Lebens sprechen? Als ob ich nicht gerade schon genug Probleme hätte.

»Die Bilder, die du gemalt hast … *Elegie des Windes, Clarissas Lamento*. Weißt du noch?« Sie schüttelte den Kopf. »Zwei mal zwei Meter große Leinwände, die kaum in unsere Wohnung passten. Du bist in einen totalen Rausch abgedriftet, hast nächtelang nicht geschlafen, kaum etwas gegessen, warst ständig unterwegs. Ich hatte solche Angst um dich. Bis auf das Malen gab es nichts mehr. Nichts! Du wolltest nicht mehr mit ins Kino, auf kein Konzert, hast dich nicht mehr mit Kommilitonen getroffen. Wie oft bist du in kunstgeschichtlichen Vorlesungen gewesen? Dreimal? Wenn überhaupt. Niemand ist an dich herangekommen, außer … außer diesen Typen, die du schneller gewechselt hast als die Farben an deinen Pinseln. Mein Gott! Wie viele morgendliche Cappuccino ich mir bei einem zähen Small Talk mit einem verkaterten Künstler hinuntergequält habe! Himmel! Freiheit hast du das genannt, jung sein. Aber ich habe gesehen, wie sich meine Freundin vor lauter Verzweiflung zerfleischt.« Sie lächelte zaghaft. »Heute glaube ich, dass du das brauchtest, diese Besessenheit. Es war deine Art, gegen die Wut anzukämpfen. Ich wünschte nur, ich wäre stärker gewesen und bei dir geblieben.«

Nora nahm meine Hände, die steif auf dem Tisch lagen. Die Wahrheit, die sie mir mal eben so zwischen Kopfsalatblättern und Apfelschorle zuwarf, ließ mich erstarren. Noras Stimme hallte in mir. Sie kratzte, als ob Fingernägel über eine Tafel ziehen. Am liebsten hätte ich mir die Ohren zugehalten, aber ich zwang mich hinzuhören. Das hatte ich mir versprochen: nicht mehr verdrängen, auf mich achten, zuhören.

Nora konfrontierte mich mit ihrer Sicht auf die dunkelsten Tage meines Lebens. Das war nicht schön. Okay. Aber sie sprach auch kein schreckliches, vergessenes Geheimnis an, das mich traumatisiert zurückgelassen hatte. Es stimmte, was sie sagte. Genauso war es gewesen. Wir interpretierten jene Zeit gleich, meine Wut, die Trauer.

Nach Mamas Tod musste ich mich zusammenreißen, auf Papa aufpassen. Ich durfte ihn nicht auch noch verlieren. Er war mein einziger Halt. Aber seine nassen Augen konnte ich nicht ertragen. Sie erzählten von Gefühlen weit weg von mir, trugen ihn zu Orten, an denen ich ihn nicht erreichte. Tagelang blieb er im Bett. Ich kümmerte mich um das Essen, machte die Wäsche, ging zur Schule. Ich war dankbar für alles, was das Nachdenken und Herumsitzen unterbrach. Wenn ich meine Hände beschäftigte, ging es mir besser. Hatte ich meine Pflichten erledigt, zeichnete ich. Dann kam Nora auf die Idee mit dem Synchronschwimmen. Mein Kopf musste sich auf die Takte, die Musik, die Choreografie konzentrieren. Da blieb kein Raum für andere

Gedanken. Mein Körper performte dazu Akrobatik mit Leistungsanforderung, bewegte sich unentwegt. Ich spürte ihn durch das Wasser, quasi aus zweiter Hand, von außen an mich herangetragen. Innen fühlte ich nichts. Aber es funktionierte. Jahrelang. Papa und ich arrangierten uns in einem zarten Frieden. Dann beendete ich die Schule und zog mit Nora nach Hamburg.

Die Struktur brach weg, das Gerüst, das mich aufrecht gehalten hatte, verschwand über Nacht. Und ich ging unter, löste mich auf in meiner Trauer und Wut. Eine Katharsis. Lebensbedrohend. Zumindest musste sie von außen so gewirkt haben. Nora hielt es nicht aus, mich so zu sehen. Daraus kann ich ihr keinen Vorwurf machen. Und für meinen Vater war es umso schwerer, dem Leid seiner Tochter derart hilflos gegenüberzustehen. Wir umschifften das Thema, stießen es in den Marianengraben zur Stadt-Land-Diskussion über Hamburg und Dwengeloh. Das taten wir noch immer. Damals bot er mir als Lösung ein neues Gerüst an: das Textiltechnikstudium in Mönchengladbach. Keine Ahnung, welcher Zufall ihn darauf gebracht hatte. Es war der Strohhalm, nach dem wir beide griffen.

Und es funktionierte erneut. Mithilfe dieses Korsetts hangelte ich mich durch die nächsten Jahre. Lediglich in Paris drohte ich erneut abzudriften. Die Nächte, die Mélanie und ich am Montmartre durchfeierten, trugen den Geist der Hamburger Zeit und materialisierten sich in den Bildern, die ich damals zeichnete. Aber ihr Kuss beendete den Rausch. Ich schloss mein Studium ab und kehrte zurück nach Hamburg. Dort musste ich ein paar Wochen überbrücken, bis ich meine Stelle bei Jones Jungle antreten konnte.

Es lief alles auf einen Rückfall hinaus, ich fühlte mich labil, machtlos. Am Ende einer langen Nacht fand Christopher mich betrunken auf dem Bürgersteig. Ich ließ mich auf ihn ein, fand zurück zu Struktur und einem geregelten Leben. Und jetzt saß ich hier.

Gebeutelt von Panikattacken.

Noras Finger kneteten meine. Fast flehentlich schaute sie mich an. Meine Busenfreundin. Wie hatte ich es nur zulassen können, dass sie außerhalb meines Lebens existierte? Sie, die mich kannte wie niemand sonst. Die räumliche Distanz, die sie zwischen uns gebracht hatte, diente mir jahrelang als Entschuldigung, wie ein Naturereignis, dem man ohnmächtig gegenüberstand. Ich hatte mich nicht weiter bemüht, keine Anstrengung unternommen, den Kontakt zu halten, unsere Freundschaft weiterbestehen zu lassen. Ging ja nicht. Ein ganzer Ozean trennte uns. Voller Angst hatte ich mich in meinem neuen Leben versteckt. Nur nicht zurück in den Abgrund schauen, vielleicht verschlang er mich doch noch.

Und jetzt das: Noras Worte berührten mich, brachten etwas in mir zum Klingen. Aber sie vernichteten mich nicht, rissen mich nicht zurück in die Tiefe. Es fühlte sich ein bisschen so an wie vorhin am Flughafen. Die Gedanken an damals waren nicht angenehm, brachten mich aber auch nicht an den Rand eines dunklen Lochs. Ich spürte, wie dankbar ich für Noras Empathie und die Gedanken war, die sie sich schon immer um mich gemacht hatte. Sie erkannte mich. Und dadurch erkannte ich mich selbst. Ich würde nicht wieder versinken. Das wusste ich jetzt. Die Wut und die Trauer und die Machtlosigkeit jener Zeit hatte ich längst überwunden. Weil es Christopher gab und unser Leben.

Ich stand auf und umarmte Nora. Schluchzend hielten wir einander fest. Sie war meine Busenfreundin. Ich würde sie nie wieder loslassen.

Harm hielt Abstand. Sicher war sicher. Was nutzten Erfahrungen, wenn man nicht bereit war, aus ihnen zu lernen? Er lehnte sich an den knorrigen Stamm eines Kirschbaums, beobachtete Uwes ruhige Bewegungen aus der Ferne und genoss den warmen Ausklang dieses Sommertags. Ab und an wogte würziger Holzgeruch herüber, wann immer Uwe die Lippen zu einer Schnute spitzte, in seine Imkerpfeife pustete und Rauch in üppigen Schwaden über die Bienen hinüber zur Streuobstwiese paffte. Uwe zog jetzt eine Wabe aus der Beute und inspizierte sie mit bloßen Händen. Harm schüttelte den Kopf. Sein Bedarf an stechenden Insekten war für die nächsten Jahrzehnte gedeckt.

Da schwenkte Uwe seinen massigen Körper in Zeitlupe herum und winkte Harm zu sich. Harm seufzte. Dieselbe Scheiße passierte demselben Mann zum zweiten Mal. Er hielt inne. An was erinnerte ihn das? Wann hatte er zuletzt an dieses Zitat aus *Stirb Langsam* gedacht? Frankreich. Der verkorkste Morgen in Pérouges. Die durchzechte Nacht mit Mathieu und seinen Freunden. Anna. Annas Wut. Wie sehr er sich damals, am nächsten Morgen, gewünscht hatte, die Nacht rückgängig machen zu können. Was wäre passiert, wenn er die Königin nur kurz abgegeben und gleich zu Anna ins Bed & Breakfast heimgekehrt wäre? Wahrscheinlich hätten sie miteinander geschlafen. Die ganze Anspannung vorher im Auto, alles hatte darauf hingedeutet. Aber er war zu feige gewesen, sich seinen Gefühlen zu stellen. Es wäre nämlich nicht einfach nur um Sex gegangen. Was war er doch für ein Idiot. Harm wischte die Erinnerungen mit einer wedelnden Geste beiseite und stapfte entschlossen auf Uwe und die Bienen zu.

»Langsam!« Uwe presste das Wort eindringlich irgendwo aus seinem grauen Vollbart hervor, während die Lippen weiter die Imkerpfeife umschlossen. Harm sah, wie sich seine dunklen Augen hinter den Brillengläsern weiteten. Er drosselte seinen Gang und setzte behutsam einen Fuß vor den anderen, bis er neben Uwe an der Wabe stand.

»Man sollte meinen, dass zweiundvierzig Bienenstiche ein guter Lehrer sind.«

Harm rollte mit den Augen. »Ich war in Gedanken.«

»Nicht, wenn du bei den Bienen bist.«

»Schon gut.«

»Es sei denn, du benötigst eine weitere Lektion.«

»Sicher nicht.«

»Na dann.«

Uwe pustete in seine Pfeife, und Harm zählte innerlich bis zehn. Es war zwecklos, mit Uwe zu diskutieren. Er behielt sowieso immer das letzte Wort. Das war so, als er ihn, Tammo und die anderen Jungs noch ehrenamtlich als

Fußballcoach trainierte, blieb so, als er Tammo für die Imkerei begeisterte, und würde so bleiben, wann immer Harm ihn besuchte, um sein Herz auszuschütten.

»Achte auf diese hier.« Uwe zeigte auf eine Biene, die irgendwie schaukelnd über die Wabe kroch. Sie beschrieb einen Rundbogen, kehrte zum Ausgangspunkt zurück, lief wieder mit heftig vibrierendem Hinterleib vorwärts, machte einen erneuten Halbkreis, dieses Mal jedoch in die andere Richtung, dann die kurze Strecke zitternd, und alles begann von vorne.

»Das ist der Schwänzeltanz«, nuschelte Uwe und setzte die Wabe vorsichtig zurück in den Beutekasten. Er paffte noch zweimal, schloss den Deckel und schob Harm sanft vor sich her in Richtung Apfelbäume. »Mit dem Schwänzeln teilt die Kundschafterin den anderen Bienen mit, dass eine gute Futterquelle mehr als hundert Meter entfernt liegt.« Er zuckte mit den Schultern. »Der Sommer neigt sich dem Ende zu, jetzt müssen weite Strecken zurückgelegt werden. Damit die anderen Bienen wissen, wo noch Nektar ist, tanzt die Kundschafterin ihnen die Richtung vor. Als Anhaltspunkt dient ihr dabei der Winkel zwischen Sonne und Futterquelle. Sie platziert sich also so im Stock, dass die anderen anhand ihres Schwänzelns verstehen, wohin sie fliegen müssen.« Er lachte. »Das nenne ich Kommunikation! Keine Metaebene, weder Missverständnisse noch falsche Interpretationen. Ein Tänzchen, und alles ist klar.«

»Willst du mir damit irgendetwas sagen?«

Uwe wuschelte Harm durch die Haare und lachte erneut.

Sie schlenderten am See vorbei zur Terrasse hinter dem alten Resthof. Uwe hatte sich seinen Traum vom Landleben schon vor Jahren erfüllt, jeden Cent seines Broterwerbsjobs in der IT-Abteilung eines großen amerikanischen Unternehmens in die Restaurierung der baufälligen Gebäude gesteckt und genoss heute den Luxus eines fast autarken Paradieses inklusive Streuobstwiese, Bienenzucht, Nutzgarten, Angelteich, Hund, Katze und Hühnern am Rand von Kiel.

»Was ist schiefgelaufen?« Uwe goss Tee in grob getöpferte Tassen, die eine seiner Lebensabschnittsbegleiterinnen hier zurückgelassen hatte. »Waren die Erinnerungen in Frankreich zu stark?«

Harm schüttelte den Kopf. »Es war gut. Ich habe Tammo gespürt, die ganze Reise über. Aber auf eine positive Art. Ich bin an Orte gefahren, die wir gemeinsam erkundet haben, musste an viele Situationen aus unserer Kindheit denken. Einmal habe ich jemandem Tammos Geschichte erzählt. In einem Lavendelfeld.« Er lächelte. »Das war … so intensiv … dieser Geruch und … es war traurig und gleichzeitig wunderschön. Ich habe mich verstanden gefühlt, verbunden, und Tammo wahnsinnig nah. Die Reise war wichtig, Uwe. Ich bin dir sehr dankbar, dass du das mit den Königinnen organisiert hast.«

»Ach was. Ich bin froh, dass es am Zoll geklappt hat und wir Tammos Bienen ausliefern konnten. Man muss Abschied nehmen, um weiterleben zu können.«

Schweigend beobachteten sie, wie eine Meisenfamilie durch die Apfelbäume tobte. Hier draußen bei Uwe fühlte Harm immer, wie sich sein Herzschlag verlangsamte, wie die Einzelteile seiner selbst sich zu einem funktionierenden Ganzen sortierten. Alles rückte an seinen Platz. Die Bienen summten, Vögel sangen, und Wolken zogen heroisch über den hohen nordischen Himmel.

»Du bist auf dem Absprung.«

»Wie bitte?« Harm starrte Uwe an.

»Dies ist ein Abschiedsbesuch.«

Harm schüttelte den Kopf. »Deine Intuition ist angsteinflößend.«

Uwe zuckte mit den Schultern. »Komm in mein Alter, und wir reden weiter.«

Harm stellte die Teetasse ab. »Ich kann nicht in Kiel bleiben.«

»Natürlich nicht!« Uwe schnaubte. »Was ist mit Jule?«

Harm seufzte. Sein Leben überholte sich, seit er am Dienstag mit Edvin Olsson telefoniert hatte. Schon am Dienstag! Also einen Tag nachdem Harm ihn per E-Mail kontaktiert hatte. Und der Schwede erinnerte sich. An das intensive Barcamp in Warnemünde, den herrlichen Strand, die inspirierenden Diskussionen, den Bäder-Charme der Strandpromenade – und an Harm. Es war kaum zu fassen. Edvin sagte, er hätte während jenes kurzen Gesprächs damals gespürt, dass sie sich wiedersehen würden. Harm wäre ihm nicht wie einer dieser Worthülsen fabrizierenden Typen vorgekommen, die immer nur quatschten, aber nie agierten. Nein, ihm sei schon damals klar gewesen, dass er zu seinem Wort stehe. *Hands-on-mentality* nannte er das. Harm errötete vor Stolz. Zum Glück sprachen sie nicht per Videocall.

Edvin schlug vor, nicht lange zu warten. Warum auch?

In vier Wochen startete die nächste Tour im Mittelmeer. Die Mannschaften würden die Übergabe in Genua abwickeln, Heimathafen des Kapitäns und seines Schiffes, der *Ilaria*. Den Schwerpunkt der Geisternetzjagd sollte das Ligurische Meer bilden, aber auch die italienischen Küsten der Toskana und Liguriens, die französischen Regionen Provence-Alpes-Côte d'Azur und Longuedoc-Roussillon sowie Monaco. Die Initiative hoffte auf finanzielle Unterstützung der Kommunen, da die Beseitigung der tödlichen Netze nicht nur Fischleben rettete, sondern auch zur Sauberkeit an den Stränden der touristischen Hochburgen beitrug. Harm sagte sofort zu. Er freute sich wahnsinnig auf das Tauchen, sehnte sich nach dem Moment, in dem er die Augen unter Wasser öffnete und eine Welt gewahrte, deren Gesetze zugleich erschreckend brutal und majestätisch erhaben schienen. Mantas, die aussahen wie überdimensionale Fledermäuse, Schnecken so bunt wie Bonbons. Dem eigenen Atem zuzuhören, sich außerhalb moderner Erreichbarkeitsstrukturen zu bewegen, leicht, so unglaublich leicht zu sein, den Gesetzen der Schwerkraft zu trotzen und sich in jeder Sekunde vollkommen konzentrieren zu müssen, weil davon nicht nur das eigene Leben abhing. Harm fühlte sich nie so sehr im Hier und Jetzt wie beim Tauchen. Für dieses Gefühl und den glücklichen Umstand, damit auch noch eine sinnvolle Arbeit im Dienste der Menschheit und der Natur zu verrichten, würde er auf jegliche Entlohnung verzichten. So wie alle. Sie engagierten sich ehrenamtlich. Sogar die Anfahrt musste er selbst finanzieren. Dafür schwärmte Edvin von Federico, dem italienischen Schiffskoch, der die schwimmende Rettungsmission kulinarisch verwöhnte. Außerdem schliefen alle acht Besatzungsmitglieder während der dreimonatigen Tour an Bord, und Landgänge gäbe es ohnehin nur selten, was die Ausgaben zusätzlich minimierte.

Es war kein Lebensplan. Kein Zukunftsszenario à la Heirat, Haus und Kinder. Und seinen Eltern erschien es ungewöhnlich, dass sich ein Mann mit vierunddreißig Jahren so wenig festlegen wollte, eine Auszeit nahm, wie sie das nannten. Zumal er ja gerade erst eine Auszeit für die Bienenmission hinter sich hatte. Andererseits erkannten sie seine Not. Mit der Erinnerung an einen toten Bruder – wie gewöhnlich konnte ein Leben da verlaufen? Harm beschloss, jegliche Gedanken an die Zeit danach auf die Zeit selbst zu verschieben. Drei Monate mit inspirierenden Menschen auf einem Schiff im Mittelmeer, irgendetwas würde sich schon ergeben.

Er hatte kurz darüber nachgedacht, seinen Job in der Meeresbiologischen Forschungswerkstatt nicht zu kündigen, sondern ein Sabbatical zu nehmen. Doch es kam ihm falsch vor. Er brauchte einen Neuanfang. Mit einer Hintertür, einem Plan B, falls etwas schieflief, steckte man nie seine gesamte Energie in ein Vorhaben. Egal, wie dünn das Band auch sein mochte, das einen mit dem Alten verband, es schnürte sich scharf wie Kabelbinder in die Gelenke und verhinderte ein Freischwimmen. Es zu zerreißen kostete viel Energie. Mehr als ein anfänglicher Schnitt. Seine Eltern hatten das schließlich verstanden.

»Jule weiß noch nichts von meinen Plänen.«

»Hm.« Uwe erhob sich. »Ich glaub, ich hab da was für uns.«

Er verschwand im Haus und kehrte mit einer der verkorkten Flaschen zurück, in die Tammo seinen selbst gebrauten Met abgefüllt hatte.

»Ist die letzte ihrer Art.« Er goss die leicht trübe, cognacfarbene Flüssigkeit in zwei rustikale grüne Weingläser. »Mit den Resten auf die Besten!«

Harm prostete ihm zu. »Auf Schwänzeltänze.«

Sie setzten die Gläser an ihre Lippen, nahmen kräftige Schlucke und spien die saure Flüssigkeit fast zeitgleich über die Terrassensteine.

»Bah!« Harm prustete und spülte seinen Mund mit Tee aus. »Was war das denn?«

Uwe war aufgestanden, gurgelte Tee und spuckte alles in die Hortensien. »Karma! Das ist Karma!« Er lachte. »Tammo will nicht, dass du bleibst. Noch nicht mal sein Wein will, dass du bleibst.«

Harm grinste gequält. »Jule wird sicher verständnisvoll reagieren, wenn ich ihr das mitteile.«

»Sei kein Feigling.« Uwe wässerte die Hortensien mit dem Rest des gekippten Met. »Jule ist ein Schatz. Sie hat die Wahrheit verdient, um endlich ohne dich neu anfangen zu können. Und wenn du zur Abwechslung mal ganz ehrlich zu dir bist und alle Gründe wegstreichst, in denen Tammo eine Rolle spielt – warum genau bist du dann noch hier? Von den inspirierenden Gesprächen mit mir einmal abgesehen.«

»Willst du gar nicht wissen, was ich vorhabe?«

»Schick mir ’ne Karte von da. Ich lass mich gern überraschen.« Uwe begann, den Tisch abzuräumen. »Und nimm die Frau aus dem Lavendelfeld mit.«

»Was?« Harm hielt in der Bewegung inne. Fast hätte er die Teetasse fallen gelassen. »Wieso ... ich meine, woher ...?«

Uwe schmunzelte. »Komm in mein Alter ...«

»Nein, nein, nein, nein! So billig kommst du mir nicht davon. Woher weißt du von Anna?«

»Anna, soso.« Uwe grinste. »Du hast am romantischsten Ort der Provence – einem blühenden Lavendelfeld – ein intensives, wunderschönes Gespräch über Tammo geführt, das dich selbst heute noch, während du mir davon berichtest, verträumt lächeln lässt. Harm, ich kenne dich, seit du acht Jahre alt warst. Du kannst dir was vormachen. Aber mir doch nicht.«

Es war Dr. Knolls Idee. Ein spontaner Businesstrip, um kleinere Unstimmigkeiten rund um das Finanzierungsmodell zu klären. Das Ganze in lockerer, freundschaftlicher Atmosphäre, über das Wochenende, mit dem einen oder anderen Schluck Wein und guten Gesprächen. Am besten zusammen mit den Frauen, »die kümmern sich gleich um eine entspannte Stimmung, haha«.

Ich rollte entnervt mit den Augen, schwankte zwischen einer feministischen Brandrede, die ein solches Geschwätz in seinem ganzen sexistischen Ausmaß anprangerte, und einem Streit mit Christopher, der es für selbstverständlich hielt, dass ich ihn, seinen Chef, dessen Frau plus die beiden

Norweger samt Gattinnen zwei Tage lang beim Hamburger Sightseeing begleitete. Ich entschied mich für die dritte Variante und blieb still. Die Gespräche waren wichtig für Christopher. Ich sollte ihn unterstützen. Außerdem gab es sowieso keine Gelegenheit, Noras und meine wiedererwachte Freundschaft an diesem Wochenende zu feiern, da sie sich mit Mann und Kindern auf Großelternbesuch in Magdeburg befand. In der Tat hätte ich die dritte Staffel *Outlander* den Stunden mit Christophers Geschäftspartnern vorgezogen, doch schließlich gab ich nach.

Dr. Knoll erschien allein am Flughafen. Seine Frau ließ sich wegen dringender Angelegenheiten entschuldigen. Ich grinste gequält. Kluge Frau, sehr sympathisch. Ganz anders die beiden langbeinigen, langhaarigen, lang bewimperten Norwegerinnen, die ihre Mimik unter Zentimetern von Make-up verbargen. Ann-Magritt und Jonna. In meiner klischeehaften Vorstellung hatten Norwegerinnen etwas Erdverbundenes, Authentisches, Wind in den Haaren und ein Lächeln auf den sonnengegerbten Lippen. Wahrscheinlich war ich manchmal kaum weniger sexistisch als Dr. Knoll.

Wir begannen den Freitagnachmittag mit einer Stadtrundfahrt in einem der roten Doppeldeckerbusse. Die Männer hockten in einer Viderernische mit Tisch, Ann-Magritt und Jonna nebeneinander auf den beiden Plätzen dahinter und ich allein auf der anderen Seite. Zunächst bemühte ich mich noch um ein wenig englischen Small Talk, während ich verdrängte, in einem Bus zu sitzen. Doch das norwegische Plappern nahm Überhand, sodass ich mich zurücklehnte und zu ergründen versuchte, wie ich mich fühlte. Erstaunlicherweise ganz okay. Der Doppeldecker hielt alle paar

Hundert Meter, ich hatte immer das Gefühl, aufspringen und aussteigen zu können. Aber eigentlich brauchte ich diese Absicherung gar nicht. Alles war gut.

Ich stierte aus dem Fenster in gleißendes Sommerlicht. Die Stadt zog an mir vorüber. Landungsbrücken, Speicherstadt, Hafencity und Elbphilharmonie, Binnenalster, Jungfernstieg und Außenalster. Hamburg poste für uns, drehte und wendete sich in immer neuen Stellungen und inszenierte die Schokoladenseiten einer Großstadt. Ann-Magritt beugte sich ab und an zu mir herüber und fragte nach Shoppingmeilen, hübschen Parks und guten Restaurants. Sie bemühte sich. Vielleicht nervten sie diese beiden Tage genauso wie mich. Ich lächelte, und es entspann sich schließlich doch so etwas wie ein nettes Gespräch.

Westlich der Alster stiegen wir aus und schlenderten über die Wiesen am Ufer des aufgestauten Sees entlang. Kanuten durchpflügten das Wasser, Kinder jagten einem Ball hinterher, Sonnenhungrige brutzelten auf Handtüchern, Familien picknickten. Die Sonne krönte diesen späten Donnerstagnachmittag mit ihrer uneingeschränkten Präsenz. Als Jonnas Füße zu schmerzen begannen, erklärte Dr. Knoll, dass es ohnehin Zeit für den reservierten Tisch im Waldschlösschen sei. Es erschien mir seltsam, dass er sich nicht um eine der angesagten In-Locations in der Hafencity oder der Schanze gekümmert hatte, um Eindruck zu schinden. Aber schon im nächsten Satz schwärmte er von dem neuen Chefkoch, der mal ein ganz Großer werden würde und zufälligerweise ein alter Schulfreund war. Vitamin B schadete dem, der es nicht hatte. Einer der Lieblingssprüche von Christophers Mutter. Während wir auf das Großraumtaxi warteten, dass uns zum Stadtpark fahren sollte, dachte ich, dass Marita und Dr. Knoll sich sicher gut verstehen würden.

Die Parkplätze am Hamburger Stadtpark quollen nur so über vor Autos. Wann nur war diese Stadt im Blech ertrunken? Hätte er den Volvo nicht von Tammo geerbt, Harm würde weiter auf ein Auto verzichten – auch wenn er zugeben musste, dass der Wagen ihm in den vergangenen Wochen gute Dienste geleistet hatte. Und an Abenden wie diesen, nun ja. Er tat Jule einen Gefallen. Einen der wenigen, die sie ihm zukünftig noch erlauben würde.

»Weißt du, wo wir langmüssen?« Jule zog eine Sektflasche aus dem Rucksack und reichte sie ihm. »Zum Vorglühen.«

Harm mochte keinen Sekt. Vielleicht mochte er auch nur diesen nicht. Vielleicht mochte er diesen nicht mit Jule trinken. Vielleicht wollte er überhaupt nicht mit Jule trinken. Vielleicht wollte er auch einfach Jule nicht.

Er schüttelte den Kopf. Sein Gedankenkarussell drehte sich seit Tagen in immer höherem Tempo um die eigene Achse. Es war nur eine Frage der Zeit, bis sich einzelne Bestandteile lösten, wie Geschosse durch die Luft sausten und Leben nahmen. Beziehungsleben. Aber er hatte sich fest vorgenommen, Jule diesen letzten schönen, gemeinsamen Abend zu ermöglichen, bevor alles implodierte. Nur war er sich von Minute zu Minute weniger sicher, ob ihm das gelingen würde.

Harm nahm den Sekt und schritt vom Überseering zur nächsten Kreuzung voran. Sie hangelten sich mit etlichen anderen Leuten durch den New-York-Ring und bogen schließlich zwischen zwei Bürogebäuden auf den New-York-Weg ab. Jule summte *Keiner* von Madsen, ihr aktuelles Lieblingslied. Glücklicherweise war das der Song, den Harm von der gesamten Madsen-Playlist am wenigsten mit Tammo verband. Trotzdem dehnte sich ein mulmiges Gefühl in seinem Magen aus.

Jule schwang die Hüften und tänzelte ein wenig über die Grünfläche, während sie weitersang. Sie hatte sich Weihnachten über die Tickets zum Open-Air-Konzert im Hamburger Stadtpark gefreut und tat das heute noch. Warum auch nicht? Ja, es war Tammos letztes Geschenk. Ja, sie hatten entschieden, seine Karte nicht weiterzuverkaufen, sondern einfach am Kühlschrank hängen zu lassen. Ja, Tammo liebte Madsen. So wie Harm, so wie Jule. Alles keine Gründe, sich nicht auf einen geilen Abend zu freuen.

Sie bogen ab auf den Manilaweg, und Harm schaute von Jule auf das dahinterliegende Gebäude. Abrupt blieb er stehen, sodass der Typ hinter ihm fast in ihn hineinrannte.

»Pass doch auf!«

Harm reagierte nicht. Wie gebannt starrte er auf das Logo. Ein hoher Baum, dessen Krone drei kleinere beschützte und sich unter ihnen zu einem Kreis schloss, zwei Grünnuancen auf schwarzem Grund. Jones Jungle. Annas Arbeitgeber. Irgendwo in dem achtstöckigen Glasbetonklotz lag ihr Büro, die Labore, versammelten sich Kollegen, scherzte Anna mit Vertretern. An diesem Ort spielte ein großer Teil ihres Lebens. Hier entstanden die Outdoorstoffe, die sie nicht trug.

»Harm! Komm schon!«

Jule rief, und er fühlte sich ertappt. Seine Gedanken wollten sich gerade auf den Weg nach Frankreich machen, in die Provence, zu den lieblichen Landschaften, in ein Hotelzimmer am Lac du Der-Chantecoq. Er fühlte sich auf einmal erschöpft, aber auch seltsam klar. Als hätte allein die Ahnung von Annas Präsenz alles Unwesentliche aus seinem Kopf geschubst.

Harm starrte auf die Zentrale von Jones Jungle, so als hoffte er, dort in einem der Fenster Anna winken zu sehen. Nicht gänzlich unwahrscheinlich an einem Donnerstagabend. Vielleicht steckte sie in einer wichtigen Konferenz, musste Überstunden schieben wegen, ja, wegen was? Wie gestaltete sich der Arbeitstag einer Textiltechnikerin? Experimentierte sie mit weißem Kittel in einem Labor? Hockte sie vor einem gigantischen Webstuhl? Anna hatte wenig von ihrem Job erzählt. Allerdings galt dasselbe für ihn. Irgendwie waren sie beide derart mit ihrer ganz eigenen Nabelschau beschäftigt gewesen, sodass kaum Raum für Alltägliches blieb. Dabei hatte er so viele Fragen, wollte unbedingt mehr über ihr Leben, ihre Wünsche, Bedürfnisse erfahren. Es schien, als legte die geografische Nähe zu Annas Arbeitsplatz einen Schalter in ihm um. Anna war die Antwort. Nicht nur auf seine prekäre Beziehung zu Jule. Er hatte versucht, sie aus seinen Gedanken zu tilgen, sich einzureden, dass diese Zufallsbekanntschaft keinerlei Einfluss auf sein Leben nehmen konnte. Dabei hatte sie das längst. Natürlich kratzte ihre begrenzte gemeinsame Zeit nur an der Oberfläche dessen, was möglich gewesen wäre. Was möglich sein könnte. Aber ihre Intensität erschien ihm unvergleichlich. Egal wie kurz die Emotionen aufgeflackert waren. Er musste Anna wiedersehen. Sie würden einander erkennen. Was auch immer sie dann daraus machten – er durfte diese Chance nicht einfach vorbeiziehen lassen. Er würde es sein Leben lang bereuen. Aber dafür musste er aufhören, sich vor der Wahrheit zu drücken. Er musste mit Jule reden, musste die Dinge klarstellen. Jetzt. Es konnte keinen Aufschub geben. Er konnte seiner geliebten Sandkastenfreundin nicht länger so übel mitspielen.

Der hellblaue Turban des Taxifahrers berührte fast die Decke des Wagens. Bei jeder Bodenwelle näherte er sich ihr auf wenige Millimeter. Jonna stupste Ann-Magritt an und kicherte. Ich fühlte mich wie eine Lehrerin auf Klassenfahrt mit Sechstklässlern. Am Waldschlösschen hielt unser Sikh-Chauffeur, stieg aus und öffnete die hintere Schiebetür. Jonna flüsterte ihrem Mann etwas ins Ohr, der sich daraufhin zu Christopher hinüberbeugte und ebenfalls tuschelte. Wir stiegen aus. Dr. Knoll bezahlte die Fahrt.

»Ach, ähm, entschuldigen Sie bitte …« Christopher lehnte

sich über das Autodach, hinter dem sich der kobaltblaue Turban wie ein Fisch aus dem Wasser hob. Ein undefinierbares Kribbeln breitete sich in meinem Magen aus. Nein, keine Angst. Ich fühlte Scham in Erwartung dessen, was meiner Befürchtung nach nun folgen würde.

»Darf ich … ähm … darf ich Sie etwas fragen?« Christopher wand sich vor Unbehagen. Das Füllwörtchen *ähm* gehörte sonst nicht zu seinem aktiven Wortschatz.

Ich berührte seinen Arm. »Komm, lass doch …«

Er schüttelte den Kopf, schien sich den Wünschen seiner norwegischen Businesspartner verpflichtet zu fühlen.

»Entschuldigung, darf …«

Der Taxifahrer schnitt ihm das Wort ab. »Wie ich meinen Turban binde?« Erst jetzt erkannte ich die glatten Gesichtszüge unter dem Vollbart. Ein junger Typ, etwas über zwanzig, schätzte ich.

Christopher spannte den Rücken wie einen Bogen, bereit zum Schuss, zu stolz, um nicht Herr der Situation zu bleiben. »Ich tippe mal, dass ich das über Youtube herausfinden könnte.«

Der Taxifahrer verschränkte die Arme.

Christopher schaute kurz zu den etwas abseits wartenden Norwegern, die ihn aufmunternd anlächelten. »Also, hier … ähm, hier kam gerade die Frage nach Ihrem Migrationshintergrund auf. Unsere norwegischen Freunde erzählten, dass sich eine der größten europäischen Kirchen der Sikhs, äh … sagt man Kirche? Na ja, also die befindet sich wohl in Oslo. Und viele norwegische Hindus kommen wohl aus Sri Lanka, so auch die Zugehfrau unserer Freunde, und deshalb fragten sie sich, na ja …«

Christopher stockte. Vielleicht wurde ihm bewusst, wie sehr die seltsame Melange aus Sikhs, Hindus, Kirche, Migration und Zugehfrau sein Unwissen zur Schau stellte. Ein Unwissen, das er sich nur aufgrund seiner privilegierten Stellung als wohlhabender weißer Mann in einer westlichen Gesellschaft erlauben konnte.

Der Taxifahrer reckte das Kinn. Die Lider seiner Augen glitten zur Hälfte über die funkelnden Pupillen. Er gab sich nicht die geringste Mühe, seine Wut zu verbergen.

»Meine Mutter stammt aus Kerala in Indien. Sie ist eine Hindu, die ihrem Glauben wegen des diskriminierenden Kastensystems und der Unterdrückung der Frauen abgeschworen hat. Mein Vater kommt aus Flensburg und ist ein atheistischer Christ. Ich bin ohne Religiosität in Dortmund aufgewachsen, studiere heute dennoch Religionswissenschaften in Hamburg und bin vor drei Jahren zum Sikhismus konvertiert, der dem Hinduismus genauso wenig nahesteht wie das Christentum. Ich fahre Taxi, um mein Studium zu finanzieren. Frage beantwortet?«

Christopher nickte. Er hob die Hand zu einem nachlässigen Abschiedsgruß und wandte sich den Norwegern zu, um zu übersetzen. Ich huschte zur Fahrerseite des Taxis. Der Mann mit dem Turban riss gerade die Tür auf.

»Entschuldige.« Ich berührte ihn am Arm. »Bitte, es tut mir leid.«

Er winkte ab.

Ich trat noch näher an ihn heran. »Ich weiß, dass es nicht deine Aufgabe ist, solche Fragen zu beantworten. Du bist nicht derjenige, der den Rassismus der Welt erklären muss, nur weil du täglich damit konfrontiert wirst.«

Er musterte mich nachdenklich. Nach einigen Sekunden nickte er mir zu. »Such dir bessere Gesellschaft.«

Er startete den Wagen und fuhr davon. Ich beobachtete, wie er sich in den fließenden Verkehr einfädelte und den Stadtpark in Richtung Innenstadt verließ. Such dir bessere Gesellschaft. Der Satz hallte in mir. Bessere Gesellschaft. Eine Umgebung, die guttat. Eine Umgebung, die nicht verletzte, einengte oder verändern wollte. Eine liebliche Landschaft.

»Anna? Kommst du?« Christopher winkte mir zu.

In meinem Kopf wirbelte alles durcheinander. Worum ging es hier? Was wollte ich?

»Anna?«

Ich hatte versprochen, mir selbst zuzuhören. In mich hineinzuhorchen, meine Bedürfnisse zu erkennen, nicht über meine Gefühle hinwegzusehen, die Ursache für die Panikattacken zu ergründen. Hier gab es gerade etwas zu entdecken, ich spürte es genau.

Christopher kam jetzt auf mich zu. »Wir wollen reingehen. Kommst du?«

»Was war das eben?«

»Was meinst du?«

»Mit dem Taxifahrer.«

Christopher winkte ab. »Jonna interessiert sich für Indien. Sie war gerade auf einer Ayurveda-Farm irgendwo da im Süden. Sie macht Yoga und schwört auf ayurvedische Ernährung. Klingt ganz spannend. Musst du sie gleich mal nach fragen. Außerdem haben sie eine Zugehfrau aus Sri Lanka.«

Ich betrachtete Christopher. Seine lächelnden Augen,

das Grübchen am Kinn. Ein schöner Mann. Der Fels in der Brandung meines zu Chaos neigenden Lebens.

Ich schüttelte den Kopf. »Ich komme nicht mit rein zum Essen.«

»Wie bitte?« Er starrte mich an, das linke Ohr leicht in meine Richtung reckend, als hätte er sich verhört. »Wieso nicht?«

»Du kannst sagen, dass ich mich nicht wohlfühle.«

»Was soll das? Wegen dem Taxifahrer? Wo ist das Problem?«

»Das versuche ich seit drei Wochen herauszufinden.«

»Ich verstehe nicht … Doch nicht der Taxifahrer? Die Panikattacken? Geht es darum? Anna, bitte, lass uns das nachher besprechen, ja? Komm, wir verbringen einen netten Abend, essen was Leckeres, entspannen uns bei einem guten Glas Wein und kümmern uns später um alles andere.«

Ich schüttelte wieder den Kopf. »Es geht nicht. Ich muss jetzt allein sein. Tut mir leid.« Ich streckte mich, küsste Christopher auf die Wange und wandte mich ab.

»Anna!«

»Das ist jetzt nicht dein Ernst!« Jule schrie lautstark über die Blechlawine hinweg, die sich über den sechsspurigen Jahnring schob. »Du beendest unsere Beziehung auf einer

Fußgängerbrücke am Hamburger Stadtpark, kurz bevor das Madsen-Konzert beginnt, zu dem Tammo uns die Tickets geschenkt hat?«

Eine Gruppe Jugendlicher, die einen Bollerwagen mit Grill, Bier und Decke hinter sich herzogen, musterten sie neugierig. Jule schenkte ihnen keine Beachtung. Sie trat gegen das Metallgeländer und schrie.

»Du gottverdammtes Arschloch!«

»Jule, bitte, ich …«

»Sag ja nicht, es tut dir leid!« Sie schnappte sich die Sektflasche. »Du tust mir nicht gut? Allerdings! Du tust mir nicht gut, verdammte Scheiße!« Sie fuchtelte mit der Flasche in der Luft herum. »Glaubst du, das weiß ich nicht selber? Trotzdem habe ich immer gehofft, dass wir es doch noch schaffen.« Tränen schossen in ihre Augen. Sie versuchte, sie wegzuzwinkern, wischte schließlich mit dem Handrücken über die Wangen und schluchzte. »Vielleicht wären wir auch schon lange getrennt, wenn Tammo nicht … wenn er noch bei uns wäre. Die Sorge und die Trauer, das macht was mit einem.«

Sie schaute Harm an, unschlüssig, wütend, verletzt. Sein Herz schrie auf, hämmerte gegen den Brustkorb, er wollte Jule in die Arme nehmen, in ihrer Liebe versinken, alles mit einem vergessenden Kuss besiegeln. Stattdessen senkte er den Blick.

Jule stieß ein gebrochenes Lachen aus. »Schau uns an. So lächerlich. Das hätten wir schon viel früher haben können. Was hätten wir uns Leid erspart.«

Sie drehte sich um und folgte den Bollerwagenjungs hinunter von der Überführung zu einem kaum sichtbaren

Schlitz zwischen Bäumen und Büschen und zwängte sich hinein in den Stadtpark.

Harm lehnte sich gegen die Brüstung. Er hatte es gründlich verbockt. Sicher gab es Hunderte Gelegenheiten vorher und ebenso viele in Zukunft, die besser für einen Schlussstrich unter ihre Beziehung geeignet gewesen wären als diese hier. In was für ein Chaos er sein Leben verwandelte! Den Job gekündigt, die Freundin verlassen, seine Geburtsstadt, sogar sein Heimatland würde er hinter sich lassen. War das alles wirklich nötig für einen Neuanfang? Gab es keinen sanfteren Weg?

Die flirrenden Karosserien der Autos, die sich unter der Fußgängerbrücke im Feierabendverkehr stauten, potenzierten die Hitze des Tages und mischten den Geruch ihrer Abgase mit dem würzigen Duft von Grillkohle, der wie Nebelschwaden über die Fahrbahnen waberte. Sommer in der Stadt. Angewidert gab Harm sich einen Ruck. Er drängelte gegen den Strom der Stadtparkbesucher zurück auf die Grünfläche vor Jones Jungle. Die Bäume warfen lange Schatten, erreichten dennoch kaum die zweiten Stockwerke der massiven Bürobauten, die sich hier eines ans andere reihten.

Das Logo von Jones Jungle prangte mittig über einer ausladenden Drehtür, in deren Mitte eine hippe Schaufensterpuppe mit Männerdutt lässig den K2 bestieg. Dahinter herrschte Dunkelheit. Nicht einmal mehr der Empfangstresen war besetzt. Harm stöhnte. Was hatte er erwartet? Ein Klingelschild mit einem Foto von Anna? Sie selbst, wie sie gerade nach irgendwelchen Überstunden aus dem Gebäude hetzte, um direkt in seine Arme zu stürzen? Er googelte

Jones Jungle, klickte sich durch das Leitbild des Unternehmens, die Betriebsgeschichte, offene Stellen, einen Experience-Blog und die neuesten Projekte und Kampagnen. Nichts. Auf einigen Fotos grinsten ihm vergnügte Mitarbeiter entgegen, aber kein Wort über die Belegschaft, kein Zeichen von Anna.

Er war ein Idiot. Bockig wie ein Kleinkind, hatte er sich in diesem Hotelzimmer in Frankreich sein T-Shirt geschnappt, war zum Volvo gespurtet und mit quietschenden Reifen vom Hof gerauscht. Warum? Sie hatte ihm nie etwas vorgemacht, er wusste von ihrem schnöseligen Freund. Wenn überhaupt hatte er ihr etwas vorenthalten. Oder besser jemanden. Stolz war so ein überflüssiges Gefühl.

Die Hände tief in den Taschen seiner Jeans vergraben, machte Harm sich auf den Weg zur Open-Air-Bühne. Was konnte er sonst auch tun? Ein Pulk von Konzertbesuchern strömte um ihn herum. Gesprächsfetzen flogen durch die Luft, Lachen.

Harm schob sich mit der nächsten Horde Madsen-Fans in den Stadtpark. Wo war Jule? Würden sie das Konzert getrennt besuchen? Sollte er sie anrufen? Vor ihm intonierte jemand lautstark den Refrain von *Lass die Musik an*, dem Song, den die Band immer als letzte Zugabe spielte. Seine Stimmung besserte sich. Er hatte Lust auf ein gutes Konzert unter freiem Himmel, kühles Bier und Erinnerungen an Tammo. Vierzehn Madsen-Gigs hatten sie gemeinsam besucht, Tammo liebte den geradlinigen Indie-Rock der Brüder aus dem Wendland, genauso wie er. Genauso wie Jule.

Harm scherte aus dem Strom der Konzertbesucher aus

und schlüpfte über das Unterholz zwischen einigen Buchen hindurch ins Innere des Parks. Er zückte sein Smartphone und rief Jule an. Nur die Mailbox antwortete.

»Julchen, es tut mir so leid. Falscher Zeitpunkt, ich weiß, aber irgendwie ging es nicht mehr. Ich kann nichts sagen, was es besser machen würde, trotzdem möchte ich, dass du weißt, wie viel du mir bedeutest. Wir kennen uns schon unser ganzes Leben, bitte lass uns das nicht wegwerfen. Ich liebe dich, nur leider nicht so, wie du es verdienst. Es tut mir so leid …« Harm seufzte. »Ich gehe jetzt auf das Konzert und stelle das Handy auf Vibration, falls du mich erreichen willst. Ansonsten treffen wir uns später am Auto.«

Harm legte auf. Er straffte die Schultern und marschierte mit der nächsten Abzweigung auf der Parkseite um die Bühne herum, schnürte durch eine breite Buchenallee, vorbei an Tennisplätzen, der Rugby-Arena und einem Fußballplatz. In einem beständigen inneren Monolog versuchte er, seine Gefühle für Anna zu beschwichtigen. Diesen Abend würde er Tammo widmen. Nur sie beide, so wie früher. Morgen war schließlich auch noch ein Tag. Ein Tag, um noch einmal nach Hamburg zu fahren, zu den Geschäftszeiten von Jones Jungle, um Anna wiederzusehen.

Über einen Trampelpfad zwischen zwei riesigen Rhododendren huschte ich in den Stadtpark, dessen offene Grünfläche mich zu befreien schien. Pralles Leben umfing mich, lachende Familien, knutschende Pärchen, Kinder, die zwischen Barbecue, Bollerwagen und Bäumen herumtollten. Der Stadtpark barst vor Menschen und Möglichkeiten. Ich schlenderte über die weitläufige Festwiese, die Sonne schickte rote Wärme.

Natürlich hätte ich bleiben können, wahrscheinlich sogar bleiben sollen, um Christopher auf seinem Karrieresprung zu unterstützen. Aber es fühlte sich schon den ganzen Tag über so falsch an, so wenig nach mir. Ich überlegte, wann ich mich zuletzt wirklich gespürt und wohl dabei gefühlt hatte, glücklich gewesen war. Mir fiel nichts ein. Das Zeichnen vielleicht, im Wintergarten in Dwengeloh und auf der Serviette in Moustiers, in der Bar in Vogüé, ja, ein Stift in der Hand beruhigte mich, wenn das Chaos aus meinem Kopf Formen annahm, die ich erkennen und begreifen konnte. So war es schon immer gewesen.

Ich beobachtete einige junge Kerle, die mit nacktem Oberkörper ihre Balancefähigkeiten auf einer Slackline präsentierten. Der Schweiß auf ihrer Haut glitzerte wie die Pailletten auf dem Kostüm eines Zirkusartisten. Unter großem Gejohle und klirrenden Bierflaschen versuchte sich jemand an einem Handstand. Es misslang, aber Schulterklopfen und Lachen belohnten den Versuch. Ich vermisste das. Diese Leichtigkeit, das Unbekümmerte. Wir waren so festgefahren in unserem Alltag, die Rituale zu einem Skelett erstarrt. Keine elastische Slackline, sondern ein festes Brett, über das wir sicher schritten. Sicher, ja, aber furchtbar langweilig. Ich erwartete mehr vom Leben als Lieferservice und Badewannensex am Samstagnachmittag. Für jemand anderen mochte das die Erfüllung aller Träume sein. Meine begannen dort nicht einmal.

Ich joggte jetzt, merkte wie das Adrenalin in mir pulsierte, sprintete schließlich, nahm den Weg am Stadtparksee entlang, umrundete Gruppen mit Bollerwagen, bog ab zu den Rosengärten, passierte einige Spaziergänger und hielt mir schließlich die stechenden Seiten, als ich das kleine Rondell mit dem Pinguinbrunnen erreichte. Hohe Bäume spendeten hier kühlen Schatten, den Sonnenstrahlen wie kleine Blitze durchzogen. Ein Dschungel aus Farnen und Gräsern wucherte in einem abgesenkten Garten. Erstaunlicherweise war ich ganz allein, eine Oase der Ruhe, keine verliebten Pärchen auf den Bänken ringsum, noch nicht einmal ein badender Vogel am seichten Rand des Wassers.

Schnaufend blieb ich stehen, schüttelte Arme und Beine aus, kreiste mit dem Kopf und nahm einige tiefe Atemzüge der angenehm feuchten Luft rund um das Becken. Ich schlenderte entlang der gemauerten Pergolapfosten, deren hölzerne Querstreben üppige herzförmige Blätter überwucherten. Pfeifenwinde, verriet die Botanik-App, wird gerne zur Fassadenbegrünung oder als Rankpflanze genutzt. Wie blind ich bislang durch die Welt gestakst war, wie desinteressiert an den Dingen, zu denen ich in Resonanz treten konnte. Fasziniert betrachtete ich die großen Blätter, die sich wie Dachziegel übereinanderschoben. Ich fühlte mich seltsam verzaubert von diesem Ort, dazugehörig. Vielleicht lag es an meiner Entscheidung, nicht mit Christopher und den Norwegern essen zu gehen. Ich hatte eine Grenze gezogen und zu mir gestanden. Mein Nein beruhigte mich.

Langsam schritt ich die vier Stufen hinab in den abgesenkten Garten. Mein Atem floss jetzt ganz gleichmäßig. Ein dichter Pflanzengürtel aus Farnen, Funkien und allerlei Schattengewächsen umgab hier ein rundes Wasserbecken, in dessen Mitte ein Trog mit sechs Steinpinguinen thronte. Im Zentrum murmelte eine Fontäne.

Ich zog die Sandalen aus, lüpfte den Rock und watete durch das kühle Nass. Der Betonboden glitschte unter meinen Fußsohlen, Wasser umspülte meine Waden. Wie sehr ich dieses Element liebte, zu schwimmen, mich weich und schwerelos zu fühlen. Ich dachte an Nora und freute mich auf das Synchronschwimmtraining, an dem ich bald teilnehmen wollte.

Mit geschlossenen Augen lehnte ich mich an den Steintrog und genoss die frische Kälte. Ich ließ meinen Rock los. Der Stoff sog sich voll, Wasser kletterte die Kellerfalte hinauf und sickerte durch die Baumwolle auf meine Haut. Ich rutschte in die Hocke und sank bis knapp über das Steißbein hinein ins Wasser. Der Rock bauschte sich in einer blauen Wolke. Ein Gefühl von grenzenloser Freiheit überschwemmte mich.

»Alles okay bei dir?«

Ich schrak auf. Eine junge Frau in Jeans, T-Shirt und Stiefeln sah auf mich herab, in ihrer Hand baumelte eine Sektflasche.

Ich lächelte. »Mir ging es schon lange nicht mehr so gut.«

Sie musterte mich einige Sekunden, schaute sich um. Außer uns beiden war niemand da. Der aufgeregte Lärm des Stadtparks schien am dichten Grün des Rondells abzuprallen.

Sie streckte mir die Flasche entgegen. »Möchtest du?«

»Gerne.«

Ich rutschte ein wenig nach vorn, und sie trat an den Rand des Wasserbeckens, um mir den Sekt zu reichen.

»Prost!« Ich nahm einen großzügigen Schluck und spürte fast augenblicklich ein warmes Prickeln in der Brust. Es perlte auf meiner Zunge, in der Nase, am Gaumen. Ich löste mich in Wasser auf und fühlte mich schwerelos.

Die Frau vergrub ihre Hände tief in den Taschen der Jeans und schaukelte auf den flachen Absätzen ihrer Stiefel. Sie wirkte wie jemand, den das Gewicht der Welt niederrang, obwohl sie die Fersen in den Boden rammte und sich wehrte.

»Magst du reinkommen?«

Sie zögerte nicht. »Ja.«

Schnell, so als ob sie Angst hätte, es sich doch noch anders überlegen zu können, zog sie die Stiefel aus, stopfte die Socken in den Schaft und platzierte alles auf dem Beckenrand. Ihre Zehennägel waren korallenrot lackiert, ein Ton, den ich erst kürzlich auf einem Plakat im Schaufenster des Kosmetiksalons bei uns um die Ecke gesehen hatte. Ziemlich up to date. Sie begann, die Hosenbeine hochzukrempeln, hielt mitten in der Bewegung inne, strich die Jeans wieder glatt und tapste zu mir in den Brunnen.

»Hier.« Ich reichte ihr den Sekt, als sie sich neben mir im

Wasser an den Betontrog lehnte. Ihre Schulter berührte meine. Wir lächelten uns an.

»Mein Freund hat mich gerade verlassen«, sagte sie und trank. Eine Träne löste sich aus dem Augenwinkel, aber sie wischte sie mit dem Handrücken fort und reckte das Kinn. »Ich glaube, dass es gerade nichts Besseres geben kann, als vollständig bekleidet in einem Brunnen zu sitzen und Prosecco zu trinken.«

Sie sah mich auffordernd an. In ihrem Blick lag ein derart patziger Trotz, dass ich grinsen musste. Sie grinste zurück. Dann prusteten wir los. Ungestüm, überschäumend, ungebärdig. Wie konnte eine Situation sich gleichzeitig so absurd und doch vollkommen richtig anfühlen? Wir lachten albern, bis uns die Tränen kamen.

Mein Kiefer schmerzte, als ich endlich wieder ruhig sprechen konnte. »Ich denke, du hast gerade die optimale Art entdeckt, mit einer derartigen Situation umzugehen.«

Sie nickte. »Ich sollte eigentlich jetzt gerade auf dem Madsen-Konzert da hinten sein, hörst du die Musik?«

Dumpfe Beats schwangen durch die Bäume bis zu unserem Brunnen. Es klang wie Donnergrollen.

»Das ist *Kapitän*.« Sie sang leise. »*Wie ein Schiff ohne Segel, auf dem offenen Meer, treibe ich im Nebel meiner Sehnsucht hinterher* … tja.« Sie nahm noch einen Schluck. »So sieht's aus.«

»Seid ihr lange zusammen gewesen?«

»Jep. Wir kennen uns schon immer, haben als kleine Hopser in der Straße zusammen verstecken gespielt. Als Teenager sind wir dann mal im Bett gelandet und dann wieder und wieder und wieder …« Sie schüttelte den Kopf.

»Eigentlich passen wir gar nicht zusammen. Ich bin Erzieherin, liebe die Arbeit mit den Kleinen. Seit einigen Jahren lebe ich in einem tollen Mehrgenerationenwohnprojekt. Da möchte ich unbedingt bleiben, irgendwann mal heiraten, eigene Kinder. Ganz normale Dinge eben. Ich bin glücklich, wenn wir abends im Garten zusammen mit den anderen ein Bier trinken, aber er …« Sie schnaubte. »Er wollte schon immer weg, die Welt entdecken, raus, Abenteuer erleben. Kiel war nie groß genug. Dann kam das Leben dazwischen … irgendwie sind wir aneinander hängen geblieben. Wir waren schon so oft an diesem Punkt, aber ich fühle, dass es dieses Mal anders ist. Dieses Mal ist es das Ende.«

Sie reichte mir den Sekt, und ich trank mir Mut an für meine eigene Wahrheit, für eine Erkenntnis, die ich schon seit Tagen in meinem Herzen bewegte. Mein Puls beschleunigte sich. »Ich glaube, ich bin gerade auf einem ähnlichen Weg wie du.«

Die Worte rauschten in meinen Ohren, aber die fremde Frau zuckte nur mit den Schultern. »Warum würdest du auch sonst voll bekleidet in einem Brunnen sitzen, richtig?«

Ich lächelte. »Richtig.«

»Bleib nicht zu lange in der Schwebe, das ist das Einzige, was ich dir dazu sagen kann. Triff eine Entscheidung und steh dazu. Das Leben geht weiter, und sicher hat es noch eine Menge schöner Dinge zu bieten. Bleib bei dir, überleg genau, was du eigentlich willst, mach dich nicht von jemand anderem abhängig. Du hast alles in dir. Du bist genug. Ich wünschte, das hätte mir jemand vor Jahren gesagt.«

Sie lächelte mich an, voller Traurigkeit und Zuversicht.

Ich öffnete die Arme und zog sie an mich. Wir hielten uns eine ganze Weile, und ich spürte, wie ihr Körper zuckte, als sie den Tränen freien Lauf ließ.

Irgendwann löste sie sich aus unserer Umarmung. »Mir ist kalt«, sagte sie und trocknete ihr Gesicht. »Ich denke, ich muss mal zurück zum Auto und mich aufwärmen. Das Konzert sollte bald vorbei sein.«

Wir erhoben uns, tropften die Pinguine hinter uns voll.

»Danke.« Sie musterte mich, lächelte schließlich, nahm mein Gesicht in die Hände und küsste mich auf den Mund. Überrascht schaute ich sie an. Ihre Lippen waren weich und schmeckten salzig. Es fühlte sich nicht übergriffig an, eher herzlich und solidarisch. Ein Vertrauensbeweis von einer Fremden, die ich vermutlich nie wiedersehen würde, mit der ich aber einige der intimsten Minuten meines und vielleicht auch ihres Lebens geteilt hatte. Sie erschien mir wahnsinnig mutig, so stark und voller Leben, allem und jedem zum Trotz. Sie würde ihren Weg gehen, daran bestand kein Zweifel.

»Alles Gute.«

Sie nickte, watete aus dem Wasser, schnappte sich ihre Stiefel und zog eine lange Tropfenspur hinter sich her aus dem Stadtpark heraus.

Die Spuren meines nächtlichen Traums verwischten, und ich öffnete widerstrebend die Augen. Sonnenstrahlen kitzelten meine Wimpern. Die Schatten der hohen Gräser auf der Dachterrasse wehten über die Wände und tränkten den Raum mit sommerlicher Schönheit – wenn da nicht dieser Geruch gewesen wäre. Ich rümpfte die Nase. Es müffelte nach Modder, Morast und abgestandener Moral. Neben dem Bett krumpelten die Klamotten von gestern als matschige Masse in einer kleinen Pfütze. Ich rollte von der Matratze und öffnete das Fenster. Aufgeheizte Stadtluft flutete den Raum. Christophers Seersucker-Decke lag blau und glatt und unbenutzt auf seiner Bettseite, gesprenkelt allerdings mit etlichen Zeichnungen, die ich von meinem Brunnenabenteuer gefertigt hatte. Pinguine auf einem Betontrog, feingliedrige Farne und mächtige Funkien, ein regelrechter Dschungel, Stoffe von Röcken und T-Shirts, die sich im Wasser aufblähten. Das glühende Gesicht einer jungen Frau.

Ich klaubte die triefende Kleidung zusammen und stopfte alles in die Waschmaschine, trocknete sowohl Pfütze als auch Tropfenspur im Flur und inspizierte die Wohnung. Von Christopher war nichts zu sehen. Lediglich die zerknautschten Sofapolster erzählten, dass er die Nacht wohl dort verbracht hatte. Inzwischen müsste er längst in der Firma sein, heute Vormittag stand ein deutsch-norwegisches Teammeeting auf dem Plan, gefolgt von einem späten Mittagessen in Tim Mälzers Bullerei. Jonna und Ann-Magritt würden sich die Zeit mit Sightseeing und shoppen vertreiben. Es gab schlimmere Freitage.

Ich gönnte mir eine ausgiebige Dusche. Gestern Abend hatte ich lediglich die nassen Klamotten abgestreift, ein frisches T-Shirt übergezogen und mich zum Zeichnen auf das Bett geschwungen. Meine Gedanken wirbelten wie Sandkörner am Strand in einem aufkommenden Sturm. Alles in mir bewegte sich. Ich musste schnell zeichnen, um mitzuhalten. Aufgeregt, fieberhaft, ungeduldig. Ich bot der Unruhe in mir ein Ventil, und sie sprudelte tosend aus mir heraus.

Nach einem ausgiebigen Frühstück radelte ich an der Alster entlang zur Elbe. Ich strampelte über das Kopfsteinpflaster der Speicherstadt, schlängelte mich durch die Touristen zwischen Elbphilharmonie und Landungsbrücken, fuhr weiter bis zum Fischmarkt und dem Altonaer Balkon, passierte die hübschen Kapitänshäuser in Övelgönne und sank mit einer eiskalten Cola vor dem Café Strandperle in den Sand. Ich buddelte meine Zehen ein, breitete die Arme aus und malte einen schwitzenden Schneeengel. Ein bisschen so wie vor gar nicht allzu langer Zeit in einem violetten Feld in Valensole. Nur duftete es hier nicht intensiv nach Lavendel, sondern nach erkalteten Grillkohlen, Schiffsabgasen und einem Hauch salziger Meeresluft, die die Elbe bei Hochwasser von der Nordseemündung mit hernahm. Vielleicht bildete ich mir das aber auch ein. Mein Körper entspannte sich auf dem warmen Strand. Spaziergänger flanierten vorbei, Kinder schrien, Fähren hupten, und die Motoren riesiger Containerschiffe dröhnten auf den letzten Metern zum Hafen. Die Sonne brutzelte meine Haut zu einem rotstichigen Braun. Sommer in der schönsten Stadt der Welt. Ich fühlte mich ganz bei mir, geerdet und frei. Heute Abend würde ich mit Christopher reden.

Der Volvo schnurrte, als befände er sich in einem angeregten Dialog mit dem Asphalt der A 7, während er mit Harm das Land von Nord nach Süd durchschnitt. Sie rollten antizyklisch auf Hamburg zu. Der Rest der Welt schien mit Wochenendstimmung in die andere Richtung ans Meer zu strömen, auf der Gegenfahrbahn staute es sich kilometerlang. Harm hielt den Arm aus dem Fenster und genoss den warmen Fahrtwind auf der Haut. Schon Ende nächste Woche würde er die stickige Sommerstadtluft hinter sich lassen und in die warmen Fluten des Mittelmeers tauchen. Er konnte es kaum erwarten.

Bei Schnelsen verließ er die Autobahn, umfuhr das Flughafengelände, hielt geradewegs auf den Stadtpark zu und parkte schließlich auf demselben Platz am New-York-Ring wie wenige Stunden zuvor. Harm passierte die Grünflächen und steuerte auf das Bürogebäude mit dem grün-schwarzen Logo zu. Jones Jungle. Er fühlte, wie sein Herz aufgeregte Kapriolen schlug. Gleich würde er Anna wiedersehen. Ob sie sich freute? Ihn vielleicht sogar umarmte? Er schüttelte den Kopf. Bisher hatte er es vermieden, darüber nachzudenken, und genauso würde er es auch weiter halten.

Vielleicht sah er sie auch und erkannte, was für einem Irrtum er aufgesessen war. Anna mit den spießigen Perlenohrringen, dem patenten Koffer und einem Poolurlaub in einer der schönsten Gegenden der Welt. Vielleicht hatten ihm seine Gefühle am Lac du Der-Chantecoq einen Streich gespielt, aufgewühlt, wie er war, von seiner Bienenmission.

Die hippe Schaufensterpuppe mit dem Männerdutt wandte ihm den Rücken zu, als er sich durch die Drehtür ins Innere des Gebäudes schob. Dieses Mal würde er Anna beschuht treffen, ohne juckende Bienenstiche und gänzlich frei von Medikamenten, die seinen Kopf in eine gallertartige Masse verwandelten.

Und ohne eine Freundin, die zu Hause auf ihn wartete.

»Ja, bitte?« Der asketische Typ am Empfangstresen schien kaum dem Teenageralter entschlüpft zu sein. Dafür trug er seinen Männerdutt besonders lässig hoch oben auf dem Kopf. War das hier das Einstellungskriterium? Oder Teil der Arbeitskleidung? Er lächelte Harm an, während er gleichzeitig auf einer Tastatur herumtippte.

»Ich möchte zu Anna.« Er hatte diese Situation die ganze Fahrt über durchgespielt, trotzdem hämmerte sein Herz jetzt im Stakkato.

»Anna und wie weiter?«

»Das weiß ich nicht.«

»In welche Abteilung musst du denn?«

Man duzte sich bei Jones Jungle. Vielleicht half ihm das weiter.

»Wenn ich das so genau wüsste. Sie ist Textiltechnikerin, wir sind neulich im Treppenhaus zusammengestoßen.«

Er lehnte sich ein wenig vor. »Sorry, ich weiß, das klingt komisch, aber ich würde sie wirklich gerne wiedersehen. Eine Kollegin hat Anna zu ihr gesagt, und sie haben über ihren Provence-Urlaub gesprochen, mehr weiß ich nicht.«

Der Typ grinste. »Liebe am Arbeitsplatz, soso.«

»Also, na ja, so weit sind wir ja noch nicht. Aber ich … können wir irgendwie herauskriegen, wer sie ist?«

»Ich höre mich mal nach einer Anna mit Kollision im Treppenhaus um. Gib mir deine Durchwahl, dann sage ich dir Bescheid.«

»Ähm …« Harm überlegte fieberhaft. In seiner Vorstellung hatte der Dialog an dieser Stelle eine andere Richtung eingeschlagen. »Also, es ist so, ich gebe zu meinem Geburtstag morgen eine Party, und ich würde mich wahnsinnig freuen, wenn sie kommt. Das wäre eine super Gelegenheit … nicht ganz so verbindlich, aber trotzdem eine Chance, weißt du, was ich meine? Bitte. Es gibt doch bestimmt aus jeder Abteilung ein Namensverzeichnis mit Telefonnummern.«

Der Männerdutt schlug die Hände über dem Kopf zusammen. »Alter, weißt du, wie viele Annas es bei vierhundert Mitarbeitern gibt?«

Es waren neun. Viel weniger als erwartet. Anna-Lena, Anna-Sophie und Anna-Maria konnten sie zudem direkt streichen. Blieben sechs. Von denen kam Anna aus dem Einkauf ebenso wenig infrage wie Anna aus der IT oder Anna aus der Perso. Nur noch drei.

»Und jetzt?« Der hippe Empfangstyp schüttelte ungläubig den Kopf. Seine aufgedrehten Haare wippten. »Alter, ich will keine Schwierigkeiten, okay? Keine Ahnung, wie das mit dem Datenschutz ist und so. Ich bin hier nur die Urlaubsvertretung.«

»Okay, pass auf, ich will auch nicht, dass du Ärger bekommst. Aber du willst dich doch auch der Liebe nicht in den Weg stellen, oder?«

Der Männerdutt lachte. Er betrachtete Harm, wieder kopfschüttelnd. Schließlich reichte er ihm den Telefonhörer. »Ich tippe die Durchwahl, du sprichst. Aber ich höre genau zu, alles klar?«

Harm nickte eifrig. Kurz darauf tutete es.

»Madlikowski, ja?«

»Hallo, ähm, hier …« Seine Stimme brach. Jetzt hatte er sich durch ein Geflecht aus Lügen manövriert und drohte an der entscheidenden Hürde zu scheitern. Er räusperte sich. »Hier ist Harm aus Kiel. Bist du die Anna, die gerade in der Provence war?«

»Wie bitte?«

Trotz allen Herzrasens erkannte er, dass die Stimme nicht zu seiner Anna gehörte. Seine Anna. Was für ein Blödsinn.

»Entschuldigung, ich bin vorhin mit einer Anna im Treppenhaus zusammengestoßen und versuche gerade verzweifelt, sie wiederzufinden. Aber da bin ich bei dir wohl leider falsch gelandet.«

»Ich heirate in zwei Wochen, falscher geht gar nicht«, sagte Anna Madlikowski und legte auf.

Der Hipster grinste. »Die nächste?«

Harm nickte, nicht mehr ganz so eifrig.

»Malene Burger, Sekretariat Greiffenberg?«

»Ich, ähm, also, hier ist Harm, ich wollte eigentlich mit Anna sprechen.«

»Anna ist nicht da, du bist über die Rufumleitung bei mir gelandet. Kann ich dir weiterhelfen?«

»Ja, sicher … ich bin auf der Suche nach einer Anna, die vor Kurzem in der Provence Urlaub gemacht hat.«

»Warum?«

»Weil … wir im Treppenhaus ineinandergelaufen sind und sie davon gesprochen hat. Ich würde gerne mit ihr reden.«

»Anna ist krank. Gib mir doch deine Durchwahl, dann leite ich das an sie weiter, wenn sie wieder da ist.«

Nicht schon wieder. Harms Gedanken verknoteten sich. Er durfte jetzt nicht nachlassen.

»Klar … ähm, aber deine Kollegin Anna war gerade in der Provence, ja?«

»Ja. Deine Nummer?«

Harm zögerte. Ihm gingen die Lügen aus. »Ich … Malene, richtig? Meinst du, du könntest kurz zum Empfang kommen? Ich würde gerne etwas mit dir besprechen.«

»Warum?«

»Bitte, ich … ich erkläre es dir, ja? Es ist wirklich wichtig. Auch für Anna.«

Stille in der Leitung. Offensichtlich dachte Malene nach. »Ich komme in zehn Minuten.«

Unter dem süffisanten Grinsen des Männerdutts hockte Harm sich auf einen der Ledersessel neben dem Empfang. Die Haare in seinem Nacken sträubten sich, genauso wie die Haare auf seiner Brust, den Beinen und Armen. Was veranstaltete er hier eigentlich? Er hatte in der vergangenen halben Stunde gelogen wie ein drittklassiger Hochstapler. Das konnte kein gutes Zeichen sein. So begann keine Liebesgeschichte.

»Bist du Harm?«

Eine Frau in geblümtem Sommerrock und T-Shirt baute sich mit verschränkten Armen vor ihm auf. Sie hatte die Haare zu einem lockeren Knoten zusammengeschlungen, aus dem einzelne Strähnen auf ihre Schultern fielen. Also doch Arbeitskleidung. Anna musste sich mit ihrer halblangen Frisur hier ziemlich unwohl fühlen.

Harm stand auf. »Hallo.« Er reichte ihr die Hand. »Danke, dass du gekommen bist, Malene.«

Sie behielt die Arme am Körper. Harm erkannte, dass seine erfundene Geschichte ihrer Skepsis nicht standhalten würde. Andererseits wollte er Anna keine Schwierigkeiten bereiten. Vielleicht hatte sie niemandem von ihren Panikattacken erzählt? Eventuell war das sogar der Grund für ihre Krankschreibung. Er zögerte, wusste nicht, was er sagen sollte.

Malene musterte ihn. »Du arbeitest nicht bei Jones Jungle, oder?«

Harm schüttelte den Kopf.

»Hast du Anna in Frankreich kennengelernt?«

Er nickte.

»Und jetzt willst du sie wiedersehen?«

»Unbedingt.«

»Und meinst du, sie will das auch?«

»Ich glaube schon … ich hoffe es.«

»Anna hat einen Freund.«

»Christopher. Ich habe ihn kennengelernt.«

Malene nickte. »Sie hat nur eine knappe Woche gearbeitet und sich dann krankschreiben lassen. Weißt du warum?«

»Ja.«

Endlich setzte sich Malene, er schien das Kreuzverhör bestanden zu haben und hockte sich in den Sessel neben ihrem. Sie verschränkte die Arme erneut vor der Brust. Dieses Mal wirkte es jedoch weniger abweisend, eher so, als gebe sie sich selbst damit Halt.

»Anfangs hat Anna erzählt, es sei eine Virusinfektion, die sie länger in Frankreich hielt. Aber ich wusste, dass das nicht stimmt. Sie war so abwesend und fahrig, ganz anders als sonst, schien sich viele Gedanken zu machen. Mein Gefühl sagte mir, dass es etwas mit ihrer Beziehung zu tun hat, vielleicht mit einer anderen Frau … oder einem anderen Mann. Tja …« Malene lächelte. »Ich mag Anna wirklich gerne, weißt du? Aber sie hat hier niemanden richtig an sich herangelassen, in all den Jahren nicht. Irgendwie hat immer nur ein Teil von ihr hier gearbeitet, ich weiß nicht, wie ich das anders ausdrücken soll. Ich glaube, die richtige Anna haben wir alle nicht kennengelernt.« Sie strich sich die Strähnen aus dem Gesicht. »Was machen wir jetzt?«

»Nun ja …«

Harm überredete Malene nach einigem Hin und Her, ihm Annas Handynummer zu geben. Sie fühlte sich nicht ganz wohl dabei, deshalb zeigte er ihr seinen Personalausweis, den sie abfotografierte.

»Nur zur Sicherheit.«

»Ich danke dir, Malene.«

»Ich hoffe, das tut Anna auch.«

»Anna, na endlich!« Christopher stürmte aus dem Bad, als ich die Wohnung betrat. Mit der linken Hand wurschtelte er am Manschettenknopf des rechten Ärmels herum. »Würdest du wohl bitte?«

Ich wischte mir die verschwitzen Hände an der Hose ab und schob den matt silbern schimmernden Knopf durch die schmalen Löcher der Manschette.

»Du bist spät.« Christopher knöpfte die blau karierte Weste zu, die ich so an ihm mochte. Zum weißen Hemd und den passenden Chinos wirkten die Manschettenknöpfe wie ein perfekter Hauch Parfum. Genau die richtige Dosis, um ein Outfit weder als überkandidelt noch underdressed abzustempeln.

»Zu spät wofür?«

Er warf die Arme in die Luft. »Herrgott, Anna! Was ist nur los mit dir?« Er fuhr sich über das Gesicht. »Nein, entschuldige, das ist nicht fair. Ich weiß, es geht dir nicht so gut, aber wir haben Termine, Verabredungen, das weißt du.«

Ich schüttelte langsam den Knopf.

»Meine Eltern kommen, um auf das Projekt anzustoßen. Wir wollen feiern! Ich habe die Norweger und Dr. Knoll ebenfalls eingeladen, hat sich gestern so ergeben. Und dein Vater kommt doch auch. Zum Glück hat meine Mutter ihre Beziehungen beim Caterer spielen lassen, sonst hätten wir wohl nicht genug zu essen für alle. Eigentlich müsste der jetzt auch jede Sekun …«

Es klingelte.

»Ah, auf die Minute. Perfekt.«

Christopher drückte den Türsummer und rauschte zum Esstisch, um einige Unterlagen zur Seite zu räumen und meine Tabletten in einer Schublade verschwinden zu lassen. Ich beobachtete ihn, als tanzte er eine komplizierte Choreografie.

»Na los, Hase, mach dich fertig. In einer knappen Stunde geht es los. Ist dein Vater auf dem Weg? Soll ich ihn noch mal anrufen? Ist vielleicht besser.« Christopher tippte auf seinem Handy herum. »Er geht nicht ran. Na, das ist doch ein gutes Zeichen, wahrscheinlich ist er längst losgefahren.«

Er küsste mich auf die Stirn und nahm den Caterer plus drei Kellnerinnen in Empfang. Ich schlich ins Badezimmer, schloss die Tür und sank auf die kühlen Fliesen.

Hatte Christopher mir wirklich von diesem Abend erzählt? Hatte ich es verdrängt? Nicht richtig zugehört? Vergessen? Hatten die Panikattacken meinen Verstand derart vernebelt? Ich strich mir die Haare aus dem Gesicht. Eigentlich auch egal. Lief alles auf dasselbe hinaus. An was ich mich jedoch mit Sicherheit erinnerte, war, dass ich meinen Vater zu keinem Dinner eingeladen hatte. Warum also ging er nicht ans Telefon?

Ich duschte, wusch den Elbsand aus meinen Haaren und das prickelnde Stadtsommerglücksgefühl von der Haut. Als ich mich in eines der engen Etuikleider zwängte, die an einem solchen Abend erwartet wurden, schlüpfte Christopher zu mir ins Ankleidezimmer.

»Schau mal.« Er hielt mir eine kleine Schachtel entgegen. Der fehlende Perlenohrring. Er lag, auf dunkelblauen Samt gebettet, neben dem Original. Der Juwelier hatte sich selbst übertroffen, es war kein Unterschied festzustellen. Ich legte beide Ohrringe an.

»Du siehst wunderschön aus so leicht gebräunt, wie von der Sonne geküsst.« Christopher lächelte. »Tut mir leid, wenn die vergangenen Tage ein bisschen unrund verlaufen sind. Die ganze Aufregung um das Projekt hat mich doch mehr mitgenommen, als ich erwartet hatte. Wird jetzt wieder besser, okay?«

Ich nickte. »Hast du es noch mal bei meinem Vater probiert?«

»Der ist sicher gleich hier. Komm.« Er reichte mir die Hand. »Mamas Caterer hat ein kleines Wunder vollbracht, du wirst unsere Wohnung nicht wiedererkennen.«

Ich stöckelte hinter Christopher her durch den Flur. Im großen Wohnraum baumelten an die zwanzig rot-goldene Papierlampions von der Decke. Große und kleine, alle mit glänzenden Satinbändern verziert, die in der lauen Brise, die von der Dachterrasse herüber wehte, bedächtig hin und her schwangen. Zwischen den Gräsern draußen brannten Dutzende Kerzen, ein kleiner Brunnen mit Buddhafigur gluckerte, und jemand hatte Lichterketten quer über die Loungeecke gespannt. Es duftete würzig nach vietnamesischer Pho-Suppe und süßem Kuchen. Auf dem Esstisch thronten Blumenbouquets aus fein ziselierten Blättern und exotischen Blüten.

Es hätte hübsch und edel wirken können, aber die wilde Mischung aus asiatischen Klischees beschämte mich. Die blonden Kellnerinnen trugen bunte Kimonos und Blumen in ihren hochgesteckten Haaren, was affig und verkleidet wirkte. Kamen Kimonos nicht aus Japan? Die Lampions hingegen sahen chinesisch aus, aber es duftete nach meinen liebsten vietnamesischen Gerichten. Zudem stammte Buddha meiner Ansicht nach aus Indien. Ich fühlte mich wie in einem Déjà-vu und wartete darauf, dass der blaue Turban des Taxifahrers von gestern Abend hinter der Küchenecke hervorschwebte.

»Hübsch, oder?« Christopher strahlte. »Wir haben gestern Abend so viel über Indien geredet, da fand ich ein asiatisches Motto ganz charmant. Zum Glück hatten wir sowieso vietnamesisches Essen geplant, da hielt sich der zusätzliche Aufwand in Grenzen.«

Ich wusste nicht, was ich sagen sollte. Unsere Wohnung strotzte vor skandinavischen Designmöbeln. Stilvoll, zurückhaltend, funktional. Ich mochte das. Schlichte Schönheit ohne Schnörkel und Firlefanz. Meine Jugendstilbegeisterung lag lange hinter mir. Aber vielleicht spielte es für Christopher gar keine Rolle, ob er unsere Möbel mochte. Vielleicht waren sie einfach zeitlose Investitionsgüter, die man noch an die Enkelkinder weiterreichte. Louis Poulsens PH5-Lampe hatte ihn schließlich auch auf diesem Weg erreicht. Vielleicht war es so simpel.

Dr. Knoll und die Norweger erschienen fast zeitgleich mit Christophers Eltern. Es gab ein großes Hallo und ehrliche Begeisterung für Christophers Asia-Deko-Idee. Jonna fotografierte fleißig und versprach, später alles auf ihrem Insta-Account zu posten. Erstaunlicherweise verstanden sich Marita und Dr. Knoll nicht so gut, wie ich vermutet hatte. Vielleicht waren sie sich einfach zu ähnlich.

Dr. Knoll erkundigte sich sehr freundlich, ob es mir wieder besser gehe, und sowohl Jonna als auch Ann-Magritt bemühten sich um netten Small Talk und erzählten von ihren Shoppingerfolgen, während Marita von ihrer Soiree neulich schwärmte und Christophers Vater am Kopfende des Tisches hockte und in sich hineinlächelte.

Eine der Kimonokellnerinnen verteilte rote Cocktails, aber ich lehnte ab, entschuldigte mich, huschte ins Ankleidezimmer und versuchte erneut, meinen Vater zu erreichen. Er nahm nicht ab, dabei trug er sein Smartphone stets bei sich. Für gewöhnlich ging er auch weder ins Kino noch ins Theater. Die Bühnen in Bad Bramstedt, Kaltenkirchen oder Itzehoe fand er piefig, konnte sowieso keine dem großen Royal Shakespeare Theatre in Stratford-upon-Avon das Wasser reichen. Manchmal neigte er zum Snobismus. Seine alten Freunde traf er an wohlvorbereiteten Wochenenden, über die er mich lange im Voraus informierte. Und obwohl im Dorf alles so viel besser war als in der Stadt, führte er doch ein rechtes Einsiedlerdasein. Ich rief erneut seine Nummer auf. Inzwischen zum sechsten Mal. Nur die Mailbox.

»Anna?« Christopher linste ins Zimmer. »Alles klar? Wir wollen mit dem Essen beginnen. Kommst du?«

»Ja, gib mir einen Moment. Ich versuche noch einmal meinen Vater zu erreichen.«

Christopher verschwand in Richtung Gelächter. Ich begann zu googeln. Nach drei Minuten fand ich ihre Nummer über den Landfrauenverein.

»Monika Seidel. Ja, bitte?«

»Hallo, hier ist Anna Petermann. Entschuldigung, falls ich Sie störe …«

»Aber nein! Du störst gar nicht. Wie geht es dir, Anna? Ist alles in Ordnung?«

»Ja, sicher.« Meine Stimme zitterte. Ich fühlte mich seltsam. Übertrieb ich hier nicht gerade furchtbar? »Frau Seidel, ich … mein Vater ist nicht zufällig bei Ihnen, oder?«

»Nein, bedaure. Warum? Sollte er hier sein?«

»Nein, er … ich kann ihn nur nicht erreichen, was ungewöhnlich ist. Vielleicht, also nur, wenn es Ihnen keine Umstände bereitet …«

»Soll ich mal rübergehen und nach ihm schauen? Sicher hantiert er noch irgendwo im Garten herum und hat das Läuten überhört.«

»Das wäre wirklich großartig!« Es machte mir Angst, wie erleichtert meine Stimme klang.

»Gar kein Problem. Gib mir doch mal deine Nummer, Anna. Dann rufe ich dich zurück und gebe dir Bescheid. Ich habe leider kein Handy, da bin ich ein bisschen altmodisch.«

Ich diktierte ihr meine Nummer, schob den Klingelton des Smartphones auf laut und schaltete sicherheitshalber zusätzlich die Vibration ein. Da das Etuikleid wie all diese besonders weiblichen Kleidungsstücke keine Taschen besaß, zog ich mich um. Ein Anzug mit Bluse würde es auch tun. Scheiß auf die Etikette. Ich zwängte das Handy in die Hosentasche und stürzte mich zurück in den asiatischen Klamauk.

»Da bist du ja.« Christopher nahm mich in den Arm. »Du hast dich umgezogen?«

»Ich hatte mein Kleid bekleckert. Ihr müsst jetzt leider so mit mir vorliebnehmen.«

Maritas Mundwinkel zuckten. Immerhin trug ich die Ohrringe.

»Dann kann es ja losgehen!« Christopher winkte einer der Kellnerinnen zu, und wir setzten uns an den Tisch.

Als Vorspeise servierte der Koch eine ausgesprochen köstliche, vietnamesische Pho-Suppe, um die es sich auch eine ganze Weile lang in den Gesprächen drehte. Danach blieben wir beim Thema Asien, es schien das Einfachste zu sein. Marita erzählte von ihrer Reise nach Thailand vor etlichen Jahren, Jonnas Mann gab Anekdoten aus Singapur zum Besten. Die Stimmung changierte zwischen locker und ausgelassen, immerhin befanden wir uns bereits in der dritten Cocktail-Runde. Ich versuchte, mich zu entspannen, nippte aber immer noch an meinem ersten Drink.

Als Zwischenspeise kredenzte der Koch einen wahnsinnig hübsch drapierten Papayasalat, und Christopher erzählte seinen Eltern von dem späten Lunch in der Bullerei, wo sie immer schon einmal essen wollten, es aber bisher nie geschafft hatten. Da klingelte und vibrierte mein Handy.

»Entschuldigung.« Ich sprang auf. »Das ist wichtig.« Während ich durch den Flur ins Ankleidezimmer hastete, schaute ich auf das Display. Unbekannte Nummer. Ich hatte vergessen, Frau Seidels Daten abzuspeichern. Erst als ich die Tür hinter mir geschlossen hatte, nahm ich ab.

»Ja?«

»Anna?«

Ich wusste es. Ich hörte die Stimme und wusste es. Ich hatte schon den ganzen Abend über so eine Ahnung gehabt. Frau Seidel schluchzte. Sie war schwer zu verstehen.

»... ein Herzinfarkt, sie bringen ihn in die Klinik nach

Bad Bramstedt, oh Gott, er hat im Garten gelegen, ich weiß nicht, wie lange, sehr lange, sagen sie, er …«

Frau Seidel plapperte weiter, aber ich konnte sie nicht mehr verstehen. In meinen Ohren rauschte es. Die Klamotten auf den Kleiderstangen begannen, sich von den Bügeln zu lösen, und tanzten in einem wilden Reigen um mich herum. Ich glitt auf den Boden, hielt mich an den Dielen fest, einen Moment nur, einen kurzen Augenblick.

»Anna, Kind, bist du noch da?« Frau Seidel schrie jetzt. »Anna!« Ich betrachtete das Smartphone in meiner Hand und kam wieder zu mir.

»Ich komme. Wir treffen uns im Krankenhaus.«

Vorsichtig rappelte ich mich auf, streifte die High Heels ab, starrte auf das Handy und zwang mich durchzuatmen. Ich würde jetzt nicht durchdrehen, das half niemandem. Genauso wenig wie wirre Gedanken. Heutzutage starb niemand mehr an einem Herzinfarkt. Die Medizin war weit und mein Vater mit seinen siebenundsechzig Jahren noch gar nicht alt. Ich würde mich jetzt nicht verrückt machen.

Beherzt öffnete ich die Tür des Ankleidezimmers und schritt durch den Flur auf die chinesischen Lampions zu. Dampf quoll aus der Küche und hüllte den Raum in mystischen Dunst.

»Entschuldigt bitte«, unterbrach ich den Redeschwall von Jonnas Mann. »Es tut mir leid, aber ich muss gehen. Mein Vater hatte einen Herzinfarkt.«

»Was?« Christopher sprang auf. »Woher weißt du das? Wo ist er?«

Ich erzählte ihm von dem Gespräch mit Frau Seidel und

spürte, wie Tränen über meine Wangen liefen. Christopher nahm mich in den Arm.

»Hey, das wird schon. Er ist in guten Händen. Los, zieh deine Schuhe an, dann fahren wir.«

Ich schluchzte. »Aber du kannst doch nicht … alle sind hier …«

Er lächelte mich an. »Das spielt doch jetzt keine Rolle. Mama? Kümmerst du dich hier bitte um alles?«

»Aber ja, aber ja. Fahrt nur, fahrt!«

Ich schlüpfte in ein Paar Sneaker und hörte noch, wie Christopher Dr. Knoll versprach, sich aus dem Krankenhaus zu melden, sobald er mehr wusste.

Wir spurteten die Treppe hinunter, Christopher klemmte sich hinter das Steuer, und wir brausten aus der Tiefgarage. Ich googelte bereits nach der schnellsten Strecke, als Christopher hart abbremste und ich nach vorne in meinen Gurt gedrückt wurde.

»Das hier ist eine Ausfahrt, verdammt noch mal!« Er beugte sich aus dem Fenster und schrie einen Mann an, der halb in der Hecke unseres Vorgartens hing, da er offensichtlich dem BMW aus dem Weg gesprungen war.

Christopher gab Gas, und wir stoben durch die helle Sommernacht.

Harm kämpfte sich ächzend aus der riesigen Formschnittkugel heraus. Buchs. Ausgerechnet. Jetzt müffelte er wie der rollige Love Interest eines Katers. Er strich Blätter von seinem T-Shirt, tupfte mit dem Taschentuch über ein paar blutige Kratzer und schlüpfte zurück in den rechten Sneaker, den er bei seinem beherzten Sprung in die Botanik abgestreift hatte. Was für ein Idiot! Wer schoss derart aus der Ausfahrt einer Tiefgarage, ohne nach links oder rechts zu schauen? Ein Amokläufer? Ein werdender Vater? Es war eine männliche Stimme, so viel konnte er sagen. Wahrscheinlich einfach ein rücksichtsloses Arschloch.

Harm trat hinter der riesigen Buchskugel hervor und erkannte, dass jetzt Lichter im Treppenhaus brannten. Während der vergangenen zwanzig Minuten, die er sich schon vor dem Haus herumdrückte, waren alle Fenster dunkel geblieben. Die Straße schwieg in sommerabendlicher Erschöpfung. Eine ältere Frau hatte mit ihrem Hund, einem neugierigen Cockerspaniel, eine Runde gedreht, zwei giggelnde Backfische radelten vorbei, und ein Polo auf Parkplatzsuche schlich inzwischen zum vierten Mal um den Block. Von irgendwoher klang Gläserklirren und Gelächter, ein Grillabend auf dem Balkon vielleicht. Doch jetzt waren alle Geräusche verstummt. Dafür brannte Licht.

Als Harm die Mitte des Plattenwegs erreichte, der zwischen bienenfeindlichen Formgehölzen hindurch zum Eingang führte, stieß jemand von innen die Tür auf.

»Vorsicht bitte!«

Eine als Geisha verkleidete Frau mit Essstäbchen im Haar zwängte sich mit einer riesigen silbernen Warmhalteschale an ihm vorbei. Ihr folgte ein Mann in weißer Kochschürze, der einen weiteren Wärmebehälter trug.

»Würden Sie wohl die Tür einhaken, damit sie offen bleibt? Da kommen gleich noch mehr.«

»Klar.« Harm sicherte die Tür und drückte sich an den Rand des Eingangsbereichs, um nicht den Weg zu versperren. Im Treppenhaus öffnete sich die Fahrstuhltür, drei Männer in Anzügen stiegen aus und warteten. Der Älteste schüttelte scheinbar bedrückt den Kopf und erklärte auf Englisch, wie schrecklich das Ganze sei, aber man dürfe sich jetzt nicht verrückt machen. An einem Herzinfarkt sterbe heute schließlich niemand mehr. Die beiden anderen nickten zustimmend. Da öffneten sich die Fahrstuhltüren erneut, und zwei Frauen gesellten sich zu den Männern. Gemeinsam verließen sie das Haus, während weitere Geishas, mit Kartons und Tüten beladen, die Treppe hinunterwackelten. Als die hintere Harm passierte, sprach er sie an.

»Ach, Entschuldigung? Ich wohne hier. Was ist denn geschehen?«

Sie schaute sich zu ihm um, in ihrer Mimik las er Mitleid. »Ach, das ist ganz schrecklich. Wir haben das Catering für die kleine Feier oben im vierten Stock ausgerichtet. Aber die Gastgeberin hat gerade erfahren, dass ihr Vater einen Herzinfarkt hat, und ist sofort los ins Krankenhaus gefahren. Furchtbar.«

»Oh, ja, das ist schrecklich. Geht es um den Vater von Anna Petermann?«

Sie deutete ein Schulterzucken an, da das Gewicht all der Taschen an ihren Armen ihr nicht mehr Bewegungsfreiheit ließ. »Wir waren bei von Schernikau, wenn Ihnen das hilft. Ich glaube, er heißt Christopher mit Vornamen. Hat irgendjemand vorhin bei einem Toast erwähnt. Ihren Namen kenne ich nicht.«

Sie justierte ihre Taschen und lief davon.

Harm lehnte sich gegen die sonnenwarme Backsteinwand. Er schielte hinüber zu den Klingelschildern. An oberster Stelle: Petermann/von Schernikau. Christopher von Schernikau also, so hochtrabend. Warum wunderte ihn das nicht? Annas Nachnamen kannte er von Malene, und die Adresse hatte er über die Rückwärtssuche mit ihrer Handynummer im Netz gefunden. In der Tat, etwa eine Stunde lang hatte er es für eine gute Idee gehalten, sie nicht einfach anzurufen, sondern gleich persönlich zu erscheinen. Wenn sie ihn sähe, er sie anlächelte, sie einander erkannten … Er schloss die Augen. Annas Vater hatte einen Herzinfarkt erlitten. Was für eine Scheiße. Arme Anna. Nach allem, was sie zurzeit sowieso schon durchlitt. Da brauchte sie keine Urlaubsbekanntschaft, die an alten Wunden rührte und sie an Fehltritte erinnerte.

Harm machte sich auf den Weg zum Volvo. Er hatte die ganze Zeit über schon ein komisches Gefühl gehabt. So wenig er an Esoterik, Karma oder Vorhersehung glaubte, dies war definitiv ein Zeichen dafür, dass seine und Annas Geschichte nicht für die Zukunft bestimmt war. Sie hatten ein paar geklaute Minuten in einem Hotelzimmer geteilt. Berührende, intensive gestohlene Momente. Er würde sie in seinem Herzen bewahren, gleich neben der verrückten

Woche in der Provence und seiner Bienenmission für Tammo, da gehörte seine Annaerinnerung hin, es passte alles zusammen. Wahrscheinlich sollte es genau so sein.

Christopher fuhr schnell. Er trieb den BMW hochtourig durch die 30er-Zone, jagte über dunkelorangegelbe Ampeln, zwängte uns in zweiter Reihe an einer Baustelle vorbei und peitschte mit Lichthupe über die linke Fahrbahn der A 7. Radfahrer, Fahrzeuge, Bäume, Leitplanken, der Horizont, alles rauschte in einem grauen Farbstrom durch mein Blickfeld. Christopher plapperte unermüdlich, predigte Lobeshymnen auf die moderne Medizin, kramte in den Erzählungen seiner Mutter nach entfernten Bekannten, die allesamt nach einem Herzinfarkt mit Stents ein glückliches Leben führten.

Ich versuchte, mich zu konzentrieren. Auf den Klang von Christophers Stimme, etwas höher als sonst, aber immer noch tief und ruhig wie ein kalter Bergsee. Auf die Fahrstrecke, die ich anhand des blauen Punkts verfolgte, der sich stetig auf der Karte meines Handys weiterschob. Auf den Schmerz, den ich spürte, wenn ich die Fingernägel in den Ballen presste. Ich konzentrierte mich. Denn unter keinen Umständen wollte ich an meinen Vater denken, nicht daran, wie es ihm ging oder wie lange er allein im Garten gelegen hatte, ich wollte nicht ans Krankenhaus denken, nicht an eine Operation, nicht an Stents, ich wollte nicht an rosa Elefanten denken, und doch trampelten sie in einer mächtigen Stampede durch meine Gedanken.

Endlich ging Christopher vom Gas und scherte auf die Ausfahrtspur ein. Wir zuckelten hinter einem Trecker mit Anhänger über ein Stück Landstraße, und ich grub meine Nägel so tief in die Haut, dass sich halbmondförmige Verfärbungen bildeten. Noch bevor Christopher den Motor auf dem Parkplatz vor dem Klinikum ausschaltete, riss ich die Autotür auf und rannte in Richtung Eingang. Die Frau am Info-Tresen schickte uns mit dem Fahrstuhl auf die Intensivstation. Ich lehnte mich an das kühle Metall der Haltestangen, schloss die Augen und spannte jeden Muskel in meinem Körper an. Nicht die rosa Elefanten, nicht die rosa Elefanten, nicht die – eine Glocke klingelte, und die Türen öffneten sich. Ich spähte den Gang in beide Richtungen hinunter, ohne wirklich etwas wahrzunehmen. Weiße Wände, der beißende Geruch von Reinigungsmitteln, überall sah es gleich aus, ich fühlte mich wie in einem Irrgarten.

»Da vorne.«

Christopher deutete auf eine dieser schweren Krankenhaustüren, die offenbar zur intensivmedizinischen Abteilung führte. Wir klingelten. Eine Krankenschwester öffnete und führte uns in einen Warteraum, nachdem ich erklärt hatte, wer ich war. Vom Gang drangen Alarmtöne irgendwelcher Geräte. Es piepte, tuckerte, schnaufte, zischte. Jemand rannte. Das Leben um uns herum war nachdrücklich mit sich selbst beschäftigt.

»Anna!« Frau Seidel betrat das Wartezimmer. Sie wirkte

alt und zerbrechlich, irgendwie geschrumpft und in sich zusammengefallen wie ein zerknülltes Blatt Papier.

Ich hetzte zu ihr. »Wo ist er? Wie geht es ihm? Waren Sie schon bei ihm?«

Sie weinte, ihre Schultern zuckten, sie schlang die Arme fest um den Oberkörper und wiegte sich zu einem Takt, den nur sie hörte.

»Frau Seidel! Frau Seidel, bitte. Wo ist mein Vater? Wie geht es ihm?« Ich griff nach ihrem Arm, und sie blickte erschrocken auf.

»Frau Petermann?«

Ich fuhr herum. Eine blonde Ärztin mit Pferdeschwanz, kaum größer als ich, hatte sich neben Christopher aufgebaut.

»Sie sind die Familie von Henning Petermann, ja?«

Ich nickte. Mein Mund fühlte sich an wie Schleifpapier.

»Es tut mir sehr leid, aber ich muss Ihnen mitteilen, dass Herr Petermann vor einer halben Stunde verstorben ist. Wir haben alles versucht, um sein Leben zu retten, aber das Herz war durch den Infarkt zu schwer geschädigt. Es tut mir sehr leid.«

Ich hörte, was die Ärztin sagte, verstand jede einzelne Silbe. Aber jemand schien den Worten ihre Bedeutung geraubt zu haben. Ich begriff nicht, was mir das sagen sollte, welchen Zusammenhang es mit meinem Leben geben könnte, welche Konsequenzen ich daraus ziehen musste. Ich spürte, wie Christopher sich bei mir einhakte, und ertappte mich bei dem Gedanken, dass diese furchtbar antiquierte Geste doch wohl eher zu meinem Vater oder jemandem seines Alters passte als zu mir. Aber ich schüttelte seinen Arm nicht ab, mir fehlte die Verbindung zu den Muskeln, die dafür zuständig gewesen wären.

Ich weiß nicht, wie viel Zeit verstrichen war, aber irgendwann hockte ich mit angezogenen Beinen auf einem der Korbsessel in unserem Wintergarten in Dwengeloh. Christopher hatte eine Tasse Tee zwischen meine Hände geschoben. Er hantierte in der Küche herum und telefonierte. Frau Seidel saß neben mir. Wir schwiegen. Schauten zur geöffneten Terrassentür hinaus in die Dunkelheit. Manchmal nippte Frau Seidel am Tee. Das erinnerte mich an die Tasse in meiner eigenen Hand, und ich nahm ebenfalls einen Schluck.

Ich spürte, dass ich mich in einer Art Schockstarre befand. Das teilte ich Christopher mit. Dutzende Male, dutzendfach in Dutzenden Stunden. Dazwischen verbummelten die Minuten die Zeit. In meinem Kopf herrschte ein anarchisches Vakuum. Noch nicht einmal die rosa Elefanten konnte ich zurückholen. Ich dachte einfach gar nichts. Weinte nicht, redete nicht. Verwies gelegentlich auf meine Schockstarre. Nippte an meinem Tee, wenn Frau Seidel einen Schluck trank. Saß.

»Anna?« Christoph zog die Teetasse aus meinen Händen. »Lass uns schlafen gehen, es ist schon weit nach Mitternacht.«

Ich schaute auf und sah den leeren Sessel neben meinem. »Wo ist Frau Seidel?«

»Ich habe sie nach Hause gebracht. Komm.«

Christopher bugsierte mich die Treppe hinauf, zog uns aus und legte sich dann zu mir in mein altes Bett aus Teenagerzeiten. Er nahm mich in die Arme, und ich schlief, noch bevor mich die Haare auf seiner Brust kitzeln konnten.

Als ich aufwachte, fühlte ich mich beobachtet. Einen kurzen seligen Augenblick lang dachte ich, Christopher stände zu Hause in Hamburg mit einem Tee vor unserem Bett und wartete, bis ich endlich die Augen aufschlug. Ich grinste, überlegte, ihn noch etwas länger auf die Folter zu spannen, und spürte auf einmal, dass ich kein Nachthemd trug. In dieser Sekunde schlug die Realität mit einem Baseballschläger zu. Ich lag in meinem alten Kinderzimmer in Dwengeloh. Mein Vater war gestorben. Ich riss die Augen auf und schnappte nach Luft.

»Anna, hey, Anna, ich bin's.«

Verzweifelt blinzelte ich gegen die Helligkeit an. Da saß jemand auf einem Stuhl.

»Anna ...«

Ich versuchte, mich zu konzentrieren. Jemand strich mir eine Strähne aus dem Gesicht.

»Es tut mir so leid ...«

»Nora! Oh, Gott!«

Ich stürzte mich in ihre Arme. Endlich kamen die Tränen.

Ich weinte. Ich weinte in Noras Armen. Ich weinte später in Christophers Armen. Ich weinte in Frau Seidels Armen, die darauf bestand, dass ich sie Monika nannte. Ich weinte, als der Bestatter eintraf. Ich weinte, als ich all die Unterlagen heraussuchte, die meine Mutter und ich über die Jahre eingeheftet hatten, und sie dem Mann im schwarzen Anzug überreichte. Ich weinte, während Christopher telefonierte, Monika kochte und Nora meine Hand hielt.

Ich weinte, als Nachbarn eintrafen und ihr Beileid bekundeten. Ich weinte, als Noras Söhne mir einen selbst gepflückten Blumenstrauß überreichten. Ich weinte, als Christopher in unsere Wohnung fuhr, um frische Anziehsachen zu holen, und auch als er wieder zurückkehrte. Ich weinte, weil es mir etwas zu tun gab, weil ich nicht wusste, was ich sonst hätte machen sollen, weil der Schmerz zu groß war, um ihn in Gedanken zu fassen, also konzentrierte ich mich auf die Tränen.

Christopher organisierte alles bis zur Beerdigung. Ich fand keinen Zugang zu diesen Alltäglichkeiten. Nora kam jeden Abend nach der Arbeit, Monika verbrachte die Tage bei uns. Ein seltsames Gefühl von neuer Normalität schlich sich in meinen Ausnahmezustand. Ich war dankbar und fühlte mich doch bodenlos.

Wir beerdigten meinen Vater am Freitag. Seine alten Schulfreunde trugen den Sarg, die Dorfbewohner erwiesen ihm die letzte Ehre, erst auf dem Friedhof und danach im kleinen Landgasthof an der Dwengeloher Ausfahrtsstraße. Anekdoten machten die Runde, Döntje, wie es im Dorf hieß. Papa hätte das Fest geliebt.

Am Sonntagnachmittag saßen Monika und ich wie immer im Wintergarten, nippten an einem Tee und beobachteten das Treiben der Vögel im Garten. Eine Meisenfamilie hatte die beiden Kopfweiden am Ufer des Entwässerungsgrabens zwischen Gerstenfeld und Grundstück als Kletterparadies gewählt. Sie balancierten auf den schaukelnden Zweigen, jagten sich durch die schmalen Blätter, stoben im Familienverbund auf, zeterten, zankten und vertrugen sich. Monika und ich genossen das Schauspiel wie eine der viel gelobten Aufführungen der Royal Shakespeare Company.

»Anna?« Christopher strich über meine Haare. »Hase, ich habe jetzt so weit alles gepackt. Möchtest du sonst noch irgendetwas mitnehmen?«

»Wohin?«

Er ging vor mir in die Hocke. »Nach Hause. Ich muss morgen wieder zur Arbeit, und deine Krankschreibung läuft heute ebenfalls ab. Wir müssen zurück.«

»Ich mache mich dann auch mal auf den Weg.« Monika erhob sich.

»Nein. Bitte, bleib sitzen.« Ich schaute von Monika zu Christopher und dann hinaus in den Garten. Die Vorstellung, in den BMW zu steigen, über die Autobahn nach Hamburg in unsere Wohnung zu meinem Job und in mein Leben zurückzukehren – das war kaum zu ertragen. Ich schaffte es gerade so, in diesem Korbsessel zu sitzen, Vögel zu beobachten und Tee zu trinken. Weiter konnte ich nicht denken. Mehr war da nicht.

»Ich möchte nicht nach Hamburg.«

Christopher streichelte meine Hand. »Das verstehe ich, Hase, aber …«

Ich wackelte mit dem Kopf. »Nein, du verstehst nicht.« Ich schloss die Augen und fühlte in mich hinein. Da war Chaos. Eine Art schwabbeliger, bodenloser Morast, in dem ich zu versinken drohte, je stärker ich meine Gedanken fokussierte. Aber da war auch etwas anderes. Widerwillen. Er schwamm in kleinen Platten auf dem Sumpf und schien meine wackeligen Schritte zu tragen. Zwar hatte ich keine

Ahnung, wie es weitergehen sollte, aber ich spürte das Wissen um die Dinge, die ich nicht tun wollte. Vielleicht könnte ich daraus Kraft schöpfen. Eine Art umgekehrter Energie. »Ich fahre nicht nach Hamburg.« Ich öffnete die Augen. »Ich bleibe hier.«

»Ach, Anna …« Christopher seufzte. »Weißt du was? Wir kommen nächstes Wochenende wieder her. Dann können wir auch besprechen, wie es generell weitergehen soll, da gibt es ja eine Menge zu klären. Das Haus, die ganzen Sachen … aber damit musst du dich jetzt noch nicht beschäftigen. Komm erst mal wieder in deinem Leben an, und dann sehen wir weiter.«

»In welchem Leben denn?«

»In unserem Leben, Hase.«

»Das haben wir doch schon in Frankreich verloren.«

»Wie bitte?«

Ich seufzte. Dieser Moment, die ganze Situation, mein Leben, alles erschien mir beängstigend und haltlos. Es gab kein »uns«, nichts, was mich hielt, kein Alltag, zu dem es sich zurückzukehren lohnte.

»Es tut mir leid, Christopher, aber ich komme nicht mit. Ich brauche Zeit für mich. Es gibt so viele Dinge, über die ich nachdenken muss. Ich muss einfach mal eine Weile allein sein.«

Er erhob sich. »Und dein Job?«

»Ich nehme mir unbezahlten Urlaub, das wird schon gehen.«

»Schön, dass du deine Ideen mit mir diskutierst und mich nicht vor vollendete Tatsachen stellst.«

»Ach, Christopher …«

Ironie stand ihm nicht. Sie machte ihn klein und erbsenzählerisch. Wenn man aus einem Elternhaus stammte, in dem das Augmentativ mit einem Hang zur Selbstüberschätzung regierte, eignete man sich möglichst schnell ausladend großzügige Gesten an, um in dem ganzen Dünkel nicht übersehen zu werden. Christopher hatte diese Praxis zu einem Charakterzug perfektioniert. Nur manchmal, wenn ihn etwas wirklich verletzte, dann fiel er zurück ins Kleinkrämerische, das an anderen charmant und empfindsam wirkte, ihn aber unecht und gestelzt erscheinen ließ.

Er schulterte die Tasche mit dem Laptop, von dem aus er in den vergangenen Tagen in einer Art Homeoffice gearbeitet hatte. »Na dann … tschüss ihr beiden.«

»Fahr vorsichtig«, sagte Monika.

Er nickte ihr zu und verschwand durch das Wohnzimmer in den Flur. Kurz darauf knallte die Haustür.

»Bist du dir sicher?« Monika lächelte. »Er ist ein netter Mann.«

Ich schaute hinaus zu den keifenden Meisen. »Nett sind die Vögel im Garten.«

Monika bot an, mit mir im Haus zu übernachten. Das klang sehr verlockend, und ich schätzte ihre liebevolle, beistehende, empathische Art, die wohl auch mein Vater an ihr gemocht hatte, aber ich sehnte mich nach Ruhe und Alleinsein. Trotzdem überkam mich ein kribbeliger Schauer, als sie sich schließlich verabschiedete und durch den Garten verschwand.

Hier war ich nun. Eine Vollwaise. Zum allerersten Mal

ganz allein in meinem Elternhaus. Jede Ecke, jedes Buch, jedes Regal, jeder Teppich – alles vertraut und doch aus einer seltsamen neuen Perspektive furchtbar fremd.

Ich schlich ins Wohnzimmer und öffnete die rechte Seite der alten Kredenz, fingerte innen nach dem Haken, und die linke Tür glitt auf. Ein muffiger Geruch blähte sich mir entgegen. Urgroßtante Emmis Erbstück atmete die Patina von Dingen, die eine Generation an die nächste weiterreichte. Ich zog eine der Highland-Park-Holzschachteln mit dem eingravierten »H« heraus. Den knapp fünfundzwanzig Jahre alten Single-Malt-Scotch-Whiskey servierte Papa nur zu ganz besonderen Gelegenheiten, das letzte Mal an Weihnachten. Ich öffnete die Flasche, setzte sie ein wenig blasphemisch an meine Lippen und spürte nur Sekunden später ein brennendes Prickeln im Hals. Es schmeckte ein bisschen nach Schokolade, nein, eher wie Karamell, irgendwie würzig und auch ganz frisch. Leider musste ich ziemlich husten und prustete bestimmt fünf Euro des wertvollen Getränks auf meine Hose. Aber ich gab nicht auf, hob die Flasche erneut, und die nächsten Schlucke rannen samtig die Kehle hinunter.

Ich beschloss, in meine Komfortzone auf den Korbsessel im Wintergarten zurückzukehren, schob mich an der Wand hoch und spürte, wie der 45,7-prozentige Alkohol durch den Magen in meine Beine huschte.

»Wow, das ging schnell …«

Sacht schwankte ich durch das Wohnzimmer, plumpste auf die Polster des Sessels, nahm einen weiteren Schluck, beobachtete die Meisen, die sich langsam zur Ruhe begaben, trank erneut, starrte in die aufziehende Dunkelheit, wieder

Whiskey, ein leerer Kopf, keine Gedanken, weder gut noch böse oder traurig, noch mehr Malt, schwere Augenlider, der Alkohol, schwarz.

Ich erwachte mit seltsamen Fusseln im Mund. Als ich versuchte, sie mit der Zunge von den Lippen zu schieben, spürte ich, dass auch etwas an der Nase kitzelte. Ich wollte mich kratzen, da durchzuckte ein stechender Schmerz meinen rechten Arm. Ich stöhnte, öffnete die Augen und brauchte einen langen, einen sehr langen Moment, um mich zu orientieren. Mein Arm klemmte recht unbequem in einer der Lücken im Flechtmuster des Korbsessels, während der Rest meines Körpers auf den Flokati zwischen den Möbeln des Wintergartens heruntergerutscht war. Tiefer ging nicht.

Ein plötzlicher Würgereiz zwang mich auf die Beine. Ich befreite meinen Arm, torkelte durch das Haus, haschte Hilfe suchend nach der Kredenz, einem Regal, der Wand, schlingerte mit beiden Händen vor dem Mund durch den Flur, umklammerte schließlich die Kloschüssel im Bad und spuckte den Highland-Park-Single-Malt-Scotch-Whiskey zu knapp vierhundert Euro die Flasche in die Kanalisation.

Als es endlich vorbei war und mein Mund von ätzender Magensäure brannte, rappelte ich mich auf. Meine Beine zitterten. Ich war vollkommen unterzuckert. Und wohl auch sonst ziemlich fertig. Wackelig stützte ich mich am Waschbecken ab und schob mich in den Flur. Noch immer schwankend, riss ich versehentlich eines der Fotos der Dielenverwandtschaft von der Wand. Das Klirren des

Glases echote tausendfach über die malträtierten Synapsen in meinem Kopf. Ich hielt mir die Ohren zu, aber es half nichts.

»Seid still …«, flüsterte ich, »seid doch bitte still.«

Die Dielenverwandtschaft starrte mich mit ihren bedeutungsschwangeren sepiagefärbten Augenpaaren an. Vorwurfsvoll, so anklagend. Warum? Ich hatte gar nichts gemacht. Vielleicht mal ein bisschen geschwindelt, aber doch nur um meinen Vater zu schützen, ihn nicht über die Maßen zu belasten. Er hatte so viel durchstehen müssen, sich immerzu um mich gesorgt. Da war es ja wohl selbstverständlich, Kummer und Belastungen von ihm fernzuhalten. Sie hingegen – Urgroßeltern, Großcousins, verschwippschwägerte Ahnen –, sie hatten uns alle verlassen. Niemand war mehr hier. Ich blickte auf die Galerie einer Familie, deren letztes Mitglied sich gerade auf dem Klo die Seele aus dem Leib gekotzt hatte. Alle anderen waren fort, selbst Papa hatte hier nichts mehr gehalten, keiner war geblieben, um mich vor dem Leben zu schützen. Ich war ganz allein.

»Ihr nützt mir alle gar nichts!«, schrie ich, scherte mich nicht weiter um den Schmerz, den meine Stimme auslöste, und riss die Fotos mit weit ausgestrecktem Arm von der Wand. Glas splitterte, Holz brach, es knirschte, knackte und krachte. Ich griff nach weiteren Rahmen, knallte sie auf den Boden, schleuderte andere durch die Diele, riss an Nägeln und wischte mit einem Handstreich hundert Jahre Geschichte fort. Wütend schleppte ich mich zurück in den Wintergarten und tat mir selbst furchtbar leid.

»Anna? Liebes, komm, ich habe hier einen guten heißen Tee für dich.«

Monikas Stimme klang warm und weich wie ein Tag am Strand. Ich richtete mich auf und zuckte vor Schmerz zusammen. Das harte Korbflechtwerk des Sessels hatte sich in meine Haut gedrückt. Mir tat alles weh. Diese Möbel waren eine derartige Fehlinvestition. Vielleicht sollte ich später das gemütliche Sofa aus dem Wohnzimmer hier herüberschieben.

»Was hältst du davon, wenn ich dich gleich kurz zu Daniela Hansen fahre?« Monika setzte sich zu mir. »Sie ist die Schwiegertochter von der alten Hansen vorne am Ortseingang und meine Hausärztin. Du brauchst doch eine Krankschreibung, oder?«

Ich nippte am Tee und nickte.

»Vorher solltest du allerdings duschen.« Sie lächelte. »Du riechst etwas unangenehm.«

Mit Monikas Hilfe raffte ich mich auf und schlich durch das Wohnzimmer, um nach oben ins Bad zu gehen. Beim Anblick der Diele erschauerte ich. Überall stemmten sich verrenkte Bilderrahmen in die Höhe, vereinte sich gesplittertes Holz mit geborstenem Glas zu einem chaotischen Bodenbelag, hingen Fotos geknickt zwischen zerfetzten Überresten. An der Wand bildeten die Umrisse der zerstörten Ahnengalerie auf der Tapete klaffende Münder, die in stummen Schreien mahnten und klagten. Es war der Schauplatz einer brutalen, unbarmherzigen Familienfehde.

»Du solltest Schuhe anziehen.« Monika hielt mir die Gartenclogs meines Vaters vor den Bauch.

Ich schlüpfte in die Schlappen, stakste über das Schlachtfeld und ging duschen.

Nach Unmengen heißen Wassers, sauberen Klamotten, einem Besuch bei Daniela Hansen inklusive erneuter zweiwöchiger Krankschreibung, dem Telefonat mit Frau Greiffenberg plus Durchstellung zum Chef sowie Frühstück beim Bäcker in Bad Bramstedt fühlte ich mich für das Leben ein wenig besser gerüstet.

Ich schlürfte an meiner vierten Tasse Tee, als Monika das Portemonnaie aus ihrer Tasche zog, ein rückwärtiges Fach öffnete und mir einige Fotos präsentierte.

»Das ist Michael, mein Mann.« Sie zeigte auf einen drahtigen Mittsechziger mit schiefem Grinsen. »Ich weiß nicht, ob du dich noch an ihn erinnerst. Er starb vor elf Jahren an Bauchspeicheldrüsenkrebs. Es ging furchtbar schnell.«

Ich nickte. »Er trug immer so eine Art Schottenmütze. Als Teenager dachte ich, dass er als britischer Landadeliger bestimmt mit der Queen verwandt ist.«

Monika lachte. »Ha! Das hätte ihm gefallen!« Sie schob ein weiteres Foto zu mir hinüber. »Hier, das sind mein Bruder und seine Frau. Ihre beiden Jungs sind inzwischen erwachsen und haben eigene Familien. Der eine lebt in Berlin, der andere in Südfrankreich, in der Nähe von Marseille. Mein Bruder und seine Frau sind vor drei Jahren von Hamburg nach Berlin zu ihren Enkelkindern gezogen.« Monika deutete auf das entzückende Foto von grinsenden Mädchen ohne Schneidezähne. »Wir sehen uns selten, in manchen Jahren nur an Weihnachten. Jeder lebt sein eigenes Leben, und so soll es ja auch sein. Michael und ich haben leider keine Kinder bekommen, es war uns nicht bestimmt. Dafür sind wir viel gereist, Michael war Kapitän zur See, ich habe im Hotelgewerbe gearbeitet, da kommt man ganz schön rum. Nach Dwengeloh hat es uns vor zwanzig Jahren verschlagen, weil wir nach Michaels frühzeitiger Versetzung in den Ruhestand eine neue Herausforderung brauchten. Wir kauften den alten Resthof und bauten ihn zu einer Landpension um. Doch dann kam der Krebs, und allein fühlte ich mich der Aufgabe nicht gewachsen. Ich verkaufte die Scheunen und Nebengebäude an den Pferdehof vorne an der Hauptstraße und behielt nur mein kleines Kutscherhäuschen. Tja …« Sie lächelte. »Du fragst dich sicherlich, warum ich dir das alles erzähle.«

Ich erwiderte ihr Lächeln. Es war eine rhetorische Frage.

»Nun …« Sie streckte den Rücken durch und schob sich aufrecht in die Mitte des Stuhls. »Ich war sehr einsam damals. Ich ging zu den Landfrauen, engagierte mich im Kirchenverein, las einmal wöchentlich Kindern in der Bücherei in Itzehoe Märchen vor. Aber mir fehlte eine Vertrauensperson, jemand zum Reden. Es muss etwas mehr als fünf Jahre her sein, als ich bei der goldenen Hochzeit von Hansens mit deinem Vater ins Gespräch kam. Natürlich kannten wir uns, wie das so ist, wenn man auf dem Dorf in derselben Straße wohnt, wir grüßten uns immer nett, hielten manchmal ein Schwätzchen. Er hatte Michael ja noch kennengelernt. Aber bei den Hansens im Garten … unter diesem Pavillon bei Danielas selbst aufgesetztem Rumtopf … ich weiß nicht. Da war auf einmal alles anders.«

Ich schüttelte den Kopf. »Was willst du damit sagen?«

Sie schaute aus dem Fenster der Bäckerei auf den leeren Marktplatz. Ein Fahrradfahrer fuhr durch unser Blickfeld. Die Sonne blendete ihn, er hielt sich eine Hand über die Augen, während er mit der anderen einen Blumenstrauß balancierte. Ich schwitzte plötzlich.

»Ach, Anna.« In Monikas Augen schimmerten Tränen. »Ich wünschte, dein Vater hätte es dir erzählt.«

»Was? Was denn?«

Sie schnäuzte sich in ein mit einer Häkelkante umsäumtes weißes Stofftaschentuch. An irgendetwas erinnerte mich das, aber ich konnte mich nicht darauf konzentrieren.

»Monika, willst du mir sagen, dass du und mein Vater … ich meine, dass ihr … seid ihr so etwas wie ein Paar gewesen?«

Sie riss die Augen auf. Angst strömte aus den Poren ihrer Haut und vermischte sich mit dem intensiven Veilchenparfum zu einem schweren Panzer, mit dem sie sich zu rüsten schien. Dann platzte es aus ihr heraus.

»Oh, Anna! Er wollte nicht, dass du dich zurückgesetzt fühlst! Du hast dich immer so um ihn gekümmert, damals und auch später. *Mein starkes Mädchen*, hat er immer gesagt. *Ich kann ihr nicht noch mehr aufbürden*. Er hatte Angst, dass du dich abgewiesen fühlen könntest, schließlich gab es so lange schon immer nur dich und ihn. Aber Anna«, sie griff nach meinen Händen, »ich möchte, dass du weißt, dass er mir so unendlich viel bedeutet hat. Du bist in deiner Trauer nicht allein.«

Ich starrte Monika an. Ich starrte sie ähnlich entgeistert an wie Harm, als mir aufging, dass wir mit einem Schwarm

Bienen durch die Provence reisten. Es schien so absurd. Unter der Oberfläche verbargen sich Dinge, die ich nicht einmal zu erträumen wagte. Entweder die Menschen in meinem Umfeld waren vorzügliche Lügner, oder aber ich gebärdete mich derart oberflächlich, dass ich es einfach nicht schaffte, mir tiefer Liegendes zu erschließen. So oder so warf das kein gutes Licht auf meine Menschenkenntnis.

»Anna? Bitte, rede mit mir …«

Ich wand meine Hände aus Monikas Umklammerung, erhob mich und stieß dabei versehentlich den Stuhl um. Mit einem grellen Knall prallte das Metall der Lehne auf die Steinkacheln. Ich ignorierte Monikas Schluchzen, eilte aus der Bäckerei, überquerte die Straße und floh über den Marktplatz von Bad Bramstedt in die Anonymität der Stadt.

Ich irrte durch die Straßen an gleichgültigen Häusern vorbei, bog auf Wege ab, die ich nicht wahrnahm, trat vom Licht in den Schatten, umrundete ein abgemähtes Feld, überquerte die Bramau und fand mich schließlich vor dem Eingang zum Friedhof wieder. Erstaunt blieb ich stehen. Da hatte mich wohl mein Instinkt geleitet. Vielleicht doch ganz gut, dass Dwengeloh zu klein für eine eigene Kirche mit Friedhof war, so konnten wir das alles gleich hier klären.

Ich stapfte über die Kieswege und stoppte vor dem bunten Haufen verwelkender Blumen und Kränze, der das schlichte Holzkreuz dahinter fast unter sich begrub. Henning Petermann, 5.12.1952 – 27.7.2019. Die linke Spitze der Querlatte lehnte sich liebevoll an den hellen Grabstein aus Marmor, den wir damals gemeinsam für Mama ausgewählt hatten. Meine Eltern. Wie lange ich dieses Wort nicht mehr verwendet hatte. Seit Jahren sprach ich immer nur einzeln von ihnen, meine Mutter, mein Vater. Jetzt waren sie wieder Eltern.

Ich spürte, wie meine Wut verebbte.

»Warum nur hast du nichts gesagt, Papa?« Ich kniete mich vor das Grab. »Henning Petermann, Witwer von Karen Petermann, geborene Jung, liebender Vater, Englischlehrer, Shakespeare-Fan, Dorfbewohner, Waldkenner, Gartenfreund, Bewahrer. Liebhaber von Monika Seiler.« Ich schüttelte den Kopf. »Partner von Monika Seiler, sorry, aber das klingt besser. Ich weiß schon, Papa. Du wolltest mich nicht belasten, mir keinen Ersatz für Mama vor die Nase setzen. Aber, ganz ehrlich, ich bin vierunddreißig Jahre alt, ich hätte das verstanden! Ich mag Monika. Sie ist wahnsinnig nett, und offensichtlich empfindet sie wirklich viel für dich. Es hätte so einfach sein können ... Du hättest mir von Monika erzählt, von deinen Gefühlen für sie, wie glücklich sie dich macht. Und ich hätte mich für dich gefreut! Ja, wirklich! Vielleicht ... vielleicht hätte ich dir dann auch von Frankreich erzählt, von den Panikattacken, der Angst in mir. Vielleicht sogar von Harm ... Stattdessen haben wir miteinander wie mit rohen Eiern jongliert. Herrgott noch einmal!« Ich vergrub mein Gesicht in den Händen. Das konnte doch alles nicht wahr sein!

»Anna?«

Ich drehte mich um. Monika trat verlegen von einem Bein auf das andere.

»Es tut mir so leid ...« Sie knetete die Finger. »Ich hätte es dir nicht sagen sollen, ich hätte schweigen und dich deine Trauer bewältigen lassen sollen. Es tut mir so leid, wenn …«

Ich sprang auf, überwand die Distanz zwischen uns mit beherzten Schritten und fiel ihr um den Hals.

Zurück in Dwengeloh beseitigten Monika und ich die Scherben der Familienfehde im Flur. Wir machten Tee, schoben das Sofa aus dem Wohnzimmer in den Wintergarten und verbannten die elendigen Korbmöbel in den Schuppen. Sowohl im Flur als auch im Wohnzimmer klafften jetzt offene Wunden, aus denen das Haus stumm zu schreien schien. Aber das war okay. Wir waren alle verletzt.

Monika und ich verbrachten die Tage mit Meisentheater, Tee und langen Gesprächen. Zwischendurch kochte sie, und ich begann, kleine Skizzen zu zeichnen. Manchmal rafften wir uns auf und spazierten durch den Wald. Nach dem Gutenachtkuss der Kinder kam Nora aus Norderstedt herüber und leistete uns für den Abend Gesellschaft. Obwohl die Trauer uns wie ein Gewächshaus umfing, in dem wir Schmerz schwitzten und Kummer auswuchsen, lachten wir viel. Christopher meldete sich tagsüber mit kleinen Textnachrichten. Abends rief er an. Die Gespräche beschränkten sich allerdings auf einen kurzen Informationsaustausch und unausweichlichen Orga-Kram. Es fiel mir schwer, ihm die Stimmung, meine Gedanken und die täglich-nichtigen Ereignisse aus Dwengeloh zu vermitteln. Er, Hamburg und Jones Jungle schienen Lichtjahre entfernt zu sein, die Koordinaten eines anderen Sonnensystems.

Am Wochenende wollte Christopher nach Dwengeloh kommen. Wir mussten reden, so viel war klar. Über meine Trauer, unsere unterschiedliche Art, mit so einer Ausnahmesituation umzugehen, aber auch über die Attacken und die letzten Wochen ganz allgemein. Seltsamerweise verspürte ich hier in Dwengeloh keine Angst – obwohl die Gesamtlage ja geradezu nach Panik schrie. Vielleicht war Trauer ein so viel stärkeres Gefühl, das es in mir eine Diktatur errichtete und alles andere unterdrückte. Vielleicht hatte meine Angst aber auch einfach nichts mit dieser Situation zu tun.

Freitagmittag fuhr ich mit Papas altem Nissan Primera zum Einkaufen. Die ganze Woche über hatte Monika gekocht und uns versorgt, aber am Wochenende wollte ich gerne selbst etwas für Christopher und mich zubereiten. Liebe geht ja bekanntlich durch den Magen, und ich hatte das Gefühl, dass wir ein bisschen Unterstützung gebrauchen konnten.

Im Supermarkt streifte ich durch die Gemüseabteilung. Eine Verkäuferin sortierte Tomaten, während eine Mutter mit Kinderwagen die Qualität der Erdbeeren prüfte. Alles ganz normal. Die Welt schien sich weiterzudrehen wie immer, nur ich war irgendwie aus der Umlaufbahn geflogen. Es fühlte sich ein bisschen an wie damals in Nizza, falsch, schräg und gestört. Zwar lag es dieses Mal nicht an der Angst, sondern an meiner Traurigkeit, aber das machte im Ergebnis keinen Unterschied. Es war wie auf einem dieser Kinderbilder: ein Dutzend verschiedene Gemüsesorten, dazwischen ein Apfel und die Frage: *Was gehört hier nicht hin?* Ich war der Apfel. Ein Apfel, der dringend wieder zur

Zucchini werden musste. Zur Aubergine, Karotte oder Tomate. Vollkommen egal.

Ich schielte hinüber zu den gestapelten Äpfeln, wie sie in harmonischer rotwangiger Einseitigkeit beieinanderlagen. Da spürte ich das Kribbeln. Dieses sciencefictionartige Gefühl von heißem, brodelndem Wasser unter meiner Haut. Mein Körper sprach mit mir. Ich wünschte, er täte das auf eine weniger dramatische Art – eher lieblich statt mit diesem Pathos –, aber ich hörte zu, ohne in Panik zu geraten, und die Frage schlich sich von ganz allein in meine Gedanken: Wollte ich wirklich einer von vielen Äpfeln sein? In der Masse untergehen, mich mit den anderen zu harmonischer Belanglosigkeit zusammenrotten? Nichts Besonderes an mir haben? Sicher nicht.

Ich griff nach zwei Äpfeln. Den einen platzierte ich auf dem Gurkenstapel, den anderen brachte ich zwischen Birnen, Zitronen und einigen Erdbeeren unter. Jetzt war es ganz klar. Ein Apfel brauchte das richtige Umfeld. Zwischen all dem Gemüse fühlte er sich nicht wohl, da stach er immer heraus, blieb ein Außenseiter. In einer gleichförmigen Masse voller Äpfel ging er unter – das Bild eines Glases voller Apfelsaft erschien vor meinem inneren Auge. Es ging darum, sich in einem Umfeld zu bewegen, in dem man sich wohlfühlte. Ich brauchte anderes Obst um mich herum. Himbeeren, Orangen, Pflaumen. Eine Umgebung, in der ich sein durfte, wie ich war, besonders und einzigartig, kein Fremdkörper, der immer auffiel und sich nie genug würde anpassen können, egal wie oft er ein unbequemes Etuikleid und Perlenohrringe trug. Ich erschrak. Hastig warf ich den Apfel zurück auf seinen Stapel. Hatte ich das gerade wirklich gedacht? Verwirrt schaute ich mich um. Sah ich das so? Ging es darum? Meine Gedanken überschlugen sich. Alles in mir war in Bewegung geraten, als hätte ich den Schlüssel zu einer geheimen Tür entdeckt. Aber da war kein Chaos in mir, es fühlte sich eher an wie Aufräumen.

Christopher erschien pünktlich zum Abendessen. Während wir meine wirklich gut gelungene Lasagne nach Monikas Rezept aßen, Baguette knabberten und zu viel Rotwein tranken, umschifften wir die Klippen und Untiefen der Unterhaltung mit dem Alltagskompass. Christopher erzählte von den Norwegern, dem Projekt, ließ Grüße von Dr. Knoll ausrichten und von seinen Eltern. Ich klärte ihn über die Beziehung zwischen Monika und meinem Vater auf, das hatte ich nicht am Telefon besprechen wollen.

»Du meine Güte!« Christopher lachte. »Das ist ja unglaublich! Wie wunderbar! Es freut mich, dass Henning glücklich gewesen ist. Ich fand immer schon, dass er viel zu einsam lebte, hier in diesem Kaff. Da hat er auf seine alten Tage noch jemanden gefunden … Das muss dich doch auch wahnsinnig erleichtern, oder?«

Das traf es ziemlich genau. Ich fühlte mich, als hätte Papa mir posthum eine Last von den Schultern genommen. Jeder war für sich selbst verantwortlich, ich hatte ihm den Kummer seines Lebens nicht abnehmen können, genauso wenig wie er mir den meinen. Ich wünschte nur, wir hätten darüber geredet und dem jeweils anderen selbst die Möglichkeit gegeben, Grenzen aufzuzeigen, statt sie einfach vorwegzunehmen.

Ich nickte. »Trotzdem hätte ich es gern von ihm selbst erfahren.«

Christopher nahm meine Hände. »Das verstehe ich, Hase.«

Ich entzog sie ihm und stand auf. »Lass uns eine Runde spazieren gehen, ja?«

Wir bummelten durch den Ort, das kleine Stückchen an der Landstraße mit den alten Eichen entlang, bevor wir in den Weg zum Wald einbogen. Nach zwei Regentagen roch die warme Sommerluft erdig und frisch nach Neuanfang.

Christopher griff nach meiner Hand. »Ich weiß, dass du in letzter Zeit ziemlich was durchstehen musstest. Und ich möchte dir sagen, dass du das alles wirklich ganz wunderbar hinbekommen hast. Es tut mir leid, wenn ich dich nicht immer genug unterstützt habe, aber das Projekt …« Er lächelte. »Das ist der Karrieresprung meines Lebens, glaub mir! Ich weiß, dass alles andere dafür zurückstecken musste, und ich weiß es zu schätzen, dass du so viel Verständnis gezeigt hast. Jetzt kommen bald wieder andere Zeiten, und dann können wir uns auch vermehrt auf deine Pläne konzentrieren.«

Ich nickte abwesend. »Auf welche denn?«

Er stutzte. »Na ja … auf welche auch immer. Auf das, was du möchtest.«

Ich blieb stehen und schaute ihn an. Der Wald lockte im Hintergrund mit kühler Dunkelheit. Über uns zog ein Raubvogel seine Kreise. »Und was ist das, Christopher?«

»Was meinst du?«

»Welche Pläne habe ich? Was möchte ich gerne in meinem

Leben erreichen? Wonach sehne ich mich? Möchte ich gerne Kinder bekommen? Bin ich glücklich in meinem Job? Warum hatte ich Panikattacken?«

»Wie bitte?« Er verschränkte die Arme vor der Brust.

Ich winkte ab. »Entschuldige ... Ich dachte die ganze Zeit, wir hätten uns seit Frankreich aus den Augen verloren, dass es an mir lag, an den Panikattacken. Wie kann man auch unglücklich sein mit einem Freund wie dir, einem guten Job, einer tollen Wohnung, einem geregelten Leben? Ich dachte, ich sei undankbar. Aber ich weiß jetzt: Nur weil du in unserem Leben glücklich bist, sagt das noch gar nichts über mich aus. Ich bin mein eigener Maßstab, das musste ich erst begreifen. Wichtig ist, was ich möchte. Und natürlich ist wichtig, was du möchtest, aber erst nachdem das für uns beide klar ist, können wir nach gemeinsamen Schnittmengen schauen und Kompromisse finden.« Ich streichelte Christophers Wange, das Grübchen in seinem Kinn. »Du hast mich damals nach einer durchzechten Nacht vollkommen fertig auf dem Bürgersteig gefunden und gerettet. Du warst mein Fels in der Brandung, mein Anker, der mich von dem Chaos in mir fernhielt. Dafür werde ich dir immer dankbar sein. Aber ich möchte nicht länger einen Teil von mir verleugnen. Ich möchte wieder ganz sein, mit allem, was dazugehört, Chaos, Tiefen, Höhen, Traurigkeit, Glück und Angst. Ich bin nicht geschaffen für ein ebenmäßiges Leben im Dreiklang zwischen Job, Beziehung und Fitnessstudio. Ich will mehr, ich ...«

»Und das kann dieser Harm dir geben?« Christopher wich zurück.

»Was?« Die Frage traf mich wie ein Schlag ins Gesicht.

»Glaubst du, ich hätte nicht bemerkt, wie er dich angesehen hat? Wie triumphierend er mit seinem nackten Oberkörper in diesem Hotelzimmer stand? Wie nervös du warst?« Er schnaubte. »Hältst du mich für blöd?«

Ich schüttelte den Kopf. »Nein, ich … Harm hat nichts damit zu tun. Wir haben uns ja auch erst nach der Panikattacke kennengelernt. Aber mein Leben stimmte schon vorher nicht, nur wollte ich das nicht sehen. Das haben mir erst die Tage in der Provence gezeigt. Harm hat meine Gefühle gespiegelt, er hat meine Handlungen hinterfragt und mich zum Nachdenken gebracht. Aber dabei ging es nie um ihn. Und so richtig deutlich geworden ist mir alles auch erst hier zu Hause. Es tut mir leid, wenn ich dich verletzt habe, Christopher. Das habe ich nie gewollt. Und Harm habe ich seit Frankreich nicht mehr gesehen. Er hat nichts damit zu tun.«

»Das glaubst du doch wohl selbst nicht!« Er drehte sich um und marschierte mit ausholenden Schritten über den Weg zurück zur Landstraße. Als ich ihm nach einigen Minuten Schockstarre folgte, war der BMW vor dem Haus bereits verschwunden.

Ich hörte das ganze Wochenende über nichts mehr von Christopher. Während ich unser Gespräch wie in Dauerschleife immer wieder abspulte, bestärkten Nora und Monika mich in meiner Entscheidung. Ich wusste, sie hatten recht, aber ich fühlte mich elend. Es fiel mir schwer zu unterscheiden, ob ich um meine Beziehung trauerte oder um meinen Vater. Beides löste sich ineinander auf wie Salz in Wasser und schmeckte einfach nur zum Kotzen.

Am Dienstag hielt ich es nicht mehr aus und rief Christopher an. Ich wollte seine Stimme hören, mit ihm darüber reden, was geschehen war und wie es überhaupt so weit hatte kommen können. Er war nicht nur mein Partner, er war mein Freund, und ich vermisste ihn. Aber er blockte meine Anrufe und antwortete nicht auf Nachrichten. Bei WhatsApp änderte er die Einstellungen, sodass ich nicht einmal erkennen konnte, ob er meine Worte überhaupt las.

Ich telefonierte mit meinem Chef und vereinbarte einen Termin am Donnerstag. Als ich bei ihm im Büro auf dem rutschigen Ledersessel eine irgendwie kultivierte Haltung einzunehmen versuchte, reagierte er sehr verständnisvoll, was meine Lebenssituation betraf, erst die Panikattacken, dann der Tod meines Vaters, und ich krönte das alles noch mit der privaten Info, dass meine Beziehung gerade scheiterte, um meinen Wunsch notwendiger und dringlicher erscheinen zu lassen. Es klappte: Die Krankschreibung würde direkt in einen sechsmonatigen unbezahlten Urlaub übergehen. Eine Art Sabbatical, so würde es in meinem Lebenslauf erscheinen. Ich hatte Zeit gewonnen und fühlte mich unglaublich erleichtert. Leider traf ich Malene nicht während meines kurzen Stelldicheins bei Jones Jungle, sie war dem Hitzestau in den engen Schluchten der Stadt mit einem Kurzurlaub an die Nordsee entflohen. Ich überlegte kurz, Christopher bei der Arbeit zu besuchen, entschied mich aber dagegen. Ich wollte ihn nicht in Verlegenheit bringen. Also fuhr ich in unsere Wohnung, stopfte Klamotten in die Reisetasche und schüttete meine Kosmetika in den kleinen Rucksack, der in die Ecke des Schranks hinter die Winterschuhe gerutscht war.

Auf dem Weg zurück nach Dwengeloh spürte ich, wie meine Schultern sich lockerten, als ich die A 7 verließ, wie sich der Kiefer entspannte, während ich über die Landstraße zuckelte, den Blick in die grüne Weite gerichtet, wie mein Herzschlag sich verlangsamte, als das Schritttempo Frau Hansens Hühnern zum wiederholten Mal das Leben rettete.

Zu Hause pfefferte ich die Taschen auf die Treppe, gab Monika kurz Bescheid, dass alles gut gelaufen war, machte mir einen Tee und hockte mich auf das Sofa im Wintergarten, um zu zeichnen. In meinem alten Zimmer hatte ich in der Kommode einige Kohlestifte und handgeschöpftes Papier aus Teenagertagen gefunden. Ich kratzte mit dem rauen Schwarz über die Blätter, und es jagte mir Freudenschauer über den Rücken. Aus dem Gedächtnis skizzierte ich meinen Vater, wie er in der Küche Tee kochte, hielt das Meisentheater fest, erstellte ein Stillleben aus Whiskeyflasche, Fotorahmen und Apfel, ordnete die vergangenen Wochen zu einem stimmigen Ganzen, gab dem Chaos in mir Struktur. Ich vertiefte mich auf die Verbindung zwischen meinen Augen und der rechten Hand, konzentrierte mich auf die Koordination, wischte mit den Fingern über Linien, schattierte, brach harte Kanten in sanfte Übergänge. Ich vergaß die Welt um mich herum, versank im Schwarz und Weiß von Kohle und Papier.

»Wie lange sitzt du da schon?«

Erschrocken blickte ich auf. Nora lehnte im Rahmen der Wintergartentür. Um ihren Kopf leuchtete ein roter Heiligenschein, die Sonne verabschiedete sich hinter den Kopfweiden.

»Eine Weile?« Ich betrachtete die vielen Blätter mit Kohlezeichnungen, die Sofa, Tisch und Flokati bedeckten, als hätte es geschneit.

Sie nickte. »Muss ich mir Sorgen machen?«

Ich stand auf und umarmte sie. »Das ist vorbei.«

Wir organisierten etwas Baguette, Oliven und Wein aus der Küche und machten es uns zusammen auf dem Sofa gemütlich. Irgendwann musste Nora auf Toilette und stolperte im Dunkeln über den kleinen Rucksack, der von der Treppe gepurzelt war.

»Verdammt! Anna, was ist das hier?«

Ich eilte in den Flur und erzählte vom Kurztrip in unsere Hamburger Wohnung.

»Alles klar. Okay, pass auf, ich gehe jetzt pinkeln, und danach packen wir diese Taschen aus und räumen alles an seinen Platz. Ein verwahrlostes Zuhause schafft einen verwahrlosten Kopf.« Sie tippte sich an die Stirn.

Ich rollte die Augen und verspürte tiefes Mitgefühl für ihre Zwillinge.

Kurz darauf wuchteten wir die Taschen nach oben in mein Zimmer. Ich räumte gerade meine alte Stereoanlage aus dem Schrank, um Platz für T-Shirts zu schaffen, als Nora sich lasziv im Türrahmen rekelte und säuselte: »Wer ist T. H.?«

Ich lachte. »Wie bitte?«

Sie wedelte mit einem weißen Stofftaschentuch. »Habe ich gerade in der Seitentasche gefunden. Also: Wer ist T.H.?«

Ich fixierte das Taschentuch. In meinem Kopf spulte sich ein Film ab: Castellane, die roten Blumenkaskaden, der

Hügel mit der Kirchturmspitze, die in den provenzalisch blauen Himmel pikste, der Fluss, Harms Überreaktion, als er mich in den Verdon stieß, um eine erneute Panikattacke zu verhindern, die ich gar nicht hatte, meine Wut, seine Entschuldigung, das Stofftaschentuch. Ich hatte es zunächst in meine Hosentasche geknautscht, später in die Seitentasche des Rucksacks gestopft und schließlich vergessen.

»Anna? Scheint ja sehr mysteriös zu sein … also? Ich sterbe vor Neugier!« Nora zappelte wie ein aufgeregter Teenager. »Wer ist T. H.?«

»Du hältst es verkehrt herum. Es muss H. T. heißen.«

Sie untersuchte die verschnörkelte Stickerei, hielt das Taschentuch gegen das Licht und schüttelte den Kopf. »Saum und Naht sind hinten, also muss das hier vorne sein. Ist bei T und H wirklich schlecht zu erkennen, aber meiner Meinung nach ist es ganz eindeutig ein T. H. Und jetzt sag endlich, wer das ist!«

Sie reichte mir das Taschentuch, und ich begutachtete es eingehend. Kein Zweifel. Betrachtete man die Vorderseite, prangte dort ein blau gesticktes T. H. Ich ließ mich auf das Bett fallen. Was sollte das bedeuten? Hatte Harm das Taschentuch von seinem Vater geerbt? Oder von Tammo? Er hatte nichts dergleichen erwähnt. Und ich glaubte kaum, dass er mir, einer zufälligen Reisebekanntschaft, ein handbesticktes Taschentuch seines verstorbenen Bruders geschenkt hätte. Das ergab keinen Sinn. Es musste ihm gehören.

»*Anna!*« Nora schrie. »Verdammt noch mal, rede mit mir!«

Sie setzte, sich zu mir, und ich erzählte die ganze

Geschichte. Bislang hatte ich Harm lediglich als Mitfahrgelegenheit erwähnt, ein hilfsbereiter Typ, dem ich einen Großteil meiner Heimreise zu verdanken hatte. Stimmte ja auch. Aber nun fügte ich die Puzzleteile Avignon, Jolène, Lac du Der-Chantecoq und Zimmer Nummer elf hinzu, und die Tage in Frankreich strahlten in neuem Licht.

Noras Augen glänzten. »Und das hast du mir bislang verschwiegen?« Sie raufte sich die Haare wie in einem alten Stummfilm. »Meine Güte, Anna! Wie aufregend! Also – was machen wir jetzt damit?« Sie pustete gegen das Taschentuch in meiner Hand.

»Harm hat erzählt, dass er bei der Meeresbiologischen Forschungswerkstatt in Kiel arbeitet. Ich habe ihn da gegoogelt, aber es gab keinen Harm.«

»Natürlich nicht.« Nora sprach langsam, als ob sie mir nur so zutraute, ihren komplexen quantenphysikalischen Erklärungen zu folgen. »Offensichtlich ist Harm nicht sein richtiger Name, vielleicht ein Spitzname oder eine Abkürzung. Denn sein Vorname beginnt mit einem T.«

Sie riss ihr Smartphone aus der Hosentasche und begann darauf herumzutippen. Ich war sprachlos und irgendwie in einem Dauerschockzustand gefangen, sodass ich ihr bloß staunend zuschaute. Harm hieß gar nicht Harm? Wie viel sonst, von dem, was er mir erzählt hatte, entsprach der Wahrheit? Wie stand es um seine Gefühle? Hätte ich die auch unter einem anderen Namen ablegen müssen? Z wie Zeitvertreib?

»Du hast recht, es gibt keinen Harm, nur einen Hartmann Otten. Aber das kommt ja nicht hin mit dem T und dem H.«

»Ja, den habe ich beim letzten Mal auch gefunden. Aber da war noch jemand anderes …« Ich versuchte mich zu erinnern, doch der Wein und die ganzen Ereignisse der vergangenen Tage vernebelten meine Gedanken. »Es gab einen zweiten Namen, und der klang auch so nordisch … Harmsen! Genau! Ich dachte noch, dass es so nah klang und doch so weit entfernt war, von dem, was ich suchte.«

»Tja, oder auch nicht. Wie lautete der Vorname? Weißt du das noch?«

Ich stöhnte. »Keine Ahnung. Harms Bruder hieß Tammo, ein T. Ich glaube fast der Vorname dieses Harmsen begann ebenfalls mit einem T, aber ich bin mir nicht mehr sicher.«

Wir googelten Vornamen und giggelten dabei wie zu unseren besten Teenagerzeiten. Lange Listen mit männlichen Ts. Nora meinte, sie hätte gerade ein Déjà-vu, schließlich läge die Namenssuche für die Zwillinge erst fünf Jahre zurück. Da schrie ich auf.

»Tobias! Das war es! Tobias Harmsen!«

Irgendwie läuft die Zeit in einem anderen Tempo, wenn man trauert. Phasen des Überaktivseins und Organisierens wechselten sich ab mit Stunden voll gähnender Leere. Monika und ich besuchten Papas Grab täglich. Manchmal radelten wir die acht Kilometer zum Friedhof, an anderen Tagen schafften wir die Strecke kaum mit dem Auto.

Christopher erklärte in einem unwürdigen Telefonat, zu dem es dann schließlich doch kam, dass ich meine Sachen aus seiner Wohnung räumen sollte. Ich hatte seinen Stolz filetiert. Alle unerwünscht anhaftenden Teile schmetterte er mir vor die Füße, meine Undankbarkeit, den fürchterlichen Zeitpunkt meiner Beichte, den Verrat an ihm, unserer Beziehung, dem Vertrauen, das wir aufgebaut, dem Leben, das wir erträumt hatten. Die Demütigung wütete in ihm wie ein wildes Tier. Ich versuchte ihm zu erklären, wie viel er und unsere gemeinsamen Jahre mir bedeuteten, dass Harm keinen Anteil an den Entwicklungen hatte, aber Christopher winkte ab. Es gab keinen Weg zurück. Weder zu der Art von Beziehung, die die Anwesenheit seiner Eltern, ein Fest und meine Deko-Offensive erforderte, noch zu dem freundschaftlichen Umgang, der mir vorschwebte.

Gemeinsam mit Nora und ihrem Mann verluden wir mein lächerlich geringes Hab und Gut in einen gemieteten Sprinter und überführten es von Hamburg nach Dwengeloh. Ich begann, das Haus umzuräumen, schrieb meine Besitztümer in lange Listen, notierte Geschirr, Bücher und Nippes in Exceltabellen, um mir einen Überblick zu verschaffen und entscheiden zu können, was ich behalten würde. Ich trug gerade das zwölfteilige weiße Bavaria-Kaffeeservice mit dem schwarz-goldenen Rand sowohl in die Spalte Kleinanzeigen als auch unter Sozialkaufhaus und Polterabend ein, als ich zum ersten Mal realisierte, dass ich meinen Beruf vermisste. Ich dachte an Jones Jungle und hatte Sehnsucht nach einem Alltag als Textiltechnikerin. Zumindest nach einem Teil davon. Ein schöner Gedanke.

Zum zweiten Mal überkam er mich, als ich die Kleidung meines Vaters aussortierte. Seine abgetragenen Lieblingshemden, den Islandpulli, der ihn optisch in die Welt der britischen Cotswolds hob, seine Regenjacke – ein Friesennerz, keine Funktionsjacke. Welchen Vorteil mochte er sich davon erhofft haben? Seine Tochter arbeitete an atmungsaktiven, windundurchlässigen Stoffen, und er trug lieber das gelbe Ölzeug aus den Siebzigern. Das ikonische gelbe Ölzeug aus den Siebzigern. Vielleicht ging es bei der Funktion ja nicht immer nur um die Funktion. Form follows function, der Leitsatz aller Designer und Architekten. Die Funktion steht im Vordergrund, die Form, das Aussehen, folgt im Nachgang, ergibt sich aus dem Zweck, schnörkellos.

Ich dachte viel darüber nach. Über mein Studium, was mich an der Textiltechnik begeistert hatte, meinen späteren Job. Die Aspekte, die ich mochte, drängten sich in den Vordergrund, das Geradlinige, Organisierte, Strukturierte, der Umgang mit Tabellen, Listen, Aufzählungen. All das bildete den Gegenpol zu der unbändigen Kreativität, die ich bisweilen in mir spürte. Ich sortierte die Ereignisse der einzelnen Tage weiter in allabendlichen Zeichnungen, aber ich fragte mich, ob ich das Künstlerische in mir nicht von dem Korsett der Struktur befreien könnte.

Ich akzeptierte jetzt, dass Malen ein Teil von mir war. Es war nicht ich. Ich war nicht nur Eroberin. Ich war auch Bewahrerin. Ich war Kreativität und Struktur. Ich war beides. Es verschaffte mir eine tiefe Befriedigung, wenn ich Dinge sortieren und in eine sinnvolle Ordnung bringen konnte. Einerseits. Andererseits liebte ich es, künstlerisch frei zu agieren. Es waren einfach unterschiedliche Ausdrucksmöglichkeiten. Ich brauchte beide. Zu lange hatte ich mich nur auf das eine und dann auf das andere beschränkt. Ich war Struktur, aber ich war auch Chaos. Und weil ich das wusste, musste ich nicht länger eines von beidem unterdrücken. Ich hatte mit dem Chaos gelebt und mich darin aufgelöst, daraufhin hatte ich es mit Struktur versucht und Panikattacken bekommen, als sich der Zugang zu meinem Leben wie eine Zellentür schloss. Beide Seiten waren wichtig, sie balancierten sich aus. Yin und Yang. Kein Licht ohne Schatten. Ich würde mich nie wieder verlieren. Ganz im Gegenteil: Ich fand mich gerade.

An einem Donnerstagnachmittag fühlte ich mich endlich stark genug, meinen Erinnerungen an Harm die Stirn zu bieten. Was auch immer in Zimmer elf geschehen war, wo auch immer wir diese kostbaren Minuten gestohlen hatten, wie auch immer ich in diese intensiven Gefühle für ihn hineingeraten war, ich musste das alles in einen Bezug zu meinem Leben setzen. War Harm mir wirklich wichtig? Könnte ich mich in ihn verlieben? Bedeuteten diese wenigen Augenblicke im Hotelzimmer am Lac du Der-Chantecoq mehr als ein nur allzu menschliches Verlangen nach Nähe in unsicheren Zeiten? Oder läuteten sie lediglich laut und mit spektakulärem Knalleffekt das Ende meiner Beziehung zu Christopher ein, den Beginn des Abschiednehmens von einem Leben, dem ich entwachsen war, ohne es zu bemerken.

Um mir ja keine Zeit zu geben, es noch einmal zu überdenken, stürmte ich so, wie ich war, in Jeans, T-Shirt und

Birkenstocks, aus dem Haus, schwang mich in Papas Auto und touchierte beinahe eines von Frau Hansens Hühnern, während ich aus Dwengeloh hinausrauschte. Die Sonne döste träge am sommerlich blauen Himmel. Die Welt schien den Atem anzuhalten. Kein Luftzug trieb durch die Weiden, weder Wolken noch Vögel zogen über die Wiesen. Meine Zweifel schrien wie durch ein Megafon im Inneren meines Kopfes. Ich drehte die Musik auf, so laut, bis sie auch den letzten meiner Gedanken übertönte. Erst als ich in Kiel denselben Parkplatz ansteuerte wie beim letzten Mal, erlaubte ich mir ein wenig Rationalität. Ich schaltete Musik und Motor aus und begann zu googlen. Die Suche nach Tobias Harmsen ergab genau zwei Treffer. Eine Tischlerei und eine Adresse in Mönkeberg. Die Zweifel hielten die Klappe, dafür suchte die Angst sich einen Weg in mein Herz. Ich flüchtete aus dem Wagen und konzentrierte mich auf meinen Atem. Ja, ich hatte Angst. Angst vor Ablehnung, Angst, der Lächerlichkeit preisgegeben zu werden, Angst mich geirrt zu haben, Angst, einen Fehler zu begehen. Aber, verflucht noch einmal, so war das Leben eben! Ich würde mir weder von der Angst noch von irgendeinem anderen Gefühl den Bewegungsradius meines Lebens diktieren lassen! Nichts sollte mich derart beschneiden. Irgendwann würde ich wieder Bus fahren und einen Zug betreten. Ich würde unbekümmert in einen Fahrstuhl steigen und den Elbtunnel durchqueren. Ich würde wieder fliegen. Und jetzt, jetzt wollte ich herausfinden, ob Harm, der gar nicht Harm hieß, wirklich einen Platz in meinem Leben verdiente.

Ich gab die Adresse ins Navi ein und steuerte auf der 502

über die Schwentine und durch Neumühlen-Dietrichsdorf nach Mönkeberg. Am Ende einer Sackgasse hielt ich vor einem Bungalow, der sich in eine Schmetterlingswiese voller Blüten, Farben und Insekten in seinem Vorgarten zu ducken schien. Unter dem offenen Carport parkte Harms petroleumgrünblauer Volvo.

Ich würgte den Motor ab. Eigentlich bräuchte ich gar nicht zu klingeln, mein Herz tuckerte wie ein alter Schiffsmotor, dessen Fehlzündungen sicher über die gesamte Förde dröhnten. Zitternd stieg ich aus, überquerte die Straße und durchschritt das Meer von bienenfreundlichen Blumen. Neben der Klingel prangte ein Holzschild. Jemand hatte *Harmsen* hineingeschnitzt. Ich drückte den silbernen Knopf und erschrak, als das blecherne Rasseln der Klingel durch die Tür zu mir nach draußen schrillte. Doch es geschah nichts. Niemand erschien. Ich läutete erneut. Nichts. Sollte Harm im Garten sein und dieses grelle Scheppern tatsächlich überhört haben? Zögernd umrundete ich das Haus. Eine kleine Terrasse zog sich vom Bungalow auf eine Rasenfläche, die wie eine Insel in einem Meer aus Blumen zu schwimmen schien. Ich erkannte einen fetten Lavendel, blaue Hortensien und meine erste App-Bekanntschaft, die Clematis texensis Princess of Wales. Ich nahm das als positives Zeichen. Am hinteren Ende des Gartens plätscherte Wasser in einen kleinen Teich. Was für ein Idyll.

Irgendwie beruhigt schlüpfte ich zurück ins Auto. Ich konnte Harm in diesem Garten sehen. Alles wirkte so authentisch, dass mich die Namenslüge kaum noch quälte. Wahrscheinlich einfach ein alter Spitzname aus Schulzeiten, in den er hineingewachsen war wie in eine zweite Haut.

Ich drehte das Radio an und begann zu warten.

Um 18 Uhr fühlte ich eine steigende Unruhe. Jetzt würde Harm sicher bald kommen.

Um 19 Uhr dachte ich, dass er wohl Überstunden schob.

Gegen 20 Uhr war ich mir sicher, dass er noch auf ein Feierabendbier mit Kollegen ausgegangen war.

Nach 22 Uhr schwankte ich zwischen einem Date und einem Besuch bei seinen Eltern.

Um 23 Uhr 30 schlief ich ein.

Obwohl ich irgendwann nachts auf die Rückbank geklettert war, wachte ich mit Gliederschmerzen und einem steifen Nacken auf. Ich sagte laut »Scheiße« und musste lächeln. Nicht nur, dass ich fluchte, ich verbrachte auch Nächte in Autos vor den Häusern meiner Liebhaber (na ja). Sicher barg das hier leichte Anzeichen von Stalking, aber alles in allem fühlte ich mich trotz meiner steifen Gelenke ziemlich cool und verwegen. Einziger Wermutstropfen: Harm war nicht aufgetaucht. Sei's drum. Ich würde mich nicht so leicht geschlagen geben, jetzt, wo ich endlich eine Entscheidung getroffen hatte.

Ich fuhr in die City und stärkte mich in einer Bäckerei mit Tee und einem Croissant. Auf der Toilette versuchte ich, Haaren und Gesicht den Ausdruck von Normalität zurückzugeben, den sie während der vergangenen Nacht im Auto eingebüßt hatten. Dann machte ich mich auf den Weg.

Ich passierte den Botanischen Garten dieses Mal auf der Fördeseite, ließ die Kiellinie mit dem spektakulären Blick auf Wasser und Schiffe hinter mir, überquerte den Nord-

Ostsee-Kanal auf einer Brücke, die mich in keiner Weise stresste, und bog schließlich nach Holtenau ab. Die Tischlerei grenzte an ein Einfamilienhaus aus rotem Klinker. Durch das große zweiflügelige Tor beobachtete ich einen älteren Mann, der an einer Werkbank hantierte. Ich stellte den Nissan auf einem Supermarktparkplatz um die Ecke ab und ging zurück zum Haus. Irgendwo schräpte ein Radio. Der Moderator schwärmte ziemlich exaltiert vom Glück dieses scheinbar immerwährenden Sommers. Ich schlich die breite Einfahrt im Schatten der Bäume zum Nachbargrundstück hinauf und überlegte fieberhaft, was um alles in der Welt ich sagen konnte, ohne mich vollkommen zu blamieren. Plötzlich blickte der Mann von seiner Arbeit auf und schaute direkt zu mir hinüber. Ich erstarrte.

»Kann ich Ihnen helfen?« Er trug einen blauen Kittel und eine Art Feile in der Hand. Seine Haare schienen sich auf keine Farbe einigen zu können und schimmerten von Schwarz über Braun bis hin zu Weiß. Auf seiner Nasenspitze balancierte er eine Brille, über deren Rand er mich musterte.

»Hallo …« Mehr brachte ich nicht heraus. Er verließ die Werkstatt und kam auf mich zu, da ich noch immer in Schockstarre auf halber Strecke seiner Einfahrt festhing.

»Wollen Sie zu mir?«

»Ich … ähm, sind Sie Herr Harmsen?«

»Allerdings.«

»Nun … also …« Aller Mut, die ganze Entschlossenheit – nichts davon spürte ich noch, als Herr Harmsen mich aus Harms Augen anblickte. Ich wäre am liebsten davongelaufen. »Es tut mir leid … ich wollte Sie nicht stören. Das war eine blöde Idee, weil … eigentlich wollte ich zu Ihrem Sohn Harm, Tobias, meine ich, und … ach, egal. Vergessen Sie es einfach.«

Ich hob die Hand als Abschiedsgruß und wandte mich ab.

»Was wollen Sie denn von Tobias? Kann ich ihm vielleicht etwas ausrichten?«

»Ach nein, das …« Ich redete mir gut zu. Jetzt oder nie! Ich wollte den negativen Gefühlen keinen Zentimeter mehr Raum gewähren, als sie ohnehin schon beanspruchten. Ich drehte mich um und versuchte ein Lächeln. »Ich habe Tobias in Frankreich kennengelernt. Wir sind einige Tage zusammen gereist. Er hatte die Bienenköniginnen dabei … na ja, und ich, ich hatte gerade die erste Panikattacke meines Lebens, sodass ich nicht mit dem Flugzeug zurück nach Hamburg fliegen konnte. Ich war vollkommen durcheinander … Tobias war so nett, mir anzubieten, mich mitzunehmen. Wir …« Ich zögerte. »Es waren ungemein intensive Tage …«

Herr Harmsen nickte. Er schaute mich an, und ich sah den Schmerz in seinen Augen. »Hätten Sie vielleicht gern einen Tee?«

Zentnerschwere Steine plumpsten von meinen Schultern. »Oh ja!«

»Vielleicht am besten mit Schuss …«

»Das wäre vielleicht ganz gut …«

Zwei Stunden später lehnte ich mich erschöpft über das Lenkrad des Nissan. So viel Schmerz, so viel Trauer. Auf das Haus der Harmsens schienen Tränen zu tropfen, wenn es regnete. Erstaunlicherweise fühlte ich mich dennoch geborgen auf dem riesigen Holzdeck, den Blick auf opulente Blumenrabatten gerichtet, einen Tee mit ordentlichem Schuss in der Hand. Zum ersten Mal fühlte sich die Trauer über den Tod meines Vaters nicht seltsam fremd in einer vollkommen anders rotierenden Welt an. Ich umklammerte das Handy in meiner Hand. Hinter dem Display im Mittelrahmen irgendwo auf der SIM-Card hatte Herr Harmsen gerade Harms Handynummer abgespeichert. Ich fühlte mich zu erschöpft, um ihn jetzt anzurufen, zumal er irgendwo auf dem Mittelmeer herumtuckerte und Geisternetze aus dem Wasser fischte, aber es war ein erster Schritt. Der Rest würde sich finden.

Es regnete bereits seit vier Tagen fisselige Schnüre, die die Farben aus der Welt wuschen. Monika und ich starrten vom Sofa aus dem Wintergarten in einen grauen Garten vor einem grauen Wald unter einem grauen Himmel. Sie las in einem dieser unglaublich blutrünstigen Thriller, die sie so liebte. Hätte ich nie vermutet. Aber Monika war Monika. Ein lebender Gegensatz. Deshalb mochte ich sie.

»Du schaust mich jetzt schon minutenlang an.« Sie sprach, den Blick weiter ins Buch gerichtet.

»Ja, ich … keine Ahnung. Ich fühle mich so unruhig. Ich kann mich nicht konzentrieren. Das Wetter ist fürchterlich.«

»Und findest du das normal?« Sie klappte die Buchrücken mit einem Wumms aneinander, der der Dramatik der Geschichte sicher entgegenkam. »Du sitzt seit Wochen mit einer alten Frau in einem Wintergarten und beobachtest Meisen. Irgendeine Idee?«

Ich starrte sie an. Ihr Tonfall wirkte genervt, wenn nicht gar aggressiv. Wahrscheinlich hatten wir zu lange aufeinandergehockt. Sie seufzte, fummelte am Lesezeichen herum und vertiefte sich erneut in die Morde eines schwedischen Serienkillers.

Mein Handy vibrierte, eine unbekannte Nummer.

»Ja? Hallo?«

»Hi, Anna. Hier ist Malene von Jones Jungle.«

»Oh …«

»Es tut mir leid, ich will dich nicht stören.« Sie wirkte hektisch. »Ich habe das von deinem Vater gehört. Mein aufrichtiges Beileid. Ich weiß natürlich, dass du gerade im Sabbatical bist und bestimmt allein schon wegen der Umstände eine Menge zu tun hast, aber mir lässt das Ganze einfach keine Ruhe, und ich möchte mich bei dir entschuldigen, weil wir uns doch eigentlich immer gut verstanden haben und weil ich möchte, dass du weißt, dass ich es nicht böse gemeint habe und mir natürlich vollkommen bewusst ist, dass ich das niemals hätte tun dürfen …«

Ich unterbrach sie. »Malene, worüber reden wir?«

Stille. Ich spürte, wie Scham durch den Äther kroch.

»Ich … Es tut mir so leid, bitte. Gib mir die Schuld, ja? Frau Greiffenberg … sie tratscht eigentlich nicht. Ich glaube, sie hat sich einfach nur Sorgen gemacht und deshalb bei mir nachgefragt, ob ich weiß, was mit dir los ist. Und als ich ihr keine Auskunft geben konnte, hat sie mir erzählt, dass nicht nur dein Vater gestorben, sondern deine Beziehung auch gerade gescheitert ist. Und da habe ich natürlich eins und eins zusammengezählt und wusste, dass es falsch war, diesem Typen deine Nummer zu geben. Oh Anna, es tut mir so leid! Ich quäle mich schon seit Wochen mit meinem schlechten Gewissen herum. Wenn ich nur ...«

»Welchem Typen?«

»Was?«

»Welchem Typen hast du meine Nummer gegeben?«

»Na, Tobias Harmsen.« In meinen Ohren rauschte es. Ich musste mich anstrengen, um zu verstehen, was Malene weitererzählte. »Er hat gesagt, dass ihr euch in Frankreich kennengelernt habt und dass du dich sicher freuen würdest, wenn er dich kontaktiert. Er wirkte so nett und authentisch, und ich habe erst später erfahren, was für eine Show er bei dieser Urlaubsvertretung am Empfang abgezogen hat. Oh Anna, es tut mir so leid! Ich wollte doch nicht, dass ...«

»Wann war das?«

»Am Tag, als dein Vater starb.«

Nach dem Telefonat fühlte ich mich zu hibbelig, um auf dem Sofa sitzen zu bleiben, ging in die Küche und machte Tee. Harm hatte versucht, mich zu finden! Die Tage in der Provence, unsere Gespräche, die Brücke in Avignon, das Lavendelfeld, die Minuten in diesem Hotelzimmer – all das hatte nicht nur mir etwas bedeutet. Er fühlte es auch! Aber warum hatte er sich dann nie bei mir gemeldet? Er war nach Hamburg zu Jones Jungle gefahren, hatte Malene gefunden und meine Handynummer herausbekommen. Und dann? Warum hatte er nicht angerufen? Was war geschehen? Musste er überstürzt zu seinem Geisternetz-Trip aufbrechen? Hatte er irgendwie vom Tod meines Vaters erfahren? Wollte er Rücksicht nehmen? Ich hielt mir die Hände vor den Mund und lächelte ungläubig. Harm wollte mich wiedersehen. Ganz egal, was später dazwischenkam. Er dachte an mich. Und ich dachte an ihn. Plötzlich war alles ganz klar.

Keine vierundzwanzig Stunden später tätschelte Monika mir die Wange und schob mich sanft in die Schlange vor der Sicherheitskontrolle am Hamburger Flughafen. Ich trippelte von einem Fuß auf den anderen, schaffte es kaum still zu stehen. Mein Herz jagte schon seit Stunden gewaltige Wellen von Adrenalin durch den Körper. Dabei schlug es so hart, dass ich meinte, Schmerzen in der Brust zu spüren. Flatterig warf ich den Rucksack auf das Rollband und trat durch den Körperscan. Was für ein Wahnsinn! Wie hatte ich das hier nur für eine gute Idee halten können? Ein Abschluss für die Ereignisse der vergangenen Wochen, um es »rundzumachen« (Monikas Formulierung). Ich fühlte mich weder abgerundet noch ausgeglichen oder gar freudig erregt. Die Angst vor der Angst zerrte an jedem einzelnen Nervenende, und ich fürchtete, die Panikattacke würde mich nicht einmal bis ins Innere des Flugzeugs vordringen lassen.

Ungelenk tapste ich durch die Hallen. Um während des Wartens im Abflugbereich nicht durchzudrehen, waren wir so spät zum Flughafen aufgebrochen, dass die ersten Passagiere bereits zum Boarding aufgerufen wurden, als ich das Gate erreichte. Die Bordkarte entglitt meinen schweißnassen Fingern und segelte vor die Füße eines kleinen Mädchens, das auf einer Sitzbank herumturnte. Sie hüpfte herunter, sammelte den Schein auf und reichte ihn mir. Das »Danke« blieb in meiner Kehle stecken. Ich nickte ihr zu und verzog die Mundwinkel zu etwas, das hoffentlich einem Lächeln ähnelte.

Zögernd reihte ich mich hinter den Wartenden ein und versuchte, mich auf meine Atmung zu konzentrieren. Ein. Und aus. Es würde mir nichts geschehen. Ein. Und aus. Das Flugzeug sperrte mich nicht ein, ganz im Gegenteil. Ein. Es half mir, dorthin zu gelangen, wonach mein Herz sich sehnte. Und aus.

Wir schlängelten uns durch schmale Korridore, stiegen einige Treppen hinunter und gelangten nach draußen. Der Weg über das Rollfeld zum Flugzeug beruhigte mich. Es regnete. Hamburger Normalität.

Ich stapfte die Gangway hinauf, und die Angst schnellte aus dem Hinterhalt hervor wie die Zunge eines Chamäleons. Regen und Schweiß hatten sich auf meiner Haut zu einem glitschigen Film vereint, der mich unkontrolliert zittern ließ. Ich glitt auf meinen Sitzplatz am Gang und wusste nicht, ob ich es ertragen würde. Nur noch wenige Augenblicke, dann gäbe es keine Entscheidungsfreiheit mehr. Hoch über den Wolken könnte ich schreien, so laut ich wollte, dort gab es keine Rettung. Ich versuchte, meine

Atemzüge zu zählen, zerrte schließlich das Handy aus dem Rucksack, legte Kopfhörer an und startete Noras Playlist. Sie hatte die Nacht durchgemacht, um mir Unterstützung für den Flug zu schicken. Als Erstes erklang die warme Stimme von Ewan McGregor aus *Moulin Rouge*.

»And there's no mountain too high, no river too wide, sing out this song and I'll be there by your side, storm clouds may gather, and stars may collide, but I love you.«

Mit Tränen in den Augen tippte ich ein schnelles *Danke!* und schickte es ab. Nora dachte an mich, genauso wie Monika. Mir konnte hier nichts geschehen. Ich war frei. Ich wollte diesen Flug. Es war meine Entscheidung. Ich hatte die Kontrolle über mein Leben. Ein paarmal atmete ich tief durch. Dann griff ich erneut zum Handy und tippte eine schon lange überfällige Nachricht:

Lieber Harm,
stell dir vor: Ich sitze gerade im Flugzeug nach Nizza!
Keine Ahnung, ob ich es panikfrei schaffe, aber ich will es
unbedingt versuchen. So viel ist geschehen seit unserer
wundersamen Reise mit den Bienen. Ich hoffe, es geht dir gut.
Mein Weg führt mich jetzt zurück in die Provence. Dorthin,
wo alles begann. Ich werde ein Auto mieten und selbst fahren :-)
Ich freue mich auf die warme Herbstsonne, den Verdon und
liebliche Landschaften. Vielleicht schaue ich bei Hélène und
Pascal vorbei oder bummele durch die Gassen von Avignon.
Ich habe mich nie richtig bei dir für alles bedankt – werde ich
auch jetzt nicht tun. Das möchte ich gerne nachholen,
wenn wir uns wiedersehen. Wie wär's?
LG Anna

Harm lehnte den Arm aus dem Autofenster und trommelte mit den Fingern auf dem heißen Blech der Karosserie herum. Er öffnete die Wasserflasche zwischen seinen Beinen, trank ein paar Schlucke, stieg aus dem schrabbeligen Opel Corsa, umrundete den Wagen und starrte auf die blau-gelb geringelten Sonnenschirme neben der Bretterbude am Strand. Die Sonne schien italienisch. Ein sanfter Wind fegte Sand über die Straße und trieb den Geruch von Fischsuppe vor sich her. Harm ballte eine Faust. Bingo, Fischsuppe! Er grinste.

Federico stapfte vom Restaurant durch den heißen Sand herauf, die leeren Hände theatralisch gen Himmel gereckt. Er winkte ab, als er Harms triumphierendes Lächeln erblickte.

»Ja, ja, schon gut. Die Fischer hatten nur ein paar Krebse, Goldbrassen und einen Tintenfisch. Ist alles in der Suppe gelandet. Kein guter Fangtag.«

»Wie man's nimmt.« Harm grinste.

»Madonna!« Federico rollte die Augen. »Willst du's schriftlich, oder was?«

Harm legte den Zeigefinger an die Lippen und imitierte angestrengtes Nachdenken. »In der Tat, das wäre eine Möglichkeit …«

Federico boxte ihn gegen die Schulter. »Schwing deinen Hintern in die Kiste, sonst fahre ich ohne dich.«

Harm lachte, glitt auf den Beifahrersitz und schnallte sich an, als Federico mit durchdrehenden Reifen rückwärts vom Parkplatz brauste.

Sie verließen Savona und ruckelten bei Zinola auf die E 80, die durch Aberdutzende Tunnel zwischen dem Mittelmeer und den Ausläufern der Alpen an der Küste entlang bis nach Portugal führte. Jedes Mal wenn Federico vor einem der Tunnel abbremsen musste, hielt Harm die Luft an. Bloß kein Stau jetzt. Um sich abzulenken, zählte er die dunklen Einfahrten. Bei dreiundsechzig gab er auf.

»Ich habe mal gelesen, dass ein Kilometer Tunnel zwischen fünfzehn und fünfundzwanzig Millionen Euro kostet«, sagte Harm.

Federico schnaubte. »Soll mich das aufmuntern, oder was?«

Harm verdrehte die Augen. Er musterte Federico, der die Bartstoppeln genauso wie die hochgekrempelten Ärmel seiner T-Shirts als Ausdruck kerniger Männlichkeit zur Schau trug. Er war ein großartiger Koch. Seine Lasagne, das Safran-Risotto oder Focaccia zu frischem Fisch – allein dafür lohnte sich die Jagd nach den Geisternetzen im Mittelmeer. Aber er blieb ein Griesgram. Vielleicht war er auch einfach ein schlechter Verlierer.

Sie überquerten die Grenze zwischen Mortola Inferiore und Menton, steuerten jetzt auf französischer Seite gen Monaco. Als Harm vor gar nicht allzu langer Zeit mit den Königinnen nach Frankreich gereist war, hatte er die bergige Route über Cuneo und La Brigue gewählt. Damals hatte er Zeit, brauchte er Zeit, wollte er sich unbedingt Zeit nehmen, die Tour am liebsten gar nicht beenden, um nicht über ein Leben ohne Tammo nachdenken zu müssen. Seitdem war viel geschehen.

Wie erwartet genoss er die beständigen Wochen auf dem

Boot, die Ruhe beim Tauchen, die wohlige Erschöpfung am Abend. Es hatte sich eine nette Truppe zusammengefunden, alle hoch motiviert, engagiert und inspirierend. Stundenlange Gespräche wechselten sich ab mit anregenden Diskussionen und Zeiten, in denen er allein den Mond anheulte. Und obwohl es ihm gut damit ging, spürte er bisweilen eine gewisse Unruhe. Er verstand die Wochen auf dem Mittelmeer als Zäsur, eine Art Brücke zwischen dem, was war, und dem, was sein würde. Und je mehr Tage verstrichen, desto stärker spürte er die Sehnsucht nach einem Neuanfang.

In Roquebillière, einem Örtchen nordöstlich von Nizza, scherte Federico plötzlich auf die Abbiegerspur ein und verließ die Autobahn.

»Was soll das?«

Sie folgten der Vorfahrtsstraße, bogen ab, und Federico reihte sich in die Autoschlange vor einem McDrive von McDonald's ein.

»Ist nicht dein Ernst!« Harm deutete fassungslos auf das gelbe M. »Du bist Koch!«

Federico zuckte mit den Schultern. »Ich schnapp mir einen Burger als Stärkung für den Rückweg.« Er grinste. »Endstation.«

»Oh nein, wir sind noch nicht da!«

Federico schüttelte den Kopf. »Ich hasse die Stadtautobahn hier mit dem ganzen Verkehr und so. Ist ein verdammtes Chaos. Nizza war der Einsatz. Und da sind wir.«

»Nein! Es ging immer um die ganze Strecke, und das weißt du auch!«

»Ich fahre zurück nach Savona. Um 19 Uhr legen wir ab, wird mir sonst zu stressig.«

»Das sind noch sechs Stunden!«

»Eben.«

Harm schloss kurz die Augen und sammelte sich. Dann stieg er aus dem Wagen und schmetterte die Tür zu. »Du bist ein Arsch, Feddo! Dein Argument war der frische Fisch, der die Tour Savona–Nizza und zurück nicht überstehen würde. Von chaotischen Stadtautobahnen war nie die Rede!«

»Ja, ja, du mich auch.« Federico hob die Hand zum Abschiedsgruß und zuckelte im Schneckentempo weiter in Richtung Schalter.

Harm fluchte. Wahrscheinlich hatte er Federico bei den nächtlichen Kartenrunden einmal zu oft abgezockt. So unfreundlich war er sonst nicht. Allerdings würde er sich wohl auch nie wieder auf ein Blanko-Wettpfand einlassen.

Harm googelte nach einem Taxiunternehmen und marschierte die nächsten zehn Minuten unruhig die Straße auf und ab. Er würde es niemals pünktlich schaffen.

Nach einer gefühlten Ewigkeit hielt endlich eines der beigefarbenen Autos, und er sprang in das heruntergekühlte Wageninnere. Er mochte keine Klimaanlagen. Der Schock beim Verlassen dieser künstlichen Wetterzone setzte ihm ein ums andere Mal zu, und das obwohl die flammenden Tage des Sommers bereits hinter ihnen lagen. Heute allerdings, nun ja, heute käme ihm dieser Schock vielleicht gerade recht. So lange schon hatte er auf diesen Moment hingefiebert, dass er befürchtete, vor lauter Aufregung durchzudrehen. Die AC verschaffte ihm die Möglichkeit durchzuatmen. Ganz langsam. Ein. Und wieder aus. Er hatte schließlich nichts zu verlieren.

Sie quälten sich mit dem Pulk über die Stadtautobahn einmal quer durch Nizza, zunächst am ausgetrockneten Flussbett des Paillon entlang, dann nördlich der Altstadt bis hinunter zur Promenade des Anglais. Der Taxifahrer, ein junger Typ in einem langen, hellgrauen Kaftan, hatte erklärt, dass es auf der A 8 einen Unfall gegeben hatte. Der Gänsemarsch durchs Herz der Stadt war also alternativlos. Harm sandte an jeder roten Ampel Stoßgebete ins Universum. Verflucht noch einmal! Wie hatten sich die Wünsche seines Lebens nur auf diesen schmalen Grat zuspitzen können?

Endlich erreichten sie den Kreisel am Rande der Betonwüste aus Parkplätzen, Zäunen, Fly-overs, Straßen, Bahnschienen und Parkhäusern. Auf verdorrten Grünstreifen rangen verkrüppelte Palmen um Luft. Was für ein elendiges Stückchen Provence. Sie schoben sich durch den Tunnel einer Unterführung, und Harm klopfte dem Taxifahrer auf die Schulter.

»Stopp, stopp! Genau hier!« Er drückte ihm bei Weitem zu viel Geld in die Hand und sprang aus dem Wagen. Die eigentlich angenehme Wärme des frühen Herbstes klatschte ihm wie eine Druckwelle ins Gesicht.

Gläserne Schiebetüren öffneten sich für meinen Rucksack und mich, und wir schritten hindurch. Menschen lachten, strömten in die Halle, ein Baby gluckste. Die Luft waberte vor Energie, Geschäftigkeit und Vorfreude.

Es war kaum zu fassen: Ich hatte es geschafft!

Ich war geflogen, obwohl die Angst vor der Angst mich fast hatte durchdrehen lassen. Keine Ahnung, wie ich die letzten Minuten vom Schließen der Türen bis zum Start überstand. Doch als wir endlich abhoben, fühlte ich mich plötzlich ganz ruhig. Nichts geschah. Ich weiß nicht, was ich erwartet hatte. Wohl dass die Angst immer stärker werden würde und ich es nicht aushalten könnte. Aber das passierte letztlich gar nicht. Wir flogen, und mir geschah nichts. Die Angst löste sich auf wie der Herbstnebel über den Weiden rund um Dwengeloh. Mit Noras Musik im Ohr und den Gedanken an Harm im Kopf schaute ich mich im Flugzeug um. Ich hatte das Korsett meines Lebens abgestreift, mich befreit. Das hier, dieser Flug, das war meine Entscheidung. Ich wollte nach Nizza fliegen. Auch wenn ich die nächsten zwei Stunden nicht aus diesem Stahlgerüst aussteigen konnte, war das okay. Ich flog in mein neues Leben, ich flog zu mir.

Ein Lächeln umschmeichelte meine Lippen, als ich mit den Massen durch die Eingangshalle des Aéroport Nice Côte d'Azur hinaus auf den Vorplatz trieb. Ich fühlte mich euphorisch. Irgendwo an der Seite sollte die Autovermietung sein, bei der ich gestern Abend per E-Mail einen kleinen Wagen gemietet hatte.

Der Rucksack und ich machten uns auf den Weg.

Harm hechtete im Laufschritt über den Busbahnhof, vorbei an der Bahnhaltestelle, hinein in die Menschenmassen. Um ihn herum schwirrte ein Singsang aus Rufen, Lachen, Aufregung und Reden. Er kämpfte gegen den Strom, umrundete Gruppen, schob sich durch Paare und sprang über Koffer. Schließlich stemmte er sich auf einen Sockel, um einen besseren Überblick zu erhaschen. So viele Leute! Wie sollte er da jemanden finden?

Ich schob den Mietwagenschlüssel in meine Hosentasche und reihte mich in die Schlange vor dem Monsieur-Albert-Foodtruck ein. Bei meinem letzten unfreiwilligen Besuch hier hatte eine eiskalte Cola meine Lebensgeister geweckt. Zur Erinnerung würde ich jetzt eine Flasche kaufen, mich auf den Sockel der #IloveNice-Skulptur setzen und den Glanz spüren.

Ich schaute hinüber zum anderen Ende des Vorplatzes auf das Blau und Weiß und Rot der Plastik. Eine Gruppe Jugendlicher machte Selfies vor dem #-Zeichen. Ein Mann klammerte sich an das E und …

… mein Portemonnaie glitt zu Boden. Münzen rollten über den Asphalt. Jemand bückte sich, sagte etwas. Mein Herz überschlug sich.

Harm hatte Anna schon entdeckt, als sie den Mietwagenverleih verließ. Sie schulterte einen Rucksack und schob den Autoschlüssel lächelnd in ihre Hosentasche. Kein Kofferungetüm, nichts schien sie zu beschweren. Sie trug den Kopf stolz, das Kinn leicht nach vorne gereckt, ihre Bewegungen waren geschmeidig, die Körperhaltung strotzte vor Freude und Euphorie. Sie hatte es geschafft. Sie war in ein Flugzeug gestiegen, um an den Ausgangspunkt ihrer Reise zurückzukehren. Und sie hatte ihn kontaktiert, damit er an diesem Triumph teilhaben konnte.

Harm beobachtete, wie Anna zwischen den Menschen hindurch zur Imbissbude schritt. Er lächelte. Sein Impuls, sofort aufzubrechen, nachdem er ihre Nachricht während des Wocheneinkaufs in Savona erhalten hatte, war eine der besten Entscheidungen seines Lebens und jede Sekunde der Auseinandersetzung mit Federico wert gewesen. Was auch immer aus dem hier entstand, wie auch immer sie sich

verstehen würden, wann auch immer sie endlich die Gelegenheit hätten, mehr, so viel mehr Zeit miteinander zu verbringen, er freute sich darauf. Unbändig.

Als Anna sich endlich zu ihm umdrehte, lächelte Harm und hob die Hand.

Harm! OhmeinGott, ohmeinGott. Er war hier! Er stand auf dem Sockel der #IloveNice-Skulptur, umschlang mit einem Arm das E und winkte mit dem anderen zu mir herüber. Das konnte doch nicht sein! Ich hatte ihm vor knapp drei Stunden eine Nachricht geschickt, aber ich hätte doch nie damit gerechnet, ich meine, ich wusste doch gar nicht, wo er sich aufhielt … Aber er war gekommen. Er lächelte, und seine Augen sprühten vor Wiedersehensfreude. Zwischen Dutzenden Köpfen, Gesichtern, Rücken, Rucksäcken, und Männerdutts hindurch sahen wir einander an, und die Welt blieb stehen.

Dann hob ich die Hand, versetzte der Welt einen Schubs und winkte ihm zu.

Annas und Harms Roadtrip von Nizza über Valensole bis hin zu jenem Hotelzimmer am Lac du Der-Chantecoq bin ich natürlich schon selbst gefahren. Und obwohl es dort wirklich überall Flaumeichen gibt und sogar den Palast des Facteur Cheval, entspringt doch vieles meiner Fantasie.

Bei anderen Themen, zu denen sich während des Schreibens Fragen stellten, haben viele liebe Menschen ihr Wissen mit mir geteilt. Deshalb: Danke Svenja für all die Infos zu Annas beruflichem Werdegang! Und wie toll, Sara, dass ich bei Chrissis Geburtstagsfeier erfahren habe, was für eine begnadete Synchronschwimmerin du bist! Da haben weder Anna noch Nora je mithalten können, aber deine Tipps haben ihnen sehr geholfen. Uwes und Harms Wissen über Bienen und Königinnen entspringt der langjährigen Imkererfahrung von Thomas Weichel (aka @odenwaelderdorfimker auf Instagram). Sein Honig ist der Beste! Dank Marcus (und einiger Gläser Erdbeersekt) konnte Christopher seinen beruflichen Höhenflug gemeinsam mit den Norwegern starten. Und meine WOL-Mädels – Antje, Sandra, Tanja – haben die ganze Entwicklung mit Rat und Tat begleitet. Vor allem Tanja ist mit mir durch viele Höhen und alle notwendigen Tiefen gegangen, die das Schreiben dieser Geschichte erforderte. Eine Zeit, die wir wohl beide nie vergessen werden. Danke, danke, danke!

Meiner Familie und vor allem meinen Kindern möchte ich dafür danken, dass sie mich und mein Schreiben immer unterstützt und das »Bitte nicht stören«-Schild an meiner Bürotür ziemlich häufig akzeptiert haben. Ohne euch wäre alles nichts.

Und schließlich aus tiefstem Herzen: Markus, dieses Buch ist für dich.

Danke …

… Liebe Leserin, lieber Leser! Es freut mich wahnsinnig, dass du Anna & Harm auf ihrer Reise durch die Provence und über die Fallstricke des Lebens hinweg begleitet hast! Ich hoffe, du konntest mit den beiden genauso lachen, weinen und fluchen wie ich beim Schreiben.

Dass ich jetzt gerade an meinem Schreibtisch sitze und eine Danksagung schreibe, verdanke (sic) ich ganz vielen wunderbaren Menschen, vor allem aber meiner Agentin Dorothee Schmidt. Liebe Dorothee, schon lange vor Anna & Harm hast du an mich und meine Art zu schreiben geglaubt. Ohne dich gäbe es dieses Buch nicht. Dafür werde ich dir nie genug danken können!

Ein riesiger Dank geht auch an Carolin Klemenz vom Diana Verlag, die nur wenige Seiten brauchte, um sich in die Geschichte von Anna & Harm zu verlieben. Aus ihrem Feedback habe ich viel gelernt. Genauso wie aus den Denkanstößen und der großen Hingabe von Inga Rupp, die den Roman weiter begleitete und sich begeistert für Annas & Harms Geschichte einsetzte. Dank auch an alle anderen Mitstreiter*innen von Diana, die zum Gelingen dieses Buchs mit dem wundervollen Cover von Romy Pohl beigetragen haben. Plus: Vielen Dank Antje Steinhäuser. Unsere semantischen Diskussionen während des Lektorats haben mir großen Spaß gemacht!